Scrittori italiani e stranieri

Vittorio Giacopini

L'orizzonte degli eventi

ROMANZO

MONDADORI

Il brano citato a pag. 177 è tratto da Elsa Morante, *Il mondo salvato dai ragazzini*, Einaudi, 1968.

L'editore ha ricercato con ogni mezzo i titolari dei diritti dei testi delle canzoni citate senza riuscire a reperirli: è ovviamente a piena disposizione per l'assolvimento di quanto occorra nei loro confronti.

mondadori.it

L'orizzonte degli eventi
di Vittorio Giacopini
Collezione Scrittori italiani e stranieri

ISBN 978-88-04-77355-9

I edizione febbraio 2024

L'orizzonte degli eventi

Più invecchio, e più divento contorto, complicato, depravato, cinico, acido, egocentrico, insensibile, debosciato, spietato, avido, presuntuoso, abitudinario, verboso, distratto, prevenuto, ottuso, misantropo, nervoso.

ROBERT CRUMB

Solo verso i sessanta-sessantacinque anni sono riuscito a capire in pieno e ad accettare l'innocenza dell'immaginazione. Mi ci è voluto tutto quel tempo per ammettere che quello che mi passava per la testa riguardava soltanto me... e che dovevo lasciare andare la mia immaginazione dove voleva, anche se cruenta e degenerata.

LUIS BUÑUEL

Nothing truly very scientific,
Just thinking of a series of dreams.

BOB DYLAN

Secondo la teoria della relatività, nulla può viaggiare a una velocità superiore a quella della luce. Se quindi la luce non può sottrarsi a un buco nero, non ci riuscirà nessun'altra cosa: tutto viene trascinato all'indietro dal possente campo gravitazionale. Si ha dunque un insieme di eventi, una regione dello spazio-tempo, da cui non è possibile sfuggire. Questa regione è ciò che noi oggi chiamiamo un buco nero. Il suo confine è noto come l'orizzonte degli eventi e coincide con le traiettorie dei raggi di luce che sono quasi sul punto di riuscire a sfuggire dal buco nero. L'orizzonte degli eventi, la regione di confine dello spazio-tempo da cui non è possibile evadere, agisce un po' come una membrana unidirezionale attorno al buco nero: qualche oggetto, come astronauti imprudenti, potrebbe cadere attraverso l'orizzonte degli eventi nel buco nero, ma nulla potrebbe mai valicare lo stesso confine in uscita dal buco nero.

STEPHEN W. HAWKING

SOGNO

Lo zingaro

Lo zingaro che mi appare in sogno ha gli occhi azzurri. E battibecca. Strano, nevvero? Davvero sorprendente, proprio curioso. Ecco, amichetto gagè, tu che ne sai? Le sue sparate, le sue prediche notturne, i suoi sproloqui. Stupisce del mio stupore, smeraviglia. Non cincischiamo, mi fa, e subito, in medias res, evoca ingiustizie occhio-cerulee, persecuzioni, mille anni di Storia così, fitti di erranza, e ignobili qui pro quo, trappole, inganni. Lo zingaro che insiste a venirmi in sogno parla, straparla.

È proverbiale che i sogni svaniscano al mattino, diceva Freud, ma queste zingarate ipnagogiche insistono e persistono, non mi lasciano un attimo, sono implacabili. Sono involtolato nei sogni, pure da desto. Non c'è più margine o confine tra abbaglio e veglia.

Intabarrato in un certo suo cappotto grigio-topo sdrucito, fuori misura – almeno una taglia in più, troppi bottoni –, denti di nero-fumo, vocetta chioccia, lo zingaro dottoreggia, falso bonario. *Ordo et praxis studiorum*, in salsa zigana. Lo scandalo degli occhi azzurri, l'irrimediabile, inaccettabile anomalia, l'aberrazione. Continuate ad allarmarvi per un bel niente, e sono quisquilie. Le vostre retate nei nostri accampamenti in cerca di bimbetti capelli d'oro, occhi cobalto; le vostre spiate farlocche, da filistei; le vostre paure da niente, allora e oggi. E naturalmente gli sbirri, cani al guinzaglio. Sì sì, d'accordo, mi fa, sarà anche raro – "presto e bene raro avviene", inevitabile chiosa in rima baciata – ma raro non vuol dire mica mai, scendi dal pero. Lunghe dita ossute al cielo, intima silenzio. Pausa (anticlimax) e, in tono più grave, la cadenzata, sibilata spiegazione: *arcana imperii*.

Sfarfallano ora immagini tremule, giallo-seppiate. Dietro la silhouette zigana appare uno schermo. Guarda tu stesso, mi fa, e di botto si azzitta. *C'era una volta*... Incongrua la formuletta che usa, raggelante. Lui tace, io gli raddoppio il silenzio, resto in attesa.

Fattosi folgorante cinembola o cinevisione, nel sogno si affollano singolari comparse, è una scena da circo. Musica di operetta, un berciare di risa, confusione. Primo piano di un uomo seduto, in divisa bruna, da SS. L'uomo si accende una sigaretta, fuma col bocchino. L'immagine, prima incerta e sgranata, meglio si definisce. È stempiato, ha capelli castano scuri, occhi smorti e ugualmente castani, abbastanza cattivi. Colpiscono le sopracciglia, a forma di accento circonflesso, tali che sembra un gatto. La bocca ha la forma di una M, il naso è regolare.

Quando il campo si allarga, nell'inquadratura si intrufolano gnomi lillipuziani, figurine sbilenche. Alcuni, forse, bambini; perlopiù veri nani. Una sorta di puffo in costume d'Arlecchino cammina sulle mani, una suora minuscola lo tiene al guinzaglio. Altri tre – questi in vesti arcobaleno tipo guardie svizzere – sono sistemati a piramide umana, pericolante, e quello in vetta sventola una bandiera ove, decisamente tetra, a caratteri gotici rosso fiamma in campo nero, campeggia la scritta assurda: ARBEIT MACHT FREI.

L'uomo che guarda ride divertito, sbuffando anellini di fumo regolari e perfetti verso il cielo. Accavalla le gambe, sorride ancora.

Lo zingaro si riprende il proscenio, tetro in volto. *Anus mundi*, sibila, il buco nero del lercio culo del mondo, e nel fondo più fondo, eccoci qui: lo *Zigeunerlager*, il Campo degli Zingari, casetta nostra. Belli, no? Monocromatiche immagini tornano a scorrere sgranate, intermittenti. Guardaci, diamine: proprio carini nel camicione con la Z di Zorro, non ti pare? Eggià: *Herr* Mengele, il dottor-vampiro, l'amico nostro. L'avrai riconosciuto, probabilmente. Aveva questa passione per noi zingarelli, è risaputo (sia ben chiaro, gli interessavano anche i gemelli, i nani, gli ermafroditi e i giganti e i gobbi, tutti i *freaks*). Era proprio fissato, niente da fare. Ancora ti stupisci di questi miei occhi azzurri, stralunato gagè, ancora dubiti? Be', è un regalino suo, poco ma vero. Bisturi taglia occhio, tipo *Un chien andalou*; anzi, siringone buca occhio, una roba alla *Innerspace*. Tecnicamente – concede – trattasi di "iniezioni intravitreali", niente di che. Ma lascia fare a me: guarda, contempla! Scherzetti al blu di metilene, altro che solfato di cobalto, altro che storie. Per meglio dire metiltioninio cloruro o cloruro di 3,7-bis (dimetilammino) fenazationio (C16H18CLN3S · XH2O): ci fai il gelato color Puffo, ci curi i pesci rossi d'acquario, se l'ingerisci pisci verde-mela, più spesso azzurro scuro...

Lo zingaro cava fuori un altro bel filmato, muto, tutto per me. In Black & White, grana grossa – distinto si ode il fruscio della pellicola –, appaiono le mura incalcinate bianco tendente al diafano di una stanzetta. Porta con tanto di chiavistello e spioncino rettangolare, niente finestre. Da un lampadario in ferro nero – interno bianco-smaltato – spiove una lama di luce troppo fredda su un tavolino di legno, piano di marmo. Sul tavolo, cotone, bottiglie piene, aghi, siringhe e un uncino in oro lucente, o in similoro.

L'inquadratura si allarga. Inchiodato a una seggiola da barbiere, cinghie di cuoio che lo bloccano all'altezza delle braccia e sotto alle ginocchia, appare un ragazzo. Singolare questo privilegio di non essere rasato, no? commenta lo zingaro, adesso nel ruolo paramedianico e indesiderato di Voce Fuori Campo, di oniromante. Capelli neri lisci e piuttosto lunghi, un filo di baffi, orecchino, e naturalmente camicione con la Z di Zorro. Il ragazzo guarda in macchina, ammesso che quel suo allucinato mirare si possa definire uno sguardo. Fissate al cranio con una fettuccia di tela certe strambe pinzette metalliche gli tengono spalancate le palpebre, il ragazzo ha le pupille dilatate da un qualche intruglio o collirio, efficacissimo. Zoomata, primo piano sul bulbo oculare: l'iride è inconfondibilmente scura, marron-caffè. La camera indugia, quindi lentamente scarrella all'indietro ed ecco che appare la figura di spalle di quel che diresti un dottore: camice bianco, figura allampanata, curvo nel portamento, passo cauto; si fa dipresso al ragazzo legato, senza parlare, lo specchietto dinnanzi a lui e spalle al prigioniero, l'inquadra di sfuggita, appena un istante. Bocca a foggia di M, ciglia ad accento circonflesso, un gatto.

Nuova carrellata e primo piano sulle mani dell'uomo (vene in evidenza e rugose, macchie di vitiligine, dita sottili, inanellate). *Herr Doktor* brandisce un siringone pieno del medesimo liquido bluastro racchiuso nella bottiglia sul tavolo accanto (dettaglio ricolorato, ovviamente, e in bella evidenza) e s'avvicina al volto del ragazzo che, a quella vista, apre la bocca e certo dice o esclama – protesta – qualcosa, ma inutilmente. L'ago penetra con un colpo deciso nell'occhio, c'è un istante di stasi, finché su fondo bruno-caffè striato di giallo (altro dettaglio ricolorato) non si stagliano piccole gocce di blu, rade e sparse.

Inquadratura ravvicinata: l'iride spirografeggia mutandosi in cerchio magico, e tra il blu e il marrone s'avvia una strana danza. Curve ipotrocoidi, curve epicicloidi, cicloidi, ellissi, e sempre in bicolore e in misura mutante. Ove incontrastato campeggiava il marron ora, seppur lentamente, avanza il bluastro. Scherzetti al blu di Metilene, e bravo il piccolo chimico, satireggia lo zingaro!

Il filmato si interrompe di botto. Dissolvenza in nero.

C'era riuscito! Lo zingaro, che poco crede al silenzio, e poco gli cede, riprende a cianciare nel batuffolare confuso del mio schifo di sogno e torna a bomba. C'era riuscito, insiste, almeno una volta o due, almeno in qualche occasione, eccezionalmente. Com'è come non è, eccoci qui: occhi al blu di metilene, arianizzati, tutta una *Farbenlehre* in salsa nazi-prussiana, poco goethiana magari, sicuro poco gentile, certo poco discreta. Zingari occhi cerulei, zingari dezingarati per celia, esperimento. Lui ci voleva così: belli ripuliti, rimessi a nuovo. Lui ci voleva così, in quel *C'era una volta*. Gli servivamo, comunque: ci collezionava. Dovevi vederlo!

E rievoca spettri e circostanze del passato remoto.

Albe cenerine del Nord, le albe sporche di Auschwitz. Prima ancora dell'arrivo del treno lui era lì, impettito, ai binari, bello elegante. Quando il carro bestiame sbucò dal fangume di nebbia, era lì in attesa, mani dietro alla schiena, e con lui gli scagnozzi, schierati alle sue spalle, *Totenkopfverbände*, SS, qualche soldato semplice, corvi neri.

Giallo-sporca luce da fanali velati sulla scena imminente e, oltre la parallela dei binari, casamenti in mattoni, comignoli che fumavano, steccati di pali e di filo spinato, latrine in lamiera. *Raus!* e la "merce" scendeva: prima i soliti ebrei, poi gli accatti d'avanzo, e tra loro anche noi, nati già come scarti. Mendicanti, zingari, fannulloni, perditempo, brontoloni e teppisti, troie e froci, ubriaconi: tutto un fritto misto, tutta una zuppa inglese. Andavano per le spicce. Giù dal carro bestiame, in fila per cinque e, ora, la *Selektion*. Lui era lo specialista della selezione, del di qua e di là, del prendo e non prendo. Questo sì, questo no, questo lì e questo qui, proprio una lotteria (nessuno vinceva, poco ma vero). Sentivi grida roche, ordini, disposizioni: *Zwillinge, raus! Zwillinge heraustreten...* Fuori tutti i gemelli, tutti i gemelli un passo avanti, senza far storie. Lo sai, era in fissa con quelli, adorava i gemelli. Due, tre, quattro gemellini zingarelli; per lui il *non plus ultra*, l'ideale. Sorci da laboratorio, altro che ciance, criceti pelo corto, stupide cavie. Ma lì eravamo e lì ci toccava restare, tanto valeva procrastinare. Che poi, mi fa, non siamo certo famosi per amare le docce, l'acqua & sapone, figurati, figurati davvero lo Zyklon-B (ottimo, concede, come insetticida, spidocchiante, come direste voi... *est modus in rebus*!). Lì c'avevano portato, lì stavamo: nell'*Anus mundi*.

Ma i sogni non svaniscono al mattino, o forse questi non sono mattini, e quelli – qualsiasi cosa diamine siano – non sono sogni. Lo zingaro è da giorni che appare e scompare, viene e va. Si è accampato nei miei deliri notturni, c'ha piantato le tende. Che sia per questi esasperanti mesi di pandemizzata stasi, di cripto – o molto meno cripto – quarantena, di nuove e tediosissime obbedienze, di obbligate acquiescenze, di accettazioni? Sta di fatto che qui più che altro si sogna, o si viene sognati (*Traumarbeit Macht Frei!* Fidati, ascolta, filosofeggia sarcastico lo zigano). Gli antichi versi del Sommo Padre Nostro il Poeta, le sue confessioni segrete da narcolettico. Terzine contratte e congelate in haiku, pillole di saggezza stile sentenze da biscottini della fortuna o da bacioperugina, a piacimento. Tant'era io pien di sonno, ruppemi l'alto sonno nella testa, caddi come corpo cade e, naturalmente, il pensamento in sogno trasmutai...

Traumarbeit Macht Frei, che ti dicevo? Rieccolo, il chiacchierone. Notevole la sua capacità di rinnovarsi restando sempre lo stesso, cocciutamente. C'ho fatto caso. Ama mascherarsi, cambiarsi d'abito; gli piace da matti pavoneggiarsi. Soprattutto, adora giocare con le location più varie, allestire la scena. Può essere qui e lì, altrove e ovunque. Scenografia onirica – ammicca paternalista – per quelli come noi, i reclusi per forza, i neo-normalizzati dal coprifuoco soft, i dopo le ventidue zitti e buoni e tutti bravi a casetta e a letto con carosello e *bonnenuitte* – gli angariati, i compiacenti angariati delle zone gialle e rosse e arancio e arancio scuro e scurissimo, e bla bla, i finti reclusi con il trauma originario del Lockdown, gli stanziali per editto, meglio, per Decreto, costretti a consolarsi con l'aglietto dei Gratta & Vinci, dei DPCM a colori, o col Gratta & Vinci alla lettera – Turista per Sempre –, dato che anche il turismo ormai è così, solo un ricordo, e niente rimpianti, aggiungo, per quelle orde lì, di teleguidati in sciamante, beota processione per le vie di Roma, Venezia, Firenze, le città d'arte, ma quanta rabbia invece per questa vita qui: ferma, paludoso-stagnante, pandemizzata. Nomadeggia – mi zufola –, almeno nei sogni nomadeggia, erra, zingareggia!

Sia come sia, si è cambiato di veste, il nostro Fregoli. Oggi, per dire, niente capotto multitasche ma un bel gilet nero, un borsalino in feltro, sghembo in testa, stuzzicadenti che balla smozzicato tra denti d'oro e di fumo, anelli a iosa, e un orologio in finto acciaio, un brillocco. Barba malfatta, siede su una specie di trono, sedia a dondolo che cigola. Alle sue spalle, appesi a un filo con certe mollettine da bucato, tutta una sfilza variopinta di santini: santa Lucia con un dardo di luce dritto nell'occhio, santa Lucia – di nuovo – orbite vuote e piattino con gli occhi belli e verdi che le han cavato, Elsa Morante, Luis Buñuel, un Franz Liszt con palandrana, una vecchietta rugosa con cagnolino – Margaret Finch, la Regina di Norwood mi spiega, morta a cent'anni e anche più, grande fattucchiera, eccelsa indovina, Baudelaire, un cinquecentesco furfante con cappellone a tese larghe e piuma di fagiano decorativa, camicione rosso fiammante, maniche a sbuffo, (magari era il capitano Jean de la Fleur, magari Scamuccia alias Scaramuccia, magari un qualche principe o conte del Piccolo Egitto, Andrea, Valerio, Federico, chissà...), inevitabile Django Tre Dita con la chitarra manouche, e la sigaretta, caratteristico un Cervantes in stampa medaglione, colletto rigido.

Maschere e mascherine, è il vostro karma – sibila sgradevole –, è lo *Zeitgeist*. Con evidenza, s'è svegliato un po' storto, e ora, da sveglio, impazza nel mio sogno, pontificando. Pigri, irrimediabilmente pigri, e babbaloni, sul serio, siete dei gran creduloni!

Teatrale tira via un panno ricamato giusto sotto alla sua multiversa sfilza di santini e scopre un vetusto apparecchio tivvù, direi anni Cinquanta (ma lui mi previene e recita, in stile televendita, voce stentorea: Nova modello ETE 17, "tutti i televisori Nova sono muniti di un modernissimo, potente circuito americano a 22 valvole che fornisce la massima definizione e luminosità dell'immagine..."). Ma che non v'ho capito a voi – incalza –, non v'ho sgamato? La vostra Panscemia, il vostro farsesco-patetico bisogno di consolazione! Da un anno e più con gli occhietti fissi sul teleschermo, davanti a 'sto Gran Medical

Show, tutti a Cinescuola e zitti, tutti in attesa. (Di cosa? Della risposta certa, della spiegazione finale, dell'analisi ficcante, esaustiva, completa, rassicurante, insomma, come al solito, del Verbo.)

Agli inizi, poi, soprattutto agli inizi: indescrivibili. Ricorrenti le vostre epidemie di credulità! Inatteso appare il Morbo e voi, saputelli, subito lì a cercare il Verbo, o il "Miracolo, il Mistero, l'Autorità". C'aveva ragione il russo, poco ma vero. "Gli uomini vanno curati tutti come bambini e alcuni come i malati degli ospedali!" (magnanimo mi decritta l'allusione: è Dostoevskij, gagè, se non l'hai riconosciuto, se non lo sai).

Ve la siete cercata: Nemesi Medica! Tutti a boccaperta davanti a zietta tivvù, davanti al solito Maestro Manzi stavolta mascherato da virologo, infettivologo, epidemiologo, rianimatore, infermiere barra infermiera, caposala, portantino e barelliere, anestesista, immunologo eccetera, tutta un'insalata mista di luminari e voi, a boccaperta. E in un attimo – nei bar, lungo i marciapiedi e in ufficio, nei ristoranti (quando c'erano ancora, quando si frequentavano ancora bar, strade, uffici e ristoranti) – non s'udì parlare d'altro che del Morbo detto "cinese", e già da subito la famosa Pandemia s'era fatta Panscemia, pensiero fisso! Niente di nuovo – prende fiato un istante, Occhietti Azzurri –, niente di nuovo, concede, è risaputo: ci sono cretini che hanno visto la Madonna, tali e quali siete voi, spiccicatissimi: a boccaperta dinnanzi al primo Balanzone, al *Médicin malgré lui*, al Medico Volante, al cerusico di turno, al cantimbanco, al redivivo Cagliostro, al cerretano...

Sia come sia – breve gesto con le mani saettanti dinnanzi agli occhi, come a dire, *wake up, gagè*, torniamo a bomba e via, chiusa parentesi – voi a boccaperta lì, in faccia agli schermi, e quelli, i dottoroni, i luminar pensosi, le belle infermiere, a cianciare dall'alto in basso, bonario-seri, paternalistico allarmato-allarmanti, corrucciatissimi, meschini, a impanicare davvero, e tutto di botto; e contro al panico vi fingevate desiderosi di Scienza Esatta, bramosi di illuministiche certezze, verità disvelate, panacee, ed ecco che allora vi siete eletti un nuovo Pantheon di Santi Eroi Poeti Navigatori.

La vostra congrega di Santi Taumaturghi, o guaritori, il vostro campionario di Magia Bianca d'accatto e trucchetti pii. Da piegarsi in due dal ridere, da pisciarsi nei calzoni, letteralmente! Tanto valeva – aggiunge mentre il sorriso gli si muta in sghignazzo, sguardo di beffa – tanto valeva proseguire col rosariuccio dei santi di una volta, e *bonnenuitte*: Cosma e Damiano buoni per ogni tipo di accidente, morbo o malattia, san Pellegrino indispensabile in caso di affezioni croniche, e di cancheri, san Raffaele che veglia sui malati di testa, insomma sui matti, sant'Agata specialista in dolori al seno e protettrice di balie, esperta in tette, san Giacomo grande esperto di artrite, di reumatismi, san Cristoforo, morti improvvise e incidenti così, robe impreviste; quanto alla Peste e all'altre epidemie barra pandemie, c'è solo l'imbarazzo della scelta: da santa Rosalia Sinibaldi, la *Santuzza*, ai santi Rocco, Sebastiano, Antonio, Giovanni Bosco e via dicendo...

No, no – mi azzardo a interrompere il monologo zigano, o almeno ci provo – proprio no no, zingaro, semplifichi, tu la butti in caciara, fai ammuina... Niente da fare. Lui mi fa un tanto d'occhi, puro stupore. Ma cosa dici mai? Ma che t'inventi? Topogigioneggia da guitto consumato, la vecchia volpe. Bada, gagè, sei ben tu che mi sogni, mica il contrario. Sei tu, non io, che vai cercando me, dentro la notte.

Dixit e non *exit* e quindi ricomincia, inesorabile. Medici, taumaturghi, guaritori, gli operatori di bene, la Protezione civile, la Croce Rossa, i luminari in tivvù, le storie tristi, pietose, luttuose, le storie amare, le zone gialle, rosse, arancio, e tutto che si riassume in farsa, opera buffa. Siete – insiste – patetici, incredibili: nasce un giorno al sole, arriva il Morbo, e giù a discettarne in coro, senza costrutto, ma con saccenza vera, e vera paura. Tutti esperti, di botto, tutti coltissimi!

La sua tirata si fa allucinazione, invettiva, diatriba, omelia. Parla di tutto e niente, evoca – dice – l'Oggi, l'*hic et nunc*. Arringa nel mio sogno, tiene comizio. Lo sento snocciolare slogan, fiatare formule: finanza globale, reti capillari e invisibili, il postindustriale, l'immateriale, transazioni fantasma, mutui subprime, obbligazioni e crediti, criptovalute, futures, banche d'affari e banchieri centrali, l'FMI, la World Bank, il Gruppo Bilderberg, mediatori e giganti del web, signori dei social,

Big Data & Big Pharma, *ça va sans dire*, hacker e *whistleblower*, un teatro dei pupi, i gangli telematici del soft-power globale, le terminali metastasi del sistema-Mondo. Sì – adesso alza la voce, – sì, *Das Kapital à gogo, Das Digital!* La vera pandemia – sibila, e riprende a sussurrare come perso in sé, e come solo a sé parlando, senza costrutto –, la vera pandemia, il vero Morbo... D'altra parte – torna a rivolgersi a me, mi guarda fisso – *Io so*, io so tutto. Volete la causa, l'origine prima del Morbo attuale e pandemico, globangolo, desiderate la spiegazione finale, la risposta esaustiva, il punto a capo assoluto, incontrastabile? Il sogno prende a svaporare, e lo zingaro con lui, sfuma e dissolve. Esce di scena mentre pasolineggia: cos'è questo Morbo? Io so, io so, io so e c'ho pure le prove, io so, io so, io so, io so...

Su un punto ha ragione: è vero che le nostre giornate da desti, le ore e i giorni, le nostre abitudini e usanze, i nostri riti e miti, doveri e piaceri, sono mutati. L'hanno definita *ex chatedra* la "nuova normalità", che vorrà anche dire tutto e niente ma in buona sostanza è così, poco da fare: da mesi lo stato d'eccezione si è fatto quotidianità obbligata, gestita, amministrata, e non c'è modo di pensare o parlar d'altro, di fare altro. La pandemia come pensiero fisso, ordine del discorso, basso continuo. L'apprensione è la chiave, i bollettini pandemici il metronomo, la conta dei contagi e dei morti lo spartito. Il tutto condito da un piccolo ingrediente di Mistero: da dove diamine venga 'sto dannato Virus resta ignoto (un salto di specie da pipistrelli, pangolini, ratti, visoni? Un intingolo infernale elaborato per errore in laboratori militari? L'arma letale di russi, cinesi, americani, nordcoreani, terroristi islamici, suprematisti con il culto di Odino e/o di Thor, scienziati pazzi?), e allora è così: viviamo in un cosmo ultra-regolato, meccanico, disciplinato, aristotelicamente, tomisticamente normato da una Causa Prima, un Motore Immobile di cui niente ancora si riesce a dire; in qualche modo, un giallo all'agathachristie o alla conandoyle senza uno straccio di Poirot o di Sherlock pronti a sbrogliarlo.

Di fatto siamo qui più che altro in attesa, nel tempo fermo. Occhi e orecchie a notiziari, radio e telegiornali, siti web: in attesa di un indizio, di una voce, di una risposta. Controvoglia mi sono adeguato anch'io. Almeno al momento del risveglio, verso l'ora di pranzo, e prima di tornare a letto da bravi, col carosello, il rito obbligato: lo schermo del computer s'illumina, pagine scorrono, schede multiple si aprono, menu a tendina e banner pubblicitari, informazione e infotainment, la Comunicazione insomma, un rumore di fondo. Così va la vita: la società dello Spettacolo Pandemico recita messa. Ovvio che bisogna farsi largo in una selva di fole, chiacchiere al vento e trappole, e réclame mascherate, false notizie.

Oggi, però, tra tanta fuffa c'è una novità di rilievo, o almeno sembra. La notizia del giorno, battuta dalle agenzie, immantinente ripresa da siti e cinegiornali, radiogiornali, prontamente masticata e rimasticata nei fili diretti, nei programmi culturali, nei talk-show, definitivamente digerita in editoriali, interviste a luminari, commenti a caldo, è la selezione (che il mio zingaro non mi senta, questa parolina qui lo manda ai pazzi) della missione OMS per Wuhan, la strafottuta (e sinora ampiamente ignota) metropoli cinese ove ogni cosa, pare, ha avuto inizio. Significativamente – questo i notiziari lo sottolineano – la selezione degli esperti e operatori e tecnici destinati a fare chiarezza sulle cause del Morbo è stata condotta in base a criteri di rigorosa *gender equality* e col massimo rispetto di un canone di inclusione generale. Il modello dichiarato sono i requisiti fissati dall'Academy degli Oscar per il 2022, ma l'OMS, espressione di un organismo mondiale financo più sensibile a tali delicate tematiche di equilibri, alchimie, pesi e misure, ha giocato d'anticipo. In mondovisione, da New York, lo stesso segretario generale dell'ONU lo annuncia solenne (estratti del discorso vengono ripresi da radio e tivvù con ampio risalto).

E così, un altro giorno se ne va, la sua musica finisce, si torna a nanna. Come ogni notte, il pensamento si trasmuta caprioleggiando in sogno, e buonanotte. Ultime persistenze retiniche sottopalpebra, ultime luci e immagini e sagome diurne carambolano nel *bottomless dream* del mio svanire. Caleidoscopica confusione sottile il passaggio tra un'ipotesi di veglia e il cialtronesco, incessante lavorio dei sogni, caleidoscopica e allusiva, perturbante. Dall'ultimo notiziario avanza dalle piste del JFK di New York l'immagine dell'anestetista lettone transgender che, prima di salire la scaletta dell'aereo, fa un cenno di saluto a fotografi, giornalisti, autorità radunati per il commiato alla missione OMS ormai pronta al decollo. Due scalini sopra, l'infettivologa lesbica hawaiana gli fa cenno d'affrettarsi, è giunto il momento. Quindi, inevitabile, torna ad affacciarsi lui, lo zingarello. Oggi ha pure una fisarmonica, e il baschetto; s'atteggia a musicista di tango, che – confida – tutta 'sta malia del flamenco mica la sento tanto, troppo cliché, e poi oggi mi va così, non questionare. Figurarsi se questiono, tanto questiona lui, che è il suo mestiere. E ricomincia a parlare, soliloquiando.

Ma li hai visti? Li hai visti bene, quelli, dài, su, da non credere. Quelli, da' retta a me, be', quelli non caveranno mai un ragno dal buco (attento, aggiunge con enfasi, in tono di mistero, tipico suo, ti sto dando un indizio, facci attenzione) – ma proprio no, neanche un ragno dal buco, poco ma vero. Che poi tutta 'sta manfrina: la lesbica, il transgender, l'esquimese, la *gender equality*, la *cancel culture*... Mica siamo a Hollywood, santiddio. Mi fanno un baffo a me, sai che m'importa. Manco una statua di ammazzazingari abbattuta, altro che i vostri Churchill, Cristoforo Colombo, il generale Lee, Leopoldo II, Cecil Rhodes, Edward Colston, Montanelli... E dove li metti i *nostri*, gli acchiappazingari, gli ammazzazingari? E giù una tirata contro Isabella di Castiglia e Ferdinando d'Aragona – i primi cialtroni! –, poi, in ordine sparso, tocca a Luigi XIV e Cristiano V di Norvegia, Carlo VI e Federico Guglielmo, l'arcivescovo di Svezia Laurentius Petri, papa Pio V, Massimiliano d'Asburgo, Johann Georg II, Francesco I (che – ammette – le statuette di Hitler, Goebbels, Mengele, Eichmann, quelle magari l'avete tirate pure giù ma mica per noi). E mica funziona così, recrimina, mica va bene. E comunque, mai un ragno dal buco, quelli, mai un ragno dal buco. Io so, io so...

Traumarbeit Macht Frei

D'accordo, non mi sono presentato. È stato scortese. Non ve la starò a tirare in lungo col chiamatemi Ismaele, come tutti, e in ogni caso lo zingaro *c'est pas moi*, a scanso d'equivoci. Vi basti sapere che ho visto la luce di questo mondo nel centenario dell'Unità d'Italia, giusto centouno giorni prima della fine dell'anno (e già il pallottoliere implacabile annuncia un'altra cifra tonda col suo ovvio seguito di ripensamenti, rabbie, noie, asti e, come pare capiti, impicci e acciacchi). Sole in Vergine, Mercurio in Bilancia, Saturno in Capricorno, Urano in Leone e Nettuno in Scorpione, per quel che conta. Nella casa dell'ascendente, ambigui, nuotavano i Pesci; dicono sia importante: ebbene, ne prendo atto. Tre giorni dopo, la prima Marcia della Pace, Perugia-Assisi, e già potrei annoiarvi con i miei "io c'ero", "io ho visto", "io ho detto", "io ho fatto", ma lasciamo stare.

Gli anni in ogni caso han fatto il loro lavoro, malamente. È vero, e cosa vi posso dire? Magari neppure è colpa mia, comunque è un fatto: "Più invecchio, e più divento contorto, complicato, depravato, cinico, acido, egocentrico, insensibile, debosciato, spietato, avido, presuntuoso, abitudinario, verboso, distratto, prevenuto, ottuso, misantropo, nervoso...". Mettiamola giù così, col grande Crumb.

I tempi, poi, non è che t'aiutino o contribuiscano a chissà quali progetti di rinnovamento barra pentimento barra rigenerazione barra fate un po' voi, e quando leggo certe amenità tipo, la pandemia c'ha reso migliori, più sensibili, molto più umani, e quindi #andràtuttobene, tutto alla grande, o, peggio, quando sfoglio il giornale e mi imbatto nel barbuto filosofo sloveno che in barba alla barba del Moro sbrodola di intravedere "un nuovo comunismo germogliare dal virus" (notare tra l'altro la metafora evangelico-botanica: il germe, i germogli, il seme sotto la neve, e bla bla: una cosa che m'ha sempre fatto incazzare, insopportabile) e prosegue strologando di "un nuovo senso di comunità", di "rivoluzione", di "coordinamento e cooperazione globale", e bla bla, ecco allora che mi viene davvero il Disgusto (la D la voglio proprio così: maiuscolissima!) e, diamine, penso, quanto siamo infinitamente capaci di autoinganno, insomma di prenderci per i fondelli barra per il culo, e quanto siamo meschini, opportunisti, incorreggibili e incorreggibilmente patetici, e, insomma, mi viene uno sbotto di rabbia, che andrebbe bene, ma più che altro mi cascano proprio le braccia, e rimugino tra me e me: non c'è più nessuna speranza, proprio nessuna, siamo belli che fritti, siamo alla frutta...

Anche personalmente: in un cul-de-sac. Quando lo zingaro, sarcastico, mi spiattella lì il suo *Traumarbeit Macht Frei* è quasi magnanimo. Diciamo che mi concede l'opportunità di una scappatoia, per quanto insulsa. I miei amori, le donne, le amicizie, la figlia vagabonda, le riviste cultural-sociali, le sciocchezze dette in radio, gli scampoli (spettrali) della politica, il libro su Dylan che provo a scrivere da anni, e non si fa scrivere: il Mondo, in buona sostanza, o quel che ne resta: tutto abbastanza in malora, tutto più che altro in declino, in tono minore. D'accordo, me la cavo col solito *in tristitia hilaris, in hilaritate tristis,* ma è un artificio monco, derogatorio. A cinquant'anni ognuno ha la faccia che si merita; figurati a sessanta, santiddio. Ti guardi allo specchio e non è un bel vedere. I dolori, il dolore che non confessi, le ansie, le incertezze, quei sensi di vuoto, buio, strazio, smarrimento; la cupezza su cui non fai chiarezza mai; grumi e grovigli.

Non cerco scusanti, nemmeno le troverei, semplicemente. Se ripenso a quando è iniziata tutta questa trappola di sospetti, paure incrociate, allarmi, diffidenze, prigionie imposte e reclusioni abbracciate con malcelato entusiasmo, sollecitudine – Pandemia-Panscemia, rimeggerebbe lo zingaro, figurati –, se provo a riavvolgere il nastro, cambia ben poco: angosce, incertezze, buio, grumi & grovigli. Mezzo-triste mezzo-felice, per metà cattivo per metà buono: un bell'impasto di dolore e apatia, senza bagliori. A essere onesti, il prima e il dopo combaciano, tutto o quasi coincide, e sono qui: mezzo-scemo e mezzo-intelligente, comunque esasperato... in un cul-de-sac.

La mia situazione attuale, questo precario equilibrio: ammetto che me la sono cercata, e tanto basta. Fede, Grazia, Opere: il solito eterno dilemma, tutta una tiritera teologica, e una lagna. La fede senza opere è morta – punto – e uno è quel che *fa* e con questo si salva (oppure... si danna). Ecco: peggio mi sento. Anni e anni a scrivere come un fesso – saggi, libri, pensosi articoletti, ambiziosi romanzi – e poi un lungo silenzio (non che importi a nessuno, ma è ovvio: mi riguarda). Come direbbe Occhietti Azzurri, il lupo perde il pelo mica il vizio, e allora che altro potevo fare se non cambiare ossessione, mutare mania (non potendo, va da sé, mutare pelle)? *Nulla dies sine linea* e, quindi: scarabocchi, incisioni, disegni; incerte silhouettes, immaginette. Si scrive *e* si disegna, si scrive *o* si disegna, ci si tiene occupati.

Sta di fatto che questa situazione qui, me la sono cercata, almeno temo. La confusione – programmatica, perturbante, imbarazzante – tra sonno e veglia. Lo svaporare – costante, inaccettabile – dei confini del reale dentro una materia di sogno, caliginosa. Come è come non è, forse c'entra pure il disegno, la mia – falsa – alternativa, *Le Violon d'Ingres*. Magari è una coincidenza, ma tenderei a escluderlo, lo trovo improbabile. Le mie letture, i miei vangeli apocrifi, le mie pezze d'appoggio: in questi anni di silenzio il mio Alfred Kubin: malefico! *Disegnatore di sogni*! Forse è stato 'sto dannato libretto a farmi il maleficio. L'avevo preso per studiare le illustrazioni ma ci sono cascato, e come un pollo. In qualche modo c'era anche una curiosa affinità, che volevo decifrare. Io m'ero messo a disegnare, zitto zitto. Kubin, a inizio Novecento, aveva fatto il contrario e la cosa mi intrigava: giochi di specchi. Quando in piena crisi il boemo s'era sentito perso aveva ripiegato sulla letteratura per cavarsi d'impaccio e il suo romanzo era nato come una sorta di autoterapia, o di esorcismo: *L'altra parte*.

Leggo, rileggo, e di bel bello eccomi qui trasformato nell'ingegnoso hidalgo della Mancia che scambia fantasie per cose vere, baratta ossessioni (altrui) per il Reale e, anche senza "incantamenti, contese, battaglie, disfide, ferite, concetti affettuosi, amori, affanni" eccetera, si ritrova di botto altrove, dall'*Altra parte*. Dove, chiedete? Esattamente *qui*, dall'altra parte, dove ti aggiri tra "le misteriose stanze e nei corridoi del sogno", e vasti paesaggi e innumerevoli figure e fatti irreali prendono il sopravvento turbinando ovunque o solo nella tua mente – già è un mistero –, e ogni scelta barra iniziativa barra avventura assume la forma arcana del naufragio, della dissipazione, in dissolvenza, e l'Io – dispotico, cartesiano, razionale ma, volendo, anche quantisticamente indeterminato, posteuclideo – bè, non te lo ritrovi più, o comunque è difforme, deforme, incontrollabile, e in fondo è come dice proprio Kubin, il negromante: "L'individuo è soltanto lo spettro di quella persona vera che si trova a livello più profondo", e anche se la stessa veglia non è che "un sonno cristallizzato, più luminoso" resta comunque un sonno e, dentro al sonno, comanda soltanto lui, il "sogno-mago-potente", il grande regista, sceneggiatore, scenografo, attrezzista, datore di luci, suggeritore, attore, siparista di questo infinito teatro di ombre, di questo *imbroglio*.

Sogni come allucinazioni, sogni bislacchi, e in ogni caso riflessi del grembo del tutto, falso-veri, logici ma di una logica altra, da indovinare. Poi, certo, per Kubin, da bravo simbolista, era normale ("Ho sempre pensato che il nostro mondo sia fantomatico sino al midollo. Il fatto di riuscire a sentirmi a mio agio tra gli spettri si può spiegare solo con la concezione che ho della mia stabilità interiore"); per quando mi riguarda, non funziona proprio così, è molto destabilizzante, bizzarro, spiazzante, disorientante, o forse devo soltanto imparare, abituarmi...

Ma state tranquilli. *Finis Austriae* per *Finis Austriae*, non ho intenzione di mettermi sulle piste di SigmundFreud, di "interpretare", che ho l'impressione che i sogni di cui parlava lui fossero d'altra pasta, molto diversi, tanto che i suoi svanivano al mattino, *puff*, scordati, mentre questi insistono, persistono, ricorrono, perseverano e non c'è modo di metterli da parte, obliarli e/o scancellarli, di liberarsene. È risaputo. Da bravo palombaro Freud si calava negli abissi della psiche con tanto di scafandro, elmo, boccaglio, scarponi zavorrati, e tutto un repertorio di attrezzi, strumenti, arnesi, dispositivi raziocinanti barra rassicuranti, sicché la piovra gigante degli abissi era già bella che spacciata in partenza: partita chiusa. "La composizione del sogno non trova posto tra le serie psichiche che riempiono la mente"; "I sogni, in genere, sono privi di intelligibilità e di ordine"; "La maggior parte delle immagini oniriche sono esperienze uniche": castronerie, diosanto, o forse soltanto iper-cautele, teoremi troppo rigidi, ricattatori. C'avevano visto più lungo gli elusivi presocratici, gli antichi poeti. Eraclito, Lucrezio, Aristotele, Artabano e Macrobio, Artemidoro, Cicerone, l'Oneirocritica del bel tempo che fu, la *Traumdeutung* del mondo classico... Gira che ti rigira torniamo sempre lì, non se ne scampa. I paradossi, gli indovinelli, gli scioglilingua e i tarocchi dell'efesino: "Unico e comune è il mondo per coloro che sono desti, mentre nel sonno ciascuno si richiude in un mondo suo proprio e particolare". Ineccepibile, con l'aggravante di una domandina nuova, imbarazzante, magari dettata dall'aria che tira, dallo *Zeitgeist*. Sicuri che lo vogliamo davvero questo mondo "unico e comune", che ne valga ancora la pena o, data la congiuntura, non sia meglio svignarsela, battersela a gambe levate, fuggire?

Sia come sia, nel mio caso l'arcano aggiuntivo è questa materia del sogno, monotematica, il sempre uguale di uno *stasera si recita a soggetto*, senza varianti. I sogni funzionali, strategici, finalisticamente calibrati di Lucrezio, be', scordiamoceli. La faceva un po' facile l'ispirato cantore degli atomi cosmici: quali che siano gli scopi, gli obiettivi, le passioni e i desideri della vita, ecco, queste "sono generalmente le stesse cose che ci sembra incontrare nei sogni", talché – poetava – sogni quel che ti torna comodo, tipo "avvocati per difendere le cause e comporre le leggi", "generali per combattere e attaccar battaglie", "marinai per affrontare la guerra ingaggiata dai venti"... Per quanto mi riguarda, invece, nessuna scelta: m'è toccata in sorte questa gran palla al piede, e lui, e solamente lui, m'appare in sogno: lo zingano mutevole, il logorroico figlio dei figli del vento, il piazzista di lezioni di vita in versi sciolti o in rima baciata, a suo piacere, l'evocatore – ambiguo – di storie dal passato, alla rinfusa, l'autorità monocratica (naturalmente insediata a suo arbitrio, autoproclamata) che recita sentenze irrevocabili in stile pena-capitale sulla vita attuale, sul presente, l'imbonitore – presuntuoso e saccente – che ti legge la mano e ti dice il futuro, anzi... decide! Tocca capire come è sceso dal letto, come gli gira. Quando non rimbrotta, edifica, pontifica, sentenzia. Quando è in buona, parla, straparla, ariparla, non riesci a fermarlo, è un fiume in piena. Quando rabbuia, tende al soliloquio sgradevole, all'amara rampogna, alla ramanzina.

Ne sentivate la mancanza? Niente paura. Eccolo, infatti, che riappare a suo modo, *en travesti*. Oggi è in versione nomade simplex con carrellino del Carrefour-TuoDì-Esselunga-Lidl-Élite (fate un po' voi) atto al saccheggio di cassonetti Ama, rifiuti urbani. Occhi pur sempre azzurri, t-shirt con la scritta oro – ovvio, TRAUMARBEIT MACHT FREI –, calzoni tuta da ginnastica con doppia striscia bianca in campo viola e bandana e orecchino alla Pantani. Nel carrello, ogni genere di scarto, rimasuglio, avanzo, scampolo (è il carrello di Eta Beta, ci scherza su, è un pozzo di san Patrizio, basta chiedere...).

Occhiolino, sorriso, e via con la paternale, implacabile. Già stufo di reclamizzare la merce, vuole spiegare. E principia così, crudo e intimante: hai un bel lamentarti, gagè, non serve a niente. Non c'è da recriminare, non c'è da piagnucolare, tocca capire. Tutto questo vostro nostalgicare nel dismesso e sdrucito e passato di moda ora nobilitato in vintage barra usato d'annata barra retrò, tutto questo caramelloso indugiare nel bel tempo addietro della meglio gioventù, be', lasciatelo dire, è meno imbecille di quanto non pensi o dici o scrivi sempre tu, e meno banale. Sintomatico, direi piuttosto, indicativo! Lo so, gli specialisti della divinazione, i leggimano, quelli in grado di anticipare il futuro e scoprire il domani per convenzione dovremmo essere noi, o le nostre donne, ma in quanto umani a nessuno è precluso l'aruspicare e tutto sommato capita pure a voi, di quando in quando. Non come profezia ma in forma di intuizione larvale, presentimento indistinto, presagio cieco che vede e non sa, o sa e non vede. Poi dite a noi. Da anni ormai, almeno da un paio di decenni buoni, almeno dal giro secolo-millennio, rovistate in cantine, solai, garage, armadi della cameretta dei bambini, soffitte, ripostigli in cerca di quel bel tempo che fu o dell'altro ieri, e all'improvviso certi reperti di cui vi eravate sbarazzati con insofferenza, disprezzo, noncuranza, disattenzione riemergono dal pozzo del passato più o meno intatti manco fossero il Sacro Graal – vecchi vinili, squadrette di Subbuteo, gagliardetti, album di figurine di calciatori, astronauti, animali selvatici, atleti olimpionici, lampadine a incandescenza, macchine da scrivere, termosifoni in ghisa, flipper, scarpe da ginnastica Adidas, Reebok, Converse –, e vi si inumidiscono gli occhi, siete oscuramente contenti ma senza un vero perché, e siete pure disposti a spendere una fortuna per recuperarlo questo *già fu*, questo *C'era una volta*, questo *Com'eravamo* (eddài: patetico)! Ma, appunto, è un'altra faccenda. Cose; la materialità delle cose vi colpisce dritto al cuore, e trasalite. Per anni avete covato il presentimento della smaterializzazione assoluta, della dismissione finale, del qui si sbaracca tutto e si ricomincia daccapo, diversamente, e allora, oplà, eccola qui la vostra vita 2.0, nuova di zecca, la vostra *second life* in digitale, e allora la si può pure capire barra perdonare tutta questa affezione mielosa per le carabattole del passato, perché a conti fatti, sì, è anche legittima, come la coperta di Linus, come l'orsacchiotto di pezza che abbracciavate la notte – paura del buio! –, come un talismano magico, un prodigioso amuleto, però – e rallenta –, però come sai, gagè, la notte vince sul giorno, non se ne esce, e poi è sempre stato così, niente di nuovo: si è sempre ballato nei saloni del Titanic prima del botto, si è sempre suonata la lira mentre Roma bruciava. Adesso – sghignazza – giocate a Subbuteo, figurine, calciobalilla, e gli stadi sono vuoti, non c'è nessuno sugli spalti, o c'è il pubblico ologramma, e peggio mi sento...

E finalmente rifiata, 'sto zingaro grillo parlante, il ciurmatore. Si fruga nelle tasche dei calzoni della tuta (peraltro vintage), bofonchia un "dove cazzo l'ho messo?", sputa tre volte per terra, e trovati che ha prima sigaretta senza filtro e quindi accendino, si alluma la paglia, sbuffa fumo grigio-azzurrino, e, soddisfatto-appagato, torna all'attacco. Lento gesto della mano sinistra verso l'alto dei cieli, un po' come un "che te lo dico a fare?", e ricomincia, *his way*, col bla bla bla.

Un presentimento – borbotta –, un presagio, non una previsione, meno che mai una scelta convinta, una decisione. Vedi, gagè – Occhietti Azzurri adesso mi fissa dritto negli occhi, inquisitorio –, tu che protesti contro questa fastidiosa confusione tra sonno e veglia (e maleducatamente provi a scacciarmi via, senza fortuna), tu che scalpiti e fremi e sbuffi, tu, sua Impazienza mia, be', datti pace. La vita è sogno, ma *concretamente*, mica come dice il poeta. Oggi, non ieri. Ora e soltanto adesso, e mai così in passato, semplicemente. Le cose svaporano, i rapporti, i corpi, le voci: tutto svanisce. *Stuff of dreams*, ma stavolta sul serio, e fuor di metafora.

Oplà, da' un'occhiata in giro, e bada che non giudico, constato: il mondo sta traslocando in una dimensione di veglia che non è veglia ma dormitura velata di una parvenza di vigile coscienza, *digitale*, e ogni cosa o gesto si virtualizza, duplica, rigenera o degenera, smaterializza. Ci state entrando mani e piedi dentro a questo eterno futuro 2.0, nella realtà aumentata dell'Irreale compiuto, del Metaverso, dentro a un post-tutto (e attacca a sciorinare un'altra macabra filastrocca delle sue, piuttosto monotona: postmoderno, postindustriale, postmateriale, post quello e post quell'altro, post un po' tutto). La distopia – adesso scandisce bene le parole, alza il tono di voce, fa il maestrino – la contro-utopia s'è fatta cronaca o minuta frattaglia, documentario. Gaggio, su, sveglia! Più che mutanti siete – e definitivamente – mutati, virtualizzati, e d'altra parte l'avevate intuito, in fondo era nei patti. I vostri filmetti per soli adulti spauriti, la fantascienza, le vostre *visioni* ieri tanto audaci ed estremiste, oggi sottomisura e cauteloso-banali, scialbo-neorealiste, noto-previste. *Blade Runner* – diciamolo – pare una fiaba dei Grimm, pure un po' annacquata, *Matrix* ormai non vi fa manco un baffo, è solo cronistoria. Bada, amichetto, che mica filosofeggio, mica sproloquio, è tutto qui bello squadernato nei fatti, sotto gli occhi di ognuno. V'è bastato un anno scarso di spavento panscemico, un motivo d'allarme, però, e te ne accorgi da te, eravate già pronti: il grande collaudo, e poi il grande trasloco... In questa *second life*, dentro questo teatrino! Tietteli stretti e cari i tuoi sogni, almeno sono reali (per quanto sempre di sogni si tratti, un'assurda sciarada).

Lo zingaro si accende un'altra sigaretta e riattacca a zufolare, tono mellifluo. Oggi è paternalista, si atteggia a riflessivo. Ami tanto le favole? Be', mettiti comodo che te ne conto una, sta' a sentire che storia! Inizia da un bel *C'era una volta*, come da tradizione, e continua così. Stammi a sentire! C'era una volta un mondo che è svanito per sempre: morto, estinto, liquidato, diciamo soffiato via, e una volta per tutte. Pensa un po' tu che strano: vivevate *in presenza*! Pensa tu che bizzarro: potevate toccarvi! E pensa tu che curioso, c'era chi andava a scuola, chi trottava al lavoro, chi bivaccava al bar, chi faceva riunioni, convegni, presentazioni, concerti, partite di pallone con la gente sugli spalti, summit, briefing e adunate; c'era gente che si mischiava, inciuciava, brigava, accozzagliava. C'erano capannelli, crocchi, bande, gruppetti, e c'era pure un mondo bendisposto ai bacilli o ai virus, indifferente ai germi e piuttosto confuso, opaco, slabbrato, frammischiato. Be', fattelo dire: beati in sogno e di languir contenti, ve lo siete scordato! Dài, gagè, devi ammetterlo: *gone for ever*, estinto, liquidato! Magari all'inizio l'avete pure presa a ridere, come fosse uno scherzo, e me li ricordo bene i vostri aperitivi virtuali con gli Spritz fatti in casa, col vinello ghiacciato, l'Aperol, la soda. Poi è andata come è andata, e come ancora sta andando... non ci si crede. Piuttosto – si interrompe – non è che ti interessa, che può farti comodo?

Si ficca una mano in tasca, *et voilà*, un altro dei suoi volantini, un'altra delle sue gipsy-réclame, come al solito un po' unta di grasso, spiegazzata:

> Allenati in casa! Abbiamo tutto da pandemic-sport puoi trovare l'essenziale per ciclismo running outdoor atletica e ogni altro sport casa tua può diventare la perfetta palestra, basta attrezzarsi disponiamo di rulli per bicicletta, percorsi GPS per simulare ogni itinerario & impresa & distanza, cyclette e cardiofrequenzimetri, tappetini in gomma, ruote per addominali, vogatori, tapis roulant, manici per piegamenti, balance board, kettlebell, fitness system completi, panche multifunzione.

Piazzista di mercanzie avariate anche nei momenti più solenni ed esiziali, lo zingaro ne approfitta e, recitata la sua lezioncina del giorno, prende e va. Quanto a me, dissonno e – che altro posso fare? – penso, rimugino, pondero, indago, m'arrabatto. Riti obbligati dell'inizio giornata, prima del caffè in tazzina, e di una fumata. Occhi cisposi da stropicciare, gli occhiali poggiati sul tavolino accanto al letto tra libri e matite, fazzoletti di carta, fogliettini, l'impellente pisciata, ma più che altro l'imperativo di tracciare una linea, mettere un punto. Quei delicati istanti teoricamente riservati alla verifica cosciente, discriminante, quei momenti preziosi in cui separi il grano luminoso del gran giorno dall'ingannevole, oscuro, paludoso rimestare infingardo della notte. Quelle frasi che ci diciamo così, per confortarci: "Era soltanto un sogno, un abbaglio...".

Esagera, mi dico, estremizza, semplifica, banalizza il suo *C'era una volta*; quella sua favoletta? Be', un fumetto. Ora, seduto in cucina a un tavolino di formica, sguardo che indugia oltre i vetri appannati – anzi, ammettiamo: sporchi –, dentro un paesaggio urbano di tetti grigio-topo slavati, cupole, antenne, cavi, verande terrazzate e stenditoi in lamiera, terrazzi con vasi per le piante, alcuni vuoti, seggiole pieghevoli, tavolini di plastica, ombrelloni (griffati Algida, Martini, Sammontana) già pronti per un'estate che ancora è di là da venire, e biciclette, armadi per gli attrezzi, panni stesi, fumo e mentre fumo ascolto parole e voci alla radio: anticipato dalle pubblicità di cubetti di pancetta cubicù e cubilì, riso Gallo e/o Scotti, cardiofitness pandemic-sport e servizio meteo, il GR delle sette, il mio buongiorno.

E nacque un mondo al sole: eccoci qui. Oltre ai bollettini pandemici e alle baruffe note della politica, e prima ancora degli aggiornamenti in diretta sulla missione OMS a Wuhan (il nostro romanzo giallo a puntate prediletto, meglio di una serie Netflix o Sky o Amazon Prime, più appassionante) due le notizie del giorno, sfrondando il resto. Una – dal cielo – spaziale per davvero, ultra-remota e quasi cosmogonica, un po' mistica. L'altra – dal mare – paradossale e assurda, inattuale nel suo sapore vintage, che pare proprio venire da un altro tempo e Storia, roba molto anni Cinquanta, proprio d'antan.

DAL CIELO, prima, come metafisicamente parlando è pure giusto che sia: "A due anni di distanza dalla prima, impressionante, inedita avveniristica foto di un buco nero" la voce dello speaker legge, stentorea, quello che immagino sia un dispaccio d'agenzia, freddo e neutrale, "ecco che dalla galassia M87 giungono le straordinarie immagini del suo campo magnetico, in technicolor. Chiazze d'arancio contro il nero più nero, e striature giallastre, indaco, viola. Forme, sagome, lampi di luce nel buio prendono vita a cinquantacinque milioni di anni luce dal pianeta terra. Ben nitido, posizionato al bordo estremo del risucchiante vortice di materia, il campo mostra come frammenti, atomi, getti di particelle riescano a estendersi oltre quella stessa galassia. Anche in questa occasione" aggiunge la voce della radio, un filo nasale, "come era accaduto per la foto del 2019, i ricercatori hanno lavorato collegando fra loro otto telescopi in tutto il mondo, in modo da ottenere un telescopio virtuale delle dimensioni della terra, l'Event Horizon Telescope. Sono state utilizzate anche le sessantasei antenne del radiotelescopio Alma (Atacama Large Millimeter/submillimeter Array) dell'Osservatorio Europeo Meridionale (ESO). In questo modo, il telescopio virtuale EHT ha permesso di ottenere una risoluzione equivalente a quella necessaria per misurare, dalla Terra, un oggetto grande come una carta di credito sulla superficie della Luna".

Inevitabile l'accenno a quei giorni di aprile quando eravamo tutti beati col nasino all'insù a guardare il cielo: "Il 10 aprile 2019 gli stessi ricercatori di EHT avevano reso pubblica la prima foto di un buco nero, che mostrava una struttura luminosa ad anello con una regione centrale scura: l'ombra del buco nero. Adesso, con questa nuova foto, sono in grado di capire meglio la fisica che c'è dietro l'immagine del 2019". Segue l'intervista di rito con l'esperto: "Possiamo dire di avere aggiunto un'altra pagina alla fisica dei buchi neri. Nessuno era stato in grado di arrivare così vicino all'orizzonte degli eventi, finora. La comprensione di questi campi magnetici" conclude, "è fondamentale per capire quali parti del campo magnetico sono responsabili dei getti ad alta energia emessi dai buchi neri".

Quindi, DAL MARE – anzi, da una striscia di terra fattasi mare oltre un secolo fa, nel tardo Ottocento. Come ai tempi della ben nota e omonima crisi del '57, il canale di Suez è chiuso al traffico e non per scelta politica o per conflitto bellico o attentato. Un incidente, solo uno sciocco incidente, niente di che. Poco dopo l'imbocco sud, tra Suez e Shalluffa, una portacontainer giapponese in rotta per Anversa passando dai mari orientali, quindi, dopo il Mar Rosso e il Mediterraneo, via Gibilterra sino alle acque gelide d'Atlantico, si è incagliata ponendosi di sbieco fino a bloccare totalmente il traffico navale. Lunga quattrocento metri, larga circa sessanta, capacità di carico pari a duecentoventimila tonnellate, la Soft & Green (il cargo prende il nome da una ben nota marca di carta igienica) se ne sta lì spiaggiata di traverso e la cosa – sottolineano giustamente gli esperti – è un bel disastro. Oltre trecento imbarcazioni ora restano al palo, qualcheduna già incastrata nel canale, lato sud, la maggior parte bloccate nel Mar Rosso o a Port Said. In termini di perdite economiche e di danni si stima un ammanco di quasi dieci miliardi di dollari al giorno, tra carichi destinati a nord, quindi in Europa, o, inversamente, a sud, diretti in Asia. Inimmaginabili, e ancora incalcolabili, le conseguenze sui prezzi medi di varie merci, dal costo del greggio sino alle gallette per cani, ai cellulari, ai componenti per l'industria manifatturiera, leggera, pesante, siderurgica e – come è ovvio – alla carta igienica.

Singolare la teoria di imbarcazioni bloccate in rada o costrette alla rotta lungo le coste d'Africa, un giro largo esposto al rischio di tempeste e bonacce, assalti pirati: portacontainer, petroliere, traghetti, rinfusiere, metaniere e cargo, navi silo, navi portachiatte o portacavi, imbarcazioni per la pesca d'altura, vari altri scafi. Interessante l'eco dell'impasse, e in senso letterale: suoni, rumori. Per scelta estetica o errore di regia, l'audio parlato del servizio dal canale parte solo dopo quaranta secondi buoni di rumori di fondo, presi sul campo. In sottofondo il rombo del Khamsin, il vento del deserto che spirando dal Sud alza nubi di polvere bestiali; in primo piano muggiti, ragli, nitriti, grugniti, squittii, isolati barriti, il raschio fondo di un ruggito, richiami di pappagalli e altri uccelli esotici e, più che altro, un belare di mandrie, piuttosto spazientite.

Come si è letto, tra gli immensi scafi costretti all'attesa, piombati all'ancora, parecchi portano carichi di bestiame: sacre mucche dell'India destinate al macello in Ungheria, capre tibetane e pecore merinos, montoni, porci, vitellini da latte, asini di Mongolia, cavalli berberi e oche da ingrasso, polli, galli, galline e pulcini, conigli di ogni genere, cavie e topi e criceti, pappagallini, Agapornis e tucani, are scarlatte, più, a quanto pare, qualche elefante, ghepardo, leone o tigre spaurita: involontaria ciurma di un circo clandestino, vecchia maniera. L'Arca di Noè si è riformata dal nulla – dentro il presente – e sulle sponde del canale di Suez rimbalza l'eco del vasto coro di questo zoo ambulante costretto in sosta sotto al sole cocente, esposto al vento. Ecco: il soffiare del Khamsin, dentro al mattino, e questi versi da caravanserraglio, inconsueti. La Soft & Green se ne sta lì di mezzo e di traverso, blocca il canale. Alle sue spalle preme una flotta variopinta, mal assortita. Arabi col turbante, trafficanti cinesi, spioni russi e agenti della CIA sotto mentite spoglie, guardoni simplex, tutti assembrati per curiosare sui parapetti dei moli e sui pontili di Suez, lungo le rive di sabbia e pietre del canale o sui tetti piatti delle basse case d'ocra di Shalluffa. Giorni, sarà questione di giorni se va bene, o di settimane (e io penso e rimugino e mi dico: lo vedi, zingaro? Hai un bel teorizzare, filosofeggiare, sillogizzare, mettila come vuoi: restano chiacchiere. Il mondo liquido, volatile, immateriale, smaterializzato, il mondo digitale, 2.0: parli e riparli e poi, tiè: basta uno sciocco incidente, *a simple twist of fate*, un contrattempo, e la materia, eccola, si riaccumula, riappare, tutto torna a addensarsi, tutto raggruma...).

Gli aggiornamenti dalla missione OMS a Wuhan, invece, me li cucco in diretta tivvù, in prima serata. Come sia rotolato via quest'altro giorno di mezza clausura è indifferente, tra mail, ore e ore di lavoro in remoto, o se vuoi smart, febbrili, meno febbrili, utili, meno utili consultazioni via WhatsApp con chat multiple che si intrecciano, avviluppano, intersecano, sovrappongono, brevi ma intensi istanti di pausa rubati di soppiatto allo smartworking, ove con inchiostro e pennino traccio segni sgorbiati su carta semiruvida con furia (entro domani la solita rivista vorrebbe tutta una serie di disegnini sul *Mago di Oz* ed eccomi qui col leone pauroso, con l'omino di latta, con lo spaventapasseri e le streghe – buona quella del Nord, malvage quelle dell'Est e dell'Ovest, mai pervenuta la strega del Sud – e, ovviamente, con Dorothy e i tornado, *tutti quanti*), ecco, come sia scivolato via quest'altro giorno è indifferente. Ora, mentre rosseggia il tramonto oltre il consueto paesaggio di tetti, antenne, stortate lamiere, panni stesi, stormi in puntiforme formazione trasmigranti da nord a sud e, oltre viale Tirreno e il ponte delle Valli, Forte Antenne, nubi a stracci a sporcare la linea dell'orizzonte che qui da Montesacro (41°52 '38.77" N) è, diciamocela tutta, risicata, ora – con un bicchiere di birra bello gelido – accendo zietta tivvù: stiamo a vedere.

Doppiato da un paramedico bulgaro (il portavoce del team è un radiologo sordomuto dell'Honduras che si esprime esclusivamente in LIS, la lingua dei segni), il primo comunicato della missione OMS è interlocutorio. Come da protocollo tutti i membri della squadra, sbarcati in mattina all'aeroporto internazionale di Wuhan Tianhe, percorsi via bus sanificato tutti i ventisei chilometri sino all'Hubei Konggang Business Hotel in Nansan Road, pieno centro, affronteranno due settimane di quarantena. Per il momento, quindi, dalla missione nient'altro che sensazioni alla buona, chiacchiere tanto per fare, prime impressioni (l'infermiera finlandese esprime gradimento per la cucina, ne apprezza il menu internazionale; il cardiologo moldavo lamenta invece la scarsa varietà dei canali via cavo non riuscendo a seguire il suo programma preferito di *wilderness cooking* dall'Azerbaijan). Sia come sia, aspettando il via libera, si tratta coi cinesi per capire cosa e come e quando ispezionare prima in città, quindi più in generale e altrove nel territorio. Il nodo controverso pare il via libera a una ricognizione presso una certa miniera di rame in disarmo nello Yunnan ove – si dice – anni addietro sarebbe stato riscontrato un virus molto simile al Morbo. Per l'OMS, una tappa essenziale per verificare modalità e tempi di un'eventuale zoonosi (il passaggio dal pipistrello all'uomo resta la teoria principe e di pipistrelli, qui, a Wuhan, in realtà nemmeno l'ombra, oltre a mancare, al momento, l'animaletto intermedio del salto di specie); per i cinesi, una curiosità molesta, irrilevante. Sia come sia, in attesa di squarantenarsi e andare al sodo, gli scienziati della missione, consapevoli delle vaste aspettative, offrono al vasto pubblico globale un loro lavoretto sperimentale. Bloccato in hotel il team, per questi giorni vuoti di ozio, mostrerà in mondovisione i risultati del singolare progetto: filmare i sogni. Polisonnografia, un gioco da ragazzi, spiegano in inglese e simultaneamente in LIS, la lingua dei segni, l'onduregno e il bulgaro. Elettrodi vengono applicati alle tempie del dormiente di turno (scelto, sì, a caso, ma sempre in base a rigorosi algoritmi di *gender equality*), cavi e dispositivi wireless e altri aggeggi trasferiscono fasi e sequenze REM dentro uno schermo. Oggi tocca a una vecchia conoscenza, l'infettivologa lesbica hawaiana, e ne scopriamo il nome: Lana Keikani.

Cosa ha dunque sognato Lana Keikani? Palme e noci di cocco, caramelle e bonbon, Lana Turner nuda a cavallo di un manico di scopa, stile befana, un dromedario che, grandi occhi spiritati, allunga il collo, si sporge tra giallo-spoglie dune di un deserto arso e fissa la sagoma immenso-torreggiante di una nave cargo carica di variopinti container all'apparenza bloccata di traverso in un canale, scimmie volanti e pesci palla, un'acrobata che equilibreggia sul filo, senza rete, e un mangiafuoco che giustamente mangia e sputa il fuoco... Sin qui tutto in nitidi colori, belli e stagliati e netti, superfiammanti, poi, all'improvviso, il sogno keikanesco scromatizza e vira al bianco-nero, o meglio al seppiato.

Fruscii di interferenza, lampi di luce, e in un tremulo grigiume puntinato di diafane stelle-pianeta, scie opaco-luminose di comete, meteoriti, asteroidi, blocchi di roccia o ghiaccio, sciami di corpi teoricamente celesti, orbitanti detriti spaziali come latte sbullonate via da satelliti, radar, batterie, polveri dense, bottigliette di vodka, Cola e/o Pepsi Cola, olio per motori, e sullo sfondo – al margine estremo del campo, sulla sinistra – enorme e addensata una massa più nera del nero che solo qualche raggio più chiaro staglia e scompagina, ecco che appare sbilenca e lontana la sagoma affusolata di un'astronave. Classica, tondeggiante, ha forme alla vista ancora non ben definite e alla distanza parrebbe quasi un obsoleto, bombato frigorifero anni Cinquanta sparato in orbita da un capriccio del caso, o da un'esplosione cosmica bislacca disegnata da un buontempone della Marvel o della DC o AC Comics. Sulla fiancata della nave-frigo ancora troppo remota, quindi minuscola, si intravede un'ipotesi di scritta che non si decifra. Nel grande siderale silenzio dell'*Outer Space* il singolare velivolo scatarra una sua sincopata melodia da vecchia carretta smarmittata, musica ovattata quanto vuoi, bassa, attutita, ma pur sempre capace di ammutolire l'algida sinfonia delle sfere celesti. E mentre la visione-sogno prende a sfumare, qualcosa accade. Nei pressi di quella che è lecito immaginare sia la carlinga del trabiccolo, da un botolone sporgente fuoriesce in ricognizione una sorta di braccio telescopico tipo doppia asta del Meccano che in sulla cima sembra esibire quello che, così da discosto e a occhio nudo, diresti proprio un enorme uncino.

E diresti pure giusto, gagè, diresti bene. Sardonica, la vocetta zingaresca... Da dove viene? Stavo guardando la tivvù e – tutto d'un botto – mi ritrovo alloppiato e sognante-sognato, e Occhietti Azzurri, figurati, immancabile è qui con me, mi accudisce e molesta, e dice la sua. Su, dài, mi fa, non stare a sottilizzare, non questionare. D'accordo, caruccia Lana Keikani, quel che vuoi, e poi le palme e le noci di cocco, pure il cammello... Non t'arrabbiare: c'ho aggiunto solo un pizzico di verità, t'ho dato un indizio. Quelli, tanto, quelli... lasciali perdere, va', lasciali stare. E attacca col suo refrain (e quindi scompare): mai un ragno dal buco, quelli, non caveranno mai un ragno dal buco...

El Miércoles Negro

Da quando è scomparsa, o meglio ha chiuso baracca e burattini e preso il largo, sembra aver riscoperto l'antica malia del servizio postale. Lettere e cartoline, più qualche cartoncino disegnato da lei ma in ogni caso bollato, vidimato, francobollato. E autoscatti Polaroid (regolarmente affrancati, a volte imbustati). Come il nano di Amélie, dà segno di sé dal mondo: ciao ciao e tanti saluti, *à la prochaine*. Mai una telefonata, mai una mail, meno che mai chat o videochiamate. Non ve lo sto a nascondere: un po' mi manca. Io qui inchiodato a fare e rifare sempre lo stesso esasperante giro del giorno in ottanta mondi, lei nel suo chissà-dove-sta, a sfarfalleggiare. Non c'è molto da aggiungere: ha preso ed è andata. Ovviamente ha fatto bene, ci mancherebbe. In generale e più che altro adesso, nel tempo fermo. Scancellarsi da tutto, svignarsela, sparire, farsi di nebbia alla faccia di regole e precetti, zone rosse e gialle e arancio, quarantene e coprifuochi, altri interdetti. Angelica "Scompiglio", altresì nota col *nom de plume* Effi Briest, fumettara e graffitara, scenografa e varie altre cose. Di noi posso dire soltanto: affetti stabili (e la chiudo qui: è soltanto mia figlia, state tranquilli).

Sta di fatto che quando la street art è diventata di moda lei sulle prime mica ha capito bene, poi però ha scelto di smammare, bye bye. Quando l'avevano coinvolta nel programma *Street Artists for Resilience* (STAFR, un'iniziativa del MIBACT, Ministero dei Beni e delle Attività Culturali e del Turismo, ora, più sobriamente, Ministero della Cultura) era rimasta positivamente colpita, quasi contenta. Fin quando l'avevano spedita sull'A1 per l'abbellimento dei famigerati pannelli fonoassorbenti, in breve le classiche barriere antirumore che dovrebbero (teoricamente) tutelare case, borghi, agglomerati urbani e/o rurali, cascinali isolati, insediamenti dal molesto rombare di auto, tir, cisterne, motociclette eccetera eccetera. E sai che spasso. Me l'aveva raccontata così, quell'avventura: ore e ore sotto al sole, in salopette e giubbino arancione di sicurezza, con pennelli, rulli, vernici, bombole aerosol, silhouette stencil a pittare sagome di graziosi uccellini, cervi dalle grandi corna arcuate, Bambi, cerbiatti, animaletti della fattoria o, peggio – metti caso che in quel momento l'autostrada sfrecciasse nei pressi di amene località che avevano dato i natali a questo o a quello (poniamo: Poggio Bustone uguale Lucio Battisti, Zocca uguale Vasco Rossi, eccetera) –, estratti centellinati di opere notabili, tipo brani di canzoni, celebri pagine in prosa, svenevoli poesie, ultime parole famose, frasi pregnanti, per non parlare di quei tratti stradali ove le autorità avevano suggerito barra imposto d'ufficio la ricostruzione di ambienti e suggestioni tratte dalla *Fiabe italiane* di Calvino o direttamente dalle *Favole al telefono* di Gianni Rodari.

Figurati "Scompiglio" Effi Briest, in quella melassa. La classica finto-tonta che al funzionario di turno, bolso ingessato, fa: certo, sicuro, sì sì, bellissimo, giustissimo e sbatte, cerbiatta, gli occhioni, svampita, e poi, quando quello si gira, prende su pennello o bomboletta e giù a immortalare altre immagini e scene meno bucoliche, tipo istrici, ricci, rospi, volpi spiaccicati ai bordi della strada, sguardi persi e budella spappolate, povere bestie, tipo streghe maligne a cavallo di scope-autovettura, cilindratissime, o orchi barbuti al volante di autoarticolati zeppi di vario bestiame – suino, bovino, ovino, equino – diretto al macello, all'estremo sacrificio, alla mattanza, e insomma, com'è come non è, l'avevano cacciata, anzi s'era fatta cacciare, e s'era data alla macchia, era partita.

Adesso mi ha scritto dal suo chissà-dove-sta, cura scenografie per spettacoli di teatro virtuali, remotizzati, e continua a trafficare con i suoi amiconi della rete SET (Sud Europa di fronte alla Turistificazione), attivisti che da Siviglia, Cadice, Marsiglia, Barcellona, Venezia si battono contro la piaga del turismo globale, voli low cost, Airbnb, case albergo e/o alberghi diffusi, negozietti di pizza al taglio, piadine, kebab e souvenir, valigie e ombrelli; utopisti ostinati in lotta contro il segnato destino di borghi, villaggi, città d'arte, centri storici trasformati in parchi a tema per il turismo di massa, eccetera eccetera (per quanto – va detto – questa sia per il momento come un'ombra sospesa, o un'ipoteca: pandemizzate, deturistizzate, dechiricizzate, le città sono tornate irrealmente deserte, vuote, spoglie, metafisiche). Sta di fatto che l'ultima cartolina Effi me l'ha spedita da un suo dove senza nome: vattelapesca. Un cartoncino Bristol formato 10X15 dove ha scarabocchiato una copia bozzetto della *Famiglia turca* di Dürer e c'ha aggiunto i colori, a pennarello (l'incisione è datata 1496 circa: un lui e lei, inturbantati, lui con l'arco e le frecce, lei con un poppante in braccio; il titolo, com'è noto, è fuorviante: quei due non sono turchi ma, indovina un po', una coppia di zingari). Quanto al testo, vabbè, non che si sia sprecata: "Baci, Papi, ciao, ciao".

Baci, poi: sta diventando assurdo, strambo, grottesco. Da qualche tempo almeno, tutto metaforizza: i baci, gli abbracci, le strette di mano, gli schiaffi, le carezze. Diciamolo: i corpi. Intollerabili, le réclame in tivvù, i cartelloni in strada. Dopo la farsa dell'#andràtuttobene ora spopola un altro ritornello, persino più cretino, e più indecente: torneremo ad abbracciarci. A parte che anche no – ma chi v'ha visto mai? ma chi vi conosce? –, è davvero incredibile. Viviamo la dannazione del contratto, della stretta di mano. Ridicoli questi scemi in tivvù, o nelle piazze e nelle vie che si incontrano e: *ciao, come stai?*, e si danno di gomito. Darsi di gomito! In codice, era il segno dei gaglioffi, il sigillo delle intese truffaldine, degli accordi infingardi e ora, guarda un po', è la modalità suggerita e prescritta di scambiarsi i saluti, l'unica tollerata.

Ecco, dove sono finiti corpi, eros, casti gesti d'affetto, scopate e pompini, abbracci, baci? La cosa davvero raggelante è questo clima di paura e titubanza, il ritegno costante, il sospetto latente, la diffidenza. Campiamo sul chi vive, straguardinghi, allarmati, cautelosissimi. Corpi e aliti corporei, emissioni di fiato. Si respira, si inspira: il contagio è in agguato. Il Morbo siamo tutti noi, quantomeno in potenza. È una mutazione totale, da fantascienza, e manco ce ne accorgiamo, o ce ne curiamo. La vita quotidiana compiutamente normata, colonizzata da regole, precetti, divieti, dettami vari. La vita quotidiana come campo di battaglia, linea del fronte. La distanza sociale (un metro, un metro e mezzo, a volte due), l'anatema diffuso – oddio, la gente che s'intruppa e s'accalca, gli assembramenti!

Tutto giusto, opportuno, ragionevole insomma, raccomandabile, però anche clamoroso, devastante e – uno se lo chiede – irrimediabile pure? Irreversibile? E ti credo che uno si rifugia nei sogni, per la miseria. "Unico e comune è il mondo per coloro che sono desti...": ineccepibile e tragicamente vero, inesorabile. Piuttosto che incaponirsi a tracciare una linea (incerta) tra sonno e veglia bisognerebbe domandarsi cosa ormai più distingue il sogno dall'incubo (col rischio di doversi confessare a denti stretti che un incubo è la realtà, il mondo dei desti). Sfogli, risfogli il solito Tommaseo, il nostro Come-Si-Dice, il nostro Come-Altrimenti-Potrebbe-Dirsi, il Dizionario-dei-Dizionari, insomma, e anche le sue verità suonano false. Quantomeno indulgenti, consolatorie. "Oggi s'intende per Incubo quella Oppressione o Soffocazione che talvolta si prova durante il sonno, in maniera che ci sembra d'avere un gran peso sullo stomaco, ma che cessa come prima l'uomo si sveglia." Eh, Niccolò: sicuro che "cessa", che uno "si sveglia", proprio sicuro? "I flati, i vapori, le debolezze, i deliqui, le fasce imaginarie, le vertigini titubanti, l'incubi, le tristezze, le lacrime e altri tali molesti effetti, produtti dalla sola inordinata distribuzione del sangue...": non cessa un accidente, fattelo dire. È sempre e tutto ancora qui, preme, ristagna, persiste, insiste. Proprio nel nostro "mondo unico e comune", proprio da desti...

Ma piantala, vedi di farla finita, dacci un po' un taglio... Inaspettata, per quanto ormai prevedibile, rieccola, chioccia, la vocetta di Occhietti Azzurri, il pontificante. Lo zingaro che mi appare in sogno oggi s'è messo in ghingheri, versione zigano bel-gagà, tirato a lucido: completo gessato, garofano nel taschino, gilet a righe e fazzoletto rosso al collo stile apache parigino (una caduta di stile, indubbiamente). Finiscila, insiste falso severo ma sempre sottoridendo ai baffetti curati, piantala qui! Farse, tragedie, neppure la riconoscete più la differenza. D'accordo: i corpi, la stagione del panico, il contagio, i baci, gli abbracci, il sogno e l'incubo, l'amoruccio tuo che se l'è svignata alla grande... Tutto giusto, lo capisco, molto sgradevole, però... che insulsa tiritera, che bla bla bla! Commedie *e* drammi, altro che incubo *o* sogno: farse *e* tragedie! Lascia stare e vieni mo con me, vieni a vedere. Imperativo, bel gagà mi fa cenno con la mano: seguimi, ascolta! Me lo sbircio da sotto in su, provo a capire. Lui e la sua eterna sigaretta, altro che Yanez de Gomera, lui e le sue mille risorse, i suoi magheggi. Dalla tasca dei calzoni gessati adesso tira fuori un mazzo di chiavi, il portachiavi è una stella della Mercedes sgraffignata chissà dove e chissà quando, démodé. No, no, mi fa: bada, è proprio una macchina mia, ti faccio vedere, o meglio – precisa – me l'ha imprestata un certo mio cugino, vieni gagè.

Eccola, infatti, che appare alle sue spalle, eccola che evocata si manifesta (questi sogni col contagocce, al ralenti): Mercedes Benz 240 – mi previene – in produzione dal 1973 all'86, design di Paul Bracq, 80 CV e alimentazione a diesel, un gioiello (se vuoi, parentesi, te ne procuro una, nessun problema). Ammaccata, sverniciata è tutto un passato splendore, la macchinona, ma indubbiamente ha classe, fascino, ancorché *délabrée*, stile da vendere. Occhi Azzurri si avvia verso il suo bel cimelio con passo lesto. Bisogna capirle, le macchine – bofonchia tra sé e sé –, bisogna capirle e curarle, sono un po' come i cavalli, non so se mi spiego.

Da quanto intuisco siamo in un garage, o meglio in una rimessa per attrezzi, cianfrusaglie, mobili andati a male, pezzi di ricambio di auto, moto, biciclette, trattori, mezzi agricoli. Nude lampadine a vista rischiarano e non rischiarano la scena, tra luci e ombre (tra le altre cose si intravedono cartelli stradali, una vecchia pompa da benzina stile quadro di Hopper, immancabili calendari di donne nude, un proiettore a manovella, diverse macchine da scrivere, un torchio da stampa). Lo zingaro – mentre continua a farfugliare tra sé chissà che cosa – rovista nel cofano zeppo di impicci. Ecco, trovato! I suoi *eureka* da niente, i suoi trionfi! Sorrisone denti d'oro e nerofumo, occhiolino d'intesa e questo mi fa: ecco, trovato, gagè, mettiti comodo (comodo, ovviamente, si fa per dire: a parte un vetusto barile di latta per l'olio industriale non scorgo altre possibili sedute, indi: m'arrangio). Chi cerca trova – proverbieggia il mio compagnone onirico soddisfatto – e in men che non si dica eccolo a trafficare con un vecchio rullo di pellicola e col suo bel proiettore a manovella (Eumig P8 Super 8, *Made in Austria*: una sciccheria!). E ci risiamo: le gipsy-cine-visioni, le proiezioni didattico-zigane, il *La Storia siamo noi* di Occhietti Azzurri.

Consueto tremulare di avvio pellicola, scrosci dall'altoparlante – nel caso, la radio della 240, prestata all'uso – e sullo schermo (di fatto una delle pareti del garage ripostiglio, tanto che nel filmato fanno capolino, indesiderati ospiti, una grata con appesi cacciaviti, pinze, chiavi inglesi, un cartello stradale di STOP, un estintore) ecco, sfumate, le prime immagini, rigorosamente sgranate, e in Black & White. Didascalica, la telecamera indugia su una cartina del regno di Spagna. Squilli di tromba e subito appare il titolo del filmino: EL MIÉRCOLES NEGRO. Sette secondi e torna in primo piano la mappa e, tra fregi e stucchi – tipo festoni d'alloro puntinati di gigli, scudi, si immagina, variopinti, scettri e coroncine varie, strambi pendagli – in basso a destra, ecco incorniciata una data: 1749, 30 di luglio. Pigramente la camera indugia sulla pianta ove si stagliano nomi di località, città, regioni. Come da lontano, prima fioco e via via in crescendo più nitido, un rullare di tamburi di sottofondo. Un tono più alto di questo sbirresco tambureggiare, nasale una voce fuori campo, stile documentario Istituto Luce o radiogiornale EIAR, scandisce la lista: Asturie, Cantabria, Paese Basco, Navarra, Aragona, La Rioja, Castiglia e Léon e via compitando per tutta l'ispanica penisola sino a Estremadura, La Mancia, Valencia, Andalusia... Cambio di scena e lo schermo si scompone in scacchiera. In simultanea, e dall'alto in basso, da sinistra a destra, con sperimental furor, quattro cartolinesche scenette prendono vita.

ALTO A SINISTRA: Palazzo reale, un agghindato bamboccio percorre a passi nervosi un suo cricetesco circuito tra damascati tappeti e ben intagliato mobilio – tavolinetti, scrittoi, altane con piante di agavi e vasi in porcellana di Cina (o presunta tale). Inevitabili sullo sfondo ritratti di avi reali, pesanti e un po' lugubri arazzi, ampie specchiere. Immobile, di lato alla scena, pomposo col suo bel bastoncino intagliato, la fascia porpora sopra la marsina coi fregi (maniche a sbuffo), medagliatissimo, parruccatissimo, un dignitario attende che a sua maestà passino i cinque minuti e, chetate le fregole, dia un taglio alle titubanze e – su, *alea iacta est* – ben si decida. Provvidenziale (e sempre nella sua barocca cornice di fregi) una didascalia in svolazzanti caratteri corsivi: RE FERDINANDO VI DI BORBONE (1713-1759) – ZENÓN DE SOMODEVILLA Y BENGOECHEA, MARCHESE DE LA ENSENADA (1702-1781), PRIMO MINISTRO, GIÀ MINISTRO DELLA GUERRA, DELLE FINANZE, DELLA MARINA MILITARE, DI TUTTE LE INDIE.

ALTO A DESTRA: in più umbratile e sobria location – diresti una cella fratesca, o comunque in dimora quale romitorio o convento, quale monastero –, malrischiarata da una pallida lama di luce, la sagoma austera: l'abito scuro e il volto smunto-spiritato-affilato di un prete, occhi di pece. Il prete ha in mano un fascio di carte. Colpetto di tosse, discreta raschiatina di gola, ed ecco che l'uomo di fede rompe il gravoso silenzio e attacca a parlare: "I mezzi proposti dal governatore del Consiglio di sradicare questa brutta razza, odiosa a Dio e perniciosa per gli uomini, sembrano buoni. Il re farà un grande dono a Dio, Nostro Signore, se riuscirà a liberarsi di queste persone". La provvidenza in versione didascalia aggiunge e chiosa: PADRE FRANCISCO DE RÁVAGO, ILLUSTRE DE CANTABRIA, IHS (OVVERO: GESUITA), GIÀ CONFESSORE DI RE FERDINANDO VI.

BASSO A SINISTRA: un'assolata, affollata, tipica anomima *plaza* di paese, tal che può essere basco, cantabrico, valenciano, andaluso o de la Mancha, con bassi porticati, case rozzamente intonacate ocra o bianco-latte e portoncini laccati verde-scuro, persiane uguali, fontana con spoglia aiuola al centro, due edicole sacre – una per la Virgen, l'altra per qualche santo guaritore e taumaturgo –, una vite che si intorcina in frondoso porticato, l'osteria, immancabile la chiesetta in mattoni, alto il pencolante campanile (ma scampanato). Vuota è la piazza ma tosto questa si affolla, prima allungate ombre tipiche del meriggio poi villici a frotte convergono verso il centro, la fontana. Suono di pifferi e tamburi e, scortato da una pattuglia soldatesca – notevoli le ampie fasce gialle, i berretti neri di sbieco, i fibbiati tascapani in pelle, tutti moschetti al fianco e *Avanti marsch!* – pingue incede un funzionario in marsina grigiastra, radi capelli e naso rubizzo da beone, occhialetto tondo pinzato al naso, due o tre doppio menti, folte basette. Stamburata di rito e silenzio; folla in attesa. *El señor* basettoni spiega dinnanzi a sé un pergamenato editto e principia la lettura, voce stentorea:

> Per Ordine di Sua Maestà, come prescritto dal marchese de la Ensenada, come vidimato, firmato, sottoscritto dal corregidor locale, si dispone, e chiunque ascolti è tenuto a eseguire, senza eccezioni... Sua Maestà, in base anche alla Pragmatica emessa dal buon re Carlo II anni addietro, ordina ora con tutti i mezzi a sua disposizione, in ogni posto, l'arresto di tutti coloro che son rimasti, rom, zingani, gitani, calè, come chiamarli volete è indifferente, tutte persone vaghe e dannose che infettano la Spagna compiendo orrendi crimini, disturbando la pace sociale, turbando il vivere civile, mestando e rimestando magheggi, ladrocini, sortilegi. Si dispone così che ogni famiglia rom, zingana, gitana, calé, venga presa e radunata e traslata in loco atto, in modo che questa categoria di persone scompaia, se possibile. Gli uomini siano messi di parte coi ragazzi di oltre sette anni. Le donne con i più piccoli. Al corregidor il compito di preparare carri, bagagli, guide necessarie. Nessuno dia loro riparo, e nessun luogo sia di asilo per loro, neanche le chiese, i cenobi e conventi, i monasteri.

Silenzio, rullo di tamburi, grugniti di assenso dalla folla, un due o tre isolati "evviva", indi applausi convinti. Altra stamburata.

BASSO A DESTRA: Ancora la mappa della Spagna, ma adesso senza indicazioni toponomastiche modello "cartina muta" per le interrogazioni alla lavagna o super-quiz. Ove campeggiavano nomi di regioni e città in florilegio ora si intuiscono figure in movimento, sagome e ombre. L'immagine si scompone e ricompone, particolari svaniscono o ingigantiscono vorticosamente. Lampeggiante, a intervalli regolari, s'accende e spegne la scritta fatale, EL MIÉRCOLES NEGRO!

Cosa intravede l'occhio dello spettatore in questo carambolare folle di circo? Armati, non più in divisa di gala ma in assetto di guerra – elmi in ferro e acciaio, armature leggere tipo giubbotto antiproiettile d'antan e pantaloni a sbuffo, lucidi stivaloni, lance o archibugi –, marciano in formazione compatta ma a passo furtivo e un po' ovunque, nel chiarore delle prime luci del mattino, *albente journo*, i fanti di sua maestà cattolica, in azione di rastrellamento, sequestro, polizia, e alla loro guida, montati su alti cavalli dal manto vuoi baio vuoi leggiadramente morello, vuoi sauro o albino, o nero, vuoi pezzato, e loro sì in gran spolvero con policrome, sgargianti divise arlecchino, e lucide spade al fianco, e fasce e medaglie e vari collari e toson, piumatissimi cappellacci o elmi dorati, ecco alla loro guida capitani e *corregidor*, generalissimi vari, tenenti-colonnelli e, di grado in grado, per gerarchia, un po' tutta la crème de la crème della Real Armada, oggi e di nuovo *invencible* e spietata. Di contro, prede braccate allo sbando ma rassegnate, crocchie di genti in stracci ormai spacciate. L'occhio dello spettatore contempla l'accerchiamento fatale degli zingani e scorge: fumo di bivacchi e pentolacce su braci ancora vampeggianti, tende sdrucite e lacere tenute su da pali e tiranti in cordame, senza bandiere, carrozzoni parcheggiati alla rinfusa, carrette sbilenche, spogli alberi scheletriti, poco frondosi, alla cui base pascolano pigri muli orecchie mogie, uomini dal volto scavato e zigomi sporgenti, di pelle scura, che giocano a tricche e tracche, a dadi o a scacchi, femmine con gonne coloratissime e scialli meno sgargianti, belle e altere, mocciosetti un po' ovunque, alcuni nudi, altri combinati alla bell'e meglio, comunque sporchi, e fantolini neonati o lasciati là così, sopra uno straccetto da niente, una copertina, o in braccio a mamme, sorelle, zie, o furiosamente attaccati al petto di dette zie e sorelle e mamme per ciucciare un ultimo sorso di latte reso amaro dalla rabbia, dallo sconcerto totale, dallo spavento, e – lampeggiante – eccola che ritorna e va via, s'accende e spegne, la solita scritta ferale, definitiva: EL MIÉRCOLES NEGRO, EL MIÉRCOLES NEGRO.

Poi niente. Di botto i quadranti del suddiviso, quadripartito schermo si fondono in una sola spirale vorticante e ogni immagine cangia e sfuma, tutto si mischia. Tragica musica di ottoni, stile film muto di cappa e spada, cose così, e dopo un ultimo squillo di trombe, tetra una smitragliata di grancassa annuncia: THE END.

Scroscio dall'altoparlante dell'autoradio Mercedes, crepitante fruscio di arresto corsa pellicola dall'Eumig e Occhi Azzurri riattacca a punzecchiarmi, torvo-giulivo.

Adesso teatraleggia, il mio compare notturno, si atteggia a consumato mattatore, enfatizza mosse e gesti a vantaggio di un pubblico invisibile, si mette in scena. Allarga le braccia con fare scorato, atteggia il viso a smorfia di dileggio, e, con una piroetta, oplà, rieccolo lì a frugare nel bagagliaio profondo della 240. Ci vuole un attimo e subito torna a occuparsi di me, non mi dà tregua. Ora ha fogli per le mani, alcuni sparsi, altri accuratamente raccolti, pinzati insieme. E – come d'altronde scontato – riprende il fervorino, proverbieggiando. Chi la fa l'aspetti, chi semina vento raccoglie tempesta... Le vedi 'ste robe qua, le riconosci, no? Ti son ben note. Mi fa l'occhiolino, accenna una sorriso-smorfia, poi, e senza mezzi termini, mi mostra la lingua. Chi la fa l'aspetti, e tiè, prendi e porta a casa, ve la siete cercata! Autocertificazioni! Giustificazioni! Lettere di cachet, lasciapassare. Lo studente – declama in falsetto scandendo bene le sillabe – si presenti accompagnato dai genitori! Autocertificazioni pandemiche! Prima, seconda, terza, quarta edizione, qui raccolte in comodo, simpatico raccoglitore, facilmente consultabili, subito disponibili, già pronte all'uso. Spiega un foglietto dinnanzi a sé, lo scruta e ricomincia a declamare con voce fondonasale a imitazione perfetta di un altoparlante. Il sottoscritto, nato a, residente a, domiciliato qui e là, con tanto di codice fiscale che l'accompagna dalla nascita e documento di identità soggetto a regolari verifiche e rinnovi, bollinature, consapevole di tutti i recenti provvedimenti di governo, regione, comune, condominio eccetera dichiara sotto la sua responsabilità, e senza tema di smentite, e senza mentire, che ogni suo spostamento fuor dall'uscio domestico, in avventura, è dettato da imperiose, impellenti, pressanti necessità – fame, cioè spesa al supermarket, salute, lavoro o simili (tipo congiunti non autosufficienti, gattini affamati, guasti domestici) – e specifica da donde viene e onde va e il giorno e l'ora, e questo sottoscrive e controfirma, apporre data firma qui in calce, apporre data...

Stupite, mordete il freno, scalpitate-spazientite o, detta papale papale, siete un po' stufi? Be', non venirlo a dire a me, amichetto gagè, lasciami stare. Guarda da te, e lo zingano mi sventaglia dinnanzi un altro fascio di carte, queste più polverose e ingiallite, alcune diresti proprio pre-gutenberghiane, davvero antichissime. Cronache e salvacondotti, lettere di cachet, licenze, nullaosta, lasciapassare: reperti sopravvissuti alla critica roditrice dei topi, cimeli d'archivio. No, no, non dirlo a me, non dirlo a noi: in *saecula saeculorum* ci siamo campati per anni con queste scartoffie qua, con questa fuffa. Lo ammetto: alcune decisamente autentiche, verissime, altre, diciamo, un po' meno – tocca arrangiarsi, lo sai, tocca industriarsi. Manco eravamo arrivati che già storcevate il naso, super-schifiltosi come eravate e siete, super-guardinghi. Il Quattrocento, la vostra micragnosetta, confusa Europa del Quattrocento, ormai predisposta alla rinascita, al ritorno della luce, pronta al risveglio, e questa banda di gente dal volto scuro scuro sbucata da chissà dove, vattelapesca, questo ben strano movimento di ben strane genti. E noi che ci potevamo inventare? Be', a piacimento. Volevate sentire la favoletta esoticissima e bella e misteriosa e sfuggente? Accontentati. Eccoci in banda, pellegrini e penitenti del Piccolo Egitto. E voi: ah, be' be', allora, se è così...

Sia come sia, eccoci qui tra voi, noi, i senza loco né foco, i vagabondanti. I primi avvistamenti, le prime segnalazioni, i primi allarmi. Cingar, ciwagnar, zingani, ascingani, zeyginor, rom, sinti, egiziani, egiptiani, gipsy, prigionieri danubiani, boemi, bohémiens e tutto un provare a sistematizzare, capire, catalogare, organizzare, bla bla, soprattutto alti lai e formule di spavento, motivi d'allarme. Senti che storie! E giù a citarmi le contorte prose di frati minori, notabili e scrivani comunali, gente di lettere: "Questa gente, non molto morigerata, ma piuttosto simile ad animali bruti... L'aspetto dei loro bambini era incredibile, la gran parte di loro aveva gli orecchi bucati e portava due anelli d'argento... Gli uomini erano di colore nero, con i capelli crespi, le donne gli esseri più orrendi e più scuri mai visti sulla terra... Le femine si andavano in camisa, et poi portavano una schiavina a armacollo et le anella a le orechie et pur asai velame in testa... La cosa peggiore era che mentre parlavano alle persone, per magia, per aiuto diabolico o per abilità, svuotavano le borse altrui e riempivano le proprie... Vengono dall'Egitto, hanno soldi in abbondanza e pagano tutto in contanti senza che nessuno faccia loro del male...".

Il nostro *C'era una volta*, gagè, non ti commuove? Mettiti comodo e ascolta. Te la racconto io la faccenda fantastica del nostro primo *rendez-vous*, questa preistoria. Ascolta, che bello: da certe "terre perse" che manco più noi sapevamo o sappiamo dove riperticassero, te lo confesso, e con questa balla della penitenza viaggiante, dei pellegrini, eccoci prima in grande banda compatta e poi disseminati alla rinfusa a ciabattare per le vie d'Europa, in mezzo a voi. Eccoci qui, gli irrequieti figli del vento, gli spodestati del Piccolo Egitto, dalla Transilvania a Strasburgo, quindi in Francia, Savoia, Provenza, Belgio, Italia – notevoli le tappe a Bologna, Fermo, Forlì, più discussa (da alcuni proprio negata) quella a Roma – e poi nuovamente verso il Nord, e verso occidente (sempre vagabondando, magari rubacchiando e mendicando, astrologando, ma, te lo giuro, senza un briciolo di spirito di conquista, e senza alterigia), ed eccoci allora in Aragona, Catalogna, Compostela, a Parigi e in Polonia, in Andalusia e in Russia, in Scozia e in Danimarca, in Svezia, in Inghilterra e verso la fine (ormai nel Cinquecento suonato, Lutero aveva già appiccicato i suoi foglietti famosi in abbadia) in Finlandia e Portogallo: in TuttEuropa!

Ora si mette seduto in terra e, braccia attorno alle ginocchia, sguardo come indugiante nel vuoto, aria distratta, prende fiato e riattacca, voce adesso tranquilla, bassosuadente. Molto vostro malgrado, c'avete accolto. Molto vostro malgrado c'avete lasciato passare, niente da dire. Del resto, c'avevamo le carte in regola: peggio per voi. Il salvacondotto dell'imperatore Sigismondo, la bolla firmata e ceralaccata di papa Martino. E oplà, Occhietti Azzurri mi spiattella dinnanzi l'ennesimo cartiglio, pergamenato:

> Dovunque il detto Ladislao re degli zingari e la sua gente giungano nei nostri domini, città e castella, con la presente raccomandiamo alle vostre fedeltà che il medesimo Ladislao e gli zin-

gari suoi sudditi, tolto ogni impedimento e difficoltà, dobbiate favorirli e proteggerli, che li vogliate difendere da ogni attacco e offesa... ordiniamo inoltre che la presente, dopo essere stata letta, venga sempre restituita al presentante.

E bada: lettere e salvacondotti imperial-papali, autocertificazioni d'epoca, licenze: ce n'avevamo tutto un secchio e una sporta, lascia pur fare.

Lo so, 'sta balla del "re degli zingari" l'avevamo cucinata per voi, per farvi capire (che noi, da' retta a me, di re e regine, e di signori e padroni, non ne vogliamo sapere, manco dipinti). Com'è come non è: ve la siete bevuta, e – scusa se lo ripeto – peggio per voi. Eccoci, allora: arrivammo alle porte del vostro stradannato dominio, città o castella, tirammo fuori la cartucella famosa e per quanto mugugnaste: zitti e mosca! Le carte in regola, la faccia tosta di sbattervele sotto al naso, e questa gran voglia e dannazione di andare, e questa smania, prurito, frenesia... di andare e fare. Mica posso negarlo: ce l'abbiamo da sempre questo gran pepe nel culo, poco ma vero. Proprio non riusciamo a star fermi, mai c'arrestiamo! In ogni caso li sento ancora gli accidenti che ci mandate a dire, quell'insofferenza segreta che celavate a fatica, l'odio, lo schifo. Prima ancora di stracciarli e dichiararli nulli, i nostri lasciapassare, per voi già erano cartastraccia, tutta una farsa. C'avete accolto vostro malgrado e poi di buon grado, al contrario, avete iniziato a rincorrerci e a tampinarci, a gattabuiarci. I figli di Caino! I dannati forgiatori dei chiodi della croce di Cristo, gli svuota-tasche, i ruba-bambini!

Te l'ho già detto e te lo ripeto di nuovo: chi la fa l'aspetti e chi semina vento, diamine, raccolga tempesta! No, no, amichetto gagè, giuro: mica mi sto arrabbiando, provo a spiegarti. Te la metto giù così e tu non stare a spaventarti, tietti per avvisato, che uomo avvisato è già mezzo salvato, come si dice. Noi siamo la figura del vostro futuro; il gagè è antiquato! Aspetta un attimo. Come un pupazzetto a molla il mio onirico compagnone abbandona di scatto la posizione accucciata che aveva scelto per edificarmi e in men che non si dica rieccolo a frugare nel capiente bagagliaio della Benz 240, motore diesel. Solito trafficare e sacramentare che non trova questo e quello, e quando torna a voltarsi verso di me ha un lacero-consunto librone in mano. LIBRO D'OLTREMARE e in caratteri cartigliati d'oro il nome dell'autore: NICOLAUS DE PODIOBONITO, che – mi chiosa immantinente – meglio conosciamo come Niccolò da Poggibonsi, frate minore.

Aspetta, mi fa, aspetta che ti trovo il passo, tu sta' a sentire. Slinguata sul pollice onde sfogliar meglio le pagine ed ecco il brano incriminato, ove in latinorum simultaneamente tradotto in zingaresco (peggio mi sento) detto frate Niccolò spiega che loro – gli zingani, ascingani, o boemi o egipti, loro *forma turpissimi nigri ut tartari* – altri non sarebbero che i figli del vituperato Caino, l'ammazza-Abele, e quindi come il progenitore son dannati a vagarsene raminghi per il mondo, e senza requie, anche perché – e qui Occhietti Azzurri scandisce bene le parole, ci mette l'enfasi – SE SI FERMANO IL LORO CORPO DIVENTA VERMINOSO E MORREBBERO. Ecco, serviti! Lo vedi, compare gagè? Lo puoi capire: così era per noi e così adesso è per voi, e pari e patta.

Che intendi o sottintendi, lo incalzo (o quantomeno ci provo, mai che dia retta), che mi significhi? Lui si fa oracolare, faccia di bronzo. Così è sempre stato per noi, così è per voi. La vostra reclusione di oggi, le quarantene, e le zone policromate, il coprifuoco... E mentre si appresta a svanire, la butta lì: vi siete accomodati nella stasi, peggio per voi. È il vostro corpo che diventa verminoso, ne state morendo... Contenti voi...

E torna il giorno. Lattescente, la luna s'è stufata di pallideggiare nel cielo, nuvole sfilacciate transitano in cirronembo all'orizzonte – lo stesso uguale di sempre, montesacrino – certi uccelletti pigolano mattinieri al limite del molesto, ciarliero-garruli, e tutto è pace o estenuata pigrizia: indifferente. Laggiù, oltre lo sdirupo contraffortato di case, palazzi, scalinatelle in picchiata, terrazzamenti a mezz'aria, giardini pensili, potresti anche intuire l'Aniene, con le sue rive fetenti di fluviale marciume, e certe baracche in lamiera, e gli orti abusivi. Rassicuranti, la caffettiera sul fuoco, il posacenere all'incirca pulito, la radio accesa. Nuove dal mondo: inevitabile, il radiogiornale. Ancora verminoso (ma più che altro di sonno, occhi cisposi), verso il caffè nella tazza del caffè (*Il a mis le lait / Dans la tasse de café / Il a mis le sucre / Dans le café au lait*), e mi metto in ascolto.

Politica, bollettini pandemico-vaccinali, proteste di bagnanti, ristoratori, maestri di sci, tennis, nuoto, parrucchiere, lavoratori dello spettacolo, studenti in DAD, spigolature dal mondo quali punzecchiature a distanza tra Russia e Ucraina o Israele e Iran o Giappone e Cina, il solito zibaldone di varietà, people, gossip, fregnacce, curiosa la constatazione di un rilevante aumento di avvistamenti UFO nei cieli d'America ("Il lockdown ha dato più tempo a molti per sollevare lo sguardo a un cielo meno inquinato" recita lo speaker, attualizzando), usuale qualche aggiornamento di sport (il calciomercato).

Drizzo le orecchie solo quando si apre l'ormai consueta paginetta sulla saga di Suez, il mega-blocco. La Soft & Green pare stia ancora lì, spiaggiata di traverso, incastrata tra le rive. I rimorchiatori si dannano notte e giorno anche grazie alle calme correnti, ai venti ora cheti, alla luna assai piena, ma per adesso è così e c'è poco da fare. Giorni, settimane: non si azzardano previsioni. Attorno al gigante in catene ferve la vita. Barche e altre barche in attesa, file di immobili scafi, sagome scure. A differenza dei giorni precedenti, tuttavia, notasi un certo silenzio: manca qualcosa. Mugghiano mandrie e armenti, belano greggi, pigolano acuti i pulcini, starnazzano le oche, più non si odono invece i barriti dell'elefante e il ruggir di leoni, ghepardi, leonesse. Dall'alberghetto di Suez, dove ormai sta facendo la muffa, sventurato con tono frenetico, stile *Tutto il calcio minuto per minuto*, l'inviato accenna a "due grosse novità", a due fatti tanto singolari quanto inaspettati.

A quanto ha potuto appurare da certe sue fonti della capitaneria di porto, grazie al favore della notte, e nonostante la luna bella piena, qualcheduno è salito a bordo della *Baudelaire*, il vascello cingalese che trasportava, oltre a sacchi di riso pilaf e basmati, un certo carico "riservato", e in sostanza proibito. Trattasi del circo clandestino *La meraviglia ambulante delle Tredici lune*. Sta di fatto che senza che alcuno abbia scorto alcunché, gli animali circensi sono belli che spariti. Trattasi – riferisce sempre la stessa fonte – di un orso bruno, di un elefante indiano, di una giraffa, di una tigre siberiana, di leone e leonessa, di una nera pantera, di un ghepardo, di una zebra albina, di un asino nano, e di una gabbietta con due pipistrelli in coppia, a testa in giù. Solo dopo la scoperta del ratto animalesco un fotografo freelance britannico, che batteva le piste del deserto diretto verso Suez con la sua jeep, rivela di aver intravisto qualcosa, senza rendersi conto. Ai giornalisti l'inglese ha mostrato certi scatti della notte precedente. Sabbie ocra, dune regolari, beduini in primo piano e, di sfondo, bassa e immensa, la luna. Fuori fuoco, sul margine destro della linea dell'orizzonte, si intuisce una bizzarra processione, ma è davvero distante. Piccole figurine quattrozampe procedono in fila indiana e tra loro si staglia una massa più tozza mentre un'altra è allungata, sbilenca, svettante. Bipedi armati di pertiche li seguono dappresso.

L'altra grossa novità è invece di natura "politica". In sostanza una grana. L'inviato al proposito cita fonti della sicurezza egiziana, e diplomatiche. Contro le norme usuali e, in raddoppio, contro le precise disposizioni di distanziamento sociale pandemico attuale, nei primi giorni del blocco già si erano segnalati abboccamenti e segnali di intesa tra un certo gruppo di equipaggi, bloccati all'ancora, andirivieni sospetti da un ponte all'altro, via barchini, o più direttamente con acrobatici salti da uno scafo all'altro. Attività sospette erano state registrate anche all'ascolto delle frequenze radio in VHF all'evidenza direttamente usate da marinai, mozzi, operai, sguatteri, cuochi, anche considerata l'assenza degli ufficiali di bordo, che, vista la malaparata, la noia, il tedio, lo strazio dell'attesa, avevano perlopiù preferito prendersi una sacrosanta pausa e scendere a terra. Ecco: dopo giorni così di pissipissibaubau bisbigliati via radio, o urlati megafonando da uno scafo all'altro, o muti sbandierando segnali con le bandiere, o addirittura semplicemente a voce e *de visu*, leggi "in presenza", l'annunciato patatràc era successo. Le ciurme di un paio di petroliere, di due o tre cargo, il più azzimato equipaggio della *Spettro dei mari* (una grande nave da crociera pandemicamente priva, come è giusto che sia, di passeggeri), financo i marinai di due pescherecci scozzesi avevano finito per consorziarsi tra loro formando una combriccola di ammutinati, singolarissima. Al momento, annuncia il nostro inviato, i rivoltosi del canale si sono assembrati sulla *Spettro* e, sembra di capire, in allegria. Sbirciati a distanza, guatati via cannocchiale dalle desertiche sponde e da certe torrette di segnalazione che costeggiano il canale, occhiutamente sorvegliati da forze di polizia, esercito e giornalisti, curiosi vari, i marittimi si danno al bel tempo e fanno la spola da un ponte all'altro (ben otto ne conta, fascinosissima, la *Spettro dei mari*). Segnalansi: gozzoviglie, tuffi in piscina, giuochi di palla come calcio, pallavolo, basket, rugby, e liete grigliate alla sera, quand'è il tramonto, con tutto un profluvio di birrette e vini del Reno e della Mosella à gogo, e Champagne franciosi. La situazione, conclude il radiogiornalista, è in corso di evoluzione: staremo a vedere.

Le tenebre

Pennino, boccetta di inchiostro e, angosciante come non mai, il foglio bianco. Indugio a tavolino, e l'alba è sfumata già, il giorno è smorto. Pensieri si affollano inconcludenti, paralizzano. Disegna il cosmo! Dal Big Bang all'eternità, andata e ritorno. La fa facile, la direttoressa, con le sue solite mail perentorio-gentili, e sempre *last minute*. La sua rivista: un giornale di volta in volta concepito, creato, realizzato e, da ultimo, disegnato, ovvero scarabocchiato, programmaticamente in zona Cesarini, allo "scadere", come direbbe il bravo radiocronista che in tutti noi segretamente alberga. Ineffabile Drusilla Dondero, la direttoressa, con queste letterine elettroniche a scadenza capestro: entro domani, c'avremmo un bello sfoglio su Hawking, Penrose, il tempo cosmico e il tempo dell'uomo, Heisenberg e la cosmologia quantistica, eccetera... Vedi un po' cosa puoi inventarti, facci sapere (e, naturalmente, baci, ci mancherebbe). Capire prima di imbrattare carta, anticipare. Disegna il cosmo! Ci provo. Chiudo gli occhi e tra me: vedo e non vedo.

Fenomeni, segnali, incidenti, circostanze, prospettive, visioni, fatti che si intrecciano e rincorrono nello spazio-tempo, punti di vista prospettici, giudizi, verifiche, smentite, osservazioni, gioie e dolori, soprese, delusioni, agnizioni e disconoscimenti, fedi e abiure, simultaneamente presenti o in successione, tutto un precipitare e morire, un nascere e sottonascere di cose, la Vita, potresti dire, la Storia, il nostro comune spazio, il nostro tempo, e in un qualche dove che neppure è un vero dove, in una certa regione di questa o di un'altra galassia, in collisione, perfettamente sferico, il buco nero finale, il punto e a capo, quel luogo non luogo ove ogni segnale viene risucchiato, e insomma è lì, come matematicamente previsto e ancora non proprio verificato, inosservabile, è lì che allusivo, prescritto come un destino, inaggirabile si staglia l'orizzonte degli eventi, il nostro Omega senz'Alfa, l'inevitabile. Energia oscura si propaga ai margini estremi dell'universo, materia triturata, sfatta, stelle che si scindono, galassie che collidono, tutto si consuma e niente osserva più niente, tal che il cosmo stesso si trasforma in un solo punto cieco e l'eco ultima del Big Bang primordiale risuona in questo inaudito Big Rip, lo strappo terminale, il contrappasso, l'infinitamente piccolo che si eguaglia all'infinitamente grande, indifferente, e pace, adieu, bye bye, tutto kaputt e arrivederci nel prossimo universo parallelo, nel Multiverso, e questo mondo svanisce in altri lucenti, oltre l'etereo spazio, oltre il Gran Tutto e Niente, irraggiungibile ma implacabile, inevitabile come la morte, l'orizzonte degli eventi ci risucchia e si chiude attorno a noi, e solo resta il Buio, nero di china.

E nel nero di china affondo il pennino. *Nulla dies sine linea*: datti da fare. Eccomi, alla scrivania, alla luce calda di una lampadina da 75 watt (ovvero 1100 lumen, concretamente), eccomi nella bella e disperata e irreparabile entropia del mio casino. Traccio sgorbi, sgraffio e cancello, provo e riprovo, il cestino accoglie aborti, scarti d'autore: foglietti appallottolati e, oplà, gettati via con stizza: centro, canestro! Incombente il fantasmino di Kubin (il disegna-sogni) aleggia e aduggia. Me la sono anche voluta, niente da dire. Lunghi attimi al tavolino a indugiare, districandosi nei mille, ambigui, *intermundia* tra sonno e veglia. Eterni istanti di mezza coscienza: qui è sempre men che giorno e men che notte. Purtroppo, sono anche i momenti *suoi*, le *sue* occasioni, i fantomatici "cunicoli" spazio-temporali prediletti da Occhietti Azzurri, l'infesta-sogni (e, pare ormai assodato, l'infesta-veglia).

Rieccolo appollaiato accanto a me, il sicofante zigano, l'oniropiaga. Oggi ha rispolverato il lercio cappotto multi-bottoni, ha il capo nudo e la chioma raccolta in crocchia, e, ai piedi, stivaloni da cowboy, lisi e malmessi. Sai che potresti scarabocchiare? Sai cosa servirebbe? Occhiolino, e subito da un tascone del capotto cava fuori delle carte ripiegate con cura: ecco, guarda qui, sta' ben a vedere! Squadernati, i documenti si rivelano un foglio A3 in carta millimetrata e un altro, di equivalente formato, in carta da lucido. Vagamente riconosco l'immagine già balenatami nel sogno (zingarescamente manipolato) di Lana Keikani: l'enorme uncino o, come subito chiosa Occhi Azzurri, l'*Uncino Cosmico*!

Trattasi effettivamente di una serie di aste da Meccano parallele l'una all'altra e connesse da vari giunti e bulloni, pieghevoli e articolabili quindi come immense dita artigliate, e in cima, di altro materiale più lucente e espressivo, quasi fosforescente e di luce propria emanante... un grande uncino. Un portento della tecnica, da' retta a me, qualcosa di veramente fantastico, utilissimo, tuona estasiato lo zingaro che insiste e persiste a venirmi in sogno. Inutile stargli a domandare: utile sì, ma di preciso, dimmi, utile a cosa? Quello scantona, rinvia – non è il momento, non è ancora giunto il momento, poi ti spiego – e in men che non si dica riattacca a vantarmi la bellezza, l'ingegnosità, l'originalità assoluta del ritrovato.

Sia come sia, obliquamente evocata l'infettivologa lesbica hawaiana Lana Keikani, ecco che – in sogno o in veglia, è equivalente – tornano di prepotenza alla ribalta gli aggiornamenti dalla missione OMS a Wuhan, l'indaga-virus. Non che vi siano novità pregnanti, *breaking news*. Burocrazia e politica, schermaglie tattiche esasperanti quanto trasparentissime, ordinarie lungaggini, qui pro quo, fan sì che gli esperti OMS siano ancora bellamente fermi al palo, vale a dire in ozio, chiusi in albergo. Sempre in attesa dell'agognato semaforo verde prosegue, a beneficio nostro, l'esperimento di polisonnografia: filmare i sogni. Oggi è il turno di Sergei Petrauskas, il barelliere lituano ipovedente, e anche Petrauskas, come già fece Lana, sogna a colori: branchi rossicci di renne al pascolo, betulle, larici, laghi ghiacciati, Perkūnas, il dio del tuono, che svelle una quercia secolare e l'abbatte al suolo, il granduca Vitoldo, già detto il Grande, che in osteria scola pinte su pinte di birra spumosa mentre due scollate birraie se lo lavorano (sovraimpressione: SCONSIGLIATO AI MINORI, SCENE ESPLICITE), Tomas Švedkauskas, breve stagione come portiere in A alla Fiorentina, che sconsolato raccoglie un pallone in fondo alla rete (fischi dagli spalti, prepandemicamente fitti di pubblico), quindi altre figure e icone tipiche della balticissima madrepatria dell'ingenuo Petrauskas, il barelliere, quali certi palazzi della Vilnius barocca o medievale, tram rosso fiamme e, per finire, (sovraimpressione: CORREVA L'ANNO 1812), innumeri, le truppe imperiali di Napoleone che, ancora baldanzose, dirette in Russia, accerchiano la città da ogni lato, per conquistarla. L'ultimo fotogramma – o sognogramma – immortala i generali Davout, Murat, Oudinot e Ney tutti a cavallo a fianco di Bonaparte, e sullo sfondo, opaca nella nebbia, Vilnius la bella, con le sue torri e mura, e le sue alte chiese, e i suoi castelli. Meno coerenti le ultime immagini del sogno petrauskiano, polisonnografato in mondovisione: al Technicolor si sostituisce il vecchio Black & White ricolorato tipico (ormai l'ho bello che capito) dei rimaneggiamenti onirici zigani. Quando al posto dei nordici e folklorici quadretti appare un grigio e vuoto spazio siderale, quando, sul margine destro della visione torna a imporsi, cupissima e invadente, una massa nera, quando, infine, l'astronave spaziale si ripalesa, Occhietti Azzurri mi dà sorniona di gomito e sussurra: aguzza la vista, amichetto gagè, datti una sveglia. Più nitida e più prossima a noi – di quanto non fosse stata prima con Lana Keikani – la cosmonave ronza tra le sfere celesti. Sempre bislacca, ancora a forma di vecchio frigorifero bombato, la carretta dei cieli punta dritto verso la densa massa nera, e si intravede pure il grande uncino. Sulla fiancata, ora si scorge una scritta: LA VAGABONDA DELLO SPAZIO.

Che perditempo, che massa di scalzacani, di inconcludenti. Perentori i giudizi del mio visitatore onirico, e sprezzanti. Già me lo sento negli orecchi il suo monotono, trito ritornello: non caveranno mai un ragno dal buco.

Cerco di prevenirlo: mi sta annoiando. Poi dici a me – lo provoco – poi sarei io, poi saremmo noi i fissati, gli ossessionati. Appurare le origini del virus, capire genesi, modalità di propagazione, dinamiche di una pandemia: è ragionevole. Ma, da' retta a me, tu, stavolta: passerà. Peste, colera, spagnola, AIDS, aviaria, SARS, ebola: ne abbiamo viste di peggio, o quasi, poco ma vero. Lo zingaro continua a fissarmi con quella sua faccia da schiaffi, indisponente, e provo a tacitarlo col poco che ancora mi resta di... positivismo. Ecco che gli sciorino tutto il mio repertorio di illuministiche certezze, nel nome non dico del progresso – sarebbe sciocco – ma della Ragione e della Scienza, dell'esperienza. Cure, vaccini, graduali ma irreversibili "riaperture", immunità. Passerà, finirà, e, certo, toccherà ripartire, e ripensarsi. Ma è sempre stato così, niente di nuovo: gli uomini si ammalano, patiscono, soffrono... guariscono. L'umanità ha le sue pagine buie, ma le ha sempre girate, può girarle...

Sarà, ribatte lo zingaro, manifestamente scettico, perplesso. Sarà, concede col tono svagato di chi ti piglia in giro, e non abbocca. Mani affondate nei tasconi della sdrucia-palandrana, spalle ingobbite, capo ciondolante e sguardo verso il basso, Occhietti Azzurri comincia a caracollare peripatetico e mentre descrive cerchi brevi nell'immateriale spazio-tempo del sogno teoricamente mio, di fatto suo, e come assorto inizia a farfugliare tra sé parole e motti, il mio claustrale studiolo affacciato sui pini e sugli obbrobri di viale Tirreno trasfigura in una terra incognita: *hic sunt leones*.

Adesso la sua voce la sento come un'eco lontana, riverberante. La vostra fissazione che il tempo sia una freccia, la vostra fede nella linearità della Storia, nella Dialettica, salmodia cantilenando il mio compare mentre dinnanzi a me appare, sconosciuta (e in un bianco e nero tal da sembrare un'incisione), una campagna. Lontano le torri e le mura di una città barocca, e tutt'attorno fuochi di bivacchi e attendamenti di truppe, affusti di cannone, cavalieri in armi, fanti schierati. Sparsi qua e là, cascinali e fattorie, dati alle fiamme, e mercenari in razzia, saccheggi in atto. Alberi sparsi tra i campi poveri di messi, stecchiti dal gelo; dai rami curvi, strani frutti che penzolano, genti impiccate. Il vento a intermittenza reca con sé attutiti suoni di guerra quali botti d'archibugio o moschetto, salve di cannone, urla di resa. In un angolino si scorgono anche pellegrini che avanzano al suono di campanelli, e dietro carette zeppe di corpi accatastati alla bell'e meglio, e gruppetti sparsi di lugubri monatti, i raccatta-cadaveri.

Quindi in primo piano ecco che s'affaccia una bislacca carovana, preannunciata da un lento zoccolare di uomini e donne e bestie, e un singolare canto è nell'aria, di voci straniere. Cavalli dalle lunghe e unte e disordinate criniere, poco pasciuti, recano donne sedute di traverso, con fazzoletti o grandi cappelli in testa e avvolte in scialli. Uomini torvi, orecchinati e con cappellacci di sbieco, con o senza piume di fagiano o pavone, camminano accanto, alcuni in armi, altri muniti solo di bastone, sacco in spalla. Bambini e/o nani trottano tutt'attorno, i nani vestiti come moschettieri o dragoni o tamburini, i pupetti invece mezzo nudi, a piedi scalzi. Trainato da un ronzino che fa pena solo a guardarlo tanto è magro, un biroccio avanza sbilenco lungo il sentiero di fango e sassi. Sul cassone, ancora donne e bambini, e pentolacce, botti di vino o acqua o birra, fagotti vari. In sovraimpressione, e in caratteri corsivi, scorre una scritta: *LES PAUVRES GUEUX PLEINS DE BONADVENTURES NE PORTENT RIEN QUE DES CHOSES FUTURES* (e in sogno traduco alla buona, almeno ci provo: "questi poveri mendicanti pieni di rapine non portano altro con sé che le cose future").

Quando la mia visione si ricolloca nello spazio, delimitandosi, quando tutte le figure umane e bestie e cose che l'animavano cessano ogni movimento o suono per fissarsi nell'eternità mutissima e assoluta di un fermo immagine, quando il quadro finalmente si rincornicia: ecco che torna a parlare lui, il signor so-tutto. *Rien que des choses futures*, e che ti dicevo? Ieri sarà ciò che domani è stato. E viceversa. Ogni tempo si incapsula in ogni tempo, tutto ritorna. Allusivo, oracolare, mani sempre in tasca, ora poeteggia. Eccerto che c'hai riconosciuto, mica difficile. Siamo ed eravamo noi: gli zingarelli; chi sennò? I bene-o-male-andanti, i pur-sempre-in viaggio... Hai visto il già visto, sognato il già sognato: normalissimo. La buon'anima di Baudelaire, uno dei vostri, il dannato bulino di Callot, be', su, fammelo dire... È quasi dei nostri. Incisioni e poesie, disegni e versi! E attacca a declamare, voce manco troppo impostata, con grazia vera:

Ieri s'è messa in marcia la profetica
tribù dalle pupille ardenti, i bimbi
portando sopra il dorso o prodigando
ai loro fieri appetiti il tesoro
delle flosce mammelle, sempre pronte.
Sotto armi lucenti vanno gli uomini,
a piedi, fiancheggiando i carrozzoni
ove accucciati stanno i loro cari,
volgendo in giro per il cielo gli occhi
appesantiti dal cupo rimpianto
delle assenti chimere. Dal profondo
della tana sabbiosa, nel vederli
passare lentamente, il grillo aumenta
il suo canto; e Cibele, che li ama,
più rigogliose fa le piante, l'acqua
fa sprizzar dalla roccia ed il deserto
fiorire avanti a questi viaggiatori
pei quali si dischiude familiare
l'impero delle tenebre future.

Mentre già temo che voglia combinarne un'altra delle sue – tipo propormi l'acquisto di una maschera Baudelaire, o Jacques Callot (il seicentesco incisore del mio quadretto-sogno, ora ho capito) – ecco che lo zingaro scantona e, tutto serio, si fa critico letterario, teologo politico, visionario ideologo, indottrinatore. Bada al dettaglio, gagè, afferra il sottile paradosso, cogli l'antifona. Il vostro fioraio del male aveva capito tutto, o, insomma, quasi tutto: quel *rien que des choses futures* che diventa *l'empire familier des ténèbres futures* non ti dice niente? Ieri sarà quel che domani è stato; ogni *C'era una volta* è qui per sempre e sempre tornerà, ma nei modi più strani. La Storia, il mondo: è tutto un cronosisma, l'imprevisto è la regola. Sì sì, lo so, e vi comprendo pure, dài, è umanissimo. Siete in attesa di una svolta finale, del riscatto vincente, del ritorno alla vita. E che non la conosco la vostra canzoncina da carillon "Vaccini e ripartenza"! Evviva la scienza. Intendiamoci: magari è vero, magari sarà vero per un po', due, tre, quattr'anni. Però – e giuro, mica voglio gufare – *ricapiterà*. Lo so, siete fissati con l'evento epocale, con il punto di svolta. Ma sotto sotto lo sapete benissimo, amichetto mio. Guerre ed epidemie: è già incominciata la vostra nuova Guerra dei trent'anni, tutto ritorna! C'aveva ragione il paparino dei figli dei fiori: l'impero delle tenebre future, così *familiare*! Un'altra Guerra dei trent'anni: contro microbi e virus!

Accalorato, Occhietti Azzurri si sbarazza del capotto palandrana, e in maniche di camicia e calzoni alza ammonitore un indice al cielo, quindi inizia a muoverlo qua e là, sinistra destra, in segno di diniego, ma sbeffeggiante. Contenti voi. Soltanto, non contate su di noi, abbiamo già dato. No no, tenetevela pure 'sta roba, tutta vostra (per quanto, lo sai, 'sta faccenda del *mio* e *tuo* a noi mica c'ha mai convinto troppo, mica ci prende). Un'altra età di morbi e pandemie, idre a tre teste e strani camaleonti, danze macabre e plurime piaghe e infezioni e malanni, nemesi mediche: be', francamente anche no, soprassediamo. Siete tornati a battervi contro il Morbo, e di bel nuovo svuotate le città, proclamate coprifuoco, mettete i soldati in strada come arcigni cani da guardia o come monatti? Be', accomodatevi: non fa più per noi, non ci interessa. Facci caso. Noi non siamo qui da sempre (mille anni o poco più), e non resteremo qui per sempre, poco ma vero. Mica ce l'ha ordinato il medico, la scelta è stata nostra. La Grande Banda zigana per le strade d'Europa, i nostri protononni, gli archeozietti in avanscoperta per le strade di Boemia e Balcani, Moldavia, Valacchia, i cenciosi erranti da un imprecisato Oriente, da uno e dieci e cento Piccoli Egitti, i senza loco né foco, noi "razza di gente vagabonda, senza patria, che vive di furti o d'inganni, predicendo la buona ventura" e bla bla. Facci caso: noi mica eravamo già qui, nell'Era Oscura! Non lo dico io: è tutto scritto. Lo affermano le vostre cronache e annali e *journal*, diari, scartoffie: i primi avvistamenti all'alba del pallido Quattrocento, anno più anno meno. La vostra Europa iniziava a rischiararsi e ci siam detti: perché no? Proviamo, suvvia; stiamo a vedere. Ma fidati: il vostro evo di mezzo, i vostri secoli bui, quel mondo di streghe e cacce alle streghe, fratacchioni invasati, eretici passati a filo di spada e ortodossi gaglioffi, pretenziose, lugubri cattedrali medievali, croci celtiche, sacri cuori di Gesù, tavole rotonde e Lancillotti & Artù, fate Morgane, sgradevoli, spaurenti, priapiche *gargouille* appostate un po' ovunque, diavoletti tentatori, zupponi di rape lesse per cena, e rape lesse per pranzo, e per merenda o colazione, caro il mio bel gagè, non ci interessavano e punto, manco dipinti. Però, in quei primi anni non dico di luce ma almeno di relativa penombra, vago chiarore, in quel momento di pigrissimo risveglio, di rinascenza, ecco, ci siam detti: forse hanno capito, forse iniziano a capire, vedi mai che un giorno... Timidissimi segnali di resipiscenza, barlumi di coscienza e – te lo concedo – qua e là anche lampi di genio, prove di tiepido coraggio, curiosità, e, insomma, ci siamo detti: proviamo, andiamo a vedere...

Smorfia curiosa sul volto che si distende in paternalistico sorriso, breve pausa da consumato guitto, e tosto il mio zingaro allarga le braccia e riattacca: e invece no! E invece niente. Zero carbonella: non ce la fate. Lo sai come si dice, no? Abbiamo puntato sul cavallo sbagliato, un brocco-ronzinante, un mezzo impiastro. A dirla tutta, è stata anche un po' colpa nostra, mica lo nego. Siamo fatti così, crediamo ai sogni. Le nostre sempre rimpiante chimere, i nostri abbagli. Finito, basta! Ti dico solo questo, gagè: abbiamo dato. È giunto il momento di togliere il disturbo, smammare, svignarcela. Altri paesaggi, altre terre e altre strade, e perché no: altri pianeti, forse, o sconfinate galassie, un altro orizzonte. Lo so, questo pasticcio ve lo siete romanzato alla grande, nulla mai vi spaventa, bravi, bravissimi. Bè, tutto vostro! Prego, accomodatevi pure. Noi togliamo il disturbo.

Naturalmente mica toglie il disturbo, era per dire. E difatti continua. Tzé, tzé, gagè (ora scuote il capo): bisogna pensare in grande, insiste, bisogna azzardare, osare. Credete davvero di cavarvela con tutta questa melassa, con i compiti a casa, coi bei pensierini? Volete fare la rivoluzione ma temete i contagi. Volete cambiare tutto e restare immacolati, anzi incontaminati, integri, puri. Noi avevamo un progetto diverso, noi c'abbiamo provato. *Nec sine te, nec tecum vivere possum:* ci fosse uno stendardo zigano, questo ci leggeresti. Altro che *Austria est im-*

perio optime unita o *Fortitudo et Robur Taurinensis* o *Dieu et mon droit*, o *festina lente*. Solo *nec sine te, nec tecum*: semplice, facilissimo. *Né con te né senza di te*, gagè, almeno fino a ora. Vivere accanto a voi, senza sotto né sopra, senza capi né schiavi, senza regole o leggi. Mescolarsi, frammischiarsi, confondersi, sbrodolarsi, trafficare e inciuciare, contaminarsi. E che altro, diamine, dovremmo sognare noi: gli indesiderati, i diversamente diversi, i sempre-bene o male-andanti, gli eterni errabondi, i camminanti? Lo so, viviamo rubacchiando, cose, oggetti, merci, ma pure parole e idee, e visioni, e fedi, sogni. Allora, gagè, brindiamo alla mescolanza, al garbuglio e ai viluppi, ai nodi che non si sbrogliano mai, agli gnommeri più intricati, ai fitti intrecci. L'ibrido, la contaminazione, i mélange e il guazzabuglio, l'impurità, la trasformazione mimetica, il camaleontismo estremo, la fusione arrischiata, l'imbastardimento o, in una parola: il contagio, certo... il *Contagio*! Altro che "ripresa e resilienza", altro che immunità (dei singoli o del gregge: sai che m'importa). Vuoi un consiglio? Sbattezzati da tutto e da tutti: fatti zigano. Nessun problema per noi... nessun impiccio. Chi si vuole aggregare si aggreghi, sia il benvenuto!

Quando tace – è stranissimo – quasi mi manca. Dalla finestra il giorno, sempre liquidamente smorto, manda scarsi, attutiti segnali, ripetitivi. Traffico niente, giù nel mesto stradone lungo l'Aniene: qualche bus semivuoto, qualche utilitaria o Suv, due o tre motorini e un camioncino megafonato che vanta la sua offerta "rotoloni asciugatutto" (ben due a soli cinque euro) e altri ritrovati per la casa. Nel palazzo di fronte – giallo-ocra e beigino scrostati, in alternanza – una ragazza stende il bucato mentre al piano di sotto, in terrazzo, un ciccione anzianotto in canottiera fuma. Bambini piangono, frignano, urlano, motteggiano. Giorni stanchi di mezza quarantena e di ordinaria noia montesacrina: c'ho fatto il callo ormai, li so a memoria. Lascio stare il disegno, accendo un sigaro, apro il computer. Controllo le mail. Per lo più (altre) pubblicità, consigli per gli acquisti, inutili newsletter di cineforum, teatri, bio-osterie, associazioni culturali chiusi per le norme anti-Morbo, attività sospese o traslate in remoto, virtualizzate su varie piattaforme digitali, quindi inviti a convegni, presentazioni zoom, webinar vari, e così via. Pregusto il repulisti, il clicca e seleziona, il caccia-via nel Cestino e ciao ciao: Libera Spazio!

Spiccano nel ciarpame elettronico due perle: oltre alla settimanale proposta delle migliori offerte di Militaria. *Military store* (segnalansi tuta mimetica MTP dell'esercito inglese; casco coloniale sempre dell'esercito inglese, in sughero o feltro pressato, o in fibra sintetica compressa; telefono da trincea, originale, ex esercito cecoslovacco; impermeabile verde, sempre esercito cecoslovacco), ecco – *rara*, anzi, *rarissima avis* – che si materializza lei, la fuggitiva! Per una volta Angelica "Scompiglio" ha rinunciato a cartoline e lettere cartacee e cartoncini per concedersi in "versione mail" (sia mai che alzi il telefono, faccia uno squillo). Effi mi aggiorna ma come al solito dice e non dice. Non dice come e dove sta, né con chi s'accompagni. Dice però che lavora di lena, ha i giorni pieni. Due i progetti, uno ancora *in nuce* – è come si esprime lei (ha fatto il classico!) –, l'altro già in corso d'opera, avanzato.

In qualche modo – partiamo da quel che già bolle in pentola, conviene – Effi racconta di essere "fortunosamente" entrata in contatto con una compagnia di attori girovaghi e al seguito di questa partita per un'improbabile tournée delle "città bianche", e cita un po' alla rinfusa: Genova, Marsiglia, Arles, Cadice, Tunisi, Algeri. Grazie alle sottigliezze metafisiche dei codici Ateco, nessun particolar problema negli spostamenti tra un comune e l'altro o tra una regione e l'altra, o tra gli stati. Per via dell'emergenza pandemica, niente pubblico, ovvio, platee deserte, ma – giura Effi – la gente si affaccia ai balconi ugualmente, anzi: data la reclusione forzata è arcicontenta. I suoi girovaghi difatti recitano rigorosamente in piazza, sempre *en plein air*, e scelgono quelle piazzette anfiteatro tipiche di certi più o meno scalcinati, più o meno gentrificati, centri cittadini (l'esordio in Place Lorette, a Marsiglia, "è andato alla grande"). Lo stesso – puntualizza – avviene nelle banlieue, ci mancherebbe. In qualità di "scenografa, pittora e trovarobe" (è il suo biglietto da visita da sempre), Effi ha dipinto le scene su vasti pannelli in tela.

Di questa sua nuova avventura si dice felice, ultra-contenta, e sbrodola quasi nel melenso, e quasi poeteggia: "La pietra bianca, il cielo blu, il verde scuro dei giardini, a volte il mare...": insomma, è in estasi. Dettagli sui suoi compari d'avventura per ora non ne dà ("poi ti racconto"). L'opera che questi portano per le strade del mondo in ogni caso è un adattamento della *Gitanilla* di Cervantes (e come ti sbagli?). Mentre si ripromette di mandarmi un po' di foto di scena in una prossima missiva (e non precisa se intenda recapitarmele belle imbustate e francobollate o, più banalmente, allegarle WeTransfer per mail), Effi chiede se io c'abbia presente il testo, se lo conosca, e a scanso d'equivoci me ne trascrive l'incipit, peraltro noto. "Zingare e zingari pare che siano nati, in questo mondo, soltanto per essere ladri: nascono di genitori ladri, crescono in mezzo ai ladri, studiano da ladri, e riescono infine a essere ladri fatti e finiti di tutto punto...".

Quanto all'opera *in nuce*, suggestioni. Vagamente, Angelica "Scompiglio", alias Effi Briest, anticipa l'intenzione di dedicarsi al fumetto (e scrive "fumetto": "graphic novel" non lo sopporta). Una "prima" per lei, tutto sommato. È vero, quando venne decretato il Lockdown (comunemente il primo Lockdown, l'ur-quarantena) in rete erano circolate certe sue tavole ironico-grottesche, multicolori, tutta una raccolta di Sussuri & Lamenti da vita in clausura, da sepolti in casa (tipo: voglio uscire, voglio andarmi a prendere un gelato o una birra e, più che altro, voglio scopare, voglio scopare). Lei ne parlava come di "ex-voto al contrario", anti-preghierine. Ma erano solo sketch, lampi nel buio. Ora vuole seguire una storia, abbandonarsi al filo di un racconto, di un'atmosfera. Come soggetto ha scelto un vecchio libro del Seicento (di cui va detto preesiste una versione a fumetto tardi anni Settanta, scollacciatissima). Hans Jakob Christoffel von Grimmelshausen: *Die Lebensbeschreibung der Erzbetrügerin und Landstörzerin Courasche*, vale a dire: *Vita dell'arcituffratrice e vagabonda Coraggio*. Oltre non aggiunge, Effi "Scompiglio" (tranne l'ormai rituale: "Baci Papi, ciao, ciao. Ti scrivo presto").

Passano le ore e non cambia un bel niente, il tempo è stanco. Monotoni questi fiacchi meriggi montesacrini. Vento di scirocco, nuvole pigre, pappagallini a stormo, piccioni sui terrazzi, gabbiani in volo. La ragazza di fronte ritira il suo bucato, il vecchio fuma, solo che adesso non è più in canottiera, indossa una t-shirt griffata, parla al telefono. Giù nel vialone il traffico dirada sotto ai pini. Pochi passanti portano fuori il cane, o la mondezza; uno o due deficienti sfilano in monopattino: la dilagante, la decadente voga delle trottinette, un abominio. Da qualche parte, qualcuno ascolta Bach, i *Branderburghesi*.

Conosco i riti della sera, queste attese di niente (o del coprifuoco). È il migliore dei tempi, è il peggiore dei tempi: solita solfa. Ora che i bar chiudono anzitempo per decreto, c'è solo meno gente in strada, non varia il resto. I soliti relitti umani ai piedi delle ripide scalette di via Tremiti, attempati *drop out* che blaterano e sputacchiano, birretta in mano. Poco più oltre, il futuristico squallore di piazza Conca d'Oro, l'omonima stazione della metro, tedio e cemento (pare vogliano abbellirla con dei giardinetti; paiono tante cose: stiamo a vedere). Immagino la scena, la so a memoria. All'ombra delle grigio-aranciate, geometriche, tozze e già fatiscenti strutture della sunnominata fermata, oltre ai giacigli di tre o quattro barboni (materassi, plaid, fogli di giornale e sacchi della spesa), verso quest'ora compaiono di norma certe cinesine che impostano una loro esoticissima coreografia di street-dance, molto aggraziata e, ben distanziati, ma più per abitudine che altro, due o tre gruppetti multirazziali di autoctoni coattelli, sfaccendatissimi. Partitella di calcio, più che altro paglia di rito e biascicate chiacchiere, lieti motteggi. Musica a palla: la scena hip-hop locale, semplicemente. Attorno, altre più chete e impassibili presenze, rassicuranti: donne velate in crocchie, mamme – sempre velate – con passeggini e mocciosetti al seguito, su una panchina un vecchio col giornale, poco più in là, un altro vecchio col bastone, un altro col cane: tutti aspettando il niente, lo scenografico, inevitabile, rosseggiar del tramonto, e il coprifuoco.

Stanze di vita quotidiana: mi ci adeguo. Una birretta anch'io – pallido giallo contro il vampeggiare del sole che si inabissa, il famigerato color d'ambra cantato dai poeti – e, inevitabile, il radiogiornale. Sgomitando contro le invadenti frequenze di Radio Maria, il terzo canale dice la sua. Molte le nuove dal fronte della politica-politica, ormai una macchina per produrre acronimi a raffica e relative e isteriche querelle. Oltre al cruciale

PNRR (Piano Nazionale di Ripresa e Resilienza), il parlamento vara in allegato il PFGDP (Prospetto di Fuoriuscita Graduale dalla Pandemia), le LQRRR (Linee Quadro per il Rilancio delle Realtà Rurali), il NNSCC (Nuove Norme su Coprifuoco e Contenimento) e per finire il MRTAS (Manifesto di Rinascita di Turismo, Arte e Sport). Seguono le consuete tabelle pandemico-statistiche – contagiati, guariti e vaccinati, indici vari –, le quotazioni di borsa, un'intervista a non so bene chi su non so bene cosa, e non me n'importa, e fatti vari di varia umanità dal bel paese. Scarna la pagina degli Esteri, stasera, ma anche stasera molto risalto alla sit-com di Suez, ormai un *must*.

Mentre la Soft & Green è ancora lì, bloccata, in mezzo ai piedi, nessuna nuova del circo sparito, anzi rapito. Gravi e inquietanti, invece, gli aggiornamenti sulla *Spettro dei mari*. La ragazzata dei marinaretti in combutta alcolico-sportiva prende una piega più seria, suscita allarme. Dopo giorni di pigra siesta e spensierate, arabe notti di frizzi e lazzi, ora le eterogenee ciurme assembrate apparentemente a casaccio sulla *Spettro* annunciano la svolta, il cambio di passo. Dalla stasi del blocco, alla rivolta; dall'obbligata pazienza dell'attesa al tutto e subito di un: ora, facciamo banda a parte, ci separiamo! Voce più che altro attonito-stupita, a tratti proprio incredula, basita, l'inviato dei tre GR riuniti prova a fare il punto, per quanto – si cautela – "sia dato attualmente sapere, e non è tanto".

Alarico Zucchini, l'inviato, non si raccapezza e si rifugia in corner, liricheggiando: lento-stagnanti, scarsamente limpide, mediamente saline – come di regola – le acque del canale di Suez hanno assistito a una scena inconsulta, del tutto inedita. Tarda serata, venti quasi fermi, luna nuova. Mentre continua il transito dei mezzi di rimorchio destinati a disincagliare la Soft & Green, il gigante ferito che bloccando il canale spezza per così dire in due parti il nostro mondo globale, e lo fa antico, sul settimo ponte della *Spettro dei mari* è stato issato un curioso vessillo, in segno di sfida. Un nero pipistrello in campo rosso sovrasta una grande scritta, anch'essa in nero: VIVA LA COMUNE DI SUEZ. È stato – aggiunge concitato Zucchini – solo l'inizio di un qualcosa, un'avvisaglia. A stretto giro, sulle basse frequenze della capitaneria di porto, dalla *Spettro* una voce – chiaro accento scozzese – ha recitato un proclama che l'inviato non riesce a non definire "delirante". Quindi ne dà lettura, semplicemente:

> Marinai della comune di Suez, fratelli bloccati in rada come noi, amici sparsi ovunque nel mondo: è ora di agire. Affrettatevi, il tempo stringe, e mentre la reazione si raccoglie, cospira e si arma e prepara la sua rivendicazione, il popolo – noi marittimi del mondo – soffre e aspetta. Affrettatevi, lasciate i vostri scafi bloccati come i nostri, fermi in attesa. Affrettatevi e unitevi a noi: i minuti sono preziosi. L'opera è immensa ma la vostra energia ci è nota, e noi abbiamo fiducia nel vostro spirito di giustizia. Abbiamo diritto di essere impazienti! Noi siamo i refrattari di Suez, gli irriducibili. Il popolo ha meravigliosamente posto la questione. Siamo un esempio, un monito e un inizio. Il nostro è il sogno di una cosa, e non è un sogno. Là dove gli scribi della sinistra e destra e i farisei del governo pandemico-mondiale, del capitale, pretendevano di vedere un'agitazione locale, un movimento di tre o quattro sparse ciurme, una bischerata, il vasto popolo dei refrattari di terra e di mare ha affermato di voler compiere una rivoluzione sociale, il punto e a capo. Viva la repubblica mondiale mediante la comune di Suez!

Hanno ragione! La vedo brutta per loro, gagè, ma hanno ragione. Arriva, lo zingaro, e in un battibaleno è qui che spacca il capello in quattro, arzigogola, divaga e dice la sua su tutto, e di ogni cosa si impiccia. Stasera si recita a soggetto, con evidenza. A parte il solito bell'orecchino d'oro e la sigaretta pendula, Occhietti Azzurri s'è conciato in modo improbabile, con toga e stola d'ermellino sintetico, tocco in testa (ma guarda, mi fa, mica ho rubato niente, lo trovi su Amazon...). Mentre fuori ormai è calata la notte sui tetti di Montesacro e solo un alito di vento muove le fronde alte dei tigli e dei pini, lieve scompigliando i glicini, danzando nel buio, ecco che lo zingaro attacca la sua requisitoria o arringa, cantilenante.

Ci si abitua a tutto, sibila, è imbarazzante. La vostra esistenza quotidiana regolata, calibrata, amministrata, colonizzata, questa nuova normalità, da deficienti. Ormai è tutto un libro di devozioni domestiche, la vita, e siete tornati bambinelli da accudire-sorvegliare, scavezzacolli da tenere a bada. Che cosa posso fare? Che cosa non posso fare, mammina?

Irriverente, il mio giudice zigano, e ingeneroso. Teatrale al limite dell'aulico, Occhi Azzurri leva le braccia intogate al cielo (ovvero al soffitto del mio scalcinato studiolo che ora, beninteso, è suo, e gli fa da proscenio) e rivendica e contesta, passa in giudizio. D'altronde se l'era legata al dito o, come s'usa dire, s'era fatto un nodo al fazzoletto, che ora scioglie. Quanto vi piace – incalza – questionare sui dettagli, cavillare, imporre regole e precetti, normalizzare! Pensi che non ce li ricordiamo i vostri editti-ordinanze e bolle e diktat e bandi? E come e dove dovevamo accamparci, e quando spostarci. E che attività ci riservavate o vietavate. E la storia dei cavalli, che gli dovevamo tirare il pelo bello a lucido, e zoccolare di tutto punto, mentre noi al massimo potevamo tenere muli, o bardotti, ne vogliamo parlare? E poi tutte quelle angherie contro le nostre donne: la prescrizione di "abbigliarsi secondo il costume del paese senza portar alcun abito di Boemia"; l'invito imperativo "ad abbandonare i loro vestiti abituali e vestirsi come le altre donne senza ostentare alcuna differenza"...

Avete esagerato! *A fortiori* vi meritate tutto, cosa dovuta! Col tono saccente, col tono iperprofessionale di un alto magistrato che ti snocciola gli articoli del Codice civile o penale (indifferente) dato che tanto li sa a memoria, e nulla gli sfugge, il mio compare onirico, braccia ora conserte al petto, sguardo severo, prende a salmodiare tutta una lista di nonsense, dubbi, serie ambasce esistenziali, qui pro quo. Domande e risposte in stile trattato di tomistica minore, di pio catechismo.

Cosa si intende con i termini "residenza", "domicilio" e "abitazione"?

Residenza. La residenza è definita giuridicamente come il luogo in cui la persona ha la dimora abituale.

Domicilio. Il domicilio è definito giuridicamente come il luogo in cui una persona ha stabilito la sede principale dei suoi affari e interessi.

Abitazione. Il concetto di abitazione non ha una precisa definizione tecnico-giuridica. Ai fini dell'applicazione dei provvedimenti anti-Morbo, dunque, l'abitazione va individuata come il luogo dove si abita di fatto, con una certa continuità e stabilità.

È possibile spostarsi per accompagnare i propri figli dai nonni o per andarli a riprendere all'inizio o al termine della giornata di lavoro?

È possibile ma fortemente sconsigliato, perché gli anziani sono tra le categorie più esposte al contagio da Morbo...

Cosa prevede il decreto per lo svolgimento delle funzioni religiose?

Le funzioni religiose con la partecipazione di persone si possono svolgere, purché nel rispetto dei protocolli sottoscritti dal governo con le rispettive confessioni.

Sono consentite le tumulazioni e le sepolture?

Sì, sono consentite rispettando la distanza interpersonale di un metro tra le persone che vi assistono ed evitando ogni forma di assembramento.

Mentre minaccia l'ennesimo sproloquio, la paternale, lo zingaro cangia sembiante, muta d'aspetto, e dietro di lui la notte profonda e illune inghiotte un po' tutto e si fa paesaggio. Il brillare fuocofatuesco dell'orecchino, un lampo di luce sui radi denti d'oro sono gli unici segnali nel tenebrare. Istanti di sospesa, precaria perplessità, di esitazione. Occhietti Azzurri – senza proferire verbo – inizia a ruotare su di sé e, come un dervscio o una trottola, vortica e ancora vortica, e in questo moto centrifugo accelerato metamorfosa. La stola del magistrato diventa un mantello da conte Dracula o da pipistrello (e infatti mentre gira e rigira canticchia da sé la sua stradannata sigletta: *O Fledermaus! O Fledermaus!*). Quando il mulinello si arresta l'anamorfosi è completa, incombe su di me innanzi e attorno, e altro non vedo che la sua sagoma chirottera, e il suo sfigurato volto, un ghigno malvagio.

È sempre notte, gagè, è sempre notte, altrimenti perché avremmo bisogno della luce? La sua voce ora è un raschio catramoso, e raspa nel buio. *In girum imus nocte et consumimur igni!* Sì sì, è così – continua – giriamo in tondo nella notte e ci consumiamo nel fuoco: altro non c'è. Lo stupore della notte, la notte vince sempre sul giorno, *Nox quasi non vox*... Il coprifuoco, sibila, e subito scoppia a ridere, sguaiato. Il coprifuoco! Quando riprende a parlare però ha il tono più cheto, benevolente.

A che punto è la notte, gagè, te lo sei chiesto? Fanno economia in cielo, hanno spento le candele, la luna è scesa. Guarda – continua – bisognava arrivare anche a questo, era previsto. Le notti proibite e scomparse, i posti di blocco, il silenzio nelle strade e nessun falò d'allegrezza, né ghirlande di lampadine colorate da balera né fetidi roghi di sterpaglie e copertoni sulle consolari, quei richiami di mignotte e trans e femminielli, trastulli vari. Niente di nuovo, gagè. La disciplina, le molte discipline della notte: è storia antica. *De Nocte et nocturnis officiis*. A furia di rimestare l'acqua in barile tutto riaffiora: antiche paure e sospetti tornano a galla. La notte era e sempre sarà vasta zona di insidie; tempo di oscuri magheggi, di *mala praesumptio*. Niente di strano, gagè. Chi controlla la notte, controlla il giorno. Quando arrivammo noi, già era la norma: l'ultima scampanata, l'ultima avemmaria: tutti a nanna! Dopo il tramontare del sole e infino al levar del sole, *niun movimento*! Dentro: il calore del desco, il tepore della zuppa, il lecito fornicare, le caste candele; fuori: fantasmi, tempeste, belve e malefizi, ladri, lupi mannari. Quando siamo apparsi noi, era più che normale. Ora... be', cascate dal pero! Ma guarda gagè, guarda e stupisci!

Sibilato quest'ultimo invito, lo zingaro tace e stende il suo mantello da giudice-pipistrello a formare uno schermo-lavagna che avvolge tutto il mio sogno, o la mia stanzetta. Bianco-gessate su fondo nero-pece grottesche presenze si animano e io: guardo e stupisco. Vedo una piazza, il muro di una casa, una strada di ciottoli, un tiglio frondoso e, prima sparse, poi più vicine e dappresso, sagome quasi umane, o men che umane. Alcune hanno volti e braccia deturpati da pustole o lebbra; altre gobbe e moncherini al posto delle mani, o sbilenche stampelle e rozze gambe di legno. I convenuti bisbigliano e borbottano tra loro, è un losco confabulare in un losco gergo. Indi, mutano anch'essi e si spogliano: era una mascherata. Gambadilegno torna a sgambettare, i butterati si danno una ripulita e via, eccoli belli lisci. Tutte le gobbe si sgonfiano: di stoffe e stracci, erano, farlocche. E mentre l'accolita sghignazza appare una scritta sovraimpressa – LIBER VAGATORUM –, quindi si ode una voce che descrive la scena: "scesa la notte i falsi mendicanti raschiano via dalle membra le ulcere simulate, smontano gli arti posticci e sciamano verso il furto e il saccheggio".

E lo zingaro ora inizia a svanire, mi fa ciao con la mano, sciama anche lui. Lo sento che parla tra sé, e non parla a vanvera. È sempre notte, la notte vince sul giorno. *In girum imus nocte, et consumimur igni...*

NOTTE

Il quarto chiodo

Sulle prime, va detto, mica l'avevo riconosciuto. Tra l'altro, uno neppure ci fa caso a botta calda. La mutevole, sfuggente, caleidoscopica realtà del sogno, quel gioco costante di specchi o di paraventi mal si presta all'univoco, al binario, al paralogico. È uno dei nostri dogmi, un punto fermo. "I sogni, in genere, sono privi di intelligibilità e di ordine"... E poi, grazieadomineddio, dissolvono al mattino, soprattutto – *puff*, svaniti – e chi se li ricorda più, chi ci fa caso? Il grande teatro del sogno, la grande impostura della notte, *l'altra parte*: qualcosa che ci spaura e rallegra, un contromondo, in sostanza, o un sottomondo. Chiudi gli occhietti belli, lasci che il respiro rallenti e scivoli altrove: ecco che si leva il sipario, e si aprono le danze. Sogno & Cinembola: un teatro di avventure e di voluttuose maschere, e incidenti, inciampi, contrattempi, che usurpa la tirannica monotonia del diurno, le sue più che rare avventure, le sue stilizzate maschere, queste sì obbligatorie, proprio avvilenti, e per sei, sette ore eccoti lì dove è sempre men che giorno e men che notte, e tutto è possibile, tutto potrebbe accadere ma niente accade davvero...

Viviamo, vegliamo, il sonno ci serve, mica i sogni; i sogni sono un'aggiunta, per maledizione o per grazia, un sovrappiù. È normale, è un fatto di omeostasi sinaptica, di sovraccarico. È un lavoro di potatura, di pulizia: nessuna speciale magia, nessun mistero. Ordinate successioni di sonno-veglia, il solito cambio della guardia: uno schema rodato, efficientissimo. E dentro lo schema: il sogno, l'immensa, mutevole, infinita varietà della finzione onirica, i suoi abbagli, l'incontenibile, la sempre cangiante, l'eterodossa deformazione che il sogno impone a esperienze, ricordi, eventi, traumi e inconfessati desideri, turpi voglie, depravazioni, e gli incontri, le metamorfosi, gli umani ircocervi, gli spericolati mix tra questo e quello e questa e quella ugualmente, tale che quando dici a qualcuno che l'hai sognato c'aggiungi sempre quell'"eri tu e non eri proprio tu", una cosa inconsulta, imprevedibile, e vale lo stesso per luoghi, e oggetti e case, spazi, paesaggi, perché la scenografia del sogno ha le sue leggi aliene, e regole straniere, e botole e scantinati e trabocchetti, e giustamente uno se la cava così: è solo un sogno, ti dici, è solo uno sogno... Figuratevi allora lo sconcerto quando ho iniziato a sognare lui, e soltanto lui.

"Mutevole come un sogno": un accidente! Ha cominciato con qualche comparsata, così, da avanspettacolo, e all'inizio era anche normale, siamo d'accordo. Stai lì, imbatuffolato nel sonno, ti culli tra fole, incontri, amori e dolori, qualche realistica avventura, qualche scopata, ed ecco che sul più bello s'affaccia 'sto tipo qui, col volto scuro, la solita cicca pendula tra le labbra, a volte col gilet mezzo liso, a volte col capotto *fané*, a volte inturbantato e in vesti di foggia antica, all'orientale, e neanche ci fai tanto caso: può capitare. La vita è un seguito di giorni, uno dopo l'altro, e noi camminiamo attraverso noi stessi, incontrando ladroni, giganti, vecchi, giovani, vedove, mogli, fratelli adulterini, ma sempre incontrando noi stessi, diceva quello. Perfetto. La vita è un seguito di giorni, così le notti. E pensi: uno sconosciuto che arriva, non sarà certo il primo, nemmeno l'ultimo, è normale. E così una volta e un'altra volta, e poi ancora, un'altra volta e un'altra.

E, insomma, alla fine s'è preso tutta la scena e adesso nei miei sogni c'è solo lui, quel che architetta lui, che vuole lui. Nicchia e alza le spalle e ironizza: io non gli credo. Sei tu che sogni me, mi fa, sei tu che vieni a cercare me, dentro la notte. L'assurda, illogica, esasperante monotonia di un sogno *fisso*. Ormai non c'è altri che lui, poco da fare.

Sulle prime mica l'avevo riconosciuto, era un enigma. Di norma appariva con la sua sagoma allampanata, la faccia da schiaffi, fischiettante, mani in tasca addossato allo stipite di una porta e attorno il buio e solo una fioca luce oltre l'uscio alle sue spalle, e se ne restava così, come in attesa: voleva che facessi il primo passo, che mi scoprissi.

Chi diamine sei? Il fuligginoso fratello del diavolo, e il re di me stesso! Risposta secca. Che poi, a guardarlo distrattamente, poteva pur essere. *Zigeuner Kinder- und Hausmärchen;* Fiabe del focolare, alla zingaresca! A parte quell'occhio azzurro-metilene – perturbante – scuro di volto, con quel baffetto accennato, la barba ispida, le ciglia arruffate sotto una ragnatela di rughe, le orecchie non proprio a sventola, diciamo importanti, il naso non precisamente adunco, comunque notevole, davvero: poteva pur essere, sì, poteva starci. Per sette o per mille anni indifferente, un tipo così che non s'è lavato, non s'è pettinato, né si è soffiato il naso, e tagliato le unghie, e manco i capelli, mai si è asciugato gli occhi... Eccerto, il fuligginoso fratello del diavolo: perché no? *Hausmärchen* per *Hausmärchen*, adesso che lo conosco bene, adesso che l'ho sgamato, direi piuttosto che lui è più il mio dottor Sa-tutto, e buonanotte al secchio, *Guten nacht*. Ah, il mio *Doktor Allwissend*, l'imprescindibile! Quanto è permaloso e saccente, quanto polemizza e pontifica e bisticcia, e poi, quanto chiacchiera! Notti e notti di vaniloqui e monologhi, assoli sconclusionati, arie cantate. Le sbiascicate conferenze a denti d'oro, gli sproloqui, quel cavillare incessante, le intemerate.

Ricomincia da lì, e fa pure l'offeso. Questa pelle olivastro-nerofumo ti sconcerta barra dispiace barra imbarazza? Gli occhi azzurri ti fanno specie? Qualcosa non ti quadra, non ti sconfinfera? Pellescura e occhichiari: strano, ve'? Eh, sì: davvero sorprendente, proprio curioso. Su, amichetto gagè, fuligginosi siamo, noi figli del vento! O diversamente neri, se preferisci. *Turbatores socialitatis*, e di brutto aspetto, sin dal nostro primo apparire; pitocchi erranti – sì, ci chiamavate così – pitocchi erranti, vagabondi e libertini che vivono di furto, d'astuzia e truffe; gentaglia sbucata da chissà dove e chissà dove diretta, in costante movimento, moto perpetuo, figuri sinistramente esperti in trucchi, soperchierie, inganni, raggiri, cercatori di tesori immaginari, guaritori infingardi, divinatori del nulla, rubabambini, calderari e ammaestratori d'orsi, di scimmie moleste, mangiaserpenti e burattinai, fabbri, giostrai e comunque tutti pelle-olivastro e impeciata, brutta a vedersi!

Ah, le vostre prime cronache di Stupore & Disgusto, i vostri mammamia-chi-son-questi, e che vorranno da noi? "Gli uomini erano di colore nero, con i capelli crespi. Le donne erano gli esseri più orrendi e più scuri mai visti sulla terra..." Ma cosa vuoi che ti dica? Questione di gusti! Da sempre vi ossessionano le sembianze, da sempre spaurite per nulla. Noi – da' retta a me, gagè – noi ci teniamo a 'sta pelle cotta, bruciacchiata al sole e temprata al vento. In fondo, v'ha sempre fatto comodo, era un marchio! Le vostre note, le vostre circolari di polizia, le istruzioni per meglio acciuffarci, acchiapparci, metterci il sale sulla coda, gattabuiarci. Zingari, zigani, cingar, boemi, egizi da cercare per le terre, trarre in arresto! "Il loro colorito è in generale molto abbronzato, spesso si scuriscono ancor di più con una infusione di mallo di noci." E infatti! Quando ci vedevamo sbiadire, quando impallidivamo, quando – diononvogliamai – cominciavamo ad assomigliare a voi... be', una ripassatina, che c'è di male? Un'impiastricciata di noci, o bagni di sole nei campi, nudi e bruchi! E voi c'incontravate così, *en plein air*, come mamma ci fece, ad abbrunire, e manco a dire stupivate, vi scandolezzavate pudichi, e – ovvio – arzigogolavate, filosofando. Tra i canneti, tra lanche e morene, lungo le rive del Po o del Reno o dell'Elba o del Tamigi, alle ramificate, malariche foci del Rodano: gruppi di genti nude, a rosolarsi, e voi lì a chiedervi: ma che strani riti sono? Che paganerie zoroastriche, che armeggi? *Contes, avantures et faits singuliers*: l'abate Prévost, il classico sicofante viso-pallido, un cialtrone. Ne abbiamo lette troppe di storielle così: che teatro di equivoci. Queste leggende vostre di viaggiatori che incappano nella tribù zigana che prende il sole – a turno, beninteso, prima i maschi indi le femmine, o viceversa – e iniziano a questionare, inquisire, ficcanasare. Inevitabile, l'abate e cronista di turno pescava il coniglio dal cilindro, un vecchietto rugoso, zigano pure lui ma inoffensivo, che – ah, la santa pazienza dei vecchi – spiegava e rispiegava, rassicurava. Tranquillo viaggiatore, prosegui senza ambasce, sta' sereno. "Siamo conosciuti col nome di Egiziani o di Boemi, ma siccome è necessario nella nostra condizione essere neri o almeno abbronzati, e siccome la natura non risponde del tutto alla nostra attesa, usiamo un artificio per supplire a ciò che essa ci rifiuta." Il vecchietto, nel racconto, mostra i nostri unguenti, proto-creme solari zigane, scorte di grasso e altri impiastri consimili, quindi ammette, confessa, delucida, spoetizza: "Ci riuniamo qui ogni anno in agosto, che è il tempo più adatto per annerirci". E lo zingaro che m'appare in sogno mi cita i resoconti del chirurgo e numismatico e sfaccendato seicentesco, Charles Patin: un buontempone. Quello viaggiava e viaggiava, e curiosava, e un giorno – racconta divertito Occhi Azzurri – si imbatte in un gruppo dei nostri, spaparanzati nudi su un bel prato di papaveri e malva, in faccia all'Elba, a prendere il sole. Il fiume placido scorre indifferente e il buon Patin si gode la scena; ci ricama su, strologa, illaziona: "Come una sintesi della resurrezione e del giudizio finale tre o quattrocento persone si alzavano da terra, dove avevano dormito. Non si preoccupavano di vestirsi, pochi avevano abiti, nessuno aveva timore. Era una compagnia, o se si vuole un reggimento di Boemi, non Boemi nati in Boemia, ma Boemi di professione, che non hanno nessun mestiere, nessuna ricchezza, nessun amico, eppure vivono e vivono che con una libertà che non troverete nella repubblica più libera del mondo...".

Declama, il mio egizio irido-ceruleo indi allarga le braccia e ride, anzi sogghigna. La notte vince sempre sul giorno, ritornella. Sì, sì – incalza –, sin dall'inizio, fucili spianati e sospetti incrociati, diffidenze ritrose, schifi, disgusti, cautele superciliose e sterili, guardinghe, dosi su dosi di veleno e di fiele, banalità, fantasie sciocche che si erigono a dogma, paternalismi, perbenismi e ricatti oppressivi, sante impazienze. Manco eravamo entrati in scena qui tra voi, bussando piano piano all'uscio, discretamente, che già stavate lì, torvi a guatarci, pronti a infilzarci sulla punta di un'alabarda o picca o lancia, o, ancor peggio, di un concetto, di una definizione e/o soluzione finale, del pregiudizio. Anche i migliori, anche i più illuminati, gli ispirati.

Ora gli girano. Diamine, gagè, sfogliatelo da solo il tuo bel Niccolò, fruga, diosanto, nei mille abbecedari e calepini e lessici e cartigli: apri e sfoglia e leggi e scartabella. E in men che non si dica, il mio zigano cava fuori non si sa bene donde e come l'incriminato libro dizionario e subito lo apre e legge e sfoglia e scartabella. Voce impostata declama e sciorina, sguardo sornione a sottintendere: che altro t'aspetti?

> Chiamansi Zingari una razza di gente vagabonda, senza patria, che vive di furti o d'inganni, predicendo la buona ventura. Vanno a frotte di dieci o dodici, uomini, donne e fanciulli, e albergano sotto le tende. Si vogliono originari dell'Indie o dell'Egitto; e hanno diversi nomi secondo le diverse lingue... Popolazioni delle rive dell'Indo, famose per ladronecci e rapine... Che zingano! Com'egli sa ben toccare quelle corde che sono le più atte a persuadere!... Nero come uno zingaro. Nera come una zingara... I Mori sono propriamente ghezzi, che è tra 'l zingano e 'l nero... Quel... bel sole ci abbrustolisce le cuoja, che diventiamo zingare... Di chi muta spesso luogo, o va continuamente vagando, si dice: È uno zingaro. Fa la vita dello zingaro. – Certi poveri impiegati son come gli zingari; ora a levante, ora a ponente...

Definizioni, trappole mentali, bocche di lupo che chiudono il paesaggio, angusti schemi, cliché, luoghi tanto comuni quanto feroci, sciocchi, spietati; castronerie, diosanto, corbellerie! Anche i migliori – incalza – anche i più illuminati, i sedicenti umanisti ricchi di ipotetica e premurosa *pietas*, i tolleranti! Bel lavoretto i tuoi Diderot & Voltaire, belle carogne. Quasi quasi meglio quel volpone di Jonson coi suoi uomini-luna (che sotto sotto manco è un insulto, via, manco un affronto). Ma quei due parruccati, i francesini? Tanto aperti, comprensivi, tanto duttili e candelari nel buio, rischiaratori. Ah, te li raccomando, amico mio: senti Denis, senti che s'inventava, santa pupa: "E così son detti certi vagabondi che esercitano la professione di dire la buona ventura guardando le mani. Il loro talento è di cantare, ballare e rubare". E il comparuccio suo, il buon François-Marie Arouet, quel cripto-gesuita, il Re-dei-Lumi?

"Questa razza ha cominciato a scomparire dalla faccia della terra dopo che nei nostri tempi gli uomini si sono disinfatuati dei sortilegi, dei talismani, delle predizioni e delle possessioni." Capito, no? Noi, anzi la nostra fine e strage, il nostro sloggio come prova-provata che aveva fatto centro, c'aveva preso. Noi (fuori dai coglioni) come suggello e trofeo del suo lavoro. Ma poveretto lui! Noi qui stiamo, e qui restiamo finché ci aggrada; non sfolliamo per voler vostro, ma solo se ci va, se ci sconfinfera. Tant'è vero, gagè, adesso che ci penso... Pausa, sorriso, e un cenno dei suoi con la mano: aspetta, ascolta, vieni qui con me, sta' un po' a vedere...

E in quel giorno-notte di ormai qualche mese fa, e pare una vita, per la prima volta lo zingaro m'aveva spalancato la sua iper-scenografica caverna di Alì Babà dove (nel vacuo tutto-e-niente del sogno, nell'indistinto, confuso, lattescente vaporare del sonno che ignora le coordinate e i parametri e le ascisse e le ordinate e i pesi e le misure e i punti cardinali e gli espluvi e i displuvi delle isoipse della cartografia ovvia e teoricamente luminosa e auspicabilmente lucida della veglia) possono prendere forma in vertiginosa anamorfosi scene e situazioni difformi, incongruenti, architetture impensabili e scombinati scenari paralleli, senza un sopra né sotto, alto e basso, davanti o dietro, e mai che si colga un prima e un dopo, causa e effetto, e solo a pronunciarla quella parola – realtà – muove al sorriso e allo scherno, induce alla beffa.

Vieni qui con me, mi fa lo zingaro: nel buio appare uno sfolgorio di luci e lucette e lampi multicolori e sfarfallanti, a intermittenza, tutti al neon! Le tenebre rischiarano, la notte si ingolfa di flash e la silhouette zigana sfila e si paraventa dietro a una sorta di tecnologico altare o di spettrale ara elettronica che emette bagliori. *Introibo ad altare Dei*? Neanche per sogno... Il momento è solenne ma altra è la *religio* inscenata, diverso il senso.

Rock'n'Roll e Rhythm & Blues, tanghi e romanze, sentenzia divertitissimo. Con mano adunca inanellata carezza la diafana cupola che sovrasta il marchingegno di luci, mentre l'altra (altrettanto inanellata) si agita in moto circolare all'altezza delle spalle, a significare: guarda un po' dove t'ho portato, che meraviglia, che portento! L'illogica consequenzialità delle circostanze oniriche rende subito accettabile l'imprevedibile: quel che mi appare in sogno, quel che la malizia zigana mi propone-propina-smercia, be', è un juke-box!

Occhietti Azzurri alliscia la trasparente cupola, se la carezza, e con la ormai ben nota vocetta réclame principia la spiega: "Correva l'anno 1953 e la Seeburg presenta il Seeburg 100W anche soprannominato 'Arlecchino' per via delle sue bellissime colonnine illuminate multicolore...". Il dito inanellato schiaccia numero e lettera: la pulsantiera risponde a dovere. Ronzio, scatto meccanico e oplà, lucido nero petrolio un disco prende a suonare, rompe il silenzio. *Prendi questa mano, zingara*, e tra là là.

Il sogno si fa concerto. Arpeggi, assoli e garrule melodie, parole e musica, ritmi, vaghe armonie si fondono in coro senza inciampare l'una nell'altra, ed ecco che – misteriose leggi oniriche, insondabili – ascolto una e dieci e cento canzoni che pur restando sé stesse suonano come fossero un'unica, sconfinata sinfonia, o cacofonia, un vasto canto. Dal Seeburg 100W un intero gipsy-canzoniere si diffonde d'attorno, subitamente, e Bobby Solo per una volta duetta con De André, o con Lady Gaga, Nada gorgheggia fianco a fianco agli Assalti Frontali, o a Claudio Villa, Jannacci si scambia ritornelli con Luciano Tajoli, Iva Zanicchi e Lolli bisticciano con Bruce Springsteen e Dylan, mentre Arlo Guthrie e papà Woody gorgheggiano all'unisono, schitarrando, e De Gregori se la vede con Van Morrison e coi Fleetwood Mac. Strofe in rima baciata o in versi sciolti.

Son et lumière zigani e sul più bello, quando di norma lo sfavillar di luci tende a moltiplicarsi in autentico abbaglio, *fiesta* accecante, e il sonoro tipicamente esplode in botti, crepiti, spari e fuochi d'allegrezza intensi e assordanti sino al parossismo, ecco di botto che tutto si tace e il juke-box si spegne, cala o torna il buio, *le rideau tombe*. Bituminoso il sogno si rimpecia di notte, impenetrabile. Vuoto, un istante di astratta sospensione, sconcerto, disorientamento e piano piano la vista s'adegua alle tenebre, scorge forme nell'ombra, vaghe incombenze, e dentro al buio coglie l'inciampo di una presenza – la sua, ovviamente.

Sono cool, questi rom, sono cool questi rom… Occhietti Blu canticchia in sordina tra sé, fa mostra d'ignorarmi, sta sulle sue come uno molto preso da chissà quali intorcinati, gravi, alati pensieri e crucci e affanni. *Che stile di vita, che bon ton...* Quando torna a rivolgersi a me – sguardo ceruleo che dardeggia nel buio, occhio-che-giudica – la sua voce si riassesta su gelide frequenze, velenosissime.

No no, gagè, così non va, gagè, non funziona così, mica va bene. Prima ci inchiodate sulla punta di spillo di un pregiudizio, del grande e schifosetto tabù, di una paura, poi – ipocriti che siete – eccoci qui in strofe e musichette, tanto carini, e il cuore si fa zingaro, e la zingara bella vi prende la mano e legge il destino, e dite addio alla Madonna Morena, a Granada bella Mille anni! Mille anni così di bugie e infamie e insulti, versi sdolcinati e insinceri, ricatti stupidi e vere cattiverie, veti, divieti!

E mentre concitato parla e sproloquia e ringhia, inizio a capirlo. È il suo #MeToo zigano, un *cri de doleur*, una rivolta! No no, continua: mica funziona così, mica va bene! La Grande Colpa, l'Infamia originaria – prosegue – l'imperdonabile, indicibile, oscena preistoria, il Grande Oltraggio! Eh, sì, gagè, tanto è sempre lì che poi andate a parare, mica c'è verso. Il vostro Cristo-morto-in-croce, il Dio che s'è fatto uomo, che è sceso in terra, l'*Agnus Dei* già pronto al sacrificio supremo, all'inchiodata. Gira che ti rigira, è colpa nostra, gagè: noi, i fabbri vagabondi, gli arrotini, ecco, i forgiatori dei chiodi della croce, della Passione! Variano le leggende e le fole, non varia il senso ultimo: colpa nostra! Altro che "il cuore è uno zingaro", senti questa, gagè, presta attenzione:

Son d'Egitto, la zingarella
E porto i chiodi nella sportella
Per trafiggere il Signore
Nostro divin Redentore...

Fole, fiabe dell'anti-focolare; miti d'accatto. Lo zingaro che m'appare in sogno ora farfuglia in tono risentito, occhi spiritati, prende a raccontarmi una, dieci, cento versioni della leggenda nera gitana, il capo d'accusa primordiale che da sempre li costringe all'erranza.

Gira che ti rigira il nodo è questo: in quel tempo – fa parodiando i Vangeli – i romani s'erano belli che stufati di sommosse, rivolte di popolo, e allora decisero di sbarazzarsi del predicatore barbuto, Yeshua ben Miriam alias Gesù di Nazareth. Il centurione di turno convoca due opliti, gli sgancia ottanta denari e si raccomanda che questi si presentino al più presto con quattro bei chiodi per piantarlo, quel semina-guai, su una bella croce, in cima al Golgota, in modo da dare l'esempio. Ovvio: quei due prima s'avvinazzano in osteria, scialano metà dei soldi, indi, 'mbriachi, iniziano un andirivieni infinito tra botteghe di fabbri, calderari, maniscalchi per procurarsi quei dannati quattro chiodi in sconto fattura e... niente da fare: quaranta denari sono insufficienti, mica bastano 'sti spiccioli, per questa somma al massimo posso farvi, sì, quattro chiodi, però molto piccoli, e in ogni caso mai per Yeshua ben Miriam, non se ne parla: lui è un giusto, un buono, un santo, uno dei nostri. E così i soldati bruciano le barbe degli ebrei, li passano da parte a parte con le lance, e, in preda alla furia, proseguono di casa in casa e di bottega in bottega sinché finalmente inciampano in uno zingaro che aveva appena finito di montare la sua tenda in un campo di cardi e sistemato l'incudine ambulante, pronta all'uso. Quelli chiedono quattro chiodi belli grossi per pinzare Gesù e lui, il proto-fabbro zigano, non batte ciglio. Quattro chiodi volete? E quattro ve ne faccio, sai che m'importa. E forgia il primo chiodo, che finisce nella bisaccia dei soldati, e il secondo, e il terzo. Mentre il quarto chiodo è quasi pronto, ecco che lo zingaro avverte – alte e stentoree – le voci dei fabbri ebrei ammazzati. Non farlo! Ti imploriamo: non farlo, desisti! Lui, figurati se desiste; fa spallucce, sputa a terra tre volte, indi procede. Diversa la reazione degli opliti, gli avvinazzati. Mentre cala la notte quelle voci di demoni senza volto li inducono al terrore, e scappano via (Gesù, poraccio, dovrà accontentarsi di tre chiodi soli, come iconograficamente è ben noto a tutti).

E il quarto chiodo che fine fa? Bella domanda. Il quarto chiodo resta lì, con lo zingaro, ma è maledetto. Per quanto gli si versi acqua sopra per dargli un'ultima forgia, per raffreddarlo, quello resta rosso incandescente, ed emette vampe. E allora anche lo zingaro spaura, molla incudine, martello, chiodo rovente e, inforcato il suo bigio somaro, si dà alla fuga. Vaga nella notte, il battiferro zigano, cercando requie. Vaga tra le dune del deserto e su strade di pietra, piste poco battute, mesti sentieri. Ogni volta che si ferma e smonta dal somarello e pianta la tenda, in men che non si dica dal buio sbuca – librandosi nell'aria – il chiodo malfatato, sempre fiammante. E insomma, a farla breve, lui lo fugge, lo smercia, lo rifila di soppiatto a questo e a quello, e sempre se ne libera e sempre questo ritorna a tormentarlo, per vie traverse, e quando lo zingaro muore il chiodo è sempre lì a ossessionare i suoi figli e i figli dei suoi figli, e ancora i figli dei figli dei suoi figli, *ad libitum*, ed ecco, insomma, che quando il dannato chiodo riappare noi riprendiamo la fuga, dobbiamo battercela. Il quarto chiodo va viaggiando da un capo all'altro della terra e noi riprendiamo a trasmigrare, restiamo erranti!

Perfetto, no? Comodissimo, per voi: l'ideale. Un grande misfatto che grida vendetta, fa tremare le vene ai polsi, getta un'ombra perenne sul destino dell'uomo, sulla sua bimillenaria storia, sulla sua saga. Il colpevole di turno, lo zingaro-maggiordomo, l'imperdonabile, l'indifferente, il viscido senza scrupoli, eccolo qui, l'inchiodacristo col suo infernale proto-chiodo, l'*ur-clavus* o chiavello diabolico, la primordiale bulletta madre matrigna di tutti i mali, i soprusi, gli oltraggi, le più vili bassezze, le soperchierie! Lineare, logico, puntuale, consequenziale. Ma ora basta!

Io – prosegue –, io, gagè, mica stupisco o trasecolo, mica casco dal pero: io registro e constato, guardo, prendo atto. Credete di sapere tutto di noi, c'avete sistemato da un po', catalogato. Arrivano gli zigani, arriva l'arrotino, il fabbro errante. Quando non vi rubiamo in casa, quando non portiamo via mocciosi o leggiamo mani, quando non allestiamo giostre... battiamo il ferro, e il ferro va battuto quando è caldo.

Che poi – tipico suo, divaga, svicola, salta di palo in frasca – è pure una beffa, pensaci. La stagione del ferro l'avete lasciata a noi, come una preistoria paleoindustriale in comodato d'uso, come un reperto. E voi, invece, dopo decenni di plastica e ancora plastica, *Plastic People of the Universe* e svariate *Plastic Girl* e *Plastic Boys*, voi quasi eravate sul punto di fare il gran balzo avanti, ma sul più bello, quando eravate lì lì per sbarazzarvi di bicchierini e piattini di plastica, e sportine e sacchetti e buste della spesa, e cannucce e altre cianfrusaglie plasticosissime, quando insomma già era iniziata l'eco-guerra che avrebbe dischiuso la nuova Era del *Plastic-Free*, il Tempo Green che avrebbe finalmente liquidato l'intero Postmoderno con la sua plasticosa aura, ecco che il Morbo bussa all'uscio, non invitato s'annuncia e che succede? Cambia il paesaggio, gagè, cambiano gli imperativi ovvi, le priorità. Scacciata dall'uscio, la plastica rientra, molto ben accolta, dalla finestra. Plasticose tazzine monouso al bar, palette e cucchiaini monouso in casa, barriere, protezioni, muretti, sipari, visierine di plexiglass: trasparentissimi, inquinantissimi, metacrilati scudi di Achille o di Odino contro il Morbo! Ah, che vuoi farci? E qui Occhietti Azzurri sghignazza, allarga le braccia e, da vero screanzato, mi mostra la lingua. Bye bye, mi fa, e inizia a smaterializzare, sfuma, s'accomiata. Come a dire: per oggi abbiamo finito, *à la prochaine*.

Bei tempi, quando ancora stupivo di lui, e le giornate scorrevano su altri e molteplici piani, anche confusi, ambigui, contaminati, e persino i sogni erano una fantasmagoria scombinata e un'avventura dubbia, aperta ai rovesci fuori controllo della fortuna, esposta all'agguato di pensieri rimossi, ansie, paure, e il gioco dell'esistenza si svolgeva come sempre tra Imprevisti e Possibilità, estratti a sorte. Tempi, diciamolo pure, belli che liquidati, tempi estinti. Ora, sì, c'è lui e soltanto lui nei sogni miei. Il ciurmatore zigano. E che posso farci? Oggi che l'insiemistica stessa della vita si è fatta insolita e giorno e notte, e sonno e veglia, sono come sfere sovrapposte e indistinte, in implosione, posso soltanto cercare di ritagliarmi brevi, fragili istanti di limpida Realtà, salda Coscienza. Ovvio, è un lavoro di Sisifo, e una tortura. Sia come sia, ci provo (una vocina insistente-insolente dentro di me sussurra: "Non ci devi provare, ci devi riuscire"). Altre voci, intanto, ripetono il refrain dell'epoca, sino alla noia. La vita umana sul pianeta terra ai tempi del Morbo: un vero strazio. Regole, prescrizioni e divieti, nuove obbedienze. Scarse occasioni di incontro, città spopolate e desertiche. Di viaggi, poi, non se ne parla proprio, meno di zero. Viviamo aspettando, e a furia di aspettare non si vive.

Per esempio, oggi attendevo notizie dalla missione OMS a Wuhan. Niente da fare. Gli esperti sono ancora sepolti in albergo, nulla si muove. Nei notiziari – al netto dei consueti Morbo-bollettini – domina quella che ormai viene chiamata, con scarsa fantasia, "la nuova Crisi di Suez". In estrema sintesi gli insorti, i comunardi della *Spettro dei Mari*, hanno respinto nella notte un primo assalto delle forze speciali egiziane. La situazione era precipitata velocemente dopo la diffusione – prima via bandierine, poi sulle basse frequenze radio, come s'è detto – del proclama comunardo che invitava le "sparse ciurme" bloccate a adunarsi sui molteplici ponti della nave per preparare assieme la "rivoluzione sociale mondiale", e già in quello stesso documento – variamente definito in notiziari e talk show "delirante", "anacronistico", "sintomatico", "patetico", "ridicolo", "ispirante" , "anarco-insurrezionale", "patetico-zapatista", "comunistoide" – faceva capolino l'ombra della "reazione", il liscia e bussa dell'ordine costituito mondiale, il classico "il gioco è bello quando dura poco" (e quindi basta coi capricci, le ragazzate, le bischerate).

A far traboccare il vaso, già bello pieno, la goccia dell'equipaggio di un incrociatore della Marina militare malese che aveva deciso di ammutinarsi, piantare in asso capitano e ufficiali e unirsi in armi agli insorti della *Spettro* al grido di: "Arrivano i tigrotti, tremate genti!". Gli stessi "tigrotti" pare abbiano avuto un ruolo nei fatti della notte scorsa. Il nostro inviato Alarico Zucchini ne riferisce al GR, sommariamente. La scelta egiziana di andare per le spicce, riferisce, era stata previamente sottoposta dal Cairo al parere – non vincolante – di alleati e "vicini di casa", comodi e incomodi, e a quanto pare non c'erano stati veti, o dubbi e intoppi. Al via libera scontato di americani, sauditi, emiratini, s'era aggiunto il silenzio-assenso di israeliani e iraniani (per una volta d'accordo, abbastanza incredibile), il tacito consenso di Russia e Cina, e il "me ne lavo le mani" degli europei, che s'erano trincerati dietro un classico "fatelo, sì, ma fatelo con grazia, ove possibile".

Notti senza luna nel canale di Suez, notti di guerra. L'idea egiziana era semplicemente quella di salire a bordo, riprendere il controllo della situazione e chiudere i giochi. All'uopo erano stati allertati e messi in azione i sommozzatori dei corpi speciali, si parla di una trentina d'uomini all'incirca. Contando sul favore delle tenebre, e sugli stravizi alcolici dei comunardi, trenta pesciolini neri in muta da sub e armati – come si dice – fino ai denti avevano preso a nuotare attorno alla *Spettro* in vasti cerchi secondo gli schemi di una speciale coreografia militaresca. Ma al Cairo – la sintetizza così il nostro inviato – avevano fatto i conti senza l'oste, cioè senza i "tigrotti". Quelli, traslocati sulla nave comunarda, s'erano portati dietro tutto un arsenale, inclusi certi occhialetti a raggi infrarossi (*Made in South Korea*, mica farlocchi) capaci di mutare la notte in giorno, e il buio in luce. Dopo vari conciliaboli tra i disertori malesi e il resto delle ciurme, in particolare i pescatori di Scozia e Norvegia, il contropiano degli insorti era deciso. Individuati i sommozzatori egiziani grazie alle magiche lenti sudcoreane, erano state calate nelle pigre acque del canale le reti per la pesca a strascico atlantica dei nordici *fisherman*; per i trenta sbirro-pesciolini non c'era più stato scampo: presi, pescati! In segno di clemenza detti incursori erano stati rilasciati al mattino, sul far dell'alba (con l'eccezione di un quattro o cinque di loro che, folgorati sulla via di Damasco, avevano scelto di unirsi ai ribelli del mare. Poche ore dopo le agenzie avevano battuto il proclama numero 2 della comune di Suez:

Loro hanno cercato di salire a bordo, e di ammazzarci tutti
Noi abbiamo strappato alla vendetta delle ciurme giustamente infuriate 33 sommozzatori loro e li abbiamo rilasciati
Loro hanno accelerato il consiglio di guerra, condannando di gran fretta, giustiziando senza rinvio
Noi abbiamo creato un giurì che ci impedisce sentenze capitali, giudizi sommari
Loro sono pronti a coprirsi del sangue del supplizio
Noi non abbiamo versato neanche quello della battaglia
Loro fanno le vittime

Noi facciamo gli eroi
Loro ci mandano delle guardie
Noi opponiamo loro dei cittadini
Loro ci calunniano
Noi non possiamo render loro la pariglia
Loro hanno portato via poste, telegrafi, ogni mezzo di circolazione, e di comunicazione
Noi comunichiamo lo stesso
Loro chiamano Israele e la Russia e la Cina e gli USA e la UE e l'Iran in loro aiuto
Noi odiamo tutti i poteri e ogni Stato ci è uguale: non lo vogliamo
Loro ci dichiarano guerra
Noi dichiariamo loro la libertà
Loro ci attaccano
Noi ci difendiamo
Loro ci bombardano, ci aggrediscono con i sub
Noi li battiamo
Loro invocano il diritto della forza
Noi abbiamo la forza e il diritto
Loro gridano: viva l'ordine mondiale
Noi gridiamo: viva la comune di Suez
Loro gridano: abbasso la *Spettro dei mari*
Noi gridiamo: viva la *Spettro dei mari*!

Totentanz

Era il migliore di tutti i tempi, era il peggiore di tutti i tempi, era il secolo della saggezza, era il secolo della stoltizia e luce e tenebre vivevano in assurda simbiosi, parassitaria, e così fede e incredulità, fatue primavere di speranza con grevi inverni di disperazione e gelo, e via dickensianeggiando, all'infinito. Tempi noiosi barra confusi, senza sostanza e direzione, senza una meta, un Fine, un traguardo. Detta alla buona, nei primi tre lustri del secolo ventunesimo, in quei convulsi, sciocchi e affannati grumi di spazio-tempo situati immediatamente all'imbocco dell'*Age of Pandemics*, prima del Morbo Innesco, l'*archè kakòn*: l'inizio di tutti i mali. L'umanità era in attesa di segni rivelatori, eventi, sintomi. Attesa vana, o semplicemente cieca, senza costrutto. Affannati, beceri, isterici anni di guerra cosiddetta al terrore contro beduini diabolici e pastori di capre afgani altrettanto maligni avevano alterato il giudizio, falsato i piani. Poi altri intoppi e altre grane, basse, patetiche. Nessuna chiarezza.

Non che fossi sorpreso. Semmai allarmato barra scocciato, disorientato. Personalmente, l'avevo messo in conto. L'irrimediabile, inflessibile, amara verità di certe vecchie canzoni, come una consapevolezza precoce che ti spiazza e avvilisce, che toglie, semplifica. *Il giorno è sempre un po' più oscuro, sarà forse perché è storia, sarà forse perché invecchio*. E ogni giorno era così, e anche ogni sera. *Ladri e profeti di futuro mi hanno portato via parecchio*... Niente di strano. Da orfano di un po' tutto – politica & utopia, arte, avventura – ero pronto; che poi è anche il motto dei lupetti: *estote parati*. Vivere un tempo basso, stando nascosti. Restare un po' ai margini, senza badarci.

Il guaio è che uno dice "la Storia" e non dice niente. "Mia madre diede alla luce due gemelli, me e la paura": l'autoritratto di Hobbes, il suo proto-selfie. Mentre mammina sua sgravava, l'*Invencible Armada*, la *Grande Y Felicissima Armada*, salpava da La Coruña diretta in Inghilterra. Quando è toccato alla mia, costruivano il Muro. La sua guerra degli ottant'anni; la mia "guerra fredda", *si parva licet*... Uno diceva "la Storia" e diceva tutto. Ecco: capitolo chiuso, giriamo pagina. In fondo, penso, è l'unica lezione del Morbo, la sua sola morale. Siamo molecole, dettagli irrilevanti di una vicenda poco nobile, di certo più ampia. La Storia come storia naturale, *Naturalis historia*, la rivincita, l'intollerabile, l'agrodolce vendetta del vecchio Plinio su Tucidide e Tacito, Hobbes, Machiavelli. Potrei cavarmela dicendo: "non fa per me", e sarebbe patetico. Molecole. Siamo irrilevanti molecole. Ma vaffanculo.

Cosa aspettasse, cosa stia aspettando, l'umanità, mica l'ho capito. In ogni caso, mi attengo al vizio di impicciarmi senza lasciarmi coinvolgere, continuo a farlo. Questione di metodo (personale e arbitrario), uno straccio di regola. Scrutare i "segni del tempo", o scarabocchiarli. Simboli ovunque: messaggi metafisici, cifre, portenti. Le infinite, molteplici, contraditorie espressioni di un'epoca materializzano nel mondo esterno. Basta affacciarsi alla finestra e sbirciare attorno. Come muta il panorama, come diventano eloquenti, intensi, pertinenti i dettagli, come ci parlano. Anche i più trascurabili. Mattine stanche qui a Roma-Montesacro, albe estenuate. Dal terrazzino micragnoso a strapiombo sul viale sottostante osservo il panorama e poi fumo, mi bevo un caffè. Le strade, prima totalmente vuote, ora animate da tentativi di vita imprenditoriale, discutibili. Le strade resilienti di Montesacro. Marciapiedi scalcinati ospitano improbabili *dehors* alla parigina e – in attesa della campanella a orario variabile del coprifuoco – c'è chi si sistemerà tra cassonetti Ama, scatoloni sfasciati, utilitarie parcheggiate alla malinpeggio, motorini per precoci aperitivi, caciaroni. Baretti una volta dimessi si danno un tono elegante da bistrot con arredamenti pretenzioso-inguardabili, imbarazzanti.

Tecnicamente, è vero, saremmo anche sulla *rive gauche*, ma dell'Aniene, e dal fiume minore salgono effettivamente miasmi e tiepidi vapori; a volte, alle prime ore del giorno, nel silenzio precario che precede i perenni lavori di rifacimento stradale, scavi per tubature, tombinature varie, cablature, si levano dalle meste rive i nitriti svogliati dei cavalli del maneggio, molestati dal tafano della noia, o da tafani in carne e ossa, dai moscerini. Meno gabbiani nel cielo, a occhio e croce, invariata, direi, il contingente di piccioni e cornacchie, apparentemente in rialzo le pennute quotazioni dei pappagallini verdi, e dei passeracci. Immutata, seppur a fasi alterne, anche l'offerta merceologica del tristissimo stradone a doppia corsia ombrato da alti pini: viale Tirreno. Qui i bangla hanno il monopolio dei frutta & verdura, i cinesi delle cineserie, e i pachi aspirano a quello del barba & capelli, per quanto giusto all'imbocco nord, nei pressi di largo Sempione, Nomentana, resista un Barber shop per hipster impomatati (tutti 'sti esercizi si proclamano unisex ma è ovvio che la clientela è rigorosamente maschile e multirazziale). Da segnalare un meccanico per moto, tristanzuolo, un bugigattolo che spaccia vinili Hard Rock & Metal con annesse t-shirt, bandane, memorabilia, e una trattoria-pizzeria – specialità sarde e abruzzesi, dubbia accoppiata – chiusa per mesi e adesso timidamente in ripresa-resilienza, come un po' tutto. Segni non si sa bene di che cosa, però eloquenti. Segni del tempo. Nature morte romane, *still life* cittadine, ai tempi del Morbo.

Il giorno è sempre un po' più oscuro, niente di nuovo. E, come ogni giorno, lo strazio di inventarsi qualcosa dentro la noia, dentro la calma piatta del presente, contro l'Ipocrisia. Leggo e scrivo e disegno: resto in ascolto. Scartabello le mail, mi tengo aggiornato. La solita fuffa. Réclame, varia paccottiglia in offerta, scarse voci lontane e pur sempre presenti di amici tutti più o meno spauriti o stremati dal Morbo, comunque avviliti. Immancabili le mille richieste variamente pressanti, le scadenze, sgradevoli, (tipo tasse o bollette) e i moniti a vuoto, gli avvisi, le preci. Non so più quale teatro (virtuale) mi invita alla conferenza stampa di presentazione della sua nuova produzione: l'allestimento in forma scenica del *Trionfo del Tempo e del Disinganno* (libretto di Benedetto Pamphilj, musica di George Friedrich Händel). Seguono link per l'evento Zoom, e una sfilza di sponsor. Quanto ai "segni dei tempi", ci pensa Drusilla Dondero, la direttoressa. Ovvia la premessa consueta – "scusa la fretta" –, insolita invece la proposta, e quasi sorprendente. Per una volta Drusilla non mi inoltra il solito articolo, cambia le carte in tavola. Una tivvù locale della Bassa Pomerania, spiega, ha messo in onda "questo bel documentario, dacci un'occhiata. Potrebbe darti un'idea e poi ci inventiamo qualcosa, intanto tu prova". Anche in questo caso segue link, basta cliccarci sopra. Abbasso le serrande, faccio buio in "sala", ci clicco sopra.

Il video parte con una schermata nero-seppia, quindi appare una scritta: TOTENTANZ! STREET ART & PANDEMIA: LE NUOVE DANZE MACABRE. Austera la scelta di regia, solo immagini – riprese sul campo, neutri "graficati", effetti di animazione – e una voce fuoricampo un po' monotona (opto per i sottotitoli, non conosco il tedesco). Effettivamente, se ne era anche parlato, ma un po' in modo rapsodico. I pomerani hanno scelto di mettere a tema la faccenda, costruirci un racconto.

Ovunque – recita la voce *off* – il tempo della pandemia ha coinciso con l'apparizione nelle strade delle nostre città di simboli e icone. Artisti, pittori, writer, bomber, crew hanno scelto le mura di strade e palazzi per scolpire nuovi segni a commento del presente, quasi contrappuntandolo. Agli inizi – mentre la primavera avrebbe dovuto rallegrare ognuno e non ce la faceva – il fenomeno aveva assunto l'aspetto di un blando esorcismo, di un gesto apotropaico. Prevalenti, in questa prima fase, le immagini sdolcinate, le scritte rassicuranti. Mani giunte a indicare fratellanza e amicizia, la promessa di un abbraccio. Margherite, rose, campi fioriti, grandi arcobaleni. Cuori rossi appesi al filo come palloncini, labbra rosse che accennano un bacio, uccellini tipo colombe di Noè in volo sulle acque della terra ammorbata, col rametto d'ulivo. Numi tutelari tipo Greta, Guevara, Mandela a confortare le genti con la solita scritta: #andràtuttobene, #civogliamobene, #torneremoadabbracciarci. Ma il tempo è passato e – niente – non è andata bene. Greta, Guevara e Mandela hanno perso la voce, o la voglia di usarla. La colomba è rimasta a volteggiare, non riuscendo ad atterrare, e i cuori palloncini si son persi nel cielo o – *puff!* – sono proprio scoppiati. Altri simboli, altre forme e sagome hanno fatto capolino, incupendo il paesaggio. Lattescente, ossa in vista, magro e aguzzo come la fame è apparso l'*equus pallidus*. Muso-teschio, dentoni sguaiati, occhietti maligni e striati di fuoco, un bianco cavallino ramingo si è imposto agli sguardi e in più luoghi del mondo come un presagio. Sulle prime non ci si è prestata troppa attenzione, poteva essere un caso. Ma le apparizioni si sono moltiplicate, e a un certo punto ovunque campeggiava il diafano equino dallo sguardo inquietante. Ad Anversa, e a Londra, e a Berlino, come a Mantova, a Roma: zoccolante sui muri scrostati di caseggiati borghesi, capannoni dismessi, palazzi scalcinati, zoccolante e sinistro era ovunque il candido cavallino, sempre raffigurato lento, cheto, mogio, tranquillo; sempre al passo, mai al trotto o al galoppo. E d'attorno, prima il niente assoluto, poi striscianti presenze: ratti, serpi, scorpioni, blatte, rospi, lumache, pangolini. E a volteggiare, o appesi a testa in giù a spogli rami: pipistrelli.

Era estate e l'estate è trascorsa così, senza sorprese. Come in base a un accordo mai scritto la misteriosa confraternita dei writer ha intonato l'antifona, senza peraltro lasciarsi scoprire. Dappertutto disegnavano il diafano, bianco sporco quadrupede, l'*equus* sempre pallido, e lentopede. Con l'autunno – le *feuilles mortes* di rito, l'olio *novo* –, e dopo altri mesi di paura e quarantene, e lutti, e nuove ondate del Morbo, e altre piaghe, accanto al cavalluccio e allo strisciante corteo batracico-serpesco-muridesco (e pipistrellesco) sono apparse anche scritte, cartigli e massime, sinistre iscrizioni, ammonizioni.

Nel docu pomerano scorrono immagini al ralenti di capannoni, gasometri, ponti arcuati, chiatte fluviali, iper-pittati e iper-taggati vagoni della metro, tetri falansteri di periferia, piazze rinascimentali, barocche, sovraimpressa tutta una teoria di scritte-manifesto, di anti-réclame. L'attore (sarà un attore?) che recita il testo parla di "un'allusione chiara, ormai evidente", forse di un postmoderno *memento mori*. "Et cossì son fiera forte et dura / Che trapaso le porte et ultra le mura." "Gionto la morte piena de equaleza / sole voi ve volio e non vostra richeza." "Et son quela che fa tremare el mondo / Revolgendo mia falze atondo atondo." Da notare anche una lettera pervenuta in quei giorni d'autunno ai quotidiani ("Guardian", "El País", "Le Monde", "Corriere della Sera" e via dicendo); nella missiva, finalmente, una rivendicazione esplicita, e una firma. Inedito, un sedicente Collettivo Baschenis rivendicava l'iniziativa parlando di "un'opera d'arte coscienziale e diffusa", di un esperimento "immersivo di controcultura pandemica", di un "disegno collettivo virale contro il virus". Ai tanti sicofanti che in ogni dove già denunciavano l'imbratto di mura civiche e dimore private – in nome ovviamente del "decoro urbano" – il plurimo Baschenis replicava a brutto muso e poco accomodante: "Siamo solo a tre quarti del lavoro: *ce n'est qu'un debut, continuons le combat!*".

L'opera sua Baschenis la completa in inverno, nei giorni di nebbia e gelo della galaverna. Pallido il cavallo, pallida l'aria attorno e lattescente. Ovunque, sottili cristalli di ghiaccio, bave e striature frattali sui pali della luce, sugli striminziti arbusti; ovunque, lame sottili di trasparente e diaccia bellezza, abbarbagliate sul filo spinato che delimita i campi, cinge proprietà, difende spazi; e sulle mura e i viadotti, sui ponti e tra le impalcature, sulle gru e i ponteggi, nuove figure a complemento del cavallino bianco, coi suoi compari che strisciano e gracidano, squittiscono. Forse un *memento mori*? Leviamo il forse. In groppa al ronzinante – tutto pelle e ossa – lei – tutta ossa e basta – cavalca; la commare secca, madame la morte; reca con sé la "falze", o brandisce l'arco; talvolta suona un qualche strumento a corda (singolare la scelta della sezione "Camden" del Collettivo Baschenis che sul ponte ferroviario antistante il ben noto mercatino delle pulci ha scelto di raffigurare la nera signora mentre imbraccia una Gibson Les Paul Deluxe e schitarreggia).

Rispetto all'iconografia ufficiale spicca un dettaglio, un'aggiunta che implica, di converso, una carenza. Sotto le vuote orbite manca il ghigno dentoso, e il suo teschio non ride, è imperscrutabile. La Morte Piena de Equaleza indossa una mascherina chirurgica azzurrina, e così tutte le altre figure che dal nulla giungono ad affollare la scena e attorno alla trista cavaliera si assembrano a danzare, macabramente. Da sepolcri scoperchiati si levano scheletri stupiti, anchilosati, musicanti tipo mariachi che intonano *corridos* o tarantelle, scheletri di *pet* tipo cane e gatto al guinzaglio, o con pale per la pizza che infornano oblunghe focacce – cottura a legna! –, e altri cuochi (scheletri anch'essi) impegnati a girare polente gialle o taragne, a grigliare salsicce e rosticciane, costate di chianina e arrosticini. Come in un presepe di San Gregorio Armeno, ci sono tutti: un Trump scheletro riconoscibile dalla parrucca arancio, spettinata, e un papa-scheletro con lo zucchetto in cranio e anello piscatorio in evidenza. C'è – in forma di carcame – uno Steve Jobs che brandisce il cartello STAY HUNGRY e parla al telefono; c'è – ovvio, tutt'ossa – anche un Maradona che attorno all'ossa è cinto da una fascia albiceleste e palleggia con una sfera di stracci pressati, e se la spassa. Non mancano i vari Putin e Johnson, i Kim Jong-un, i Khamenei di turno, i Bokassa e i Mobutu, i de Gaulle e gli Adenauer, la Regina. Simpaticissimi – con occhiali di corno, ventiquattr'ore in mano, bombetta in testa – altri mobili cadaveri ballano una specie di quadriglia esibendo lo striscione GRUPPO BILDERBERG. Inquietanti, piuttosto, altre umane carcasse allineate e tutte assise su difformi carrozzelle, alcune in lega d'alluminio, vecchio stile, con le grandi ruote gommate, il poggiapiedi, altre lucenti, tinte di rosso o di giallo fiammante, motorizzate con tanto di manubrio tecno, pulsantiera dei comandi ergonomica e motorino (probabilmente) truccato, smarmittato nei modelli a benzina, vitaminizzato barra pompato in quelli elettrici. Teschi ovunque e ovunque teschi mutoli, avviliti, orbati del potere del ghigno, mascherinati! Dettagli, indizi, simboli: "eloquenti" dice la voce *off*, "e precisi, pertinenti". Dettagli che ci parlano; significano.

Simboli che ci parlano? Che significano? Ma lascia stare, gagè, non ci badare. Nel buio della stanzetta studio, mentre lo schermo del PC spixela e tende al nero, eccolo che ritorna, il sempre facondo. Nemmeno dentro al cesso possiedo un mio momento, cantava il vate. Sottoscrivo: qualsiasi cosa faccia o pensi, o principi o dismetta, arriva lui e si impiccia, il trasformista. Oggi, per dire, veste panni impossibili, allibenti. Mantello turchese trapuntato di astri giallo-canarino, cappello a cono con luna stilizzata, stella caudata che sfila tutt'attorno al copricapo, e tra la luna e le stelle, inevitabile, un'uncinata astronave su sfondo nero (il cappello è tale e quale al manto: oltremarino). Sorride e si vanta giulivo, il sicofante. Bello, nevvero?, e – braccia a fendere l'aria – indica l'abito. Fa tanto Nostradamus o Calcante, non ti pare? Suvvia, il blu mi dona, ci sto una favola (è pure vanitoso, il rompitasche).

No, no, riattacca, non ci badare proprio, lascia stare. *Ognia omo more e questo mondo lassa*: ebbè, gagè, e dove sta il problema, dove l'inganno? Mani in tasca – che il suo divinatorio manto, essendo come dire una "replica", ha anche le tasche – e sigaretta in bocca, ora sberleffa. Quando si inoltra (o sperde) nei dettagli si fa più chiaro il motivo recondito di tanta sbrigativa alterigia, e tanto sprezzo. Sintetizzando, non gli garba lo stile, la (vieta) retorica, l'atmosfera. Giunge il Morbo – mi dice – e voi che fate? Medievaleggiate, danzomacabreggiate, trionfomorteggiate... Na, na, gagè, prosegue, non mi convince! *Ognia omo more*, ma – dice lui – il problema è il mondo, mica l'omo; il mondo, caro mio, può finire, l'omo nasce, vive e muore. Siete... Anzi – graziosamente concede – *siamo* molecole!

Qui però l'interrompo, che seppur da sognatore ho i miei diritti. Non hai capito zingaro, fraintendi. E di bel bello, gli recensisco il docu pomerano, a botta calda. Il nodo – insisto – mica è la morte in sé, e neanche la fine. Bisogna valutare con calma, scrostare via la superficie, la "narrativa" ovvia, il sotto-al-naso, per fare un passetto più in là, guardare *oltre*. Sottolineo l'importanza dei dettagli, il fatto che vanno dritti alla "cosa in sé"; enfatizzo il singolarissimo effetto per cui la trascurabile parte si rivela espressione del Tutto, ma in effigie e in simbolo, per allusione e in sostanza (direi, mi pare, opino, così la vedo), 'sti pomerani ci sanno fare perché 'sto *Totentanz* è girato da Dio, e nasconde sotto la forma del docu-reportage ben altra ambizione. È tutto un "frammento di un discorso morboso", intelligentissimo, una ricognizione audace di *Miti d'oggi* (per quanto all'oggi possa ancora confarsi la parola "Mito") così pregna di Storia, ambivalenti valori e richiami, echi lontani. Soltanto adesso che li cogliamo schermati, mascherinati, capiamo quant'erano vigorosi i dentoni degli scheletri, espressivi. I macabri sorrisi dei crani: ormai aboliti. Soltanto adesso che ci vengono strappati via ne cogliamo la paradossale forza comunicativa, l'umana intensità, il freddo calore. Alla fine – diciamocelo – sono queste le nostre "assenti chimere", i nostri cupi rimpianti, il nostro lutto...

Bla, bla, bla, ribatte lui. Da zingaro-Nostradamus, me la spiattella così: lui non ci casca. Ti arrampichi sugli specchi, gagè, ma a me mica la dai a bere. Dài, su, è sempre la solita vecchia storia: il dito e la luna! Tu contempla il ditino, io mi tengo la luna – e fa il gesto dell'attenti, mano al cappello da mago, ove campeggia appunto una bella luna gialla, con stella caudata –, e la luna è – almeno a sentir lui – la *fine del mondo*, il poco agognato *The End*, la buonanotte al secchio terminale, l'ultimo atto. Le vostre ciance, gagè, le vostre preghierine, i buoni propositi: fattelo dire, tempo sciupato. Eccovi spauriti dal Morbo, ma combattivi; messi a mal partito dal pasticcio virale, però ostinati. Io – si incensa il mio gipsy-Nostradamus – guardo, constato, esamino, valuto, vedo e quel che vedo m'accora, e sconsola. Bada, non giudico. Provati ma non domi strologate di ripresa e resilienza, un altro inizio, una nuova normalità, il mondo, insomma, ma il *mondo di domani*. Dimenticate che qualsiasi discorso su come sarà il mondo domani deve partire da una domandina preliminare: vi sarà un mondo domani? Siamo alle solite: il mondo *deve* continuare ma *può* finire, la vita *deve* avere un senso ma *può* anche perderlo.

E quasi scosso da un brivido interiore, da un fisico o metafisico sussulto, lo zingaro si imbozzola nel suo manto turchese e impaludato, rigido come un tronco di leccio, si prende il lusso di un'infinita pausa, e intanto, solenne, mi scruta. Per anni – riattacca a voce più bassa – avete danzato sull'orlo dell'abisso, spensierati, ma almeno la fine del mondo, in quella versione lì, era... opera umana. La fine-di-proprio-tutto come ultima prova d'orgoglio barra signoria barra potenza, il grande botto come capolavoro, trionfo, inarrivabile trionfo dell'umano ingegno, la Tecnica come ultra-teologia, mistica *hybris*. Guarda che c'ero anche io quando marciavate contro l'incubo del megabotto o tramavate nel buio a procrearlo. Me li ricordo i vostri cartelli e striscioni: "No alla bomba!", "Nucleare no grazie", e bla bla bla. Me li ricordo i vostri Fort Alamo, il progetto Manhattan, quello del Trinity Test, ben mi rammento delle mille bolle blu e delle sfiatate da grandi balene delle esplosioni sottomarine negli atolli dei Mari del Sud, care ai poeti, ce l'ho stampati qui, incisi in fronte, i vari Černobyl', Three Mile Island, Tricastin, Fukushima, *und so weiter*, quei bei disastri che, da virtuosi dell'eufemismo, da fuoriclasse del questo-non-si-dice, chiamavate "incidenti", "contrattempi".

Altro che Morbo, strisciante Pandemia, iper-contagio: quella era classe! Ultimatum all'esistenza, in grande stile. L'uomo, questa meraviglia del creato, questo portento! Tutto da soli; potevate – *dovevate* – fare tutto da soli, senza appello. In perfetta autonomia, finalmente maggiorenni, adulto-vaccinati, ultra-evoluti e capaci di togliervi definitivamente di mezzo da soli, in un *puff*, anzi in un *boom*. Un gran finale a suo modo umanistico, fieramente voluto, antropocentrico. Il patatràc atomico, i missili a testata nucleare assiepati nei granai, disposti in ferali batterie sepolte sottoterra, dislocati in caverne, bunker scavati nella roccia o nascosti nel mare profondo, sottomarini capaci di sputare ordigni devastanti, bombe smart, "pulite", dirigibili, velivoli stealth non avvistabili dai radar, sagomati satelliti volteggianti tra le stelle, e giù, nella bassa atmosfera, piogge acide, nubi miasmatico-radioattive, cappe di raggi gamma e particelle alfa, velocissimi elettroni fuori controllo e, a stagliarsi all'orizzonte, sopra un paesaggio desolato, schiacciato, devastato: i grandi funghi; gli immensi troneggianti vaporosi e densi funghetti atomici cari all'immaginario delle major, ai film di serie B o Z, ai fumetti, i radioattivi, colossali miceti in metafora, che l'aria smuove, arruffa, e i venti spargono e dilavano, e tutto recano alla rovina e allo stento, al "non c'è più", finito, *alles kaputt*.

Megabombe ai neutrini, ordigni all'idrogeno. L'incanto, lo straordinario incanto di un mondo finalmente liberato dall'uomo, e per mano dell'uomo: in totale autogestione, liberamente! Il vostro ultimo *masterpiece*, i fuochi d'artificio assoluti, senza allegrezze! Ci voleva del fegato, diosanto! Guardare la fine della Storia dritta in volto, metterci mano; firma e controfirma e via: cala il sipario! Pensaci su, gagè: non era meglio? Quantomeno, non era più sensato, più *dignitoso*? Ultra-evoluto, l'uomo aboliva l'uomo; ultra-capace, ultra-smagato l'*homo* non troppo *sapiens*, comunque *faber & ludens*, si toglieva di scena, liberamente, e bada bene: in perfetta (in)coscienza, autonomia!

Il mio Nostradamus zigano fa un gesto di sconforto, allarga le braccia. Quella follia – insiste – la potevamo capire, noi, i viandanti senza loco né foco, gli errabondi; non ci piaceva ma in ogni caso era una roba umana-troppo-umana, molto moderna. E adesso invece? Che devo dirti? Un passo avanti e dieci passi indietro: non è progresso. Non più capaci di apparecchiare la fine in grande stile, siete tornati a medievaleggiare, a macabreggiare. Il morbo, la pestilenza e il contagio; la nuova Peste! Una fine che salta fuori dalla bassa natura, come un rospo che annaspa nel fango e torna al sole; un male sciocco che sottonasce da virus bestiali e incroci e chimici impiastri; salti di specie? No, no, gagè: 'sta roba non ci piace, non fa per noi!

Ma ora guarda! Qui nuova pausa a effetto: lo zigano dosa le sue climax e anticlimax in modo sapiente. Ora guarda, e lasciali stare quelli, i pomerani. C'ho qualcosina anch'io, ti piacerà. E un'altra volta, Occhietti Azzurri torna a sfoderare l'Eumig P8, Super 8, il *Made in Austria*. Inevitabile, l'invito standard: mettiti comodo! Inderogabile l'effetto: saletta proiezione, buio in sala! Perché, vedi – sussurra mentre armeggia col suo apparecchio vintage, cerca e trova una spina, collega i cavi –, siete ben strani voi, un po' ritardati. Dà un colpetto ben assestato al proiettore austriaco, il riluttante. Smanetta e rismanetta sul tasto ON-OFF. Strani ronzii, sussulti e scrosci, crepitii, fruscii. La pellicola prende a scorrere, per quanto un po' svogliata, e parte il gipsy-docu: APPUNTI DA UN'APOCALISSE. *Estote parati!*

Ancora una volta, immagini in Bianco & Nero ricolorate, l'inconfondibile marchio di fabbrica delle gipsy-production, a quanto pare; e ancora una volta mute icone, didascalie (in caratteri western), vocina off.

Prima scena. Subito dopo il titolo (font Bangers & Mash, caratteri oro satinato su fondo seppia) scorre una prima spiega – MELODRAMMA IN TRE ATTI – quindi, *excusatio non petita*, il classico OGNI RIFERIMENTO A FATTI O PERSONE REALI È PURAMENTE CASUALE e bla bla bla. Musica country – chitarra, banjo e violini, uno che fischia; riconoscibile l'usata melodia, *Tumbling Tumbleweeds*, e, campo lunghissimo, una scabra spianata puntinata di striscianti arbusti di Salsola (i caratteristici "rotolacampo" dei film di John Ford e di ogni saga cowboy che si rispetti). Sbilenco, un palo della luce giusto sulla linea dell'orizzonte; la macchina da presa stringe su detto palo, guadagna terreno: pinzato lì con due chiodi belli storti (minuscola, sulla capocchia, l'allusiva scritta MADE IN LITTLE EGYPT), un cartello. L'immagine raffigura un azzurro pianeta – la terra, come da iconografia – minacciato da quella che diresti una macchia d'inchiostro, una sorta di bozzolo nero nero, come un riccio di mare gigante, una bubbonica spugna, una palla bitorzoluta, gommosa, tipo quelle che si lanciano ai vari Fido e Furia e Rin Tin Tin; prevedibile, ben nitida, si scorge la scritta: WANTED, DEAD OR ALIVE. In caratteri più piccoli viene quindi spiegato cosa sia tanto cercato-voluto, vivo o morto: un'*exit strategy*, una via di fuga. Da cosa? Presto detto: dalla prossima, imminente, auspicabilmente (ma difficilmente) evitabile FINE DEL MONDO.

Seconda scena. Ove al posto della grama piana si stagliano case in assi di legno e costruzioni tutte uguali tra loro, tutte verando-porticate, in semplice fila una dietro l'altra, e una dietro l'altra silenti, quasi allibite. La strada è una pista di sabbia tra le due schiere di costruzioni, una che getta ombra, l'altra in pieno sole, a rosolarsi. Latta che sbatte – l'insegna di un saloon, come ti sbagli? – e fuori campo (chissà dove) qualcuno che fischia. Poi s'ode uno scalpiccio, presenze che incombono. Da un lato e dall'opposto di *Main Street* si affacciano due squadre di bei ceffi, belle e pronte – si immagina – alla sparatoria, al duello, alla disfida. Gli uni indossano camicie a scacchi, pantaloni vegetati e giacche in mimetica, tutti con barba e baffi da hipster; fucili a ripetizione, cinturoni carichi di pistole, scacciacani, proiettili da caccia grossa, bombe a mano; dalle cinture pendono tenaglie, rampini, corde, binocoli e cannocchiali a infrarossi, bussole e walkie-talkie, telefonini satellitari e altre diavolerie in stile *combact*. Gli altri, i rasati, vestono sobrie grisaglie, o t-shirt e pantaloni beige, versione casual; rolex belli pesanti, al polso, acciaio cromati; chi in cravatta e chi no, ma tutti sfoggiano ventiquattrore – si immagina – zeppe di documenti riservati, o di rotoli di quattrini, titoli al portatore, coin e bitcoin; qualcuno con la bombetta in testa, ma i più no: bei crani rasati, questi, con un bel taglio da coiffeur atto a valorizzare l'intensa brizzolatura o una bella spalmata di tinta (equamente distribuite le acconciature alla *forever young* o alla Bruce Willis). A coprire lo sbatacchiare dell'insegna, a tacitare il fischiettare western, interviene l'attesa voce off, che tutto spiega: "In quei tempi, allor che l'umanità era in attesa della non programmata estinzione, dell'ultimo atto fatale, del patatràc atomico o da cambiamento climatico, anti-ecologico, gli umani si divisero in due fazioni, ben distinte e contrapposte, ma non ostili. Gli uni, i survivalisti, scelsero di dileguarsi nei boschi o di seppellirsi in romiti capanni, o in fondi bunker. Gli altri, i coloni dello spazio, prenotarono un posto di prima classe (altri non v'erano) sulla prima astronave-turistica pronta al decollo e un lotto di terra-non-terra sul primo pianeta a disposizione, che fosse Venere o Marte, Selene o Giove. Opzioni differenti, *exit strategy* entrambe legittime ma catastroficamente sbagliate, fuori misura".

Illusi, semplicemente ridicoli, patetici! Di botto, mentre le immagini seguono a scorrere, l'imparziale vocetta fuori campo (che al massimo si concede rari momenti d'enfasi tipo docu "National Geographic") viene doppiata da una parlata cantilenante e beffarda, istrionico-velenosa: Occhietti Azzurri! È lui adesso a commentare, chiosare, spiegare. Poco incline alla didascalia, giudica e sentenzia, dice la sua. *Estote parati* un accidente, tutto sbagliato!

E la zingarellata prelude alla terza scena, in doppio schermo. Effetto wide e tagliate in orizzontale, l'una sull'altra, due teorie di immagini si snodano come fregi da colonna traiana, solo che al posto della *Historia utriusque belli Dacici a Traiano Caesare gesti*, con tanto di fasi clou, si possono intravedere le bravate tentate (su in alto) dai glabri coloni dello spazio e (in basso) dai barbocurati survivalisti per sfuggire alla malprevista, atomico-climatica FINE DEL MONDO. Poveri illusi, anticipa, precommenta e sentenzia il mio ipnagogico zingaro personale adesso in versione Orson Welles, gran cineasta!

Nel fregio superiore la brigata colonica, lasciato il villaggio western, senza duello, si ritrova nell'ampio parcheggio di un motel. Diverse le auto di lusso in attesa: Lamborghini Huracán e Urus, Ferrari SF90, Ferrari F8, Ferrari Roma, diverse Lexus, tipo LC, RXL, RC-F, Cadillac. Il corteo di auto si mette quindi in moto verso il deserto. Un tabellone, tra quotazioni di borsa e titoli NASDAQ, mostra la curva in ascesa delle tariffe per il volo turistico-spaziale di sola andata: posti limitati, assicurazione inclusa, tutti i comfort. E un fregio dopo, ecco l'agognato, molto chiacchierato *Space Report* tra le desertiche dune e in mezzo ai cactus. Ai piedi del razzo-missile, sorridente in giacca stazzonata, senza cravatta, lo spazio-imprenditore, l'incredibile genio, il visionario, in breve il super-miliardario che si autoproclama a destra e a manca "Imperatore di Marte", "Signore della Galassia", "Monarca della Nuova Umanità", "Re del Domani". È il buontempone che ha architettato tutto l'ambaradàn (e – pigola Occhietti Azzurri – ci lucra pure). Ma – ecco qui la sorpresa – proprio quando gli aspiranti coloni giungono a meta e l'imperatore, lieto, si sbraccia in saluti, proprio quando insomma saremmo sul punto di scaldare i motori e prendere il volo, ecco che – non si sa bene da dove – sbuca il MORBO! Il galattico imprenditore, gli azzimati turisti-coloni, gli *chauffeurs* attaccano a tossire disperati: gli manca il fiato, qualcuno barcolla, qualcuno sviene. Al posto dei caschi cosmonautici, delle tute simil-Nasa, dei Moon Boot appaiono mascherine, chirurgiche o FFP2, visierine in plexiglass, saturimetri. Nell'aria, come se scendesse la neve o la manna dal cielo, un eternautesco pulviscolo di sottili globi bozzuti, infinitesimali repliche della macchia di inchiostro o butterata spugna o riccio di mare o palla bitorzoluta che campeggiava nel poster d'apertura, il cartello WANTED.

Stesso finale, e diversa sequenza preparatoria per il fregio inferiore, survivalista. Anch'essi, gli hipster barbuti, hanno optato per la soluzione "filiamocela che è meglio" e, rinunciato al duello a mezzogiorno con i coloni (duello inutile se non a fini prettamente estetico-narrativi di genere), si sono messi in viaggio incolonnandosi lungo piste di sabbia e agavi e cactus e yucca nel deserto. Diverso, il parco macchine, diversa la meta.

Land Rover, Suv, Jeep con sfiatatoi, faro sul tettuccio, fascioni rinforzati, pick-up tipo Ford Ranger, Nissan Navara, Chevrolet Silverado, GMC Sierra, ultra-cilindrate Harley Davidson Fat Bob, Fat Boy o Low Rider S o Sport Glide, molte di questa con in bella evidenza bandiere sudiste o a stelle e strisce col rinforzo di teschiati vessilli pirateschi o insegne vichinghe, tutte ad alzare scie di polvere nel deserto, dirette a nord, verso le grandi foreste di latifoglie e sequoie, i laghi profondi, gli scabri canyon ove alta vola l'aquila, roco bramisce il cervo, malinconico uggiola il coyote, furtivo s'aggira il puma, sonagliando striscia il serpente, e via dicendo. Un colpo di clacson in segno di saluto, *hello, buena suerte*, ciao ciao *compañeros*, se semo visti, e man mano la colonna s'assottiglia, si fa più smilza. Sovrimpressa, appare per poco la scritta: OGNUN PER SÉ, E DIO PER TUTTI. Più o meno pronti a tutto, più o meno tosti, i survivalisti se la caveranno ciascuno da sé o al massimo con mogliettina e figliolanza al fianco, magari un cane. Alcuni fanno ritorno a casa, nei suburbi (villette trincerate in fortini, blindate, cablatissime e smart, case naturalmente dotate di bunker antiatomico, provviste per almeno due anni, palestre sotterranee per tenersi in forma, munizioni per la guerra dei cent'anni, cose così); altri privilegeranno eremi più esclusivi, persi nei boschi: capanne, shack, *cabines à la* Thoreau e/o Unabomber, caverne di Alì Babà *Made in Usa*, trincee silvane; altri infine – questi in gruppetti più nutriti, ma pur sempre armati sino ai denti, e sempre barbuti – li vedrai acquartierarsi nei baraccamenti di vecchie miniere in disuso o in capannoni di fabbriche abbandonate o nelle ultime catapecchie ancora in piedi delle una, cento, dieci, mille *ghost town* perse qua e là sulla vasta mappa degli States, alcune risalenti alla corsa all'oro, altre quasi nuove di zecca, cittadine, villaggi, sobborghi industriali resi "fantasma" dalla crisi del '29 o, in tempi più recenti, dal tramonto del vecchio assetto del capitalismo fordista, industrialissimo, o dalla nuova crisi, la GCEM (la Grande Crisi Economica Mondiale, ben nota a tutti). Tra questi c'è chi teme la Bomba, il mega-botto, chi l'arrivo dei barbari straccioni, chi l'avvento degli zombie, dei marziani dal cielo, dei baccelloneschi ultracorpi, dei vampiri succhiasangue (o succhiasoldi: tipo esattori del fisco, tipo pignoratori di immobili, tipo sceriffi). Sia come sia, i survivalisti, lo dice la parola stessa, ce la faranno; sì, loro sopravvivranno, la sfangheranno. E se qualcuno verrà a bussargli all'uscio, peggio per lui: lo conceranno per le feste, gli faranno vedere i sorci verdi, lo schiacceranno. E mentre il fregio scorre, s'alza più forte la soundtrack iniziale, mitraglia la chitarra, sferraglia il banjo:

Cares of the past are behind,
Nowhere to go, but I'll find,
Just where the trail will wind,
Drifting along with the tumbling tumbleweeds

Eppure, come s'è accennato, la fine è scritta. Mentre quelli, asserragliati in capanne, baracche, shack, miniere del Nevada abbandonate, fabbriche in rovina, città fantasma, aspettavano il Botto o l'immigrato cencio-furioso, o il marziano maligno o l'esattore, ecco che – come da fregio superiore – inatteso giunge il Morbo; ed ecco che tutto quell'arsenale *combact* di pistole, fucili, coltelli a serramanico, coltelli d'assalto e bombe a mano e walkie-talkie, cinghie, rampini, si fa obsoleto. Placida dal cielo cade neve che non è neve, batuffolante. Provvidenziali – ma drammaticamente privi di pathos, come d'altronde d'epica – ovunque si sfoderano mascherine e plasticate visiere, saturimetri. Ovunque le donne svestono i panni da cowgirl e si fanno infermiere. Ovunque l'hipster barbocurato getta via la camiciona grunge a scacchi e indossa il camice verde e i traforati zoccoli Birkenstock del barelliere. E a coronare il tutto, a chiudere il cerchio, riappare – giusto un attimo prima della scritta THE END – il palo della luce che già vedemmo all'inizio, col suo cartello: WANTED, DEAD OR ALIVE. E piano piano sfuma anche la nenia country, tutto si tace. Neanche Occhietti Azzurri sente il bisogno di aggiungere altro. Il suo: "non avevate capito un bel niente" lo lascia impronunciato, sottinteso.

E io, al mio zingaro-cineasta, adesso mi ribello, o almeno ci provo (che posso fare?). Basta, gli dico. Fammi tornare nella realtà, dammi un po' di requie. Voglio ascoltare il GR, le nuove dal mondo! E lui sogghigna e mi fa: Prego, gagè, accomodati; fa' come vuoi.

Ingoiamo rospi

È chiaro, terribilmente chiaro, cosa fa male. L'avanzo, il ristagno, il non elaborato, il non digerito. Il residuo che non si riesce a mandar giù, il boccone che va di traverso e resta sul gozzo. Tutti gli eventi – immagini, emozioni, ricordi, omissioni – messi da parte, dismessi, apparentemente risolti, chiusi, liquidati, eccoli che s'aggrumano, sedimentano, ristagnano e a un certo punto tornano a galla e balzano fuori, così, come impertinenti *revenants*, come fantasmi. Scarti e frammenti e inciampi: quello che sei stato e che sei, e sempre sarai.

A poco a poco restiamo intasati dalle faccende non sottoposte a verifica, da avvenimenti masticati solo a metà, da baci dati troppo tardi o solo per gioco o non dati proprio. Quel che non è stato assorbito, capito, verificato, sondato; quello che intossica. Tutto ciò che è sepolto ha il sonno agitato. Immagini e sensazioni che assillano, sorsate amare. Ingoiamo rospi. La solita illusione, la solita ostinata, disperatamente infantile arroganza del "non posso continuare così, continuerò"; del "non ce la posso fare, ce la farò". *Cares of the past are behind*: neanche per sogno. Tutto riaffiora. E tutto ciò che riaffiora avvelena, turba, disturba. Ciò che ci toglie il sonno, che infesta le notti.

E uno, insomma, si ritrova così, desto nel buio, con la notte che ingigantisce, estremizza, distorce, paralizza. Lame di luce tra le tapparelle, tempi dilatati, rumori attutiti che si prendono la scena, riempiono il vuoto. Dormi, ma dormi male e ti svegli, ed entri in ascolto. C'è una controvita, la notte, un sottomondo di trascurabili incidenti, di microeventi. Lievi crepitii di assestamento, tubature che sgocciolano, auto che passano rade in strada, magari sul bagnato, dopo la pioggia, lo scalpiccio saltellante di uno/una che a piedi nudi è costretto/a ad alzarsi nel bel mezzo della notte e, tipico, niagarico, assurdamente netto, risonante, in ogni caso obbligato, consequenziale il gorgogliare mentre il palazzo è assopito. I rumori della notte, le fantastiche, ambigue e sterili attese della notte, i suoi spaventi. Ci bado da quando ero bambino e immagino tutti abbiano sciocchi ricordi così, popolati di sonore minuzie, e di irrilevanza. Lo zampettare dei bacherozzi sulle mattonelle sconnesse; il ruscellare della fontana nel cortile. Il suono di una campana che batte le ore. A volte le sirene di un'ambulanza. Più spesso una sveglia imbecille che dà sui nervi.

Ormai sono troppo vecchio per farci caso. Non me la prendo più, sarebbe vano. E poi a volte questi stradannati risvegli sono una liberazione, anche se scocciano. *Traumarbeit Macht Frei*: un accidente. È nei sogni che quel boccone sul gozzo si mette di traverso e ti porta al limite. Nei sepolcri scoperchiati del sogno c'è un'ultra-verità, e mica fa bene. Mi alzo, magari vado a pisciare pure io, e mi siedo a tavolino, accendo la lampada. Il gatto ne approfitta per stiracchiarsi e farsi un giretto nello studio. Fuori – l'alba non è lontana – i primi uccelletti sfringuellano lieto-scemi, comunque garruli, mentre gli autobus escono dai depositi: la prima corsa. Pennino, pennello e inchiostro di china, matita e carboncini, il foglio bianco. Il lavoro arretrato, le cose lasciate a metà, i compiti a casa (e, come un monito e un'accusa: attorno, in pericolanti pile, tutti questi libri magnifici, eloquentissimi: le incisioni di Rembrandt, l'opera grafica di Kirchner e Otto Mueller, gli sketchbook di Robert Crumb, i fumetti di Alberto Breccia, i fumetti di José Muñoz e Carlos Sampayo, i fumetti di Will Eisner). È tutto così frustrante, così difficile. Ma dato che non si può continuare... si continua. Disegnare per ammazzare il tempo, e tanto per fare. Disegnare così, come ti viene. D'altra parte: a che punto è la notte? Quasi finita. E quindi, linee, tratti, abbozzi, contorni, trame, *textures*, intrecci e, naturalmente, macchie, chiazze, patacche e sfumature.

Contro l'insonnia, per esempio, disegnare le nuvole: raccomandato. È un orizzonte scontato, interessante. Possibilità infinite, opzioni sconfinate, alternative molteplici, appassionanti. Tutto un geroglifico di grafica ipotetica, e un tranello. Le forme mutevoli delle nubi, i variabili spessori delle formazioni variamente dense, cumuliformi, le geometrie impossibili dei nembi e cirronembi, degli altocumuli o degli stratocumuli, degli altostrati, la densità grandinosa di evanescenti cristalli di ghiaccio, il gioco estremo di prospettive che rapidissime mutano e si uniscono e separano, si sovrappongono e quindi tornano a intrecciarsi e vanno e vengono, quasi danzando, mosse dai venti d'alta quota, dalle correnti. La disciplina del disegno e le sue indiscipline, le sue sorprese e trabocchetti, gli imprevisti. Il pennino che sgocciola, per dire, l'inchiostro in eccesso, le sbavature. Quando non è lo zingaraccio saccente a tampinarmi, faccio da me ed è peggio: alzo le braccia. Inseguivo la forma immaginata delle nuvole in cielo e ci risiamo: sul foglio il nembo figurato si sgorbia in una macchia sbordata e sfilacciata e all'improvviso l'architettura eterea che provavo a pittare, e avevo in testa, si tramuta in grumo. Il margine di un'ombra, e senza luce. Sbrodolato sul foglio un concentrato di pigmento nerofumo, tra l'altro ben poco diluito, quasi rappreso, e verso i bordi strisce di luminosità sempre più fioca, ostinazioni di vago chiarore che tendono a perdersi dentro questa oscura materia, che tutto riassorbe e annulla.

Ah, che pasticcio! Bella frittata che hai fatto, amichetto gagè, che gran pastrocchio. Mettici almeno l'astronave che sai, col grande uncino... Rieccolo, Occhietti Azzurri che torna a palesarsi, e dice la sua. Dài – aggiunge subdolo come sa essere – mica ti giudico (e va avanti così, a bisbigliarmi che per far la frittata tocca romper le uova, è inevitabile, e che quando la notte è nata male è nata male e amen, e almeno ringrazia il cielo che c'è una voce amica, che c'hai un conforto).

Chiamalo conforto, chiamala voce amica: è esasperante. Zingaro, replico (lo ammetto: mi girano, e parecchio), zingaro, questa volta no! Ho altro da fare. E lo scaccio. Anelo alla realtà esteriore, al fuori da me, all'ottusa prosaicità del "che succede", alle *news* dal mondo, insomma voglio il diurno, imploro quel "mondo comune" che i demoni della notte rendono tanto lontano, assurdo, chimerico, improbabile, e dunque respingo quell'ombra che mi sovrasta e mi assilla e... cambio canale.

Rassicuranti, le frequenze RAI, e quasi consolante il giornale radio; dopo troppi giorni di inconcludenti ozi a Capua, ore e ore di strambi filmati polisonnografici e altri espedienti, la missione OMS ha iniziato i sopralluoghi; qualcosa si muove. Il disvelamento del perturbante *archè kakòn* si fa forse più vicino, o – senza fughe in avanti – meno remoto. In sintesi, proprio sul far del giorno (ora cinese), su quattro pullmini dai vetri schermati i delegati hanno lasciato lo Hubei Konggang Business Hotel in Nansan Road diretti al famigerato mercato cittadino su due piani – stensione stimata di circa quattro campi da calcio – ove trovansi (NB: trovavansi) ogni ben di dio, e in particolare spacciansi (spacciavansi) ogni specie di bestia, sia morta che viva, edibile per lo più, o di (dubbia) compagnia, a uso domestico. Noto è il sospetto che il Morbo venga proprio da lì, da quelle gabbie; con scarsa fantasia la stampa mondiale allude a un "Ground Zero" pandemico, inaggirabile. Da mesi abbandonato nell'incuria, sigillato, vietato a mercanti e merci e clienti, il mercato è un ammasso di lamiere e cartelli con prezzi, réclame, slogan, promesse di sconti che ormai non parla più a nessuno, serrande abbassate. Solo al piano superiore – dai pavimenti a grata si scorge l'area sottostante, resa deserta – qualche box ancora funzionante smercia occhiali da sole e da vista, mascherine, gadget per telefoni cellullari, articoli di elettronica, detersivi per la casa, pezzi di ricambio per auto e per utensili domestici, peluche, abiti da lavoro e per il tempo libero, abiti per grandi occasioni, teli per il mare e lettini e ombrelloni, costumi da bagno. Il settore lavanderie vanta trattamenti sanificanti di ultima generazione, ammazza-virus, ma i bar sono tutti chiusi e non c'è vociare.

Le telecamere mostrano i delegati di spalle che avanzano tra gli spogli corridoi. A destra e a manca gabbie di varia dimensione, vuote, ovviamente. Targhette in mandarino ma sottotitolate per il pubblico della mondovisione consentono di ricostruire almeno in forma ideale il wuhanicocaravanserraglio, lo zoo che c'era. E qui, facilmente lo si intuisce, v'era di tutto. Ampia l'offerta bestial-merceologica cinese, del tutto insolita rispetto ai più tradizionali parametri commerciali dell'Occidente.

Immagini di repertorio, prepandemiche: all'ingresso, passato l'arco in ferro battuto e ferrovetro sormontato da una scritta indecifrabile, i banchi della frutta e verdura, ordinatissimi. Pile simmetriche di albicocche, manghi, susine, pere, kiwi, kumquat (il frutto mandarino eponimo della stessa lingua imperiale), ananassi, pomeli, strambe ciliegie rugose, uva pizzuta; nel comparto verdure, pile di mais, bok choy, taccole, melanzane, broccoli e germogli di soia, punte di vite di pisello, crescioni, radici di loto, castagne d'acqua, germogli di bambù e – naturalmente – montagne di riso, candide o in versione integrale, tendenti al bruno. Procedendo, quando si passa al settore macelleria e pescheria, la scena cambia. Banconi in marmo, file di uncini allineati lungo i soffitti in lamiere, sotto ai neon; gabbie sbilenche in ghisa più o meno inchiavardate, più o meno dotate di lettiera in paglia con tanto di abbeveratoio e mangiatoia ospitano un'arca di Noè inquieta e vociante: pesci gatto, granchi, anguille e paguri, saraghi, gamberi e gamberoni, granchi e murene nuotano in vasche aperte. Terrari ospitano rane toro, ululoni, bufi e rospi smeraldini, ranocchietti verdastri, criceti isterici sulla ruota, topini di campagna, sorci di fogna e pantegane, lumaconi senza guscio lunghi due piedi, vari serpenti, quali bungari fasciati, cobra binesi e biacchi comuni, bisce d'acqua. Dai ganci, come è giusto che sia, pencola di tutto, e sgocciola sangue: quarti di bove e maiali appesi a testa in giù, interi o ammezzati, anatre laccate, pollastre laccate, conigli con la testina pelosa e il corpo tosato, capretti, agnelli, volatili da cortile e bestie più intraprendenti e selvagge tipo fagiani, gazze, colombacci, folaghe e beccacce, marzaiole, anche cani, ovviamente, persino gatti. Sormontato dall'insegna Livestock (più equivalente in cinese), il settore delle gabbie è un altro mondo ancora e qui davvero la distinzione tra l'idea di mercato alimentare e quella di giardino zoologico si fa molto sottile, quasi esoterica. Ecco, c'è tutto: cicogne, gabbiani, aironi, gru, daini, caprioli, alligatori, coccodrilli, cinghiali, procioni, scoiattoli volanti, zibetti, gatti leopardo, piccoli cervi muntjac, donnole siberiane, tassi, ratti del bambù cinesi, lucertole, pipistrelli frugivori, pipistrelli ferro di cavallo, pipistrelli a muso di porcello, armadilli, pangolini, aironi guardabuoi, spatole, cormorani, gazze, anatre, oche, fagiani, colombi, pivieri, ghiandaie, corvi, macachi, gibboni neri crestati, gibboni guancia bianca, langur, persino cuccioli di tigre dall'aspetto neanche un po' mansueto, cammelli nani. Ovunque urla e berciare da mercante in fiera, e ovunque fumi e vapori e miasmi e gente che sgomita. Dentro immense caldare sobbollono zuppe, noodles, testine di vitello e frattaglie, zampetti di maiale; su grandi spiedi si grigliano pecore intere, maialini da latte, vari tipi di uccelli (la telecamera indugia su queste tetre cucine, poi inquadra un cartello: LA GENTE DELLA CINA MERIDIONALE MANGIA TUTTO QUEL CHE VOLA NEL CIELO, TRANNE GLI AEROPLANI).

A fine giornata – quando, poi? Il gioco dei fusi orari non aiuta –, terminata l'ispezione nel mercato che un bel dì echeggiava di ogni voce e ogni verso e ora è silente, dall'impersonale, asettica, fastidiosamente pragmatica sala riunioni dell'Hubei Konggang Business Hotel in Nansan Road, davanti ai microfoni di tutte le emittenti internazionali, fa scalpore la conferenza stampa della missione, affidata nel caso a Liuba Cebotari, biologa marina moldava neocatecumenale (in quota alle minoranze religiose) che sfoggia un tailleurino fucsia, spilletta col Sacro Cuore di Gesù, e – notevolissime – le unghie laccate di rosso ciascuna con una lettera in smalto bianco, a comporre la scritta LOVE (mano destra) e HATE (mano sinistra). Liuba Cebotari, che non le manda certo a dire, va dritta al punto (in sede di commento qualcuno osserverà che il bel discorsetto liubesco non è proprio tutto farina del suo sacco, ma tant'è).

La nostra *mission* – sottolinea – è capire come sia iniziato il pasticcio del Morbo. Le malattie infettive – attacca Liuba Cebotari – sono dappertutto e rappresentano una sorta di collante naturale, che lega un individuo a un altro, e una specie all'altra, all'interno di quelle complesse reti biofisiche che definiamo ecosistemi. Come è noto, il meccanismo dell'infezione è uno dei processi fondamentali studiati dagli ecologi, come la predazione, la competizione, la decomposizione o la fotosintesi. Quindi, signore e signori – e qui Liuba Cebotari gesticola quasi con ardore, mettendo bene in mostra le mani pittate –, prendiamone pure atto: le malattie infettive sono in condizioni ordinarie eventi naturali. Però, badate: *le condizioni non sono sempre ordinarie* (Liuba 'sta frase la scandisce e quasi la sillaba). Quando un patogeno fa il salto da un animale a un essere umano e si radica nel nuovo organismo come agente infettivo capace di causare malattia o morte, siamo in presenza di una zoonosi, ovvero di un Morbo imprevisto, spiacevole come l'attuale, potenzialmente pandemico (visto che l'uomo va e viene e viaggia, o almeno era così sino a pocanzi) e fuori controllo. Mettiamola in questo modo – Liuba fa un cenno alle sue spalle e su uno schermo parte il PowerPoint di rito, la spieghina a uso e consumo del più vasto pubblico, cioè degli incolti (tra cui, la neocatecumenale ne è convinta, si annoverano, come è ovvio, anche i giornalisti). L'equazione è a schema aperto. Sullo schermo, tre figure: un bozzoletto coronato da bubboni sul margine sinistro del foglio proiettato; un uomo – la vittima designata – sul margine opposto; un bel doppio punto interrogativo, al centro, che in buona sostanza equivale alla vecchia domandina: chi è l'untore? Chi sono gli untori?

Ecco – Liuba si riprende la scena – la questione è banale. Dove si annidano i virus? Partiamo da un assunto di base: i virus da soli non sanno stare. E quindi? E quindi prima si intrufolano da qualche parte, poi *saltano* all'uomo. Il nodo è il "salto interspecifico", lo *spillover*. Non vengono da un altro pianeta, non nascono dal nulla: i responsabili di questa (e della prossima) pandemia non sono marziani, ma virus che oggi colpiscono gli animali e domani – oggi, nel caso – faranno un salto di specie colpendo... noi! Ma, appunto, dove si annidano? La strategia di più basso profilo prevede che il virus si annidi in un ospite serbatoio, *reservoir*... L'ospite serbatoio dà asilo permanente al patogeno, senza subirne danno. Poi – primo saltello – il virus balza dentro un'altra bestia, magari più grande e a noi più familiare, il cavallo di Troia, per capirci. Lo chiamiamo "ospite di amplificazione", e magari è una bestia che ci mangiamo pure. E di saltello in saltello, eccolo qui: il virus è diventato il nostro Morbo!

Signori – tuona Liuba Cebotari – siamo assediati, accerchiati, circondati! Virus, batteri, funghi, protisti, prioni, vermi, c'è un'intera virosfera che trama a nostro danno, e ci scava la fossa! Ovvio che dipende anche da noi, ci vuole cautela. A questo punto la Cebotari mostra ai giornalisti uno spezzone del filmato diffuso in tivvù sul mercato cinese visitato dalla missione. Di nuovo torna in primo piano quel cartello (mica è uno scherzo, sottolinea Liuba, mica è una celia): LA GENTE DELLA CINA MERIDIONALE MANGIA TUTTO QUEL CHE VOLA NEL CIELO, TRANNE GLI AEROPLANI.

Liuba Cebotari – biologa marina – alza le dita al cielo, e fa: no, no. Scusate, aggiunge, se mi concedo un "giudizio di valore", ma questi sbagliano (si immagina intenda i cinesi, o quantomeno i cinesi del Sud, i mangia-tutto). Sia come sia, la scienziata che è in lei cede alla "mamma" e, perché no, alla donna di fede (è neocatecumenale, va ribadito); l'ultima parte della conferenza stampa è un'intemerata più a carattere personale che in qualità di emissaria o portavoce della missione OMS e la Cebotari, che intanto s'è fatta rossa in viso, torna alla questione dell'ospite virale o del cavallo di Troia. Capire chi è; capire dove si nasconde il virus, e... fare giustizia! Noi siamo convinti che venga da qui, e indica le foto del mercato con le sue gabbie e i suoi banconi, con le sue merci. Ammesso e non concesso – riprende – che il "colpevole" sia il pipistrello, resta da porsi una "questione morale": che facciamo? Liuba Cebotari si arresta, saetta una gelida sguardata alla platea, poi chiede silenzio. Infine – lentissimamente – alza la mano sinistra al cielo, stende le dita laccate con la scritta HATE, rifiata e sibila perentoria: lo *sterminiamo*! Sì sì, lo sterminiamo, estirpiamo la mala pianta, la cancelliamo dalla faccia della terra. Possiamo farlo! Uccidere i pipistrelli non è peccato e non è male, perché si eliminano per umana utilità, mica per sfizio. In questo caso, per evitare che propaghino il Morbo. Ricordiamoci che la condizione della natura e degli animali dopo la Colpa è di stare sotto di noi; noi siamo i signori del creato, non si discute. Oneri e onori: adesso ci tocca allevarli e mangiarli, o eliminarli... Quando il mondo sarà riscattato, col Giudizio Universale, non avremo più problemi con alcun animale e non avremo più freddo, né fame, né bisogno di sperimentare per avere vaccini o medicine o creme di bellezza, unguenti, balsami. Il nuovo mondo sarà diverso. Gli animali non saranno più pericolosi per l'uomo, non ci saranno più insetti rivoltanti o velenosi, pipistrelli o zibetti ospita-virus, belve feroci. Mondato dal peccato, l'uomo sarà di nuovo puro, di nuovo santo, dialogherà col leone e con la iena, dormirà col cobra e col pipistrello, ingoierà senza conseguenze virus e batteri, e tutto sarà bellissimo, perfetto, tutto sarà stupendo, tutto sarà gioia. Intendiamoci bene, signori cari: bisogna portare pazienza, un po' di pazienza. Il paradiso è alle porte, certo, ma non esattamente domani, o dopodomani. Ancora non ci siamo, semplicemente. Oggi il pipistrello ci insidia, e così lo zibetto, così il ratto. Cosa aspettiamo? Leviamoli di mezzo! Il male è solo intraumano, nessuno *spillover*: il male e il peccato riguardano noi, mica le bestie. Noi siamo tutti fratelli e sorelle in Cristo, noi discendiamo da un sol uomo e da una sola donna, da Adamo ed Eva!

Quando la Cebotari si tace la sala è come tramortita, non vola una mosca. Colpetti imbarazzati di tosse dalla vasta platea di cameramen e giornalisti, qualcuno anche dai membri della missione, seduti accanto al palco, ben distanziati. Sorrisetti di circostanza, sotto le mascherine, dunque impercepibili.

"Ci sono domande?" fa – ora tornata tranquilla – la Cebotari.

Nessuno fiata.

"Non ci sono domande?" Si meraviglia.

Dopo lento indugio, s'alza finalmente un ditino dalla terza fila: l'"Irish Time".

"Quindi l'ospite sarebbe il pipistrello... Avete appurato l'origine del virus..."

"Mai detto nulla del genere. Stiamo cercando. Qui, di pipistrelli – lo ammetto –, nessuna traccia. L'origine del virus ci è ancora ignota."

Poraccia! Eccolo, lo zingaro si materializza ma, nonostante il giudizio secco, senza il solito tono sprezzante; piuttosto è d'animo perplesso. Che quella sia una poraccia, dico, è evidente, innegabile. Leggermente disturbata, quantomeno, sopra le righe. Lui non bada a me. Vedi? – ecco che riattacca col refrain – Mai un ragno dal buco, quelli non caveranno mai un ragno dal buco...

Di Liuba Occhietti Azzurri si cura il giusto. Prendila come un sintomo, gagè, diciamo un fuori programma curioso, *interessante*. Lascia stare i toni da gallina svitata: mica sragiona! Crede davvero in quel che dice; e, sotto sotto, la pensano un po' tutti allo stesso modo. Magari non te lo vengono a dire – mica son scemi – ma ragionano così, e non se ne esce. L'alta signoria dell'uomo, l'uomo che dà i nomi a questo e a quello, bla bla bla: *Allora* – lo zingaro declama, voce impostata – *allora il Signore Dio plasmò dal suolo ogni sorta di bestie selvatiche e tutti gli uccelli del cielo e li condusse all'uomo, per vedere come li avrebbe chiamati, e così l'uomo impose nomi a tutto il bestiame, a tutti gli uccelli del cielo e a tutte le bestie selvatiche*". Sono ciarle, borbotta, leggende. Ognuno c'ha le sue, che devo dirti?

Lo sento strano, oggi, inquieto. C'è una piatta luce di fosforo alle sue spalle, un opaco scintillio, e lui sembra infinitamente stanco, poco contento anche. Rughe profonde attorno agli occhi, una ragnatela di crepe sulla fronte, l'accenno forzato di un sorriso, la sigaretta. Si regge il mento con i pugni, guarda nel vuoto. A tratti agita una mano qua e là come uno che scaccia via da sé mosche immaginarie o pensieri molesti. Le sue vesti, oggi, sono di foggia antica, all'orientale. Più che un abito sfodera un paramento, sacro-blasfemo. Indossa un turbante rosso fuoco, ampio camicione antracite, alamarato, pantaloni sempre rosso fuoco alla turca e babbucce dorate piuttosto malmesse, da risuolare. Stona, va detto, un borsello in finta pelle, anni Settanta. Insiste a scacciare quelle mosche che vede lui solo, e parla, parla.

Che poi, sai – mi dice – mica è sicuro che discendiamo tutti da un solo uomo e da una sola donna. Adamo ed Eva. E qui apre una delle sue parentesi (infinite) raccontando anche a me la storia antica che – spiega – dai tempi di suo padre, e del padre di suo padre, e del padre del padre di suo padre e così via, *à rebours*, gli zingari si scambiavano di bocca in bocca la sera, davanti al fuoco, quando stanchi e impolverati, dopo lunghe ore di viaggio nelle pianure o per dolci valli e monti scoscesi, dopo aver guadato fiumi e torrenti, staccati i cavalli dai carrozzoni e alzate le tende, magari al riparo di boschetti di lecci, o di una grande quercia, o tra i castagni, in attesa che le carni sulla griglia o la zuppa di interiora fossero pronte. È un segreto che custodiamo da sempre, te lo rivelo come me lo rivelò mio padre e a lui il suo e a mio nonno il bisnonno e via dicendo: più che fratelli, gagè, noi siamo *fratellastri*, mezzi fratelli, e forse è per questo che siamo uguali e diversi da voi, o così ci pare, e che voi ci amate e schifate quanto noi vi amiamo e schifiamo, o compatiamo; e anche se vi cerchiamo, vi stiamo appresso, no, sino in fondo non ci adeguiamo, non ci assoggettiamo, e insomma, lo sai, *nec sine te, nec tecum vivere possum*: nessuno si offenda.

Siamo fratelli a metà, uguali-diversi. Da sempre vi chiedete da dove sbuchiamo fuori, e da sempre errate. I figli di Caino? I figli di Cam? Acqua, compare gagè, acqua: no, non ci siamo.

Dài, è evidente: ai vostri antichi sapienti – Occhietti Azzurri mi cita Cornelius Agrippa, Symon Semeonis, Martin Del Río e Sancho de Moncada – queste ipotesi sfagiolavano perché c'era il marchio d'infamia già bello e pronto e allora tutto si spiegava e tornava, tutto filava. Lo sai meglio di me: Caino che ammazza Abele; Cam che svergogna Noè, domineddio che s'incazza di brutto e maledice e ci condanna all'erranza, al periplo senza fine, al *never ending tour*...

E invece no. E invece, come ci raccontavamo in quelle antiche sere, e ancora oggi raccontiamo ai bambini, le nostre strade, la mia e la tua, amichetto gagè, sono divise da sempre e da sempre si incrociano e non coincidono. Non siamo i figli di Caino, non siamo i figli di Cam. Prima di Eva, Adamo ebbe un'altra moglie: ecco la verità. La Cabala questa prima moglie qui la chiama Lilith. Noi la veneriamo in silenzio, e per noi lei non ha nome, è quella che c'era prima, la ripudiata. Ma – devi saperlo – generò un figlio, che non era Abele e non era Caino, e quel figlio, pure lui senza nome, era uno di noi, il primo zingano. Questa è la storia: siamo fratellastri, gagè, mezzi fratelli. Solo che allora, quando l'ur-zingaro nacque dall'ur-donna, Adamo era ancora un fregnone qualsiasi, e bella per lui. Andava in giro nudo, senza vergogna, e vagava per boschi e valli e campi incolti un po' alla cieca. Dio non gli aveva dato ancora il compitino di trovare un nome alle cose; le cose, e gli animali, un nome non ce l'avevano: erano vita. Vita frondosa degli alberi o delle piante basse, vita che vola alta nel cielo o striscia in terra, si muove a quattro zampe e s'abbevera ai ruscelli e sbrana o è sbranata da altra vita; ecco, soltanto... vita. E il suo figlioletto era tale e quale, quella sua prima moglie idem, e, forse, erano felici così, erano vita anche loro, vita che vive.

Lo zingaro adesso prende fiato e sospira, rallenta il ritmo. Scosso da un brivido, si china verso una cassapanca che non avevo scorto, cerca qualcosa. Fruga, rovista, naturalmente impreca, e caccia fuori un mantello in vellutino plissettato dentro cui si imbozzola veloce. Proverbieggia – *Nè di state nè di verno non andar senza mantello* – e mi viene da presso: non ha finito. Sento la sua fiatata (l'alito sa di birra e caffè, di tabacco nero);

colgo la sua insofferenza, ne avverto il dispetto. Seguita a borbottare (*il quinto dì Dio fece le bestie*... Figuriamoci) e mi fa cenno col ditino inanellato, imperativo: è un invito, anzi un ordine. Guarda! Contempla! Ascolta! La solita storia.

Ascolto, contemplo, guardo. Alle sue spalle, contro il nero fondale del sogno, s'apre un gran cerchio di luce, un ovale perfetto. Poco discosto, più o meno accanto ai suoi piedi sigillati dentro quelle bislacche babbucce, si palesa un primordiale grammofono, con tanto di tromba o imbuto, che dir si voglia. Dal mantellone estate-inverno Occhietti Azzurri cava fuori un 78 giri e lo mette sul piatto. Sbircio l'etichetta: LA GRANDE MARCHE CHROMATIQUE, la sigletta del circo (nota anche come "Marcia dei gladiatori"). Quando il disco attacca a suonare, lo zingaro che m'assilla notte e dì si scioglie in un sorriso. Di colpo è contento. Cicca tra i denti, giunge le mani e le muove nell'aria: vuole la magia, pretende l'incanto. Nell'ovale di luce ritagliato nel nero altro nero s'aggiunge ma questo ha forme e disegni, netti contorni. Le ombre cinesi zigane, una pantomima. Dieci piccole dita inscenano un mondo.

Pesante si fa il respiro nella stanza incalappiata nel torpore di una mattina di mezza stagione, nell'ora solita dove è sempre men che notte e men che giorno. Lo zingaro ora proietta le sue fantasie sullo schermo-parete di casa mia e accompagna questi suoi autentici prodigi di falangi e polpastrelli (di dita sembra averne una sporta in sovrappiù) con la cadenza ritmata di una filastrocca: E salta in campo il lupo (e ne fa il verso), e salta in campo il gufo, e salta in campo la volpe, e salta la lince e dopo lupo, gufo, volpe e lince, saltano in campo, dentro il cerchio di luce, tutte le bestie, quelle che vagano per i boschi e le piane, nella savana, quelle asserragliate nella giungla più fitta o nelle paludi, quelle che volano alte in cielo senza pensieri, quelle che strisciano, quelle che s'aggirano lente sui fondali pescosi o nei tetri abissi marini, quelle che guazzano e sciabordano in fiumi, lanche, forre e laghi; e così ogni bestia che l'uomo ha visto o immaginato salta in campo, e l'arca di Noè si fa zingana.

Occhietti Azzurri evoca e prestidigita, crea e ricrea figure. Placida la mucca, ragliante il ciuco, curiosa la marmotta, goffi la lontra e l'ippopotamo, sbuffante la balena, maestoso il falco, saltano in campo anche loro, ma – suggerisce lo zingaro, anzi sentenzia – nel regno delle ombre tutto è lecito e accettabile, tutto è possibile, e dunque in campo anche le creature del sogno, i figli dell'incubo, ogni genere di *freak* e ircocervo, ogni stranezza. L'unicorno cileno s'accompagna al ramarro crestato, alla sirena, il cavallo alato e l'asino che vola vanno di coppia, e così saltano in campo elefanti blu, caproni rosa, e alligatori con la testa di gatto, tigri di pezza, upupe con la criniera del leone, gazze marziane che tra le zampe nascondono frammenti di cometa rubati in cielo, e draghi sputafuoco e fauni e minotauri e calamari giganti e rospi giganti e vermi giganti. Altro che la tua vecchia fattoria, sogghigna Occhi Azzurri, altro che eden! Forme mutevoli e mutanti, animali fantastici, oscene creature create o increate e altre stranezze: c'ha tutto un campionario lui, tutta una schiera. Nel delirio zigano tutto s'ingarbuglia, e avviluppa, tutto trasmuta: il cammello possiede la leoparda e nasce la giraffa, dal lungo collo, la giraffa si giace col delfino e allora nasce *yellow submarine*, la bestia-macchina, il topo e l'aquila si concedono un coito irrituale che mette al mondo il vampiro cattivo, con gli occhi rossi, e l'uomo pure, a volte, salta-in-campo, e se ama la lupa diventa mannaro e quando invece frequenta il cavallo o il somaro si fa centauro.

Altro che virosfera e *spillover*, altro che storie! *Noi*, dall'inizio, noi – insiste – senza pretesa di dar nome a niente e nessuno con questa sfera d'animali e bestie ci siamo accompagnati come fratelli e amici, e loro erano specchio a noi e noi a loro. Notorio il nostro – ricambiatissimo – amore per gli orsi (voi ci chiamaste ursari, e proprio per questo), per i cavalli, rinomata l'intesa col mulo e col bardotto, e l'asinello. Presso gli attendamenti nostri pullulano – e mai spregiati – i cani, i gatti neri e bianchi, e il porco e l'oca, e le capre e la pecora, e i montoni. E non c'è gerarchia, e non ci sono classi e ceti e ranghi, tra queste bestie.

Ora lo zingaro disegna contro il muro il pipistrello, il pangolino, l'anofele, la pulce e lo zibetto, e mentre biascica nomi famigerati di malanni – peste bubbonica altrimenti detta peste nera, influenza spagnola, AIDS e SARS, ebola, dengue, malaria – aggiunge: *assolti*! No, non è causa loro, non è luogo a procedere: assolti, assolti! Poi, di botto, s'arresta, estingue le ombre e tacita la marcetta circense, spegne il disco. No, caro il mio gagè – sentenzia secco –, no, non ci siamo! Acqua, acqua soltanto. Quelli... mai un ragno dal buco, niente da fare (è il suo refrain, lo so, la sua canzone dell'estate, una hit scontata).

E non ha finito. Quando parrebbe, come da copione, sul punto di svanire e farsi da parte, Occhi Azzurri fa una piroetta delle sue, e mi torna accanto. Mani in tasca, smorfia ambigua (direi di compatimento barra commiserazione), adesso a voce più bassa, e con fare di confidenza, (veloce dà una sguardata in giro, appurando che nessuno possa sentire) accenna a certe informazioni riservate che può darmi in anteprima. Allude a una "specie di censura", a cose "che non vi fanno sapere", a "strane omissioni". C'hai fatto caso, gagè? Non se ne parla... Sparita dai notiziari, totalmente dimenticata, non più pervenuta...

Quando esce dall'esoterico capisco meglio: si riferisce alla vicenda del circo scomparso a Suez, le *Tredici lune*. Dopo quell'ultimo avvistamento casual-fotografico tra le dune del deserto, effettivamente ha ragione lui: neanche un accenno in tivvù o alla radio o sui giornali, neanche un richiamo. Ma tranquillo, gagè, mi fa, nessun complotto: semplicemente non sanno un accidente; li abbiamo fregati. E dai calzoni – a rinfrescarmi la memoria – lo zingaro cava fuori lo scatto incriminato, la sola immagine della *Meraviglia ambulante delle Tredici lune* che se la svigna. La riconosco: i beduini in primo piano, la luna piena, la processione di quadrupedi lontana, gli omini con le pertiche (in questa versione cerchiati in rosso, col pennarello). Ti credo che non ne parla nessuno, li abbiamo gabbati! Rinnovato hanno la verga d'avellano i miei pastori, aggiunge per celia spiegando che quei tipi là sono "gente nostra", "ragazzi fidati", "tipi che è meglio lasciarli fare", "tipetti tosti". È vero – concede – che le squadre speciali egiziane li hanno braccati, è vero che c'erano di mezzo il Mossad, i sudanesi, gli americani, è vero pure che hanno provato a seguirci coi droni, coi cannocchiali a infrarossi, con tutte le altre tecno-diavolerie che puoi immaginare da te, ma a noi, fratellino gagè, a noi non la fanno. Volete metterci il sale sulla coda? Niente da fare. Questione di esperienza, di allenamento. Mille anni di erranza: mica uno scherzo! Come è come non è, l'orso bruno, l'elefante indiano, la giraffa, la tigre siberiana, la nera pantera, il leone, la leonessa, il ghepardo e la zebra, l'asino nano, la gabbietta coi pipistrelli, adesso sono in viaggio, e con gli zigani!

Chi va piano va lontano, proverbieggia. *Pedetemptim*, un passetto dopo l'altro, ma... all'incontrario. Perché il trucco è stato alla fine proprio quello, vecchio come il cucco, semplicissimo e paradossalmente infallibile, micidialissimo: la marcia indietro, l'andare da una parte lasciando tracce nella direzione contraria, e che ci vuole? Con le scarpe calzate alla rovescia, con finti zoccoli applicati alle zampe delle bestie, all'incontrario, la carovana che tutti inseguivano a sud andava a nord, il circo scomparso e da tutti ricercato che puntava alle rive del mare dava a intendere di spingersi invece giù, dentro il deserto. In barba a spettrometri, cannocchiali e binocoli a infrarossi, altri strumenti di visione ottica notturna sofisticatissimi, alla faccia dei satelliti geolocalizzanti su nel cielo stellato, gli zingari avevano giocato a guardia e ladri e ce l'avevano fatta, con gli arci-sbirri!

Dal porticciolo di Ras El-Bar (qualche chilometro a occidente rispetto a Suez) *La meraviglia ambulante delle Tredici lune* e i rapitori zigani s'erano imbarcati, grazie al favore della notte, su di una chiatta. Mille anni dopo riparte il periplo senza fine, la scorribanda. Occhietti Azzurri sussurra concitato, ispiratissimo. Come i nostri padri un bel dì, adesso loro! Come all'alba del Quattrocento, ora e subito, adesso, immantinente. *Now's the time*, gagè, si ricomincia!

E il mio fratellastro onirico enumera le tappe della tournée clandestina del circo viaggiante. Le stesse – ha ragione – di quando loro apparvero tra noi, mille anni addietro. Dalla Turchia ai Balcani, su in Ungheria, dalla Pannonia alle Olande, oltre il Reno, in Francia, poi giù in Italia, di nuovo su in Provenza, quindi in Spagna e in Portogallo, senza trascurare qualche puntatina in Sardegna e in Corsica, a Malta. L'abbiamo chiamato il *Tour delle città bianche* – fa l'occhiolino e, allusivo, chiede: ti dice niente? –, e l'abbiamo voluto così: clandestino, sovversivo, itinerante! Perché? Perché ci andava così, ci divertiva, perché potevamo farlo, e l'abbiamo fatto! E qui entra in gioco il borsello in finta pelle, un obbrobrio anni Settanta.

Abracadabra e lo zingaro che m'appare in sogno ne cava fuori tutto un mazzo di polaroid (ricolorate). E che conto balle, gaggio? Mica ti bugio. Lui sa, lui sa, e dato che ha le prove me le mostra. I pregiati scatti dell'Associated Gypsy Press svelano mondi, o quantomeno le stazioni di un viaggio, il giro a tappe. Alla domanda: come ha fatto *La meraviglia ambulante delle Tredici lune* a scorrazzare su e giù per le strade d'Europa senza intoppi? La risposta è un enorme tir, coloratissimo. Modello MAN TGX (mi allunga di soppiatto anche il dépliant, enfaticissimo: "il MAN TGX Individual Lion S attira gli sguardi con il design esclusivo degli esterni e le finiture sportive in look carbonio. Comfort della cabina di livello superiore. Nella più grande tra le cabine di guida MAN si respira un'atmosfera di benessere davvero unica. Performance assolutamente al top. Il MAN TGX sviluppa un'eccezionale potenza con motori da 510 a 640 CV". L'enorme automezzo appare decorato da una ben assortita teoria di immagini e icone e ritratti. Le figure – a occhio – sono le medesime delle sfilze di santini care a Occhi Azzurri. Sui portelloni posteriori campeggiano i volti di Baudelaire e di Margaret Finch, la regina di Norwood, la mega-indovina sempre in compagnia di un cagnetto pulcioso, bianconero. Sulle fiancate, gli altri lari e penati del sovente un po' abusivo pantheon zigano. Ci sono Franz Liszt e Charlie Parker (qui col suo faccione pieno e il corpo da uccello), c'è Elsa Morante e c'è il burbero Grimmelshausen, e c'è Jean de la Fleur, con la spada al fianco e il moschetto tra le mani, temibilissimo. C'è Otto Mueller con tanto di pennello e tavolozza, e c'è Django, con la chitarra manouche e le sole tre dita. Con lo sguardo a tratti tenero, a tratti allucinato, comunque intenso, c'è anche Chaplin, e alle sue spalle, libera e assurda in volo, una donna-uccello. Niente a che vedere – annota a margine – coi camion degli autotrasportatori rumeni, magiari, moldavi coi loro troneggianti, inquietanti, magari anche multicolori ma sempre monotematici Dracula, Attila o Stefan cel Mare, altresì noto come Stefan III o Stefano il Grande, eroe nazionale moldavo e ammazzaturchi: a noi l'eroe, il santo, il leader, il punto di riferimento, il Mito, il Rito non ci bastano e non ci interessano; a noi piace scialare, noi abbondiamo!

Ma, appunto, è solo una nota a margine, digressiva, e Occhi Azzurri torna a narrarmi le gesta del circo rapito (lui però dice "liberato", naturalmente), al momento in viaggio sui Pirenei – strade impossibili – diretto alla terra dei baschi, e verso l'Atlantico. E prosegue sul parafilosofico, teorizza. Perché lo facciamo? Perché possiamo farlo, ci va; e poi, gagè: l'ipocrisia, non ti dico l'ipocrisia... intollerabile.

Dài, siete ridicoli: le bestie le intruppate in gabbiette, stazzi, trappole, recinti, le tenete prigioniere in allevamenti-lager, le macellate, le accusate di causare morbi e mali, zoonosi e pandemie, guasti e pasticci e poi bel belli attaccate 'sta solfa contro il circo, le soperchierie, i maltrattamenti – e "povero leone", "povero elefante", "povera giraffa", e poveri un po' tutti, pure il serpente – e in fondo vi ci sciacquate la coscienza, con 'sta manfrina, insomma, è solo ipocrisia, nient'altro che ipocrisia: da vomitare!

Apre parentesi, Occhi Azzurri, come gli è d'uso: 'Sta nenia della pandemia ha bello che stufato, bello che rotto: il mondo brucia, le gelide, le algide, le secolari foreste del Saskatchewan vanno in fumo, quindi in cenere, l'Amazzonia rosola estate e inverno, le acque degli oceani si alzano, le spiagge spariscono, le barche sversano in mare nafta, petrolio, bitumi di ogni genere, liquami, merda, gli iceberg si staccano dalle banchine polari, vanno raminghi, si schiantano contro spogli lembi di terra australe e ammazzano il pinguino; il leone marino, la foca, l'orso polare, indi si squagliano, i ghiacciai si liquefanno al calore del sole, vanno a svanire, i fiumi perlopiù sono secchi, aridi, asciutti, ma quando si svegliano esondano e portano col fango devastazione e morte, il mondo brucia e il tempo è fuori sesto, tutto va a carte quarantotto, e voi cianciate di pandemia, di Morbo. Be', da' retta a me: noi facciamo il circo contro questa grande cecità, e contro l'ipocrisia, i falsi profeti, i sepolcri imbiancati, le bugie sempre troppo prudenti o troppo sfacciate, le mezze verità venate di eroici furori. Possiamo farlo e ci va, *dobbiamo* farlo!

E con lirico trasporto m'illustra la sua gypso-poetica, circense. Il circo è circo: ammaliare, divertire, istruire rallegrando, giocare con le ombre, contare storie belle e ricche di fantasia, creare e distruggere mondi, scandagliare orizzonti inediti, ribaltare le convenzioni ovvie, i facili schemi. Creare situazioni (impreviste, libere e liberatorie, fuori norma) dove – e che diamine! – si possa essere al tempo stesso incantati e incantatori, maghi e ammaliati, burattini e burattinai, demiurghi di sogni, causatori di incubi notturni, visioni mute e fantocci sognati da altri fantocci, a loro volta creati dai sogni di qualcun altro, e così all'infinito, come se fossimo tutti lì nella casa degli specchi, in un labirinto, come se tutti ci aggirassimo dentro l'enigma dove ogni parola incrocia ogni altra parola, la contrappunta, e il banale si ingorbia nel rebus o nel proverbio, in filastrocca, e l'ovvio si rivela spigolosa anomalia, gradita o sgradita sorpresa, inciampo, evento, e la luce è ombra e il crepuscolo si muta sempre in alba, e tutto si confonde, tutto si sovrappone! Suvvia, gagè, facciamola finita con questa asfissiante cultura, diamoci un taglio. E qui, levato il consueto ditino al cielo, cito-sentenzia: "Il vuoto dello svago è il vuoto della vita nella società attuale e non può essere colmato nel quadro di questa società". Sicché: mandiamo tutto a gambe all'aria, fughiamo il pigro Drago dell'Irrealtà, smarriamoci nella fantasmagoria: viviamo il circo!

Ma prendi fiato – penso –, prendi un attimo fiato, zingarello. Be', non ci crederete: prende fiato sul serio, lo fa per davvero. Ora è di nuovo immobile e, a suo modo, magnifico e quasi tremendo, davanti a me. Lascia cadere al suolo l'ampio mantello, non ha più freddo. Calmo lo sguardo vaga ben oltre le mie spalle e forse mira lontano, o forse soltanto altrove. Sta di fatto che quando riattacca a cianciare è tranchant, direi quasi apodittico. Il circo è circo, mi fa, e al circo ci vogliono le bestie, se no non è circo. Punto e a capo e finiamola qui, mica si discute. Ovvio – aggiunge – bisogna saperle trattare, 'ste bestie, e chi meglio di noi? Dal borsello in finta pelle cava un altro brogliaccio, pergamenato e consunto, e me lo sbatte davanti, quindi se lo spiega dinnanzi e legge: "Essi, i Cingar, sono detti così da un uccello detto cingolo o cinclo, che alcuni credono essere quello che noi chiamiamo Coditremola ed hanno avuto questo nome a causa della loro perenne inquietudine e della loro vita vagabonda". Giovanni Hoposius – chiosa – chiunque sia stato mai. Proprio così, fratellino gagè, siamo uccelli, ma uccelli senza nido. Uccelletti che gli trema la coda, sempre irrequieti.

E mentre il sogno questa volta prende a svaporare sul serio, lo zingaro che è mio e solo mio mi conta una fiaba. Non ha bisogno di leggere, la sa a memoria.

Agli inizi – sussurra – agli inizi noi eravamo degli uccelli, avevamo le ali e ogni giorno volavamo alti sulle cime degli alberi e delle montagne. Eravamo uccelli, e con l'arrivo dell'inverno ci dirigevamo verso paesi più caldi. Quando la stagione cominciava a cambiare, quando le foglie sugli alberi cominciavano a ingiallire, e quando i vermi e gli altri animali sulla terra cominciavano a ritirarsi nelle tane del sonno, noi lasciavamo il paese, andavamo altrove. Ma un giorno, dopo una lunga stagione di digiuno e stenti, giungemmo in una strana regione, ricca di frumento. Affamati, piombammo su quei campi gonfi di messi, e mangiammo e mangiammo sino a diventar tanto grassi e pesanti da non poter più alzarci in volo. E per giorni e giorni fu così, e fu sempre un po' peggio. Mangiavamo e ancora mangiavano, e non volavamo. Poi anche lì venne il gelo dell'inverno. Il grano seccava, le erbe ingiallivano, la terra si crepava. E noi – uccelli ciccioni – non riuscivamo a volare, prendere il largo. Tutt'al più due o tre zompi da niente, qualche mezzo saltello. Rasenti al suolo che potevamo fare? Le piume delle nostre ali si coprirono di croste, si incollarono e cominciammo a spiumare, come polli spennati. Le ali assunsero la forma di braccia e mani. Non potendo volare ci scavammo tane, vivemmo in carrozzoni raminghi, in casupole, in grotte.

Ma quel che è stato è stato, e, lo sai, tutto torna. Noi, gaggio, noi eravamo uccelli, quindi *siamo* uccelli. Le nostre braccia sono ali, non farti ingannare. Ogni volta che vediamo una montagna ci prende il desiderio di salirne le vette, e dato che non sappiamo più volare ci tocca strisciare. O andare a piedi, un passo dopo l'altro, come fate voi: prima l'uno, poi l'altro. Ma, fidati, un giorno il popolo kalo, il popolo degli zingari, riacquisterà le sue ali e tornerà a volare. E quel giorno... è vicino.

E prende e se ne va, tanto lo so che torna. Come tra sé, blatera in tono sommesso: Quel giorno è vicino...

E sul punto di svanire mi fa un ultimo cenno, mi porge un dono. Guardalo, fa, è un gran bel filmino, vedrai, e molto istruttivo!

Eravamo uccelli

Le cose accadono. Da qualche parte, e senza il nostro concorso, senza mente o progetto, senza intenzione. Le cose accadono, nell'indifferenza o nel torpore, o nel lucido spavento, e semplicemente sono: irreversibili più che eterne, irrimediabili. Dai margini dell'universo infinitesimali perturbazioni dello spazio-tempo si propagano in forma ondulatoria per ogni dove e si creano cunei, crepacci, increspature, e queste onde gravitazionali giungono fino a noi, traversano la terra, impercettibili ma causatrici di sogno, oniropoietiche, ed è come un bisbiglio galattico, o una delazione cosmica che – mentre noi dormiamo, o ci illudiamo di vegliare – reca il risuono di qualcosa: di un trascurabile evento, di una catastrofe, della mutazione più estrema. Storie di ieri. Cose accadute milioni e milioni di anni fa riverberano nel presente, gettano ombra. Qualcuno (qualcosa) getta un sasso nello stagno-universo, e con esasperante lentezza le onde si espandono, si allungano, si allargano, e questo è il tempo: un mobile archivio di istanti morti. Masse cosmiche si incrociano, intrecciano, scontrano, deflagrano: e l'onda si innesca. Con o senza fuochi d'artificio; indifferente. Stelle di neutroni, pulsar, supernove collidono nell'estremo altrove e a milioni di anni luce, emettendo ipotesi di bagliore, spenti riflessi. A volte tutto accade nel buio, nero su nero. Buchi neri di massa gravitazionale pari a decine di pallidi soli gozzovigliano nell'alto dei cieli. Si mangiano tra loro, risucchiano altri corpi e altre masse, ingoiano stelle. Fagocitazioni interstellari, delitti – nelle tenebre impeciate del cosmo – perfetti. Anni, miliardi di anni luce più tardi, gli inconsapevoli interferometri del sonno ne captano l'eco distante, e si creano i sogni.

Sogni che a volte lasciano tracce e sedimenti e scarti da verificare, o reperti enigma. Come il "filmino" che mi ha lasciato Occhi Azzurri, in VHS, e qui già si pone un problema di attrezzo adeguato. Da qualche parte, ovviamente, un videoregistratore anni Ottanta/Novanta dovremmo avercelo, e in ogni caso se hai avuto un figlio in epoca pre-DVD è quasi obbligato (a meno, chiaro, che non te ne sia sbarazzato in modo più o meno corretto: lo smaltimento dei RAEE non è cosa semplice). In ogni caso, lo zingaro mi conosce bene, lui pensa un po' a tutto.

Sul tavolo della cucina – stamane – doppia sorpresina zigana (lo ammetto: gradita). La caffettiera l'aveva preparata già lui, bastava accendere il fuoco. Sotto al coperchio, un biglietto *tenero* (si fa per dire); disegnino di una vecchia napoletana e scritta a corredo: SVEGLIA, AMICHETTO GAGÈ, SPALANCA GLI OCCHIONI. Accanto alla moka un pacco incartato alla buona. Una pagina della "Gazzetta dello Sport" (*10 ottobre 2020*, PARLA THEO HERNÁNDEZ: "CON IBRA SI VOLA!") avviluppa un vetusto Telefunken M-9515 VCR VHS con tanto di cavetto per la tivvù e di telecomando. Altro bigliettino: È QUANTO TI OCCORRE. PS: CONTROLLA LE PILE (e penso: magari fosse sempre così laconico, poi però mi dico: lì è un altro mondo, e, dopotutto, vale anche per me; magari al contrario).

Verifico che ci siano le pile e collego il Telefunken M-9515 al televisore: buio in sala. Istanti di perplessa esitazione mentre lo schermo si riempie di bande elettromagnetiche e prove colore. Se è un film, penso, mi dispiace doverlo guardare così, tutto da solo, che sotto sotto è anche un modo per dire che mi manca un po' lui, l'onirocinematografaro ambulante con il suo Eumig austriaco e la sua parlantina infinita, gli implacabili commenti, le mille chiose. Bianco su nero appare la scritta: THE FREAK. Lo spettacolo comincia, bando alle ciance.

Camera fissa su una stanza di maniero, pretenziosa, ingombra di mobili rococò, quadri, tappeti. Al centro, seduto di spalle su un divano a orecchie d'elefante, un vecchio con i capelli bianchi e un bastone pomellato d'avorio. Sta parlando a qualcuno che non vediamo: "Questa faccenda del volo la stanno caricando troppo, è esagerata. Gli stessi trucchi li abbiamo impiegati anni fa, niente di nuovo. Basta che usi gli specchi: i cavi non si vedono, è naturale. La sceneggiatura è pronta. La musica ce l'ho pronta. Non manca niente".

Fuori campo una voce di donna replica in tono sommesso: "Però sei stanco. Ammettilo una buona volta: stanco. Malato". Il vecchio alza le spalle, non è convinto. La camera zooma sul tavolino che gli è davanti e inquadra tutta una serie di documenti. Bristol illustrati a carboncino; fotografie; pizze di film; una partitura; pagine dattilografate fitte di cancellature a penna e note a margine. A colori e in Black & White, ricorrente, l'immagine disegnata di una ragazza: a volte in camicia bianca, pantaloni neri a zampa d'elefante e ampie ali da angelo (o forse da uccello), a volte con una gonnellina scozzese sempre alata. Eccola mentre decolla da una scogliera, o si lancia dal tetto di un palazzo inequivocabilmente londinese, svolazza sulle acque di un oceano inequivocabilmente freddo, o sorvola genti che a uno sguardo più attento diresti degli indios della Terra del Fuoco (naso in su a mirare quello scherzo della natura, quel trasmigrante prodigio: l'anomalia). La camera stringe sulla prima pagina di quella che a tutti gli effetti è una sceneggiatura, battuta a macchina. Di nuovo la scritta THE FREAK.

Riusciamo a leggerne alcuni passaggi:

La scena si apre sull'estremità meridionale della costa cilena, con la sua miriade di isole rocciose disseminate lungo la riva solitaria. Il paesaggio è desolato, senza un segno di abitazioni per miglia intorno, tranne una sorta di adobe abbarbicata sul ciglio di una roccia, a picco sul mare. L'edificio, un tempo abitato dai monaci trappisti, e poi abbandonato, è attualmente occupato dal professor Latham, uno storico.

Vengono inquadrati una piantina del centro di Londra, in zona Hyde Park, altri disegni a carboncino della ragazza (o angelo o uccello) che spiega le ali (la didascalia evoca il suo nome, SARAPHA), bozzetti tecnici di ali artificiali (MOLTO

LEGGERE, IN ALLUMINIO, precisa una nuova didascalia), e alcune custodie DVD: *Barbarella, Mary Poppins, Uccelli acquatici, Un professore fra le nuvole, Sweet Charity – Una ragazza che voleva essere amata.* Il vecchio, intanto, seguita a parlare e ripete "che è tutto pronto, anche la musica". Dissolvenza: la camera torna a inquadrare la sceneggiatura.

DISSOLVENZA. *Latham e l'angelo camminano lungo il ciglio dell'altipiano.*

LATH AM

Come mai hai le ali?

ANGELO

Mi sono cresciute dopo la nascita.

LATHAM

Anche i tuoi genitori le avevano?

ANGELO

No, erano dei missionari inglesi.

LATHAM

Ti volevano bene?

ANGELO

Be', sì... ma erano sempre tristi quando mi guardavano.

LATHAM

(dopo averci pensato)

Forse le tue ali sono una forma di stimmate.

ANGELO

Stimmate?

LATHAM

Le ferite sul corpo crocifisso di Cristo compaiono probabilmente su mani e piedi di giovani donne religiose. A te sono cresciute le ali.

ANGELO

Odio le ali, la gente pensa che sono un angelo.

LATHAM
E allora?

ANGELO
Non mi piace confondere le persone e spaventare la gente. Mi innervosisce, forse è la mia componente ornitologica.

LATHAM
Ma tu non sei un uccello.

ANGELO
Credi?

LATHAM
Certo che no! Sei solo una bella ragazza.

ANGELO
Grazie.

Ancora una carrellata sul pretenzioso mobilio rococò del salone, sulle mani del vecchio, sul tavolino ingombro; altra inquadratura del testo, evidentemente è l'ultima pagina, reca la scritta THE END.

DISSOLVENZA. *Al largo, sull'oceano. Suona musica cilena*

PRIMO PIANO *di Sarapha in volo alla pallida luce della luna.*

DISSOLVENZA. *In mezzo all'oceano Atlantico. Il sole è infuocato. La mattina è torrida e afosa. L'oceano appare piatto e inerte. In lontananza c'è un peschereccio. All'orizzonte si intravede una macchiolina. Il capitano del peschereccio prende il binocolo e guarda.*

CAPITANO
Ma cos'è? Potrebbe essere ambra grigia, andiamo a dare un'occhiata.

Gira il timone in quella direzione.

DISSOLVENZA. *Peschereccio accanto al detrito galleggiante.*

STACCO.

PRIMO PIANO *di Sarapha. Il suo corpo galleggia a faccia in giù, con le ali aperte.*

CAPITANO

(con concitazione)

Abbassate il gozzo!

DISSOLVENZA. *Titoli dei giornali: La donna-uccello trovata morta in mezzo all'oceano Atlantico.*

DISSOLVENZA.

THE END

Rabbrividisco. Lo zingaro – ne sono consapevole, e questo mi spaventa – mi conosce a menadito, e piuttosto a modo suo, arzigogolando, tramite citazioni e richiami, insomma *per speculum et in aenigmate*, va dritto al punto. *De te fabula narratur*: solita storia. Il passato, quello che confusamente sei stato, quello che hai amato: un'imbarazzante discarica di istanti morti. Lui sa, lui che sempre parla d'altro, sa e infierisce. Frequenta i miei punti deboli, la mia angoscia, conosce il rimpianto e il dolore, la nostalgia, il senso di irrimediabile mancanza, l'ombra di uno Ieri sconfinato che si allunga nel presente, che paralizza. D'altronde, se vive accampato dentro al ciarpame dei miei sogni un motivo ci sarà. Vigliacco è lo zingaro: adesso che vuole parlarmi mi lascia solo. Mi abbandona ai miei fantasmi, ai miei rimasticati pensieri, al boccone amaro. Che dire, dopo tutta quella tirata sugli zingari uccelli batticoda irrequieti e senza nido potrebbe anche cavarsela con la consueta tiritera: vedi, gagè, noi qui e noi là, noi e i nostri mille anni di erranza, i nostri guai... Ma è inutile che ciurli nel manico: come poteva non sapere che anche io ho amato una ragazza con le ali che non voleva essere scambiata per un angelo, una Sarapha che si era illusa di volare e si è schiantata al suolo. Dal terrazzo di un palazzo inequivocabilmente romano, dentro lo splendore rosato di un'alba di giugno, un'alba di sconcertante magia e meraviglia. "Aurora dalle dita di rosa..." Giunge l'alba e porta con sé l'allegrezza infinita di una rinascita, un nuovo inizio, e ancora mi chiedo come si possa scegliere un momento così per dire basta, ciao ciao, svignarsela e scrivere un *The end* definitivo.

Il n'y a qu'un problème philosophique vraiment sérieux: c'est le suicide. La sentenza di Camus, il suo bigliettino da biscottino cinese, della *sfortuna*: l'avevo sempre trovata una boutade pretenziosa, o forse proprio un'idiozia ammiccante: peggio per me (intendiamoci: sotto sotto la penso ancora così, non mi convince. Ma – chiaro – mi risuona diversamente, adesso; parla altrimenti). Immagino che, carognone com'è, lo zingaro preferisca giocare ad armi pari, non fare sconti. Vuole mettermi alle corde, spingermi in quell'angolo dove il non-detto riaffiora e l'ombra è spessa, dove il pensiero va ma non vorrebbe andare, verso quel maledetto qualcosa, quell'incidente che tende a richiamarti al nodo, al garbuglio, al grumo, diciamo al dolore, e con la sua intensità, la sua massa gravitazionale più densa, la sua sorprendente sostanza prova a inghiottirti; un buco nero, e vivere significa ostinarsi a sfuggirgli, provare a non farsi risucchiare, girargli attorno.

Lasciamo stare. Occhi Azzurri d'altronde ama la polisemia, il pensiero multiplo. *Timeo ziganos et dona ferentes*, è il caso di dire. Quando non manipola i sogni miei mi regala sogni altrui, nebbiosi, inconcludenti, campati per aria. E allora, esaminiamo anche la cosa in sé, l'oggetto perturbante, quest'altro inciampo. *The Freak*: ovvero l'ultimo film che Chaplin avrebbe voluto realizzare. Verso la fine degli anni Sessanta, amareggiato per il mezzo fiasco della *Contessa di Hong Kong*, il vecchio Chaplin – sempre più Calvero e sempre meno Charlot – immagina la storia di una ragazza con le ali costretta a volare senza averne alcuna voglia. Una disgraziatella che si avventura per le strade del mondo col suo *Cirque Bonjour!* (che a un certo punto diventa *Cirque Imaginaire* e *Cirque Invisibile*). Sarapha è l'estrema anti-poesia di un genio triste. Ma è anche un regalo del vecchio alla figlia Victoria, un gesto d'amore per la sua bambina. Sarapha, Chaplin gliel'aveva cucita addosso. Le foto, tutte le foto del docu-zingaresco, ritraggono solo lei: Victoria che prova le ali; Victoria che indossa le ali; Victoria che simula il volo.

Quel film non è mai stato girato: Chaplin era troppo vecchio, stanco e malato; Oona, la moglie, era stata chiarissima: toglietevelo dalla testa, lo ucciderebbe. Chaplin-Calvero è negli ultimi anni di vita un uomo che si alimenta di illusioni. Ma quando immagina le avventure della sua donna alata non ha in mente un angelo; Chaplin la vuole *Freak*. "La gente pensa che sono un angelo" dice Sarapha, e subito aggiunge che la cosa la "innervosisce". Latham, che prova a blandirla con quel "sei solo una bella ragazza", non è sincero. Sarapha non è *solo* una bella ragazza, è anche uno scherzo della natura, un mostro, un'anomalia, un'aberrazione. La storia del cinema è piena di angeli; Sarapha non ne fa parte. Giganti, nani, fratelli siamesi, ermafroditi, donne cannone e scheletri viventi: lei frequenta la vasta, sotterranea repubblica dei *freaks*, un contromondo che è anche un torbido sottomondo, cunicolare. E ancora una volta – diavolo di uno zingaraccio – *de te fabula narratur*: specchio, specchio.

Mi spiego. Anni fa mi è capitato di scrivere la prefazione per la riedizione di uno dei miei libri-bibbia, *Freaks*, di Leslie Fiedler. Ottimo diversivo, lo confesso. Non aspettavo altro, e da parecchio. Una o due settimane in compagnia di nani, colossi, sirene, donne cannone, uomini elefanti, donne tigri, vari prodigi senza braccia né gambe o con braccia e gambe in eccesso, ali piumate, peni e clitoridi giganti, arti messi lì a casaccio, ermafroditi, gemelline siamesi, fumetti underground e B-movie, poster, fanzine, icone fastidiose, perturbanti e, soprattutto, baracconi da circo, folli, incongrui. "Senza sapere bene se dormiamo o siamo svegli, cogliamo per un attimo fuori dal tempo la normalità dei *freaks*, la mostruosità dei normali, la precarietà e l'assurdità di essere, comunque vogliamo definirlo, pienamente umani" (cito Fiedler).

Oggi che ogni minima differenza identitaria aspira all'inclusione, al rispetto, al riconoscimento e alla Norma, oggi che ognuno rivendica barra aspira barra pretende la "tirannia del normale", tutta questa fantasmagoria di forme mutanti è stata spazzata via per sempre, cancellata, disciplinata a forza di aborti selettivi o di eufemismi... *normalizzata*, appunto. Con la complicità, va detto, degli stessi protagonisti e attori di quel mondo "diverso", del sottomondo. Fiedler parte proprio da qui, da questo diniego: "Viviamo in un periodo in cui il nome *freak* viene rifiutato da tutti quegli esseri umani fisiologicamente devianti ai quali è stato applicato per tradizione...". Ma già verso fine degli anni Sessanta eravamo sul ciglio dell'abisso.

Mentre per le strade del mondo i capelloni ribelli si immaginavano come *freaks* d'elezione, mostri per scelta, nelle noiose cucine del potere, ai piani alti, era sul fuoco la reazione bigotta e perbenista, il richiamo all'ordine. L'incubo di un "futuro senza nani", la fine dell'incanto, la morte del circo: Chaplin e poi Fiedler l'avevano intuito, lucidamente.

Aggiungo: nel suo campionario di mostri Fiedler cercava "miti e immagini dell'Io segreto" (come Chaplin-Calvero, del resto). "Solo il vero *freak* contesta i confini tradizionali tra maschio e femmina, sessuato e asessuato, animale e umano, grande e piccolo, io e altro, e quindi tra realtà e illusione, esperienza e fantasia, dato di fatto e mito."

Dunque, il regalino zigano tornava a parlarmi di me, a mettermi in gioco, e non ho dubbio che a pelare la cipolla, lacrime a parte, il gioco potrebbe anche continuare, all'infinito. Strato dopo strato, e di segno in segno, di simbolo in simbolo – per coincidenza o allusione, o opposizione – in quella storia tristissima, esageratamente poetica, eccessiva, diresti quasi sdolcinata (non fosse di Chaplin) è destino che io sia costretto a specchiarmi, o più semplicemente a inciamparci, cascarci dentro. Lo so, Occhi Azzurri voleva dirmi ben altro: Siamo uccelli, sapevamo volare, torneremo a farlo e... quel giorno è vicino; intanto però eccomi qui a ripensare a un'osservazione di Fiedler che – manco a dirlo – due o tre anni fa m'era sfuggita. L'avevo anche citata distrattamente ma non ne avevo colto il senso profondo, la strana urgenza. È il punto in cui parla dei baracconi, di quello spettacolo d'incantamento che volge al tramonto; Fiedler annota che in certe speciali circostanze guardiamo le cose, il mondo, le situazioni, i fatti, gli incidenti... *senza sapere bene se dormiamo o siamo svegli.* Una frasetta così, se vuoi di maniera, niente di che, che diventa vaticinio, profezia. Questo garbuglio in cui vivo o mi illudo di vivere, tra sonno e veglia; questo maledetto equivoco: una trappola!

Ma il giorno – bello o brutto che sia, utile o vano – reclama il suo spazio di luce, coi suoi doveri e obblighi, le sue scadenze, e l'interludio filmico posso anche metterlo da parte: andiamo oltre. Mediterò, mi dico, ci penserò più tardi con calma, ora:

viviamo! E vivere è anche questo: registrare cosa accade, stare a vedere, curiosare e impicciarsi, guardarsi attorno. Mi va e non mi va, ho voglia e non ho voglia, ho fretta e non ho fretta di accendere il PC e leggere i giornali o controllare le mail. Vedere chi bussa. Lo faccio, non lo faccio? La consueta cyber-margheritina da sfogliare, ogni mattina. E, come ogni mattina, sì, certo che lo faccio, ci mancherebbe.

Le solite voci lontane, sempre presenti. E, a volte, magari una sorpresa, brutta o bella che sia, utile o vana. Oggi, per dire, è giornata di regalini virtuali, omaggi obliqui. Dopo la zingarata chapliniana ecco che s'affaccia Effi Briest, la mia "Scompiglio"! In insolita versione elettronica, con allegati WeTransfer – file zip – Effi mantiene la promessa di documentarmi sulla sua *Gitanilla* teatresco-itinerante-clandestina. Lei stessa, confida, oltre a curare scenografia e location, costumi, luci, ha calcato il palcoscenico stavolta, agghindandosi da zingarella di rinforzo per formare la prima squadra recitante composta – così voleva Cervantes – di "otto zingare, quattro giovani e quattro vecchie, tutte pulite e bellamente ornate".

China, acquerello, e subito il primo bozzetto effibristiano, ove non mancano la camiciona con le maniche a sbuffo, ricamata, il gonnellone nero, la rossa fascia usabile a mo' di cintura o borsetta nascondiglio per i leciti guadagni e gli sgraffigni, d'oro gli orecchini tondi, multicolore il fazzoletto al collo e d'osso puro un fermaglio lucente tra i capelli. Segue il dettaglio di alcuni oggetti di scena come "tamburelli e nacchere, sonagli" e il costume da zingarello maschio ballerino (sobriamente composto di calzone nero, fascia amaranto e blusa bianca, con cappellaccio in feltro di complemento). Altri disegni illustrano i momenti clou, le scene madri della novella. Sempre in acquerello chinato, e a tratti veloci, senza orpelli, vediamo Preziosa che canta e balla e recita, la vecchia e laida nonna che la istruisce, le otto zingare e il detto ballerino ritratti all'opera mentre cantano, ballano, recitano, leggono mani e fondi di bottiglia, monete scolpite, pezzi d'argento. Unico gaggio in questo sottomondo zingaresco il "bel pezzo di giovinotto" con la spada e la daga, e il copricapo piumato, e il gran cavallo; lo stesso giovane che per amore di Preziosa prende il nome di Andrea, inzingarisce pro tempore, si fa mariuolo, e, accanto a lui, il suo istruttore di latrocini e inganni, un vecchiarello gitano rinsecchito e scorbutico il giusto, severo il giusto.

Altri disegni mostrano posture, gesti, scene di gruppo e ambienti; Effi brevemente li giustifica con frasi dal testo cervantesco in didascalia. Preziosa, per esempio, dentro un cerchio di gagè che se la stanno a guardare, tutti beati (trattasi, qui, di manichini di pezza, pupazzi senza vita, spaventapasseri: solo gli zingari sono attori in carne e ossa). La ragazza, lo si intuisce, tiene un sermone agli astanti, zitti e muti (come potrebbero parlare, essendo fantocci?). In bello stile, calligraficamente limpido, preciso, Effi annota:

> Non sono monca, né fiacca, né storpia di cervello: e la testa delle zingare va per una strada diversa da quella di tutta l'altra gente: è sempre in anticipo rispetto agli anni e non c'è zingaro sciocco né zingara stupida; siccome il nostro modo di sostentarci consiste nell'essere scaltri, astuti e imbroglioni, a ogni passo mettiamo alla prova l'ingegno e non gli lasciamo fare la ruggine in nessun modo.

E bada – scrive Effi nella mail, dal suo chissà dove – che non c'è niente di ozioso, o fatto a casaccio: lo spettacolo ha un suo risvolto politico, un'intenzione chiarissima, un messaggio ribelle. Le piazze che abbiamo battuto, aggiunge, l'hanno capito e non l'hanno capito; è inevitabile. L'acqua scava la pietra, ma goccia dopo goccia. Dietro il velo della pantomima e del gioco, frammisto alla meraviglia e al diletto, e sotto la cenere, arde un fuoco segreto che non si estingue. E qui Effi velocemente mi illustra gli scambi suoi e della ghenga girovaga con tal Pastora Filigrana, "una vera studiosa che ne sa più di noi", una vera studiosa. *El Pueblo gitano contra el-sistema mundo*: è il *nostro* tema, è qui che vogliamo andare a parare. Contro lavoro salariato, colonialismo e razzismo, patriarcato, "l'alterità assoluta della forma di vita gitana" disegna un'alternativa possibile, forse la sola. Mai assoggettarsi al ricatto del lavoro a stipendio, mai imbalsamarsi in un luogo, mai adeguarsi o piegarsi, e, poi: *mai fermarsi*. Vedi, pa', quando Preziosa rivendica la sua eccezione gitana non si vanta o si incensa: lancia una sfida. L'unica forma di uscita dalla gabbia del capitale che ormai si è fatto Mondo è una vita diversa! E vedi: per secoli, gli zingari hanno fatto a modo loro. Hanno seguito altre strade, e obbedito ad altre leggi. Per realizzare un mondo migliore – e qui Effi mi cita la sua studiosa e guru, senza nominarla –, per aprire una breccia nel sistema prigione e rivoltare il guanto non c'è altro da fare: *Hay que ser como los gitanos*, punto e basta. È vero, loro sono diversi, anzi, peggio ancora: *diversamente diversi*. Non riesci ad afferrarli. Non gli metti il sale sulla coda. Non puoi schedarli. Rubacchiano, sono irrequieti, vagabondano di qua e di là, fanno il malocchio. Però, diosanto, "mettono in discussione il nostro sistema di valori con la loro sola esistenza". Cervantes l'aveva intuito, anche se era un bastardo. Sì, lui lo sapeva bene, l'aveva capito. Certo, scriveva per i gaggi come noi, quindi si nascondeva. Gli zingari, d'accordo, pare che "siano nati soltanto per essere ladri" e, ok, rubano. Ma poi il suo bell'Andrea lui lo vuole gitano, fatto e finito. Quello, il giovinotto di più che buona famiglia, il damerino, il figlio di chissà chi, si sbattezza da tutto e diventa uno zingaro: saluti! E in fondo – pensaci – anche Courasche l'arci-truffatrice, la mega-avventuriera, be' come va a finire? Vaga, combatte, amoreggia, vive mille peripezie, guerreggia e truffa e i giorni suoi, poi, come li chiude? Facendosi zigana, pure lei! Mica è un caso (il caso non esiste). Però – tronca brusca Effi Briest – non voglio annoiarti. Guarda i disegni e le foto, e facci un pensierino, tutto qui.

E in chiusura di mail, subito sotto al testo (non in allegato, *Deo gratias*) Effi inserisce un ultimo disegnino a mo' di commiato. È il vecchierello rinsecchito, l'istruttore zigano, o' professore. Basco di sbieco e volto di cartapecora, rugoso, il vegliardo brandisce un nodoso bastone di legno d'ulivo e – all'apparenza, almeno – sputacchia mentre tiene comizio. Un occhio ce l'ha mezzo chiuso, forse è sguercio; l'altro, che tiene bello aperto, pare ceruleo. Iniziazioni gitane, riti di passaggio. Al *newborn* zingaro Andrea, il vecchierello rinsecchito tiene una lunga concione, ed Effi trascrive:

> Con queste ed altre leggi e statuti ci conserviamo e viviamo allegri: siamo padroni dei campi, dei seminati, delle selve, dei boschi, delle

> fonti e dei fiumi; i boschi ci offrono gratuitamente la legna, gli alberi la frutta, le vigne l'uva, gli orti le verdure, le fonti acqua, i fiumi pesce e le bandite cacciagione, le rocce luoghi ombrosi, le gole montane l'aria fresca e le caverne case... la nostra leggerezza non è impedita da ceppi né arrestata da burroni, né fermata da pareti, il nostro animo non lo piegano le corde né lo soffoca il bagaglio; tra il sì e il no, quando ci conviene non facciamo differenza alcuna e preferiamo sempre più esser martiri piuttosto che confessori... Non ci stanchiamo col timore di perdere l'onore e non ci tiene in ansia l'ambizione di accrescerlo; non sosteniamo alcun partito, non ci alziamo presto per consegnare memoriali né a far corteggio ai magnati né a sollecitar favori; dorati tetti e sontuosi palazzi stimiamo che siano queste baracche e questi mobili accampamenti... Siamo rustici astrologhi perché, siccome dormiamo sempre sotto al cielo, sappiamo sempre che ora del giorno o della notte sia e vediamo come l'aurora scaccia e fa rincantucciare le stelle del cielo... e, in conclusione, siamo gente che vive della propria industria e della propria chiacchiera, e senza aver a che fare con l'antico detto: "o chiesa, o mare, o casa reale" abbiamo tutto quel che ci piace, perché ci contentiamo di quello che abbiamo.

Registro, medito, pondero, considero, cinicamente annoto a penna su un foglietto la frase "gente che vive della propria industria e della propria chiacchiera", pronto nel caso a rivendermela col *mio* zigano, l'infesta-sonni-e-sogni che sempre va e viene e mai tace, tanto che a volte mi sembra di sentirlo anche quando è assente. Come suo solito, Effi si congeda con baci e smancerie, un po' di maniera, e non aggiunge dove sia o sia diretta, vallo a sapere. Enigmatico, in ogni caso, il suo PS: "Ci vediamo presto". E dove, e come, e quando... Vallo a sapere!

È tempo di cambiare frequenze, scendere a terra: io, non avendo le ali, volo basso. Questo fondiglio di giorni e giorni di solitudine e silenzio non mi spaventa. Non che quegli scenari cervanteschi – i fiumi, le vigne, l'uva, e gli orti e le rocce e le grotte, i campi aperti – non mi dicano qualcosa, non mi commuovano. Ma non è il momento, temo, e in ogni caso ho i miei riti, le mie abitudini. Sigaro e caffè senza zucchero, niente di che. Come ogni giorno sbircio l'orologio sul muro – le otto in punto

– e come ogni giorno accendo la radio per la mia turpe gioia: le *news* dal mondo (finché ci son *news* c'è ancora un mondo, è tautologico). Anche qui tralascio, salto, ignoro. Quando però, giunti alla pagina degli Esteri, viene evocato il nome di Suez, ecco che drizzo le antenne.

La *Spettro dei mari* tiene ancora banco nei notiziari, i comunardi spiaggiati nel canale non demordono. Dopo la beffa dei sub pescati dalle fonde acque come sardine, Egitto & Soci si sono rivolti all'ONU per negoziare un via libera ad azioni meno cautelose e mirate, e meno guardinghe. Fuor di metafora – commenta il solito inviato (e metaforeggia) – quel che vien chiesto è un *green pass* per usare la forza, ma quella vera. I comunardi resistono riottosi, fanno proclami, e questo non è giusto né bello, proprio non va. "Intollerabile!" ringhiano in coro, ciascuno a modo suo, stati e nazioni. Non potendo domarli, li schiacceranno. Non riuscendo a farli ragionare, li estirperanno. Un'azione che sia da monito!

Ma, come sempre, nel Palazzo di Vetro le cose vanno per le lunghe. Nessuno – ovvio – mette veti, sono un po' tutti d'accordo, tutti in combutta. Ma ci sono tempi tecnici e procedure e protocolli e varie sfumature, varie "sensibilità", lingue diverse. Come è ovvio, non mancano imbarazzi, situazioni diciamo "articolate", delicatissime. Per quanto, infatti, i comunardi si proclamino apolidi ("siamo gli zingari dei mari": giuro, l'han scritto), hanno pur sempre cittadinanze e origini distinte. In imbarazzo, per esempio, i governi di Oslo, Madrid, Londra. Data la presenza di marinari norvegesi e scozzesi e baschi, sembra difficile che quei governi possano acconsentire a un semaforo verde troppo "implicante" (è il termine usato dall'ambasciatore inglese dopo un vertice serale tripartito). Sotto condizione di anonimato, un altro diplomatico confida all'Associated Press: "Sì, ci piacerebbe. È una pagina da chiudere alla svelta, figuriamoci. Ma immaginatevi le grane, le complicazioni, le seccature. Gli scozzesi stanno lì belli e pronti in cerca di pretesti per piantar casini. E i baschi? Vatti a fidare di quelli, matti col botto. Magari torna l'ETA, magari tornano le bombe e gli attentati: stiamo in campana!". Sicché, come di consueto: *stallo* all'ONU. E stallo nel canale, naturalmente.

Prima del rombo, o – c'è a chi piace – del "canto" delle armi, quindi: attesa. E nell'attesa, magheggi, impicci, intrallazzi, trame ordite nell'ombra, nascostamente, blandizie proferite a mezza bocca, roboanti minacce e piccoli, ramificati, subdoli tentativi di corruzione, di infiltrazione. Non potendo sfoderare gli artigli del leone, o del giaguaro, i Grandi della Terra si vedono costretti a fare ricorso all'astuzia del camaleonte o del serpente. L'anonimo diplomatico l'aveva pure lasciato intuire: "Bisognerebbe trovare l'anello debole della catena, ungere ruote". E a quanto pare – mentre all'ONU era stallo e nel canale di nuovo tempo di bonaccia, calma di vento – qualcosa, segretamente, era accaduto. Ferma la scena, quindi, ma solo in apparenza, ingannevolmente. Lunga, estenuata, la fila delle barche incolonnate e all'ancora lungo le sponde. Torreggiante, imponente, la silhouette della Soft & Green, sempre incagliata. Impavido e beffardo, il vessillo comunardo, per quanto poco garrente, dato il non-vento. Sia come sia, a interrompere questa noia e la stasi – un vero mortorio – piuttosto a sorpresa è intervenuto un nuovo proclama via radio dei comunardi. Gli insorti della *Spettro* denunciano un tentativo di infiltrazione spiona, tosto sgamato. Qualcuno deve aver ceduto alle vane lusinghe dei Grandi della Terra. E quel qualcuno si è illuso di farla franca. Be', così non è stato, tuona la comune:

> Cittadini, la comune e la *Spettro* sono sfuggiti a un pericolo mortale. Il tradimento si era infiltrato nelle nostre fila. Disperando di poter vincere la *Spettro* con le armi, la reazione aveva tentato di disorganizzare le sue forze con la corruzione. Il suo oro, sparso a piene mani, aveva trovato anche tra noi delle coscienze da comprare.
>
> Ma una volta ancora la vittoria è toccata al diritto.
>
> Tutti i fili della tenebrosa trama in cui avrebbe dovuto trovarsi la rivoluzione sono, in questo momento, nelle nostre mani.
>
> La più parte dei colpevoli è stata arrestata. Il loro delitto è spaventoso ma il loro castigo sarà esemplare.
>
> Cittadini, la rivoluzione non può venire sconfitta, e non lo sarà. Ma quel che la reazione non è riuscita a fare ieri tornerà di bel

> nuovo a tentare domani. Occorre che il popolo dei mari sappia che è da lui e da lui solo, dalla sua vigilanza, dalla sua energia, dalla sua unione che dipende il successo definitivo.
> Occhi aperti alle manovre reazionarie, e braccia pronte a colpire i traditori senza pietà. Che tutte le forze vive della rivoluzione si uniscano per lo sforzo supremo. Allora, e soltanto allora, il nostro trionfo sarà certo!

Scampato il pericolo – riportano i notiziari – le ciurme piratesche asserragliate sulla *Spettro* hanno celebrato con una pantomima. Alcuni volantini trasformati in barchette di carta avevano sparso la notizia sulle acque ferme del grande canale. In segno di ringraziamento e di giubilo, "la comune di Suez organizza una Festa del Redentore", molto a modo suo. Cosa intendessero si è capito la sera successiva, sul far del tramonto. Calate in acqua le scialuppe, i comunardi si sono mossi in processione circolare attorno alla *Spettro*. Dai barchini, tra fiaccole e voci, venivano canti, suoni di fisarmonica, accordi di chitarra. E al centro della sfilata un'enorme presenza votiva, piuttosto sui generis. Issato su una zattera di legno e cordami, lo strano colosso ha molto colpito l'immaginazione di tutti gli astanti. Il giorno dopo, in prima pagina sui giornali di tutto il mondo era apparsa l'icona comunarda, il megachirottero. Perché questo s'erano inventati, i ribelli del mare. Realizzare un gigantesco pipistrello fatto di stracci e cartapesta, e sfidare il mondo. Dalle Nazioni Unite, l'ovvio no-comment. Sempre sotto anonimato le fonti consuete avevano lasciato trapelare reazioni indignate, moti di rabbia e di stizza, amara frustrazione. A porte chiuse pare siano anche volate bestemmie. Qualcuno – *dixit* – ha denunciato "l'insolente plebaglia", la grande "sfacciataggine" di questi "quattro cialtroni". Altri hanno ribadito: "La pagheranno". La conclusione, a quanto pare, è la stessa di sempre. Se non capiscono con le buone, se non sono ragionevoli... *si vis pacem, para bellum*, resta sempre vero.

Mica li invidio... Riappare e già profetizza sventura, il carognone. Mani in tasca, sigaretta e basco da pittore (o da istruttore di gitanerie e raggiri, come s'è visto), lo zingaro è pessimista. La sorte dei ribelli del mare: per lui è segnata. Sono belli che spacciati, gagè. Intanto afferra un mazzo di fogli dalla seggiola in vimini accanto a me e li getta a terra senza domandare permesso, quindi beato si siede, scrocchia le dita, allunga le gambe. *En passant*, noto la sua t-shirt, nuova di zecca. Su fondo nero-fumo in bianco l'iconico pipistrello della *Spettro* e in rosso fiammante la scritta W LA COMUNE! Autentica, mi fa, niente repliche *Made in China*, cotone ottimo, e se l'accarezza sussiegoso, tutto contento (senti la grammatura amichetto, roba buonissima).

Evidentemente mi stava spiando già da un po', o forse è sempre qui con me, che io lo veda o no. Almeno – seguita – è una vera rivolta, se vuoi una rivoluzione, un Quarantotto. Ci stanno provando, loro non scherzano. E da una certa borsa di Tolfa che teneva chissà dove cava fuori dei buffi pupazzi di stoffa, testa in ceramica. Oggi non ha voglia di ombre cinesi: vuole il teatrino dei burattini, le marionette. Patetici, gagè, siete irrecuperabili. E senza starci a pensare su due volte, *ex abrupto*, Occhi Azzurri mi attacca una concione sullo *Zeitgeist*, in salsa direi gitano-comunarda, o anarco-zigana. Per quanto innegabili, più che la "biopolitica del virus" e le occulte trame neo-autoritarie di stati e governi e multinazionali e finanza, più che l'ombra inquietante e altrettanto innegabile del Grande Fratello, l'esaspera quella che definisce "l'eterna burletta delle finte rivolte". Dai, gaggio, è una caricatura patetica, è una farsa! O insomma, seguita, è proprio un teatrino, un gioco delle parti.

E anima i suoi pupazzi, con dita sapienti. Il fantasma della libertà si è mutato nel burattino della libertà. Ridicole, patetiche, comiche simulazioni di rivolta, risibili pretese di impunità o libero arbitrio, maschere posticce, simulazioni: tutto gli appare indegno, farsesco, posticcio, trascurabile, sopra ogni cosa – *dixit* – questo spettacolo di borghesucci aspiranti all'uomo forte, al "quando c'era lui", alla legge e all'ordine, al decoro, questi pompieri che tutto d'un colpo si svegliano incendiari d'operetta per denunciare la dittatura sanitaria, leggi – in sostanza – il controllo su aperitivi rinforzati e cocktail, bisbocciate e la chiusura di balere e night, di discoteche. Che poi, aggiunge, sono gli stessi che ringhiano al negretto, allo straniero, all'immigrato, diciamo al diverso, chiunque esso sia, gay, altrimenti colorato o solo strambo, proprio gli stessi baciapile che dentro di sé non tollerano l'eccezione, la rarità incarnata, l'anomalia e vivono di riti e salutari abitudini, regole, norme e tutto ciò che segue un percorso difforme li spaventa! No, no – sbuffa – c'ha ragione la figlioletta tua, fattelo dire. *Hay que ser como los gitanos*, e scusa se è poco! E Occhietti Azzurri si soffia sulle dita, fare smagato, e tutto sornione alza lo sguardo al cielo come a suggerire uno di quei suoi "Che te le dico a fare? Ci siamo intesi"...

Ma è una posa. Ormai lo conosco bene e non mi inganna: è quasi turbato. Il fuoco cova sotto la cenere, il sottorospo è sempre in agguato tra le giunchiglie, l'ansia si specchia sul fondo, e anche il mio zigano di sogno conosce un dolore segreto e ha trasalimenti e incertezze, coltiva dubbi. Ma tienilo a mente, gagè – e adesso che torna a rivolgersi a me la voce si è fatta più metallica, e gratta e raspa – non sono diversi gli zigani, piuttosto – appunto – *diversamente* diversi, inqualificabili. *Hay que ser como los gitanos*: benissimo, ma almeno sapete di che parlate?

E della sua gente mi narra, a tratti in terza persona e con tono di leggenda, liricamente. Ascolta, gaggio: tra i popoli d'Europa un giorno ne giunse uno che non si sapeva bene da dove veniva. Giunse senza manifestare alcun desiderio di conquista ma, sia chiaro, senza domandare alcuna autorizzazione di domicilio. Non portava con sé ricordi, lari o penati, e non lasciava trapelare alcunché, era sfuggente. Non possedeva né patria né culto, tantomeno storia, e non conosceva alcun codice. Era quello che era, e resta quello che è. Siamo uomini che sembrano uccelli umani, o forse siamo uccelli davvero e nidifichiamo qua e là. Siamo indomabili, intrattabili, inesplicabili. Siamo inaffidabili. Viviamo di furti perché l'amore è furto, e viceversa. E poi – ma l'avrai capito da te – quando uno zingaro parla di sé non dice niente. Dalla nostra bocca non raccoglierai che frammenti di storie, aneddoti sconclusionati, fatterelli attribuiti una volta all'uno e una volta all'altro, senza coerenza. La vostra idea di "biografia" non ci appartiene. I nostri ricordi sono come fiocchi di lana che volteggiano nel vento e a volte restano avviluppati sui rovi, o sugli spunzoni di un filo spinato. Gli zigani non temono la civiltà, non la subiscono. Temiamo così poco di essere assorbiti da una qualunque civiltà che non abbiamo paura della sua vicinanza. Vi stiamo a guardare. Non possiamo vivere che all'ombra della vostra cosiddetta cultura ma, stanne certo, non ci fonderemo mai con essa. Non abbiamo capi o regine o re o primi ministri o governi ma solo fantasmi di capi, e solo a vostro uso e consumo, per farvi contenti. Comandare e obbedire, dovere e avere: sono parole per noi prive di senso. Ci anima una sola passione: l'insormontabile, inscalfibile desiderio di vivere appartati, ma in compagnia. Abbiamo tanto da fare che non facciamo mai niente, e niente vogliamo, a parte una libertà pura, assoluta, selvaggia; il resto ci annoia. Noi siamo i vagabondi, i rifiuti banditi dalla società, gli orfani-nati, i nani per scelta, i figli della natura, i figli del vento...

Ecco qui, amico gagè, mi son spiegato. Vuoi farti zigano anche tu? Sto qui, t'aspetto. E – *puff* – si congeda da me, con questo invito. L'eco delle sue parole riverbera ancora in questa pigra giornata finalmente d'estate: *sto qui, t'aspetto.*

I cavalli

Una giornata d'estate: è già qualcosa. Ai margini del tempo, ai limiti del giorno infinito: le stagioni. Il più o meno regolare avvicendarsi delle fasi dell'anno scandito da ricorrenze o piuttosto da molto materiali avvisi, spie, segnali. La monotonia del sempre uguale che cambia tonalità, e secondo una progressione teoricamente ordinata, ben temperata. Le giornate che s'allungano e poi prendono nuovamente a scorciare. Lunghe ore di luce a tentare di fugare la congiura dei crepuscoli, senza riuscirci, e a mezzogiorno nient'altro che ombre mozze, e sole cocente. Ci si spinge fuori in strada con la cautela di chi teme cecchini in agguato, a passi cautissimi. Vecchi in canotta innaffiano i marciapiedi, l'asfalto rovente. E, almeno a Roma, chi si avventura all'aperto segue una cartografia segreta, mappe invisibili. Il precario ristoro delle fontanelle come oasi nel deserto, e talvolta fate morgane, abbagli, inganni. Il lezzo miasmatico e disgustosamente dolciastro dei cassonetti. Cumuli di immondizia ai margini delle strade a marcire e fermentare, impestare l'aria. Tramonti cianotici che non portano allegria, non danno pace. La notte, lo scatarrare ronzante di impianti di condizionamento malamente installati su balconi e terrazzi, a proteggere sonni più o meno preconfezionati o mediocri incubi, guasta il silenzio di chi prova a dormire con le finestre spalancate, aspettando un vento che muova le tende; a volte quel vento non s'alza, e la notte si fa strazio, attesa dell'alba. E ai margini della città, lungo la linea dei grandi acquedotti, prima le lucciole, poi il coro monotono e assordante delle cicale, i grilli.

Più che vivere, subiamo, tolleriamo. Lo spazio angusto del nostro orizzonte ci ossessiona come un destino, ma è una prospettiva cortissima, molto falsata. Viviamo – subiamo – lo spazio che ci circonda con la mentalità derelitta di chi si è accomodato ai limiti del *claustrum*, al reclusorio. È un'altra – l'ennesima – forma di ipocrisia, e di cecità. L'altrove esiste e ogni giro del giorno è in ottanta mondi. Le cronache evocano sorprendenti fuori programma, spiacevoli imprevisti, anomalie. Al largo della Patagonia, un puma accucciato su un iceberg alla deriva nei Mari del Sud fa piuttosto scalpore. Piogge devastanti battono la Germania del Nord, il Belgio, i Paesi Bassi: diversi i morti. Incendi in Canada. Incendi nella Jacuzia siberiana, in Grecia, in Sardegna. Grandinate killer lungo la via Emilia con i proverbiali chicchi grandi come palline da tennis; trombe d'aria poco al largo delle coste o nella bassa pianura, e all'improvviso. Nelle Sundarbans sconfinate foreste di mangrovie vengono sommerse dalle acque e i villaggi vanno a mollo nel gioco delle maree, fuori controllo. *Naturalmente* i ghiacciai si restringono a velocità impressionante. *Naturalmente* fiumi e torrenti sono in secca o esondano. Aspettiamo la notte di San Lorenzo ma non ci facciamo illusioni, siamo realisti. Lo sciame delle Perseidi, il pulviscolo delle stelle cadenti: sempre più raro. Dalla costellazione di Perseo, verso Cassiopea, e ancora oltre verso la remota Giraffa, frammenti di cometa tracciano scie luminose nel cielo, e la notte si rallegra; ma gli anni passano e le notti si sono fatte micragnose, e non c'è poi 'sto granché da vedere, l'incantamento si è spento. La delusione di ieri, la (quasi) indifferenza di oggi, la rassegnazione. Ai margini dello spazio esterno, ai limiti del cosmo infinito, un buco nero avrà risucchiato anche le stelle cadenti nel suo tutto-e-niente iperdenso: il cielo è avaro.

Ciascuno ha l'orizzonte che merita, beninteso. Il mio, per dire, abbastanza-niente-di-che, ultra-ordinario: oltre le rive invisibili dell'Aniene, affossato dentro un dirupo di canneti, orti abusivi, discariche abusive, fabbriche abbandonate, una pista ciclabile in stato di alterna conservazione, la linea del treno; il volo degli stormi ha annunciato la primavera e adesso gabbiani pigri e pappagalli e cornacchie si sono ripresi lo spazio aereo estivo, montesacrino. La notte, spesso, fuochi d'artificio senza motivo, i più distanti e remoti, verso i Castelli, alcuni inspiegabilmente vicini, già dentro l'Urbe. La sera, sempre, finestre che si incendiano nei tramonti, e musiche dai locali, e, dentro il buio, puntinate ghirlande di luci, lampi di fiaccole.

Mi affaccio. Il tempo è fermo ma ogni estate è diversa, e riserva sorprese. Lo stesso paesaggio di sempre, e dentro a questo obbligato paesaggio di sempre, percettibili mutamenti, lievi modulazioni di senso, scarti, varianti.

Soltanto qualche anno fa, tutt'altra scena (e, sia detto per inciso, lo zingaro che m'appare in sogno è allora che ha cominciato a mostrarsi, per quanto ancora sporadicamente e solo di quando in quando, con parsimonia). L'estate dei roghi paurosi, delle pestilenziali colonne di fumo nerastro, alte nel cielo. Bruciavano gli sfasciacarrozze di Pietralata, le discariche lungo il fiume, certi canneti a ridosso del ponte delle Valli, di ponte Salario, andavano in cenere capanne e baracche, un luna park, magari anche i campi rom, hai visto mai, e dovevi tapparti in casa, sprangare tutto. Incendi annunciati da un lezzo di plastica combusta, miasmi acidi nel vento caldo d'estate che muoveva una polvere stratiforme di batuffolame tossico e fiocchi di cenere. *In girum imus nocte et consumimur igni!* Poi le sirene dei pompieri, e nel trambusto, affacciarsi alla finestra, sbirciare fuori. Alte nel cielo, scure come la pece, indi grigiastre, infine lattescenti, immani, colonne di fumo all'orizzonte. L'estate dei roghi tossici, l'estate degli alberi abbruciati lungo le rive.

Sempre quell'estate, e sempre lungo le rive, la storia dei cavalli in fuga, qui a Montesacro. Lo so, più che altro sembra una leggenda urbana, un mito da niente, e invece si tratta di un fatto, inconsueto. Immagino sia stato anche per il nervosismo provocato da quelle giornate indiane di segnali di fumo già dal mattino, e dall'arsura, e naturalmente dalla noia infinita di intere mattinate e pomeriggi senza nessuno che li montasse, tutti in vacanza, al mare o ai monti, ma già dalle prime ore dell'alba – si narra – i cavalli del maneggio sulle sponde del fiume proprio a due passi da piazza Sempione, giù per uno scosceso sterrato fino a viale Tirreno, erano nervosi, e nervosi zoccolavano in terra, scuotendo le criniere e sbattendo le code, cacciando mosche. E poi una notte, ed erano i primi giorni di agosto, luna nuova, un brivido elettrico deve aver percorso la mandria, come un segnale in codice, o un presentimento, o un allarme, forse soltanto un equino capriccio di selvaggia libertà, furia o impazienza, e in cinque, in sei, pezzati e fulvi, e uno – si narra – bianco come l'assente luna, un altro nerissimo, saltati gli steccati si sono portati all'aperto, scalando il dirupo, per lanciarsi poi al galoppo sull'asfalto brodaglia di viale Tirreno, sotto gli alti pini frondosi e tra file di macchine parcheggiate nella notte davanti ai locali chiusi. Mansueti cavallini da maneggio al galoppo nel bituminoso stradone, ora dormiente. Tra i primi ad avvertirne la presenza i soliti ubriaconi spiaggiati sul fondo delle scalette di via Tremiti, alla luce fredda dei lampioni, nel silenzio sottofondato dal ronzare molesto dei condizionatori, tonitruante un brontolare di zoccoli che si fa via via più netto viene da est e quelli – i perdinotte delle scalette – più che increduli, ovvio, più che stupiti, ma dati i fumi dell'alcol (e magari una canna) in fondo cheti, e smagati, pronti un po' a tutto. E uno fa: aho, paiono cavalli in corsa, nun ce se crede, e l'altro, di rimando, sì, buonanotte, eccome no, eccetera, e tutti a darsi di gomito e tutti, nell'alticcio ottenebrare della mente, a sghignazzare.

Ma chi più sobrio di loro vide, stupì. Un singolare rombo – non di auto, camion, lambretta – e una massa che avanza dal fondo del viale diretta verso lo slargo di Conca d'Oro, massa che a chi la scorge da lontano appare inspiegabile, e poi nello spazio e nel tempo si rivela come un gruppo di cavalli al galoppo, criniere al vento e manti lucidi di sudore riflettenti la bianca luce dei fanali o i lampi verde-rosso-arancio dei semafori, e la piccola mandria – dicono – abbia affrontato le prime curve della Conca come fanno i cavalli scossi a piazza del Campo, per il Palio, ma nella notte romana, o meglio basso-montesacrina. Assurdo, chiaramente implausibile, tanto che a certi ragazzi che stavano sotto le pensiline della stazione metro a fumare e a chiacchiere quell'apparizione sembrò davvero un'epifania

– ma poi di cosa? –, e scorsero, stupefacendo, i musi e i colli nervosi, e poi i dorsi e le terga di questi cinque, sei cavalli al galoppo costeggiare il piazzale, e dopo un mezzo giro – adesso solo di spalle – allontanarsi compatti sul ponte delle Valli, sfiancandosi sull'asfalto, diretti verso l'altra sponda dell'Aniene, verso il Quartiere Africano, viale Libia, sino a perdersi oltre la linea di questo corto orizzonte, e nel silenzio della notte c'era ormai solo questo rombo di zoccoli che si faceva sempre più lontano e smorzava e mentre calava diventava leggenda, diceria, favola, mito (o magari ciarla).

Ma non stiamo a rivangare, bando ai ricordi (anche per non diventare statue di sale come la moglie di Lot, povera cara). In sonno o in veglia, c'è un mondo solo per tutti, e non è messo bene. Incendi, alluvioni, lunghe fasi di arsura e siccità, monsoni fuori stagione e a coordinate impossibili, su nuove mappe, piante ammalate che disseccano a migliaia – tipo le palme da sud a nord, o anche gli ulivi –, iceberg vaganti per gli oceani, spiagge rose dalle maree, colossali, sconfinati sciami di onnivore locuste in migrazione, sciami di cavallette un po' ovunque, o altre farfalle, e dentro le città bestie di bosco quali daini e cinghiali, talvolta persino lupi in caccia di cibo: fenomeni – lo dice anche il radiogiornale – "estremi", ma di giorno in giorno sempre meno radi e inspiegabili, quasi banali. Dopo quasi due anni di Morbo, la chiave clinica ci viene più naturale, anzi quasi spontanea: anche il pianeta è malato, la terra soffre.

Naturalmente, bisognerebbe capire che cosa è andato storto: complicatissimo. In fondo siamo sempre lì: è un gioco di dettagli, *petites différences*. Nella struttura frattale dell'esperienza e del tempo, un granellino di sabbia può inceppare il motore, e la farfallina che, lieta, batte qui le ali variopinte genera altrove scompiglio, innesca tornado. Sia come sia, il cigno nero è sempre dietro l'angolo, poco da fare. Da (mediocrissimo) adepto del "gioco dei re", non dovrei neanche stupirmi, è abbastanza ordinario. La scacchiera *e* il labirinto: solo una mossa falsa li separa, *una* mossa. Il tuo orizzonte-scacchiera, falso-cartesiano e falso-controllabile, inaffidabile: la rovina è sempre in agguato, basta uno stupido errore, un'imprecisione, e patatràc.

Il grande corteggiamento del cosmo che tanto era caro agli antichi per noi è storia andata.

Occhi Azzurri rincara la dose: morto, svanito, liquidato e *kaputt*: partita chiusa. A volte – in effetti – parla un po' come un bonzo, ed evoca miti. Sono occasioni speciali ma lasciano il segno. In versione genio della lampada si palesa dentro una nuvoletta di fumo e inventa di sana pianta leggende, cosmogonie. Quando gli uomini – recita – non c'erano ancora, Terra e Cielo erano una cosa sola, una coppia felice. Generarono cinque figli, Terra e Cielo, e fu una sciagura. Re Sole e Regina Luna, Re Fuoco e Regina Nebbia e, ultimo, Re Vento. Sempre in lite tra loro, 'sti qui, sempre a bisticciare, pestilenziali. E vanamente Cielo e Terra provavano a farli star cheti e a farli ragionare: Su, bambini! Non c'era niente da fare: liti su liti. Menate di ragazzini? Ma neanche per idea. Nebbia e Sole e Fuoco e Vento e Luna erano cattivi! Luna provò ad assalire mamma Terra per separarla da papà Cielo, ma non ce la fece. Allora Nebbia si interpose tra mamma e papà per farli più distanti. Fuoco ci mise del suo, e così Sole. E mentre tutti facevano il diavolo a quattro, mentre Terra e Cielo lottavano come leoni per restare uniti, ultimo giunse Vento, il castigamatti, e soffiò su sorella Nebbia e su fratello Fuoco, e su Sole e su Luna, e in quel putiferio Terra e Cielo dovettero gettare la spugna, e furono separati. Sole, Luna e Vento restarono con papà, Fuoco e Nebbia con mamma, così dice la leggenda. Ma, vedi gaggio, mentre voi cianciate di *climate change* – dà retta a me, è un po' una frase fatta, un modo di dire – la verità è che Terra e Cielo cospirano per tornare assieme e ce la faranno, mio caro. Quantèveroiddio, sono a un passo dal ricongiungersi: l'universo si ricompatta, gagè, torniamo alle origini. E dalla bruma in cui Occhi Azzurri si cela, spunta la nera massa, il buco nero che risucchia ogni cosa, mescola tutto. Terracielo e Cieloterra nuovamente uniti, saldati assieme, e nel vorticare del cosmo tutto adesso dilegua e collide, deflagra, converge, si confonde. Quel che è stato sarà, ogni cosa ritorna... E da genio della lampada – ma senza doni da regalare al suo Aladino-gagè – lo zingaro satanasso si concede, tipico suo, un gran finale con tanto di frecciatina velenosetta: Chi semina vento raccoglie tempesta. La vostra dismisura, la vostra spensieratezza progressista-illuminista, la vostra *hybris*, be', caro mio, "migliaia di lunari l'han punita" e adesso siamo agli sgoccioli, *bye bye*. E riattacca col refrain, ci inzuppa il biscotto: quel che è stato sarà, tutto ritorna, Cielo e Terra o Terra e Cielo: di nuovo assieme!

Lunari a parte, il clima si è fatto strano, la terra piange. Lo sottolinea anche radio-notizie (sono in ascolto). Incendi, alluvioni, anomale grandinate e campeggi travolti dalle acque, turisti in fuga, intere cittadine evacuate, un bel macello. E sarà così per un po', per giorni e giorni. La chiamano estate per questo, tutto sommato. Di mio – dovreste saperlo – aspetto il capitolo degli Esteri, altre notizie.

Da Wuhan novità in arrivo, e anche abbastanza clamorose. A quanto pare, dopo una riunione plenaria in qualche discreta saletta dell'Hubei Konggang Business Hotel in Nansan Road la missione OMS si è spaccata e fioriscono i dubbi sulla linea diciamo Cebotari, quella in due parole che privilegia la pista animale per appurare causa e origini del Morbo, l'*archè kakòn*! E non sono mancati scambi d'accuse e stilettate di fiele, dita puntate. Da fonti ben informate – tradotto: da qualcuno che ha voglia che la grana trapeli, si faccia strada –, messe da parte le scalmane della Cebotari, la missione "valuta, pondera, considera" la cosiddetta origine "umana" del Morbo, e qui son dolori perché l'uno accusa l'altro e l'altro l'uno. Per i delegati USA (e alleati) è inutile cincischiare: quel dannato virus l'hanno creato i cinesi, in laboratorio, e allora la richiesta è banale, del tutto limpida: fateci ficcanasare tra provette e alambicchi, d'altronde siam qui per questo, che male c'è... Classica, la formuletta di rito, il ritornello: mica avrete qualcosa da nascondere... Di cosa vi preoccupate, cosa vi turba?

Imperturbabili, i cinesi (e alleati) rispondono: "Specchio, Specchio", e siamo da capo. Vero, verissimo, 'sto Morbo viene da un laboratorio, da esperimenti militari e diavolerie del genere, siamo d'accordo. Ma guardiamo un po' anche da voi, per par condicio. Ficcanasiamo, sì, ma ovunque, senza veti e tabù, senza remore o distinguo. Guardiamo bene e guardiamo tutto, suvvia, mica avrete qualcosa da nascondere... Di cosa vi preoccupate, cosa vi turba? Mettiamoci in aereo e spulciamo pure lì, nei vostri Fort Alamo o Fort Apache, che male c'è? A noi d'altronde – concludono i cinesi – risulta una storia diversa, i conti non tornano (in due parole, semplifica il radiogiornale, la versione ufficiale cinese è che A) loro han mostrato tutto quel che c'era da mostrare, non serve insistere e B) il Morbo in ultima analisi non viene mica da qui, ma d'oltremare, ed è giunto qui nello Hubei su navi mercantili, su aerei-cargo, inglobato, incapsulato – e non si sa se per caso o a bella posta – in merci importate dagli States e quindi pari e patta, siamo daccapo.

E insomma, non ci vuol tanto a capire che la questione è spinosa, sia nelle stanzette dell'Hubei Konggang Business Hotel in Nansan Road, sia nel Palazzo di Vetro fervono i conciliaboli, gli incontri più o meno riservati, gli abboccamenti, si media, si litiga, ci si confronta, e in buona sostanza – così recita l'unico comunicato ufficiale, piuttosto laconico – "al momento la missione valuta, pondera, considera come e se andare avanti... seguiranno aggiornamenti, quanto prima".

Un ultimo approfondimento sul tema il radiogiornale lo dedica a un dettaglio singolare, citato da alcuni giornali (non i maggiori) e mai confermato da alcuno, inverificabile. Secondo i reporter di queste testate minori, comunque affidabili, a tutti i componenti della missione, una volta tornati nelle loro cenobitiche stanzette per riposare, sarebbe stato recapitato un gentile omaggio da mano anonima. Una cartolina, niente di che (ovviamente recapitata *brevi manu*, non affrancata). L'immagine è la stessa che aveva fatto capolino negli ormai famosi esperimenti di polisonnografia con cui la missione aveva ammazzato il tempo in quarantena: in primo piano scorgesi la sagometta bombata di un'astronave d'antan, tutta sbilenca, l'artiglio-uncino che sporge dalla carlinga e – imponente sullo sfondo – il *Supermassive Black Hole*! Il tutto, ovviamente, senza alcuna riga di spiega o di commento, e senza firma.

Sarcastico, vicino ma alle mie spalle, lo zingaro si ripresenta e già lo immagino – lui, ragazzo decisamente brillante ma un filino ripetitivo, non dico noioso – pronto col suo refrain, anzi il suo mantra: "Un ragno dal buco, quelli non caveranno mai un ragno dal buco". E invece mi sorprende, poiché allude, sottodice (tanto, è evidente, il pattern me l'ha bello che ficcato in testa, sono fregato). Annuso odori, effluvi, acidule esalazioni, volendo puzze. L'effetto è quello di un mix pestifero e familiare, comunque estivo: citronella e Autan Tropical per ogni tipo di zanzare, tigre e non tigre, più un classico lezzo di creme solari.

In calzoni corti e canottiera, blindato dietro una cortina fumogena di zampironi, lo zingaro in veste tipo da spiaggia qualsiasi condiziona il paesaggio, e in qualche modo la scena si riparametra. Siamo in cucina – trascurabili e patetici i mobiletti Mondo Convenienza; incasinato il tavolo col piano di formica color acquamarina comprato da un rigattiere fetente; bello, quanto fuori posto, l'orologio da muro arancione con la réclame dei carburatori "Akkumulatoren Werke Alto Adige" – e, *mirabile visu*, allo stesso tempo siamo su una spiaggia deserta, davanti ad aspre scogliere rocciose, spalle a un mare impassibile, verde-bottiglia.

Canottierato – c'è gente che al mare ci va in canotta, ve l'assicuro – lo zingaro sembra leggermente provato dal caldo e in ogni caso sfumacchia seduto su un grosso, nodoso tronco di sughero mentre con fare distratto disegna sgorbi sulla sabbia col piede, e immagino aspetti che mi acclimati anche io, che anche io entri nel quadro. Alle sue spalle, prima dei muraglioni di granito che schermano un orizzonte di scabre montagne da cui si alzano qua e là dense nuvole di fumo – lontani incendi –, arbusti di cisto, sparuti ciuffi di mirto, ramificate piante di lentisco, e ovunque, nell'aria, il sentore dell'elicriso che fa a pugni con il composito lezzo di Autan e crema solare, di zampironi. Niente barche in rada, e nel cielo – oltre alle dannate zanzare – gabbiani in volo. Da una borsa frigo più malandata che vintage, Occhi Azzurri tira fuori due birre (non so neanche più che ora sia, ma francamente non conta: irrilevante), le stappa con l'accendino e subito me ne passa una con la formula di rito: mettiti comodo.

E ancora una volta lo zingaro riannoda il rocchetto vaporoso del sogno, e il tempo freccia si raggomitola in spirale, s'ammatassa. L'aveva detto e ci tiene a sottolinearlo, è di parola. Sto qui, t'aspetto; e qui sta, qui m'aspetta, diciamo al varco. Al varco – spiega – di scelte improcrastinabili, opportune, di decisioni diciamo "gravi", comunque urgenti. *Hay que ser como los gitanos!* Sbattezzati da un po' tutto, fatti zigano. E neanche vuole tornare a girare il ditino nella piaga; ormai – dice – sarebbe soltanto pleonastico, monotono. Pandemia e Panscemia, nuove obbedienze, e via così. La paura mangia l'anima, e c'è sempre chi se ne approfitta, poco ma vero, e chi si lascia incastrare (voi) e perde il filo della ragione, e appecoronato si fa raggirare, angariare, opprimere e comandare. Amico mio, niente di nuovo: è solo un punto d'approdo, molto scontato, un finale ultra-previsto. Sbattezzati e vieni via con me, fatti zigano. La Storia – almeno la vostra – è al capolinea.

E mentre si accende l'ennesima sigaretta, mentre il volto gli si raggrinzisce in ragnatelosa smorfia cotta dal sole, lo zingaro che infesta i miei sogni derelitti pesca un'altra birra dalla borsa frigo e riattacca a blaterare, ispirato. Anche il paesaggio muta, la spiaggia dissolve e per un attimo tutto attorno si intenebra e – fioca, attutita, proveniente da un fondo imbuto – la sua voce prova a tranquillizzarmi, mi blandisce, mi rassicura: viaggiamo nel tempo gagè, torniamo al punto!

Lo sento e quasi non riesco a capire se l'ectoplasma che ho dinnanzi sia uno ieratico santone o un tour operator zigano che magnifica la sua mercanzia prodigiosa, "robba speciale". In un caso o nell'altro: vuole sedurmi. Sto al gioco, gli vado dietro. Vieni via con me – sussurra –, fatti zigano. Ti prometto avventure, infinite avventure picaresche, vedrai che ti piacerà, ti basterà. E, come d'incanto, grazie a un onirotrucco scenico che non abbisogna di spiegazioni, cause e concause, *ex nihilo* prende corpo un vero teatrino dei burattini con tanto di tettuccio spiovente, tendine del sipario in panno rosso, lignea struttura verde ramarro e – bella, in oro – la scritta TEATRINO POLITICO DEI VAGABONDI EFFICACI. Occhi Azzurri, invisibile ma implacabile, è lì nascosto che anima fantocci, simula voci, allestisce fondali sempre cangianti, tableaux storici con tanto di didascalie, date da tenere a memoria, brevi notazioni didattico-esplicative o anche paesaggi acquerellati, o in bianco e nero, riproduzioni decisamente fedeli di stilizzate incisioni seicentesche ove non faccio fatica a scorgere la mano del grande Jacques Callot, il disegnaguerra e il disegnamostri.

Immagina, gaggio, sussurra il burattinaio zigano da dietro il suo paravento teatrale, immagina e lasciati andare, molla gli ormeggi (come se non li avessi già smollati da un bel po' 'sti famigerati ormeggi, penso tra me: come se non fossi già da un bel pezzo in equilibrio, e senza rete, tra sonno e veglia). E il primo pupazzo che balza fuori dal suo arsenale di meraviglie a buon mercato è il temibile Thomas Hobbes, ma fantolino, che vagisce involtolato in bianchi drappi merlettati come una mummia bebè, e alle sue spalle, blu di Prussia e cupo, il mare in bufera, e nel tempestare delle onde vascelli imponenti, alti velieri con temibili fiancate dotate di centinaia di bocche da fuoco. Scorrono frasi alle spalle del bamboccio e l'onirodrammaturgo zigano me le recita, ovviamente a modo suo; pessimo accento:

In fifteen hundred eighty eight, old style,
When the armada did invade our isle,
Called the Invincible, whose freight was then,
Nothing but murd'ring steel, and murd'ring men,
And had the fate to perish on our coast,
Aprile the fifth (tough now with age outworn)
I'th'erly spring, I, a poor worm, was born...
And hereupon it was my mother dear,
Did bring forth twins at once, both me and fear...

E dal mare si alza la voce narrante, rinforzata da una colonna sonora in cui si orecchiano l'organo di John Blow, il violino del Matteis, la viola da gamba di William Lawes: si levò il grande Leviatano – che per metà era balena, per metà drago e per un'altra metà (non discuto l'incongruità: l'aritmetica zigana ha evidentemente altre regole e altre leggi) un pot-pourri d'omini pressati, fusi assieme a formare un solo gigante con tanto di scettro e corona in testa – e si pappò i minacciosi natanti in un sol boccone, e questo fu l'aperitivo, appena un antipasto.

Quindi nel verde teatrino la scena cambia, anzi c'è tutta una sarabanda di fondali da far girare la testa, inarrestabile, stile gioco delle tre carte, come se il mio teatrante di sogno mischiasse un mazzo suo di tarocchi speciale, mai visto prima. Scene di corte, di assedi, di campagne devastate, di piaghe e di saccheggi, di mercenari nei loro accampamenti, di streghe che vanno a fuoco su orrende pire. In sgargianti colori o in ascetico Black & White incisorio la Storia diventa sontuoso *tableau*, o cartolina. L'oniroteatrante volta la carta: ecco l'assedio di Leida, la grande battaglia della Montagna Bianca, l'assedio di La Rochelle, il castello di Praga, ecco i conciliaboli davanti ai cristalli di Boemia, arazzi e costose *boiserie*, camini in marmo, tavolate con tanto di stinchi arrosto, polli e pernici ove avvicendarsi pensosi, notabili personaggi quali Tilly e Mazzarino, il baffuto Richelieu, Wallenstein, l'imperatore Massimiliano e il re di Svezia.

Così fu per trent'anni filati o forse più – chiosa la voce narrante senza tradire emozioni –, così fu sotto quell'insegna lì – ovvero paura e ancora paura, un desiderio di potere e di gloria senza confronto, l'Europa di allora, l'intera Europa – insiste – un tragico esperimento, un grande collaudo.

Al posto di Pulcinella o del coccodrillo o del diavolo col bastone in scena appare il cinico Richelieu, e l'invisibile burattinaio gli dà voce come può e sa, francioseggiando, e onestamente sembra Peter Sellers nella *Pantera Rosa*, ma che vuoi farci? Richelieu-Clouseau ciancia di robe come *Staatsbildung* e Stato Assoluto, Patria, Nazione, Impero, Cittadinanza, Stato d'eccezione, Sovranità, e sibila formule strane scimmiottando i sapientoni che gli stanno accanto – eccoli: Hobbes, Spinoza, Grotius, Pufendorf, Cartesio – insieme ai gran generali e agli strateghi, mentre sullo sfondo abbruciano le città, abbruciano le streghe e gli eretici, e le genti sono in stracci, e un po' ovunque, alle porte dei villaggi, sotto gli archi di ingresso di città e cittadine, nei cascinali isolati per le valli, sui monti, nelle campagne, ovunque vi sia un fontanile, un pozzo, un campanile, una chiesa, una taverna, non si vedono che soldati in divisa con tanto di tamburino e trombettiere: *à la guerre comme à la guerre – dixit* la voce fuori campo, sempre fredda, neutrale –, del resto in tutta Europa era così, bisognava reclutare uomini per la guerra del Re, dell'Imperatore, del Signore, dunque anche la plebaglia si fece popolo: insoldatandosi! Moschettieri, fantaccini, piccardi, artiglieri, prevosti, cacciatori – l'Europa, una caserma – tutti in marcia su strade sterrate, tra filari di pioppi lungo i canali, all'ombra di querce e castagni, lecci, olmi, attraverso ponti a schiena d'asino in pietra o lungo passerelle di legno, tutti in marcia verso la battaglia, e durante la marcia incendi e saccheggi, dopo la battaglia invece la grande mappa d'Europa si ridisegna, e poiché mutano i regimi e i culti, le pratiche devote e le confessioni, tu che già ti sei fatto soldato, *obtorto collo*, adesso mi diventi cattolico o luterano o calvinista, non proprio a Dio piacendo, ma certo piacendo a Sua Maestà (*cuius regio, eius religio*).

Ma non è finita – il concertino barocco in sottofondo sovrappone al ciangottare delle viole da gamba e dell'organo e dei delicati violini sonorità più impetuose e stridenti quali stamburate, spagnoleggianti accordi di chitarra, suoni di campanacci d'alpeggio, cozzi di pentolacce – e nel bignamino di Storia in versione teatral-zingaresca si leva ancora una volta il sipario, ed ecco, sfolgorante, un'altra scena. Lontane sullo sfondo le mura di una città sotto assedio, azzurrognole nella nebbia d'autunno e in parte già sbreccate, diroccate. Tutt'attorno attendamenti di truppe, trincee, affusti per colubrine e cannoni, bandiere, fuochi di bivacchi e crocchie di soldatacci in attesa del rancio. Altri fuochi dalla campagna tramortita parlano invece di morte e incuria e saccheggi: la guerra vera. Fienili e casolari bruciano a fuoco lento, e sulla bassa pianura, sopra i canneti, su carri abbandonati e dentro stalle messe a soqquadro (staccionate divelte, bestie morte), corvi neri pece volteggiano, il nibbio (o il gibetto) scende in picchiata.

La regia burattinesca indugia a lungo su questo scenario e lascia scorrere il tempo, ma il tempo non passa, e all'apparenza non succede niente di nuovo, tutto è solo una replica, o un ciclo che si ripete (dieci anni, poi venti, sino a giungere a trenta), diciamo uno strazio. L'Europa si è fatta campo di battaglia e caserma di reclute: attorno soltanto soldati in armi, contadini angariati, civili spauriti. Così quando da un boschetto appartato di querce giungono canti sguaiati, a tutta prima tu che guardi non capisci, resti sorpreso.

Dal frascheggiare di roveri, calpestando un tappetto di foglie e ghiande buone neanche come cibo d'accatto, sbuca una ben strana congrega di ben strana gente. La controprocessione è aperta da un drappello di deformi nanerottoli mascherati da soldati di Svezia o d'Asburgo o di Francia, e altri con carnevalesche divise da commedia dell'arte: ci sono Arlecchino e Brighella, Balanzone e Pulcinella, tutti in formato mignon, lillipuziani. Seguono uomini e donne e bambini, chi a piedi chi su ciuchi o ronzini, o carri e birocci, sghembi calessi. Tutti hanno vesti dimesse ma colorate, tutti brandiscono nodosi bastoni, tutti hanno bisacce e sacche da viaggio, otri, borracce. C'è chi in capo calza un variopinto turbante, chi un berretto di panno, chi è a testa nuda. Le donne hanno scialli variopinti, gialli cerchi alle orecchie, gonne ampie e fruscianti. Gli uomini la barba incolta, lo sguardo all'apparenza cattivo, forse solo guardingo, diffidente. Procedono in ordine sparso, senza disciplina, nessuno ordina o comanda – diresti –, nessuno è comandato. Non marciano, piuttosto vanno bighellonando, si aggirano furtivi, procedono per piste tutte loro, discosti dagli eserciti schierati in battaglia campale o accampati in assedio sotto le mura. Alla faccia del Nuovo Ordine che nasce a suon di battaglie, parate militari, processioni religiose, ammazzamenti; indifferenti a Stato e Politica e Bandiere; ancora immersi in un sogno scavezzacollo di libertà, eccoli gli ultimi refrattari, i vagabondi senza divisa o vessillo, i picari in viaggio. C'è chi li chiama *maraudeurs*, chi acchiappamaiali, chi picchioni o pitocchi, chi confratelli del conte di Mérode e via dicendo, ma è la stessa zuppa, non cambia nulla. È gente – chiosa la zingaresca voce dietro le quinte – che non sta al gioco e si fa gli affari suoi, fa a banda a parte, non si fa reclutare, sfugge, si invola. E, guarda un po' – insiste Occhietti Azzurri, tono sul trafelato o ispirato, non saprei dire –, se questi ti sembrano come noi, o molto simili a noi, be', mica c'hai torto. *Hay que ser como los gitanos*: ecco, loro l'hanno fatto, ci son riusciti. Vagabondi più o meno efficaci nell'Europa ormai quasi vestfaliana degli stati in battaglia, delle nazioni. Irregolari assoluti, schegge impazzite, carognoni ebbri di vino e allegria, apolidi per scelta, avventurieri. "Questi gruppetti – la voce fuori campo didascaleggia compulsando un testo che non so – hanno molta analogia con gli zingari, non solo perché si aggirano a loro capriccio davanti, dietro, di fianco o in mezzo all'esercito, ma perché hanno comuni con loro usanze e abitudini."

Guardali bene, gaggio – insiste –, studiateli, ne val la pena: eccoli, riuniti uno accanto all'altro – come le pernici d'inverno – dietro le siepi, all'ombra e al sole, come a loro aggrada, o intorno al fuoco a oziare e a fumare e a giocare a scacchi, a tric e trac, e sembrano, anzi *sono* liberi, e per davvero, mentre un vero soldato, dentro la sua divisa e sotto la sua fiera bandiera, soffre il caldo e la sete, la fame e il gelo. Loro, i picari, i *maradeurs*, se vuoi, gli zingarelli d'elezione, i senza loco né foco per vocazione e scelta, per passione, vagano e vagano senza farsi inquadrare e sfuggono a tutto. Quando, uniti in bande, si fermano e si accampano, nessun sergente li rimbrotta o li comanda, nessun caporale li mette sull'attenti per la guardia, nessun tamburino li richiama all'adunata o al rancio; quindi, come vedi, vivono liberi e indipendenti, senza catene, non lavorano nelle trincee e non vanno all'assalto in campo aperto: in due parole, non fanno parte di alcun esercito e di nessuno schieramento, ma mangiano lo stesso, vivono, amano...

Ed è su questo accenno al mangiare e al vivere e all'amare in libertà che, finalmente, cala il sipario sul teatrino politico dei vagabondi efficaci, questa impostura che lo zingaro m'ha infilato di soppiatto nel sogno e ora mi toglie. Lui – già dileguante – torna imperterrito a sussurrarmi la sua canzone: Destati gaggio, e vieni via con me, destati e seguimi.

La lingua indicibile

I limiti del linguaggio significano i limiti del mondo, diceva Wittgenstein, e immagino intendesse che il *mio* di mondo si estende sin dove l'unica lingua che intendo arriva o immagina o, diciamolo, sogna, o semplicemente si illude di arrivare, il che non esclude che esistano altre lingue e altri codici, altri rumori. I versi degli animali, nella campagna. I segnali rizomatici, i messaggi in codice che si scambiano le radici delle piante, sotto la terra. L'effetto sonoro di frammenti di materia sotto pressione che attestano mutazioni, cambi di forme, passaggi di stato: un gesso che stride sulla pietra di lavagna, il ferro che si dilata o contrae, il legno che imbarca e crepita, scricchiola, si flette. Le vibrazioni, mai udibili ma certamente ipotizzabili, probabilmente registrabili, in ogni caso pensate, postulate, delle onde gravitazionali innescate dallo spazio-tempo quando si strappa e, a ioni di anni luce, i corpi celesti collidono; nell'altrove profondo un buco nero inghiotte nella sua massa un sole, o frammenti di cometa, o sciami di meteoriti, stelle cadenti.

La nostra lingua ci avvolge e ci protegge; scegliamo, pigramente, di restarci dentro, barricati tra le sue certezze (precarie), confortati dalle sue regole e norme: rassicuranti usanze, leggi familiari, giochi linguistici che più o meno padroneggiamo, conosciamo. Ma l'altro – l'eccezione, l'anomalo, l'ombra che diverge e inquieta – è comunque in agguato. Potrebbero essere coincidenze, se credessi alle coincidenze, e non ci credo.

Qualche giorno fa leggevo l'autobiografia di Ágota Kristóf, *L'analfabeta*. Un capitolo si intitola "La lingua materna e le lingue nemiche" e ancora mi chiedo se l'abbia davvero scritto lei o se non sia un tiro maligno di Occhi Azzurri (diamine, penso, non può essersi spinto sino ad alterare i libri che leggo, oltre ai miei sogni).

"All'inizio non c'era che una sola lingua. Gli oggetti, i colori, le cose, i sentimenti, i sogni, le lettere, i libri, i giornali erano quella lingua. Non avrei mai immaginato che potesse esistere un'altra lingua, che un essere umano potesse pronunciare parole che non sarei riuscita a capire..." Qualche riga più avanti evoca l'unica eccezione che da ragazzina poteva contemplare nell'Ungheria degli anni Quaranta, almeno in teoria. "Dicevano che gli zigani che stavano al confine del villaggio, parlavano un'altra lingua ma io pensavo che non era una vera lingua, era una lingua inventata che parlavano solo tra loro." E aggiunge: "Pensavo che gli zigani facessero così perché nelle osterie del paese avevano dei bicchieri contrassegnati, dei bicchieri speciali apposta per loro, perché nessuno voleva bere in un bicchiere in cui aveva bevuto magari uno zigano. Dicevano anche che gli zigani rubavano i bambini. Certo, rubavano molte cose, ma passando davanti alle loro case d'argilla e vedendo il numero incredibile di bambini che giocavano attorno a quelle stamberghe veniva da chiedersi perché avrebbero dovuto rubarne altri. D'altronde, quando gli zigani venivano in paese per vendere il loro vasellame o i loro cesti di giunco intrecciato, parlavano normalmente, la stessa lingua che parlavamo noi".

Almeno su questo, però, Occhi Azzurri preferisce evitare il dibattito, non si impunta. Permaloso com'è un po' mi sorprende: i miei pregiudizi o, diciamola tutta, la mia crassa ignoranza linguistica non lo indispongono e invita a lasciar cadere, è quasi bonario. Amichetto gagè, è un ginepraio, non se ne esce. *Devla barea!* Rischi di romperti la testa, non ne vale la pena. D'altronde – come gli zigani di Kristóf – lui parla la "stessa lingua" che parlo io, e ci intendiamo, oppure non ci intendiamo affatto, ma su altri piani. A furia di frequentarlo, controvoglia, a furia di incontrarlo in sonno e in veglia, i limiti del mio mondo ormai li sta tracciando lui, altro che storie. È un grande insetto che tesse la sua ragnatela con bave di sogno. A volte ho l'impressione di non avere scampo, ma lui svicola e tende a sdrammatizzare, ridicolizza. Non darci troppo peso – e alza le spalle ridendo – non farci caso: sei tu che vieni a cercare me, sei tu che mi inventi ogni notte, fantasticando, ma, appunto, è solo e soltanto un sogno, niente di che. Naturalmente non è come dice lui, lui è un gran bugiardo. Di fatto potremmo parlare all'infinito e dialogare, discutere, litigare, accalorarci, ma il finale di partita è già scritto: cerchiamo di intenderci e non ci intendiamo mai, punto e a capo.

Se ci ripenso, era stato anche onesto, addirittura sincero e trasparente nella "nostra preistoria". Siamo fatti l'uno per l'altro, gagè – mi aveva detto in occasione di una delle sue prime oniroapparizioni, ancora rare –, siamo pappa e ciccia, ma non riuscirai mai ad afferrarmi, dimenticatelo proprio, questo puoi escluderlo (salvo poi aggiungere: Tanto, tale e quale è per me, diamoci pace). E forse il segreto del nostro rapporto (posso chiamarlo rapporto? Francamente non saprei, lasciamo perdere) sta in questo squilibrio assoluto, anche ridicolo: i miei silenzi, i miei ostinati non detti, le mie reticenze, e i suoi infiniti bla, bla, bla, i suoi sproloqui. Le mie tenaci rimozioni, le sue fandonie. Non riusciamo a parlare e parliamo sempre troppo, poco da fare. Però, dice Occhi Azzurri, non è questione di linguaggio, almeno non nel senso che intendi tu, gagè. Sin da subito mi aveva invitato a far piazza pulita di ogni mio schema e certezza, *tabula rasa*. E messe da parte tutte le diatribe sul romanés o sul rromani ćhib, sui gerghi della malavita e altre menate, mi aveva invitato – tanto per fare una cosa nuova – a starlo a sentire. Nel caso, un'antica favola dei Balcani, proveniente – come le sfibrate vibrazioni dello spazio-tempo – da un'era immemorabile, da un'arcaica stagione *out of the mind*.

C'era un pastore zigano – affabulò così Occhietti Azzurri in quel nostro *C'era una volta* ormai remoto – e questo pastore, mentre faceva pascolare le sue pecore, vide un serpente in mezzo alle fiamme di un rovo di spine. E il pastore decise di salvarlo, non lo temeva. Dopo essere stato salvato dal fuoco, il rettile volle ricompensare il pastore conducendolo al cospetto di suo padre, il re dei serpenti.

"Tu non pretendere nulla" disse il serpente al pastore, "chiedigli soltanto la lingua indicibile."

"Come posso ricompensarti per aver salvato mio figlio?" chiese il re dei serpenti al pastore zingaro.

"Non voglio nient'altro che la lingua indicibile" rispose il pastore.

Allora il re dei serpenti si avvicinò alla bocca del pastore e ci sputò dentro: "Ora" disse "hai la lingua indicibile. Bada però di non dire niente a nessuno, altrimenti morirai all'istante".

Naturalmente, la vera lingua indicibile è quella parlata dai sogni, dagli incubi notturni, dalle visioni, e in qualche modo torniamo sempre al "sogno mago-potente" di Kubin, ai suoi fantasmi o anche alla *Traumdeutung* di Freud (o degli antichi greci) e il ginepraio vero sta qui, tra sonno e veglia, in questa regione ambigua in cui sono imprigionato da anni e dove ogni scacchiera diventa labirinto e viceversa, dove l'ombra è luce e il cielo sprofonda nella terra e la terra si smarrisce tra le stelle. Uno vive, si lascia vivere, indugia, aspetta di morire, come dentro una casa degli specchi ma senza riflessi: *Me, Myself and Eye,* tutto si ingarbuglia e avviluppa, tutto dilegua...

Pensieri in libertà, comunque, pensieri oziosi. Resta da dire che, pur su altre frequenze, la cosiddetta realtà non sembra meno fantastica, e anche la storia, in fondo, è un cane (pulciosetto) che si morde la coda, o un gioco dell'oca. Tutto torna, niente mai che si risolva, tutto è inconcludente. Aspettando di avventurami nel mondo picaresco che Occhi Azzurri mi ha promesso (o millantato) mi attengo alle mie usate abitudini, e siamo alle solite. Il caffè nero senza zucchero, un sigaro che tira e a volte non tira, e poi le mail sul PC, le radio-notizie. In apertura oggi – sui giornali e al GR – le novità da Kabul, e non c'è niente di nuovo. I talebani che entrano in città, gli studenti di Allah che tornano al potere e fanno quello che vogliono, spadroneggiano. Uno si chiede come abbiamo vissuto, cosa credevamo di fare e cosa abbiamo fatto. Vent'anni fa l'attacco alle torri di New York; lo spavento, la rabbia, la vendetta. Vent'anni di "guerra al terrorismo", tra le montagne, nelle valli profonde dove brucano le capre e cresce il papavero. Le truppe dell'Occidente a vegliare sull'Afghanistan per estirpare il male del fondamentalismo; insomma, per esportare la democrazia (coi fucili). Vent'anni sprecati, e infatti siamo daccapo, letteralmente. La storia, davvero, è un fesso gioco dell'oca, o – peggio – un castelluccio di carte che ci soffi su e rovina al suolo.

Per quanto estrema, l'emergenza afgana in ogni caso non cancella né la diatriba pandemica né la crisi di Suez, con questa grana della comune che a quanto pare si complica, non si riesce a saldare. Le solite fonti diplomatiche – rigorosamente sempre sotto condizione d'anonimato – rivelano che nelle cancellerie come nel Palazzo di Vetro cresce l'apprensione. "Il caso afgano" un diplomatico parla al GR "ce lo mostra chiaramente: mai prendere niente sottogamba, mai sottovalutare nessuno, mai abbassare la guardia. Vent'anni fa avremmo dovuto annichilire i talebani e non l'abbiamo fatto. Peggio per tutti. Guardate adesso che succede, guardate quanto lavoro sprecato: è costernante". Sempre la stessa fonte rivela che "nonostante alcune resistenze e distinguo" si sta andando verso "un accordo, costi quel che costi".

In due parole, l'orientamento prevalente sarebbe quello di "chiudere" il caso comune di Suez, anche con la forza. Il rischio – dice il diplomatico di carriera – è che il male si propaghi, che anche questa "mattana" di fondare "comuni" diventi contagiosa, anzi proprio "pandemica". Rischio forse esagerato ma – puntualizza il GR – certamente "reale". A parte i soliti appelli di intellettuali e anime belle varie sull'uso "eccessivo della forza", a parte i discorsi di chi esplicitamente paragona i rivoltosi del canale ai marinai di Kronštadt e mette in guarda "da una nuova mattanza, cento anni dopo", sta di fatto che qui è lì, almeno in Europa, gli ammutinati della *Spettro dei mari* pare abbiano fatto scuola. L'ala più estrema della rete SET (Sud Europa di fronte alla Turistificazione) – dice il giornale radio – si è scissa dal movimento e sotto il vessillo pipistrellesco della *Spettro* evoca la necessità "imperiosa di un cambio di passo". Esibendo striscioni di solidarietà con i compagni della *Spettro*, portando in corteo grandi chirotteri di cartapesta in stile processione di Santa Rosalia, e ballando e cantando, gli anarco-anti-turisti (così li definisce il GR, con scarsa fantasia) hanno manifestato a Venezia, Valencia, Siviglia, Palma, Pamplona, Lisbona, Malta, Malaga, Madrid, Girona, Donostia-San Sebastián, Canarie, Camp de Tarragona e Barcellona e, per quanto non si siano registrati scontri o tafferugli, c'è stata tensione.

Dal canto loro, i marinai della *Spettro* insistono a ingannare il tempo, gozzovigliando. Rare immagini rubate coi cannocchiali dalle banchine del canale mostrano scene di vita quotidiana sui ponti una volta ridenti e festaioli della nave crociera bloccata mezzo miglio marino più a sud della Soft & Green. Sono tavole di fumetto ove al posto delle vignette più o meno squadrate e regolari della tradizione ogni immagine è compressa ma libera di muoversi dentro i due ovali della visione binocular-spiona di chi guata da lontano senza poter, almeno per il momento, muovere un dito. Sul quarto ponte, quello con la piscina olimpionica, i trampolini e la piattaforma per i tuffi da cinque metri, si tengono le prime Comuniadi (evento ludico che RadioSpettro ha annunciato in varie lingue dalle sue frequenze). Quasi a voler smentire l'adagio secondo cui chi va per mare quasi mai sa nuotare, o nuota come può, alla bell'e meglio, tipo cagnolino, tra i comunardi sono in corso sfide su varie distanze a delfino, stile libero, rana e farfalla, mentre dalla piattaforma e dai trampolini ci si lancia giù in voli variamente carpiati, caprioleggiando. Il medagliere – che i rivoltosi aggiornano puntualmente, sempre via radio – sembra premiare i pescatori malesi nel nuoto e i norvegesi nei tuffi; seguono, in ordine sparso, tutti gli altri.

Un ponte più dabbasso, dove si trovano le grandi cromatissime cucine, e sempre in visione binoculare, altri ribelli dei mari appaiono alle prese con gare di spignattamento. La "sagra del *bacalao* comunardo" vede scontrarsi ricette e scuole di pensiero contrapposte. I baschi insistono col loro *pil-pil* aglioso, cremosissimo; i liguri – e un paio ce ne stanno, sulla *Spettro* – replicano col *brandacujùn* o con l'*accomodato* (pinoli, funghi, patate e olive abbondano in cambusa, con evidenza). Caso stranissimo, i norvegesi, che i merluzzi li pescano tutto l'anno salandoli poi in barile, o lasciandoli seccare al vento, sembrano assai perplessi, impreparati, come se in fondo il pesce-stocco fosse per loro solo duro lavoro, così che quando viene il momento di metterlo in tavola non sappiano bene che farci, oltre a bollirlo.

A sera, infine, dopo laute mangiate e belle bevute, fervono attività convivial-ricreative e vari appuntamenti di politica & cultura. Tornei di scacchi e dama, cineforum e – com'è giusto – riunioni teorico-politiche, assemblee e seminari, animati convegni, conferenze. Per quanto all'apparenza lieti, spensierati, i comunardi non ignorano la gravità del momento, e il rischio attorno. RadioSpettro riferisce di discussioni serrate, dissapori. La "minoranza" dei marinai ribelli (la fazione scozzese si è alleata coi baschi contro il blocco degli asiatici, maggioritario) chiede a gran voce maggiore chiarezza sul da farsi ("abbiamo diritto di essere impazienti e di conoscere il programma della comune. Più il pericolo è grande, più questo programma diventa necessario"). Trascurabili discrepanze, in ogni caso: la comune dei pirati dei mari resta compatta. E il giornale radio riferisce dell'ennesimo proclama dei ribelli, diramato – sempre via radio – proprio in occasione della cerimonia di chiusura delle Comuniadi. Quasi a esorcizzare le insidie che li incalzano da presso, i rivoltosi del canale di Suez liricheggiano in prosa, ispiratissimi. Parlano a chi verrà dopo di loro, a chi vivrà nel futuro (ammesso che un futuro ci sia, naturalmente):

> Che giornata!
> Questo sole tiepido e chiaro che indora la bocca dei cannoni, questo odore di fiori, il fremito delle bandiere pipistrellesche, il mormorio di questa Rivoluzione che scorre tranquilla e bella come un fiume azzurro, queste vampate di speranza, questo profumo d'onore, c'è in tutto ciò di che inebriare di orgoglio e di gioia l'esercito vittorioso dei marinai del canale, qui riuniti.
> Oh, grande *Spettro dei mari*! Nave della salvezza, bivacco della Rivoluzione!
> Qualunque cosa accada, dovessimo essere vinti e morire domani, la nostra generazione è consolata. Siamo ripagati di vent'anni di disfatte e angosce. Centocinquant'anni dopo Parigi, cento esatti dopo Kronštadt, venti dopo Genova, rieccoci: trombe, suonate nel vento; tamburi, battete sul campo, noi non sloggiamo. Abbracciami, compagno, che come me hai i capelli grigi! E tu,

marmocchio che giochi a biglie dietro le barricate, vieni ché io abbracci anche te.

Noi abbiamo sanguinato e pianto per te. Tu raccoglierai la nostra eredità. Figlio di disperati, tu sarai un uomo libero.

Nulla di fatto, invece, sul fronte della missione OMS, ormai non solo più a Wuhan, visto che salomonicamente si è deciso per il controllo incrociato dei laboratori cinesi e americani in cerca della *smoking gun* virale (a quanto è dato sapere, senza successo). Mentre cancellerie, governi, segreterie di stato eccetera insistono a non voler commentare "informazioni di intelligence riservate", indiscrezioni vaghe ma attendibili lasciano trapelare che la squadra OMS che ha visitato il Wuhan Institute of Virology sia volata nel Maryland a Fort Detrick, dove si trova la base dell'USAMRIID (United States Army Medical Research Institute of Infectious Diseases), l'organismo preposto allo studio di antidoti (e – diciamola tutta – armi) in caso di guerra chimica e/o biologica.

Vent'anni fa – evidentemente, rileva il GR, è periodo di ricorrenze da cerchiare in rosso, di anniversari – fu proprio qui che, subito dopo l'attacco al World Trade Center, si concentrarono le ricerche sull'epidemia di lettere all'antrace spedite neanche troppo a capocchia negli States (tra i destinatari, esponenti politici, uffici della pubblica amministrazione, redazioni dei giornali, delle tivvù), e in quell'occasione – siamo di nuovo al cane che si morde la coda – venne fuori che dopo aver esplorato l'ipotesi del terrorismo islamico, comunista, neonazi, suprematista o quella che portava ai servizi segreti di Saddam Hussein, le autorità appurarono che il responsabile era proprio uno scienziato dell'USAMRIID impiegato a Fort Detrick, per la precisione al laboratorio BLS-3, lo stesso che avrebbe dovuto risolvere il caso "Amerithrax". "Hai visto mai..." pare abbiano suggerito i diplomatici cinesi nel Palazzo di Vetro, aggiungendo altre amenità sul genere "il lupo perde il pelo, non il vizio", "chi nasce lupo non muore agnello", sino al classicissimo "a pensar male si fa peccato, ma spesso ci si indovina" e bla bla bla.

Ma anche in questa occasione, niente da fare. Come di consueto doppiato dal suo amico paramedico bulgaro, il telegenico Pablo Fonseca, il radiologo sordomuto dell'Honduras che si esprime esclusivamente in LIS, la lingua dei segni, dopo aver spiegato per quale motivo la missione alla fine abbia escluso dalle sue indagini il Tulane National Primate Research Center privilegiando Fort Detrick, ha parlato di "ispezioni esaustive ma purtroppo inconcludenti", peraltro ringraziando i governi di Pechino e Washington per la non scontata "collaborazione e trasparenza". Sempre gesticolando, e sempre doppiato dall'infermiere bulgaro – sia infine reso noto il suo nome: Dimitri Slavov –, Fonseca ha ribadito che la missione non si lascerà in ogni caso scoraggiare ("abbiamo indizi promettenti"), preannunciando addirittura novità rilevanti, forse la "svolta" (di che *svolta* si tratti, commentano i media mondiali, non è ancora dato sapere, "vi aggiorneremo").

Sia come sia, le regole del gioco sono cambiate – autorità, esperti, intellettuali ce lo ripetono un po' in tutte le salse – e, come si dice, niente è più come prima e niente più lo sarà, tocca adeguarsi. Il *Brave New World* pandemico – nessuno, ovvio, lo chiama così ma il nodo è questo – è cominciato già da un bel pezzo e abbiamo traslocato, ci stiamo dentro. Mascherinati, dotati di lasciapassare verde, tamponati, vaccinati, ormai adusi alle cautele e alle molteplici coreografie del distanziamento sociale, immersi in un liquido amniotico digitale dove galleggiano forme più o meno efficaci di home working, didattica a distanza, spettacoli, fiere, summit e convegni virtuali, intrappolati in spazi urbani di antichissimo conio o di nuova fondazione che aspirano a trasformarsi in scintillanti, futuristiche smart city, o sparpagliati in villaggi e ameni borghetti e casali in muratura o catapecchie ma comunque "connessi" all'incessante bla bla bla della Rete, anche se mascherati da Thoreau postmoderni o da eremiti siamo entrati nell'era della nuova normalità – tutti la chiamano così – e l'emergenza, lo stato d'eccezione permanente, le nuove discipline e obbedienze legate alla gravità inedita e straordinaria del momento rientrano e sono giustificati dalla solita canzoncina del niente-è-più-come-prima, tutto-è-cambiato, e in buona sostanza il tormentone trinitario di

Ripresa & Ripartenza & Resilienza è un po' il vecchio "Lasciate ogne speranza, voi ch'intrate", ma in versione 2.0, igienizzato, pulito, sanificato (o, se preferite, demitizzato, secolarizzato). Il tramonto stinge e di botto si riaccende nell'alba di una *second life*, senza ritorno.

Esagerazioni. Prima ancora che si materializzi lui – lo sputasentenze, lo zingaro ficcanaso, il mio grillo parlante del Sonno & Veglia – posso arrivarci anche da me: tutta questa enfasi sul cambiamento epocale, la grande Svolta, tutta questa tiritera del "niente sarà più come prima" (con l'aggravante perfettamente logica ma inquietante della paventata *Age of Pandemics* alle porte, del "siamo solo all'inizio") sono crampi mentali, fumo negli occhi. Qualche anno fa c'era chi se la prendeva col Pensiero Unico (il modo educato, sofisticato e, in breve, postmoderno di nominare l'Ideologia e il Potere, il Capitale), ma francamente non s'era ancora visto niente, era uno scherzo. Oggi l'Ordine del discorso si è fatto monotematico, candidamente autoritario e, diciamola tutta, ossessionante. L'avvento di una nuova normalità, la *second life*, l'evento pandemico come fattore scatenante o innesco di una mutazione antropologica di portata epocale, irreversibile: soltanto fuffa, specchi (ustori) per allodole sventate, uccelli sciocchi. L'Umanità – tipico suo – appena qualcosa accade, appena qualcosa muta, è da sempre lì a pensare: ecco il Nuovo assoluto, ecco il *turning point* finale, ecco la Svolta. Viviamo di chiacchiere e autoinganni, poco da fare.

A sessant'anni – mettiamola così – mica me la danno più a bere, ne ho viste (e lette) troppe, non abbocco. Figurati un po': uno nato con i quaderni a righe e a quadretti, le penne a sfera e i pastelli, gessetti e carboncini, il telefono fisso, le cabine, le vecchie bici con rapporti impossibili, durissimi, le lettere sigillate e francobollate con la saliva, le cartoline (sempre salivarmente francobollate), le radio a transistor e le tivvù col tubo catodico, insomma tutta quella paccottiglia anni Sessanta e Settanta ma pure Ottanta (l'era della Retromania, l'era del Vintage), uno così che – ben oltre i trent'anni, quasi bacucco – si ritrova assediato da computer e da mail, telefonini sempre meno ingombranti e sempre più smart, protesi digitali, virtuali, be', come dire?, uno così non l'ha già vista e vissuta o subita la sua svolta epocale, la sua *Kehre*? E, *à rebours*, quante altre svolte ha visto e vissuto e subito Madame Umanità, la sempre-sorpresa?

Figuriamoci, mica è questione di nativi analogici o digitali. Senza tornare sino a babbo Adamo e a mamma Eva (per non parlare di Lilith o della Grande Ur-madre senza nome degli zigani), basterebbe fare mezzo passetto indietro, nel Novecento. Sai quanti "niente sarà più come prima" saltano fuori? Ne ho viste e lette abbastanza, mica ci casco. Mi viene in mente il vecchio Walter Benjamin, tanto per dire. Fa al caso nostro. Subito dopo la prima guerra mondiale Benjamin dedica uno strano scritto a quei ragazzi partiti per la grande mattanza e le trincee che di ritorno dall'inferno (quei pochi che riuscivano a tornare) trovavano un paesaggio totalmente mutato attorno a loro, e – disgraziati – restavano imbambolati e muti, come allocchi: "Mai esperienze sono state smentite più a fondo di quelle strategiche attraverso la guerra di posizione, di quelle economiche attraverso l'inflazione, di quelle corporali attraverso la fame, di quelle morali attraverso i potenti. Una generazione, che era andata a scuola ancora con il tram a cavalli, stava, sotto il cielo aperto, in un paesaggio in cui niente era rimasto immutato tranne le nuvole, e nel centro, in un campo di esplosioni e di correnti distruttrici, il minuto e fragile corpo umano".

Per non parlare dell'altra grande cosiddetta Svolta, ma per davvero, l'avvento della Rete, dell'informatica, della globalizzazione: sono gemelli. Parole ovvie che celano un bello scossone e questa volta sul serio, mica per celia. Per millenni ci siamo incaponiti a ridurre la terra a una carta geografica o a una mappa, salvo scoprire l'acqua calda di sempre: la terra è tonda e non si fa appiattire in ordinata tavola, resta una sfera. E la rete che c'entra? C'entra, tranquilli. Sul tavolino, qui, nel casino di sempre, conservo un mucchio di fotocopie e appunti, libri costellati di post-it, pezze d'appoggio. Scartabellando, rovistando nel caos, qualcosa esce. Chi cerca trova, sentenzierebbe Occhi Azzurri, proverbieggiando; detto fatto: ecco che trovo l'articolo che andavo cercando. Intendiamoci, Occhi Azzurri lo plagerebbe senza il minimo scrupolo, salvo poi darvi a intendere che è una pensata sua, farina del suo sacco e via dicendo (come dice Kristóf, gli zingani non rubano i bambini ma rubano lo stesso "molte cose"). Personalmente, provo a essere un filino più onesto, più trasparente (anche se son d'accordo con lo zingano: *Love & Theft* spesso vanno di pari passo, sono la stessa cosa). Ma, insomma: cito, specifico la fonte, non millanto. È un passo di un geografo che si chiama Franco Farinelli, e pure questo fa proprio al caso nostro, casca a fagiolo:

> Noi viviamo esattamente in questa polarizzazione del discorso che riflette il passaggio, non indolore, dall'era della riduzione della Terra ad una mappa a quella del riconoscimento della Terra come sempre abbiamo saputo che fosse ma mai abbiamo avuto il coraggio di praticare: un globo, una sfera. Un passaggio che dipende dall'avvento, dopo secoli d'incremento delle connessioni spaziali (strade sempre più diritte e veloci, ferrovie, autostrade) di un agente tecnologico che di spaziale non ha quasi più nulla [...]
> La Rete nasce nell'estate del 1969, l'estate nella quale eravamo tutti con il naso all'insù per guardare l'uomo che sbarcava sulla Luna, e a tutti sembrava l'inizio di una nuova epoca. Ma mentre tutti quanti noi eravamo ancora nel vecchio mondo, proprio quell'estate, tra Washington e Los Angeles, quattro computer iniziavano a dialogare fra di loro, mutando atomi in bit. Iniziava la smaterializzazione del funzionamento del mondo tanto da far sembrare poca cosa quella avviata nell'Ottocento con il telegrafo. E la modernità entrava in crisi, perché entrava in crisi lo spazio e la sua concreta copia, lo Stato. E alla crisi dello Stato, dello spazio, corrisponde l'avvento della globalizzazione.

"La globalizzazione" aggiunge il geografo (come vedete cito, non rubo niente) "significa che il modello del mondo non è più riassumibile nello schema centro-periferia. Questo è vero per la mappa, all'interno dello stato, o anche nei rapporti interstatali. Se il mondo non è più una tavola, una mappa, uno stato, geometricamente definito e organizzato, ma diventa... una sfera, noi non abbiamo più un centro e una periferia. Ovvero ci sono, ma non significano più niente."

E c'ha ragione lui, lo dico anch'io! Lo zingaro che m'appesta ogni sogno è di ritorno. Egocentrico com'è, si mette in mezzo e come sempre parla e straparla, riparla, anzi, meglio: pontifica. Scimmiotta le idee degli altri, le crede sue. In ogni caso tira l'acqua al mulino del suo ego errabondo, il disgraziato. Il centro e la periferia – insiste –, il sopra e il sotto, il vostro stato, l'impero e le colonie, bla bla bla: non significano più niente! Lettera morta, abbagli del passato, cartastraccia! Lo zingaro – ormai si sarà capito – appare a modo suo, sempre in due tempi. Prima il Verbo o la voce, poi si palesa in effige, e lì c'è da ridere. Oggi, per esempio, si è conciato da palombaro spaziale, o da cosmonauta. Strana la tuta – bianca, diresti in amianto o in pura fibra di vetro, piena di tasche; ridicoli i Moon Boot ai piedi; quanto al copricapo, sotto al braccio, al posto di un bel casco da astronauta reca un elmo, appunto, da palombaro, in bronzo e rame con tanto di doppio sportello per scrutare dritto dinnanzi a sé o guardare in alto.

Lo dico pure io – insiste il cosmo-zigano, o il palo-gipsy – certo, c'ha ragione. Ridicoli: tutti col nasino all'insù a guardare la luna e, nel silenzio, nell'ignoranza totale, nella spensierata idiozia, la novità era altrove, e molto più vicina, molto più seria. Altro che *Summer of Love* – (*Summertime will be a love-in there*, canticchia), poveri fessi. Cosa vuoi che ti dica, gagè? Ecco, siamo alle solite. In fondo, vedi – sogghigna – ve la siete cercata. E ricomincia coi suoi *minima zigana*, con le sue meditazioni irridenti sulla vita offesa. Ve la siete cercata e ora ve la meritate questa nuova normalità da deficienti. Amate il chiuso, bramate l'ordine e il reclusorio, aspirate al *claustrum*. Noi che andiamo e ripartiamo, noi che mai sappiamo star fermi, noi che se sostiamo ci viene l'itterizia, ci si mangiano i vermi, *noi* vi facciamo paura? Be', cavoli vostri. Claustrofilia, sibila (lo so, sta rubacchiando a qualcuno, ma mica lo confessa); si chiama clau-stro-fi-li-a il vostro difettuccio. Sia chiaro – puntualizza –, manco sarebbe questione di noi e di voi. No, i Felici Pochi e gli Infelici Molti: è sempre questo il nodo, questo è il chiodo, mai che se ne scampi.

Su – si infervora – basta con le ciance, diciamocela tutta! San Giorgio che affronta il drago dell'irrealtà è un santo zigano!

Rimbaud che sbeffeggia l'eterna borghesia è un poeta zigano! Rembrandt che mentre infuria la guerra pitta ebrei, cani e paesaggi fiamminghi, vecchioni biblici e mendicanti di strada... è un pittore zigano! Il mondo brucia, le genti vanno per le terre, i laghi si prosciugano e voi – i molti, i troppi, gli infelici comunque – voi state tappati in casa e non battete ciglio. Avete fatto tante storie per la quarantena, il famigerato Lockdown, i vari coprifuoco, le zone gialle e rosse e di altri e vari colori, le autocertificazioni, il lasciapassare verde o il bollino blu... Ma nel profondo voi cercate la sicurezza del *claustrum*, la ripetizione, l'ordine cheto del chiuso, la norma, la legge! E ben vi sta se vi ci chiudono dentro, nelle vostre casette tanto curate e pulite, dentro le frontiere blindate e falso-rassicuranti dell'Europa fortezza, dell'Occidente fortezza, dentro il meschino decoro, dentro il consueto! No, gaggetto mio, mica funziona così, proprio non va! Infelici, adoratori del chiuso, adepti del culto del focolare; gentarella prudente! Non so le l'hai capito, amichetto, è una storia finita!

E Occhi Azzurri ora indossa con fare teatrale quel suo elmo da palombaro (che crede un casco spaziale, e glielo lascio credere). Gaggio – mi fa –, abbiamo i giorni contati, devo partire. Tu, chiaro, fa un po' come vuoi, ma non mi dire che non ti avevo avvertito; anzi, se preferisci non personalizziamo: che non *vi* avevamo avvertito. *Ne vous laissez jamais amputer!* Detto, stradetto, ridetto all'infinito... Parole al vento! Segni, indizi, tracce, spie: quanti ve ne abbiamo dati? Un sacco e una sporta! E in ogni caso – oggi è un martello – peggio, molto peggio per voi, ve la siete cercata!

Occhi Azzurri ha fretta di congedarsi, chissà cosa ha da fare. Lo vedo smanioso, lo sento irrequieto, probabilmente non ha più tempo per me, si deve spicciare. D'altra parte, da sotto quell'elmo la voce giunge attutita e distorta, e a tratti va e viene, torna e si perde di nuovo. Lo sento brontolare le solite tiritere sul ragno e sul buco, sull'acqua e sul fuoco. Attorno alla sua tuta-scafandro un vago chiarore balugina e immagino che quell'amianto abbia anche proprietà lucciolesche di autoluminescenza, catarifrangenti (tanto per farsi ben notare negli spazi siderali dove non c'è proprio nessuno ma... hai visto mai?).

Felici Pochi, Infelici Molti: mentre inizia a svignarsela riattacca col suo ultimo mantra, ci va giù pesante. E quando è sul punto di andare inizia a recito-cantare, e così si congeda, versificando:

Come vanno i Vostri Reali e i Presidenti e i Generali
E i Rendimenti gli emolumenti? Siete contenti dei Vostri Affari?
In Famiglia tutto bene? La Signora si mantiene?
E la Bomba come va? La più bella chi ce l'ha?
La Mamma dei Capitali o il Papà dei Proletari?
Bravi bravi, complimenti. Siete sempre Regolari.
Troppo uguali. Troppo uguali. Troppo tristi e troppo uguali
troppo uguali e troppo tristi. Troppo tristi e troppo tristi.
tristi TRISTI. Non vi viene mai lo sfizio d'esser meno tristi?

Comunque, se vi piace la tristizia, godetevela voi la vostra.
Questa terra mica è roba vostra. È da secoli e da millenni
che noi cerchiamo di farvelo capire.
Mamma nostra non ci ha mica fatto per servire agli usi vostri.
Mica ci ha fatto gli occhi per guardare le tristi facce vostre.
[...]
E perché poi fate tanto fracasso? Silenzio! *Taisez-vous! Shut up!*
Via! Fatevi in là!
Basta!
Ci avete
definitivamente obiettivamente finalmente
stufato.

Notre-Dame

La prima forma di scoperta del mondo sta nel disegno – un tentativo di imitazione o mimesi, di controllo – e nell'ascolto di fiabe e miti: uno stupore. Attimi e istanti carichi di tensione, intense frequenze. Sei lì dove la sorte ti ha messo, del tutto a caso, e non sei più lì, vivi già altrove. Sono momenti speciali, come tanti. Scarabocchi, e fantascarabocchiando prepari la tua fuga, una secessione. Bisogna diffidare di chi non ama le fiabe, o non le capisce. Le favole non consolano, spaurano. E in ogni caso la Voce che le pronuncia è un'impostura.

Tempo fa mi sono imbattuto nella fluviale autobiografia di Hans Christian Andersen. Da vecchio, il favoliere aveva scritto questi tre lunghi tomi di rimembranze che non lo spiegano affatto, molto noiosi. Sono libroni pedanti, senza guizzi. Da puro inventore di ghirlande di parole, da stregone, avrebbe dovuto trovare una voce speciale, o un'altra lingua, magari la lingua *indicibile* di Occhi Azzurri, va' tu a sapere. Per confessare un segreto serve un codice segreto, quantomeno. Allora ogni racconto diventa una confessione, anzi un'abiura.

Ma anche l'autore dell'odiosa *Sirenetta* e del *Soldatino di piombo* ha i suoi momenti di atroce ambiguità, e coglie nel segno. Per esempio, quando scrive *L'ombra* o *Ole Chiudigliocchi* – favola maligna, psichedelica – Andersen è un uomo che non ha più voglia di pillole zuccherine, fantasie, ha scelto di dire le cose come stanno, per una volta. *C'era una volta* un accidente.

Tutte storie. L'incantatore di topi o di bambini è una carogna, e anche la sua arte bastarda è velenosa.

"Non c'è nessuno al mondo che sappia tante storie quante ne sa Ole Chiudigliocchi": immagino stesse parlando di sé. Ole – il ciarlatano che chiude l'occhio dei bimbi, spegne lo sguardo – sale le scale scalzo, attento a non far rumore, e sotto al mantello di seta la sua divisa nasconde una siringa con dentro del latte o qualche altro intruglio da iniettare negli occhi dei bambini perché si addormentino. Ole porta sempre con sé due ombrelli: uno pieno di sogni e di avventurosi racconti per i "bambini buoni", i fortunati, e uno "dove non c'è niente" per i "bambini cattivi", gli sprecati "che dormono un sonno sciocco, senza sogni".

Felici Pochi e Infelici Molti (moltissimi), come sempre. Gira che ti rigira la questione è tutta qui. Camminiamo nella vita costeggiando l'abisso, distrattamente: l'abisso che separa chi sogna, anche controvoglia, e chi si perde in uno sonno "sciocco, senza sogni", senza abbagli, e castelli sulle nuvole, ma soprattutto senza zingarelli con gli Occhi Azzurri! Sono stato fortunato, che devo dire? Sogno, strasogno. Le angosce della veglia, le paturnie della veglia si confondono con le creature del sonno, e scorre il tempo, ormai da mesi è così, da anni. C'ho fatto il callo. Occhi Azzurri come Ole Chiudigliocchi, o come l'uomo della sabbia (*Der Sandmann*), il "mago sabbiolino" che strappa gli occhi ai bambini perché non sognano, o che gli impone bei sogni però come aggrada a lui, pantomime senza costrutto, tormentoni e tormenti e diabolici calembour, favole assurde. È un ragno polipo che tesse una ragnatela di nebbia, tentacolare. Mi soffia negli occhi e già non sono più io, c'è solo il sogno.

Lasciatemelo dire: è anche una liberazione, una manna dal cielo; meglio soprassedere, meglio sognare. Devo distrarmi. Mi perseguita il motto maligno dei Grimm, altro che Andersen: "Voltati, voltati e guarda: c'è sangue sulla scarpina". È raggelante. La gallinella è morta, la luna è stata rubata dal cielo, e il passato è un grumo famelico e oscuro che vortica, ringhia, bisbiglia, mi attende al varco. Mi volto, guardo: confusione e incertezza, dolore. Quasi lo supplico (Occhi Azzurri il cialtrone, l'onirostrazio): portami via con te, vieni a salvarmi! Proteggimi da questo pasticcio, dal *perturbante*.

Siamo alle solite: il personaggio-uomo: nel caso mio un disastro assoluto, una causa persa. Irrequieto, incapace di sincerità e verità, mezzo-felice e mezzo-triste, per metà cattivo e per metà insulso (ma grazie a dio sognante, sempresognante). Mi guardo allo specchio e se non spauro m'annoio, non quadra niente: sei quel che sei e ciao ciao, dice lo specchio. Un imbecille, uno sprovveduto perseguitato da furie macilente e insondabili, evanescenti, un derelitto tiranneggiato da irripetibili sonnambulismi e sensi di colpa e spettri di un delirio passato e ferite ad altre anime e altre vite e fantasmi le cui azioni si avvicinano al delitto, e mille tradimenti dell'Io, e non so più che altro, pronti a saltar fuori, a inghiottirlo, tirarlo a fondo.

E quando mi sento così, quando sono così, non vedo (non c'è) alternativa: imploro Occhi Azzurri. Zingaro, cazzo: dove ti sei cacciato, che stai facendo?

Era "impicciato". Quando riappare ha l'aria effettivamente realistica di uno molto preso, molto occupato. Affanni, incombenze, seccature, cose da fare e cose lasciate a metà, grane, grattacapi. Ma ci tiene a sottolinearlo: non mi trascura. *No te escribo, no te jamo, no te hablo, pero como te pienso*. Dice sul serio. Bada bene – precisa –, stavo lavorando per te, anche per te. Sempre allusivo attacca con uno dei suoi sproloqui, che manco a dirlo sono tutte carte da decifrare, messaggi in codice: c'è questo viaggio da organizzare, i tempi sono maturi, tocca partire.

Sia come sia, oggi s'è messo bello in tiro, il mio Occhi Azzurri. Pantalone nero in flanella, camicia bianca e gilet, giacca in gessato con tanto di garofanino all'occhiello, scarpa in vernice. Che eleganza, gli faccio, complimenti. Lui è soddisfatto. No no, gaggio, mi dice, non preoccuparti: non t'abbandono mica, non ti trascuro. Solita solfa: *Nec sine te, nec tecum*... Ha molto da fare, di fretta come al solito. Evoca misteriosissime faccende in sospeso senza entrare nel dettaglio. Ma sa che ho bisogno di lui, mica se lo scorda. Adesso – dice –prova a fare chiarezza. Il mostro ama il suo labirinto, e subito aggiunge: questo è il tuo problema. Intende, immagino, le quattro mura di questa casa da schifo, intende – anche – le mie abitudini e pose, tutti i miei sotterfugi. Come gli capita tutte le volte che deve lasciarmi da solo a sbrogliarmela, ha una "cosina" in serbo per me, per tenermi occupato. Mi invita a lasciar stare la radio, per una volta, e a guardare in me stesso, a scavare a fondo (replico senza proferire parola: Non ci penso proprio). Dato che mi conosce non nutre illusioni. Ma offre un'alternativa. Guarda, mi dice, guarda cosa ho trovato per te, che roba straordinaria. E ci risiamo con le sue cinevisioni, coi reperti d'archivio. Ancora un bel VHS: Tanto ormai sai come si fa, non devo dirti niente. Solito rito del fruga, cerca, rovista, impreca e infine – *eureka!* – guarda che chicca!

A questo punto abbassa le serrande della stanza, armeggia col Telefunken M-9515, collega i cavi. Buio in sala e via con la zigano-video-terapia, che si levi il sipario! Tu – si raccomanda – fa' il bravo e mettiti comodo, torno tra poco.

Un reperto. Quel che Occhi Azzurri ha scelto di propinarmi stavolta è veramente un reperto, quasi incredibile, un'impensabile chicca, o, come dire, un ritrovamento d'archivio, eccezionale. Occhi Azzurri in persona – virtualizzato dietro una scrivania, di mezzobusto – appare dopo la sigla col titolo, in tedesco – WOZU DICHTER? – e sobriamente si rivolge al suo pubblico precisando che "quella a cui state per assistere, signore e signori, è la testimonianza rarissima di un evento improbabile e di un incontro ignoto ai più, notevolissima".

Detta in soldoni, Occhi-Azzurri-mezzobusto spiega e rispiega che negli archivi di TeleGypsy, una sconosciutissima emittente consociata con le RTNA (Radio Televisioni Nomadi Associate), durante lavori di sgombero e riordino un solerte impiegato avrebbe ritrovato significativi spezzoni di un programma a puntate, "Disfide Poetiche", ove, tra la fine degli anni Sessanta e primi Settanta filosofi, sociologi, fisici quantistici, politici e pittori, poeti e musicisti si confrontano in torneo sul tema *A che serve la poesia (se serve a qualcosa)*. Eliminazione diretta, spiega Occhi Azzurri, partita secca e via. Tra i partecipanti – giura il presentatore – *la crème de la crème*. Nelle puntate precedenti – almeno così favoleggia, e uno ci crede – sfide clamorose davanti alle telecamere di TeleGypsy: Georges Brassens *versus* René Char (derby francese); De André contro

Andy Warhol; Elsa Morante in contesa con la de Beauvoir, Phil Ochs che dibatte con Werner Karl Heisenberg, Bianciardi in un duello altamente alcolico con Serge Gainsbourg.

"Sfortunatamente" ammette il presentatore, dispiaciuto "nulla è rimasto del tabellone completo, né sappiamo chi abbia vinto il torneo, trionfato in gloria. Tutto è andato perduto, tutto in malora" dice, "tranne quest'unico reperto, peraltro parziale." E torna la scritta titolo: WOZU DICHTER? E la traduce: "*A che i poeti?* Insomma: a che servono i poeti, che ci facciamo?". In sostanza, l'unico frammento sopravvissuto dell'appassionante programma culturale di TeleGypsy sono brani del match – databile forse ai primi mesi del 1971 – tra il teutonico Heidegger Martin, il celeberrimo filosofo di *Essere e tempo*, e il fricchettone statunitense Robbins Tom, il lisergico scrittore ai più noto (ma ormai chi lo legge più?) per opere quali *Natura morta con picchio, Il nuovo sesso: cowgirl, Le anatre selvatiche volano al contrario, Il fungo magico*. Palpabile la differenza di indole tra i due, e smaccata. Coppia improbabile: il crucco, pelata e baffetti da salumiere, occhio argutissimo, conciato in costume tirolese in pelle di camoscio con tanto di Edelweiss plastificata, e il gringo, coi prevedibili jeans a zampa d'elefante, la camicia a fiori, i Ray-Ban a specchio e il capello lungo fino alle spalle, i baffi spioventi. Cantata a canone inverso negli improvvisati studi di TeleGypsy, e in Black & White. Fra' Martino intona il tema svariando, sale di una quinta; Tom risponde a modo suo, scendendo di una quinta, in contrappunto. A che i poeti?, sibila il buon Martino, e intende adesso e qui, in "tempo indigente". L'altro risponde così: Sì, sì fratello, eh già, a che poetare? È la *Summer Love*: che ce ne importa?

Martin allora heideggereggia, si autocita: viviamo tempi grami, dio è mancante. Nell'evo della notte del mondo, l'abisso va esperito e patito, poco da fare. L'abisso è "onnimarcante", e ogni cosa è così, segnata a vista. Marche come "tracce di dei fuggiti", lampi nel buio. Lunga è la notte dei senza iddio, tenebrosissima. E in questa buia notte canta il poeta. E in questa notte sciocca evoca l'Essere che si sottrae fuggiasco, lo chiama all'Aperto. Gli altri non vedono. Gli altri vagano a caso, esposti agli abbagli del tempo, vittime della Tecnica, e... dell'America (la madre di ogni inganno, l'ultra-inganno). L'Essere è "omniaccerchiato", dimenticato. Solo il poeta l'avverte, senza vederlo. Nei suoi versi è "l'avveniente evo del mondo", cioè una rinascita. Ma, bada bene – ammicca Martin H., –, nulla è scontato: "l'essenziante dell'avvento si raccoglie a ritroso nel suo co-mandamento destinale", e l'Essere si asconde e riasconde, ulteriormente. Sicché il poeta dice e rimeggia come può, ma parla al vento. Che cosa canta? Lui solo forse sa: nessun l'intende.

Tom mica lo capisce, però dissente. Na, na – gli fa – fratello, mica ci siamo. E imperturbabile si rolla un bel cannone in diretta tivvù, su TeleGypsy. Intervallo, rituale accensione del joint, sbuffo di fumo e via col controcanto su scala diatonica. Mica c'entra un bel niente l'Essere – qualsiasi cosa sia, vallo a sapere –, c'entrano solo i sogni, tutti sogniamo. Martin lo scruta un po' ingrugnito; Tom prosegue: Tutti sogniamo profusamente, eppure al mattino abbiamo dimenticato il novanta per cento di ciò che è successo. Ecco perché i poeti sono tanto importanti nella società. I poeti ricordano i sogni per noi.

E lei sarebbe un poeta?, provoca Martin.

Io sono un fuorilegge, ribatte un po' stizzito Tom, che non abbocca.

E, mi dica, i fuorilegge a che caspita servono, cosa fanno?

I fuorilegge, caro mio, non appartengono alla società, ma sono importanti. I poeti ci ricordano i sogni, i fuorilegge li mettono in atto.

Finisce così. Niente di più e niente di meno, un battibecco spacciato per dialogo filosofico, scontro di menti eccelse, colloquio colto. Una delusione? Non proprio. Magari per un verso, ma solo per un verso. A parte la mera natura di frammento del filmato, che scusa parecchio, l'ultimo, ellittico, riferimento a quella che una volta avremmo chiamato "prassi" non dico m'abbia convinto però mi ha colpito. I poeti ci ricordano i sogni, sennò li scordiamo. I fuorilegge li trasformano li mettono in atto. Magari è soltanto un calembour, ma mi commuove. *To live outside the law, you must be honest*: il solito Dylan mi canta nella mente, e – che volete che vi dica? – mi ci ritrovo.

La prassi, un'azione che spezzi la catena della monotonia, un gesto ribelle: ricordare i sogni e incarnarli, portarli al mondo.

Ancora una volta Occhi Azzurri ha scelto di giocare un po' scorretto, colpire sotto la cintura, ferire al cuore. Da quanto tempo non faccio altro che sognare, girare in tondo? Pecchiamo in pensieri, parole, opere, ma più che altro il guaio sono le pavide, trascurate, risibili omissioni, ovvero gli atti mancati. "Le cose andate sono andate e ho per unico rimorso le occasioni che ho perdute" canta quell'altro e – manco c'è bisogno di dirlo – sono d'accordo. Lo zingaro che m'appare in sogno mi conosce, e dato che mi conosce non perdona: mi pungola, rigira il ditino nella piaga, insiste, persevera. E già lo sento lì, a farmi la predica. È ora di agire, gaggio, i tempi sono maturi, tocca cambiare aria. Persiste, insiste ossessivo, non mi dà requie. È un tafano che punzecchia la vecchia cavalla, poco socratico. Per quanto controvoglia, non posso dargli torto, ha i suoi motivi. Da quanto tempo, davvero, non faccio altro che correre dietro ai sogni, vendere fumo? Lasciamo stare gli slogan autoconsolatori, le formulette di comodo, il *wishful thinking*: nei sogni cominciano le responsabilità. Ma fatemi il piacere. Meglio un sonno infestato da incubi che il dormire pigro di sempre, il sonno "sciocco e senza sogni", che almeno sino a un paio d'anni fa per me era più che normale, quasi obbligato. Magari prima neanche sognavo, neppure quello. Coi parametri di Ole Chiudigliocchi ero "cattivo".

Tornando a TeleGypsy, che altro dire? Questi filosofi! Questi cialtroni! Sempre pronti a tracciare sentierini nella selva più nera, malati di troppo astratti furori, senza passioni. "L'abisso è onnimarcante", "L'Essere è omniaccerchiato, dimenticato"; "l'avveniente evo del mondo": ma che vuol dire? In tema di sonno e veglia, mille volte meglio quel fricchettone di Robbins, e mille e altre mille volte meglio il solito vecchio Benjamin con le sue *flâneries* per Parigi e il magnifico, terrificante angelo della Storia volto al passato. È una pagina bellissima e, ancora una volta, un garbuglio o un enigma da decifrare. "Dove ci appare una catena di eventi, egli vede una sola catastrofe che accumula senza tregua rovine su rovine e le rovescia ai suoi piedi." L'angelo vorrebbe venirci in soccorso e destarci, ma gli è precluso; una tempesta "che spira dal paradiso" si è impigliata nelle sue ali e lo trascina lontano, lo strattona nel futuro, così lo perdiamo.

È chiaro che Benjamin in quell'angelo ci si identificava, ci si specchiava. Quando nel suo grande libro su Parigi prova a spiegare cosa sta cercando di fare, a cosa mira, tira fuori questa trovata abbastanza inaspettata, sorprendente. Negli stessi anni che nonno Sigmund giocava coi nostri sogni, li passava al setaccio, ce li spiegava, Benjamin parla dei suoi *Passages* come di esperimenti di "tecnica del risveglio" per una borghesia alloppiata nel sogno della Merce, allucinata. Solo il risveglio – diceva – consente di voltare pagina e chiudere i conti con un'epoca dominata dal sogno, priva di luce. Sogni da interpretare e sogni da terminare, da risvegliare: l'alternativa sta tutta qui, per noi sonnambuli...

Sto divagando, lo so, dovete scusarmi. Ma la coscienza funziona così, è un meccanismo insondabile che procede a strappi. I miei sonni senza sogni, i miei sogni sciocchi. E da qualche anno il sogno, l'assurdo dominio del sogno, e nel sogno, sempre e soltanto lui, lo zingarello. Bisognerebbe chiedersi come è cominciato tutto, cosa è accaduto. Capire da dove si snoda questa "catena di eventi", che agli occhi dell'Angelo è "una sola catastrofe". Ognuno ha i suoi piccoli traumi e ricordi, dolori e impazienze, gioie. Le cose accadono. Le cose lasciano il segno. Le cose "sono". Personalmente posso solo provare a collegare il mio trascurabilissimo niente al Tutto, tenermi un grumo di dolore tutto per me, senza annoiarvi, e misurarmi con gli altri e vivere il Tempo che m'è dato da vivere, o... subirlo.

Uno dice la Storia e veramente adesso non dice più niente. La Storia, per come la conoscevamo noi, è bella e finita. Sono anni strani. Anni di panici collettivi e di emozioni e paure collettive, pandemizzate. Quella di oggi in fondo è un effetto di rinculo, un'onda d'urto. Rabbrividire assieme, emozionarsi più o meno tutti assieme, inquietarsi, spaurire: tutti assieme. È il secolo che viviamo, il nostro tempo. Lo *Zeitgeist* del secolo ventunesimo era cristiana si appalesa col sottofondo di un *All Togheter Now*, paradossale: senza dialettica, senza tesi, antitesi e sintesi (più o meno hegeliane), le cose accadono e producono choc, catene di conseguenze diaboliche, paralisi. Neanche era iniziato 'sto benedetto secolo che già eravamo tutti lì, abbacinati davanti alle tivvù a contemplare l'impensabile. Le presuntuose, odiosissime, manco a dirlo iconiche Twin Towers in fumo, e quella nube di fumo e polvere grigia su New York, il sole nascosto dal cielo velato, come un'eclissi, e lo stupore, il terrore, l'incredula meraviglia, lo sconcerto. Il World Trade Center: il centro di tutti i commerci del mondo, il *venter ipsum mundi* o l'*Anus mundi* ma in versione postmoderna, ultra-aggiornata, ridotto a un brufoloso cratere lunare – *ground zero!* –, terra violata!

Piacere, bentrovati, ed eccomi qui: il secolo ventunesimo s'era presentato così, e di martedì ("né di Venere, né di Marte non si sposa né si parte...", lo sanno tutti). Come biglietto da visita – o, volendo, come *Introibo ad altare Dei* – be' mica male. *America at War*. E data la regola dell'*All Togheter*, globalizzante, tutto il mondo *at war*... coi beduini. Guerre sempre più sofisticate, sempre più smart, ma paradossalmente ancestrale, apotropaica, è la caccia all'uomo: dalle caverne di Tora Bora sino alle pendici dell'Himalaya, tra le rocce e le gole profonde di Abbottabad, ecco l'inseguimento al cattivo dei cattivi, all'empio barbuto; e ancora una volta noi tutti lì a guardare, in diretta tivvù, ultra-consapevoli, ultra-connessi, e intanto... intanto le infinite terminazioni del sistema finanziario globale, con le sue diaboliche ultra-connessioni – queste realissime – e la sua ragnatela sinaptica di inghippi, imbrogli, ricatti, abbagli, tornava a tessere la sua trama-ragnatela, ci avviluppava, e persino una crisi di mutui, bolle, titoli tossici e *Bad bank*, pignoramenti, finiva per rivelarsi gelatinosamente pandemica, *omniaccerchiante* (tanto per citare Fra' Martino), *alltogheteriana* e paralizzante. Terrori ed emozioni collettive, paure totali.

Ma poi era giunta un'altra primavera, e ancora un canonico aprile di rinascita e risvegli, momenti belli. Prima delle rondini, prima dei bucaneve, e non molto più tardi delle giunchiglie, il rospo aveva lasciato la sua tana, quatto quatto, in cerca di una pozzanghera, di uno stagnetto, e tutt'attorno un bel fremito gioioso s'era inteso – rinfrancante – su questa terra. Nei campi, sui muri e nei giardini il glicine e l'azalea, il ciliegio, il mandorlo avevano iniziato a fiorire; lungo le strade, dopo mesi di anonimo verdume, gialleggiavano le forsizie, biancheggiavano gli iris; ovunque si svegliavano le bambine, ovunque, non solo alle Cascine, Messer Aprile s'atteggiava a rubacuor, come fa sempre. E in questa primavera – in controtendenza, in clamorosa rottura, in perfetta eccezione – ecco un Evento inaudito a smentire il terrore e le paure e il panico e la noia e il seguito di lutti e tutto il tran-tran di attentati, bombe e stragi innescati quel dannato martedì lì a New York City.

Ho ancora un pacco di giornali di quei giorni d'aprile – il famigerato aprile del 2019 – così specialissimo e strano, così illuministicamente venato d'ottimismo, così irripetibile. Un brivido comune, un'emozione comune, ma assurdamente limpida stavolta, e di pura gioia e conoscenza, senza apprensioni. Paure totali e meraviglie totali, qualche volta. Enfatici, giustamente enfatici i titoli di prima pagina, persino trionfali. "La luce in quel pozzo", "La prova di Einstein", "Una svolta per la scienza", "A cinquantasei milioni di anni luce dalla terra...", "Esiste: ecco la prova"; e ancora una volta noi, tutti noi, *All Toghether* lì, con gli occhi al cielo – proprio come in quei giorni lontani ai tempi dell'altra faccia della Luna, del grande sbarco – ove nulla era dato vedere fisicamente, ma oltre le apparenze e a evi di anni luce, e nello spazio profondo, nel grande altrove, quel che s'era teorizzato, ipotizzato prendeva plasticamente forma e l'Idea si faceva carne e sangue, o insomma: *foto*.

Perché di questo si trattava, e questo era atteso: la prima, inattesa, sconvolgente, iper-comprovante foto di un buco nero campeggiava con eloquente evidenza su tutte le prime pagine, e viraleggiava sul web, alle tivvù, e in un istante, grazie a un clamoroso prodigio della Tecnica – scusa Martino – il più grande mistero dell'umano pensiero per magia si mutava in diretta mondiale in scattino Polaroid, da cartolina.

Momenti in cui l'umanità, tutta assieme, è chiamata a raccolta, s'affratella, istanti di speciale condivisione, di comunione. Mai come in quel giovedì di aprile del 2019 – giorno 11 – la consapevolezza del nostro posto nell'universo era diventata l'oggetto di un'attenzione condivisa: e questo ben oltre le passioni, le divisioni, gli interessi, le infinite distinzioni barra differenze barra disuguaglianze; e soprattutto ben oltre il gioco infinito, complesso, esasperante delle mille prospettive di questi sei, sette miliardi di bipedi arroganti che tutti assieme – chi più e chi meno – si sentono il centro assoluto, il fulcro, lo snodo e il metro di misura assoluto, definitivo. Esiste, eccolo: il sinora solo ipotizzato buco nero, l'ipotesi einsteiniana, il biglietto da visita della fisica dei quanti, il cosiddetto "orizzonte degli eventi", ovvero il punto di fuga estremo, irreversibile, il grumo risucchiante, l'imbuto cosmico ove tende a dissolversi persino lo spazio-tempo, e ogni cosa – fenomeno, frammento di materia, idea, passione, Storia, soli e galassie, financo la luce – si tritura nell'estrema densità del tutto-e-niente, fondendosi nell'ultra-dimensione dell'inosservabile.

E la "prova" è lì, in cartolina: nella pece del nero più fondo l'alone rossastro di un anello – tipo una cosmica ciambellina incandescente –, ovvero l'estrema via di fuga abissale in attesa di... Come nei suoi momenti più tipici, l'umanità a occhi spalancati verso l'alto dei cieli a osservare con imbarazzante fiducia l'inosservabile, il punto che non è punto (essendo un orizzonte) verso cui il Tutto converge e sciaguratamente avanza, la Fine.

"Adesso l'universo è meno oscuro" si leggeva sui giornali, si sentiva proclamare alla radio e in tivvù, si leggeva su internet, la Polaroid spaziale diventata motivo di orgoglio, incomparabile, prova provata d'umana gloria, maestria sul cosmo. I numeri, i dati, le salde certezze. Sì, giornali e tivvù sciorinavano cifre, dati, statistiche rassicuranti: 6,5 miliardi di soli, la massa del buco nero fotografato; quaranta miliardi di chilometri il diametro dell'orizzonte degli eventi, cinquantacinque milioni di anni luce la sua distanza da noi, oltre duecento ricercatori impegnati nell'impresa col sostegno di oltre sessanta istituti di ricerca con otto grandi radiotelescopi spaziali a scambiarsi informazioni. Cinque anni di studio, di esperimenti, di prove, di errori, e dopo cinque anni così, con telescopici occhi puntati al centro di M87, remotissima galassia a cinquantacinque milioni di anni luce da noi, ecco, l'impresa: "Abbiamo visto quello che pensavamo fosse invisibile, ottenuto qualcosa di impensabile soltanto una generazione fa". Come ti sbagli? Anche l'ineffabile direttore dell'Event Horizon Telescope, in mancanza di meglio, si rifugiava nel gergo del Progresso, una lingua morta.

Ovvio, il diavolo si nasconde nei dettagli, non nascondiamolo. Basta evocare quella parolina lì, "progresso", e tutto va in malora, tutto si sciupa, tutto si sfascia. Un passo in avanti e due indietro, come sempre. Per una volta potenzialmente disantropocentrizzata, e teoricamente prossima a un punto di consapevolezza mai visto prima, l'umanità tutta cinguettava garrula della stramaledetta "foto del secolo"; e anche la presa d'atto plastica della nuda realtà terminale del buco nero veniva risucchiata nel trito bla bla bla della Comunicazione, nel consueto teatrino della Merce e del Denaro, dello Spettacolo. Abbiamo visto l'invisibile, ottenuto l'impensabile, svelato l'arcano. E in coro tutti ad autocongratularci: Bravi, bravissimi! Chi si loda si imbroda, sentenzierebbe Occhietti Azzurri il proverbiante. Ma non è questione di bon ton, né, a dirla per le spicce, di modestia. La fine all'orizzonte, e l'orizzonte della fine, davanti a noi: giustamente abbiamo girato lo sguardo, chinato il capo. Inevitabile. La mitica Telescope-Polaroid non raffigurava una "cosa" ma un "destino", e allora molto meglio non pensarci, fare gli scongiuri del caso, apotropaicamente toccarsi, esorcizzare! È bastato solo un attimo, c'è voluto un niente e in men che non si dica la lineare, illuministica, disperata *scoperta* si è mutata in autocompiaciuto vanto, e di soppiatto, quella potenziale coscienza condivisa, quella estrema consapevolezza collettiva del nostro essere un trascurabile nulla nell'universo si è mutata in fumo, abbaglio, nebbia, e ancora una volta siamo rientrati nella nostra dimensione più vera, sperimentata, in quell'intermondo ambiguo ma confortevole in cui guardiamo ogni cosa come se fossimo il centro di gravità permanente del cosmo, l'Alfa e l'Omega. E forse è stato proprio in quei giorni lì, dentro quello snodo del tempo – in quel cronosisma – che ho cominciato a sognare, a non fare altro che sognare, e con me: *tutti*. Scusabile, naturalmente umano, troppo umano. Davanti a un'evidenza così aggressivamente esplicita e sin troppo eloquente, sin troppo estrema, meglio rifugiarsi nel batuffolare del dormiveglia, meglio sognare.

E sono stati giorni così, di alterata stasi, di esitazione. La Polaroid era lì, viraleggiava, pandemizzava gli sguardi, l'immaginario, e la stessa usata materia dei giorni suonava come nuova, ma era un inganno, e tutto andava avanti come sempre ma tutto appariva diverso, trasfigurato. La vita umana sul pianeta terra, la solita solfa. Così mentre contemplavano la cosmica ciambellina irradiante la sua lugubre, apocalittica verità dalla rassicurante distanza di sicurezza di ben cinquantacinque milioni di anni luce, eventi, incidenti, inciampi, contrattempi di cronaca nera e rosa e sportiva s'affastellavano nel solito calderone d'irrilevanza. Titoli dai giornali, cose che sottonascono da cose, frattaglie; Melissa P. rivela: "Sono una Lolita molto pentita" (adesso – confida – punto sull'astrologia, cartomanteggio); in Libia, a Tripoli, è in corso una trattativa segreta, l'Italia è in gioco (mistero su chi fosse a bordo di un certo Falcon in viaggio tra Bengasi e Roma); il "ribelle del Web" Assange viene arrestato a Londra, e sempre a Londra si festeggia la "partenza sprint" dell'Arsenal Football Club: due a zero al Napoli; a Roma torna a splendere la Reggia di Nerone ma sulla Colombo si registra l'ennesimo "ingorgo mortale"; il Viminale dice sì all'abbattimento dei lupi nelle montagne d'Italia, nelle campagne; il papa sermoneggia ai ragazzi: state lontani almeno dagli smartphone; Vasco si confessa e parla delle "donne, l'arte, gli amori"; ovviamente, "la mafia foggiana continua a uccidere"...

Frantumaglia, schiuma o broda dei giorni, trippe del tempo. Facevamo come se non fosse accaduto niente, come se non avessimo visto niente, o appena un dettaglio, e inavvertito il gran mago potente, il Sogno cosmico, iniziava a ghermirci con viscide dita di bava, strisciando tutto attorno a noi; ci stringeva d'assedio, l'onirico, coreograficamente discreto ma irresistibile, ed è stato allora che l'arcigna barriera che divide sonno e veglia, coscienza e incoscienza, è venuta giù di botto. Sognoveglianti o destodormienti, come pellegrini incantati, controvoglia abbiamo cominciato a incamminarci verso la Fine, che era lì, radiotelescopicamente fotografata in Polaroid-cartolina, tragica icona scambiata per Trionfo della Scienza, prova provata dell'umana maestria, di un grande ingegno.

Pazzi, eravamo; ingenui; sciocchi; sventati! E i giorni continuavano a passare, il tempo a scorrere, al giovedì seguiva il venerdì, al venerdì il sabato, e ogni domenica, come fa la domenica, preludeva al lunedì, che a molti spiace, e che in quell'aprile speciale e davvero crudele, come dice la poesia, spiacque un po' a tutti. Probabilmente avevamo bisogno di un segno o di un campanello d'allarme, della tragedia!

Accontentati. Sulle rive della Senna il grande scempio. A cinque giorni dall'estasi ecco il tormento, e senza ritorno. Ancora titoli sui giornali, ancora immagini sinistre, virate in rosso: "Il mondo sconvolto. Notre-Dame non c'è più"; "L'inferno di Notre-Dame"; "In lacrime per Notre-Dame"; "Ceneri di Francia"; "Radici bruciate"; "La nostra storia in fiamme"; "È l'11 settembre dell'Europa cristiana."

Bruciava, la cattolicissima basilica bruciava, e dall'alta guglia della Flèche, tra marmi e scale e archi e ricurve navate, statue di marmo e lignei vestiboli, serpeggianti le fiamme rodevano le antiche architravi, scurivano di fuligginosa pece le pietre, creavano il vuoto. Impassibili, ma più che impassibili, impotenti, i gargoyles; impotenti, e tutt'altro che impassibili, gli astanti. Lungo le banchine del fiume, tra le stradine de l'Île de la Cité, sulle alture delle Buttes-Chaumont, sopra Montmartre, genti assiepate e sguardi allibiti nel vuoto. Le campane suonavano, in città, e tutte le beghine e i bigotti a bisbigliare avemmarie, in processione o fermi e attruppati laggiù, ai piedi del rogo. "Francesi in lacrime" e *le Président* in tivvù a cianciare che "brucia una parte di noi, siamo sconvolti".

Notre-Dame abbruciava, andava in fumo. Oppressi di stupore guardavamo, rivolgendo gli occhi al cielo, e innanzi a noi, improvvisa, totale, imponderabile, eccola la ruina, il crudo scempio, e d'ogni parte si sentiva trar guai, lamenti, e pianti. In quel rogo gigante c'era sicuro un trapassar del segno e un monito, un indizio, forse un avviso. Come chi trova il suo cammin reciso, spauravamo; troppe emozioni, e strane, in quei momenti: in soli cinque giorni, in un grappolo d'ore – centoventi – dall'estasi al tormento, dalla pace stupita al grido di raccapriccio. E il prima e il dopo si scambiavano il posto, si miscelavano, l'alone rosso fuoco del buco nero tendeva a sovrapporsi al rosso fuoco di Notre-Dame arrostita sulla griglia, così che l'umanità, la malcreata plebe con le sue magagne si ritrovava confusa, disorientata, spaurita, naufragata e bisognosa di un rifugio sicuro, di un pertugio accudente, di un conforto, e... Venne il sogno! E con lui i poeti rimembra-sogni e gli onirochiosatori, gli onirosuccubi.

Sono ingolfato nei sogni,
tutta una serie,
e in tutta una serie di sogni,
torna e ritorna,
lo zingaro vagabondo e saccente,
il dottor Sa-tutto,
l'occhiceruleo zigano carognone,
l'eccezione creata,
l'esperimento pauroso, l'aberrazione...
E nel sogno lui parla, straparla:
Taci, mi sussurra alle orecchie,
ascolta e taci,
voltati e guarda, insiste,
guarda e riguarda,
ecco il tuo megashow, guarda e svergogna:
vecchi filmati e sciarade
foto mal conservate
carte bisunte,
notizie e chiacchiere, bollettini,
immagini che la retina conserva,
non la memoria,
dolori e colpe indicibili,
ferite, abiure,
pavide omissioni, esitazioni,
ascolta, gaggio, mi fa,
e dormi sognando.

Poi va' a sapere che sogni o incubi facciano tutti gli altri; non mi interessa. Personalmente – e lo sapete bene – io sogno lui. E da quei giorni d'aprile, da quegli istanti, c'è solo lui: lo zingaraccio. Fuligginoso, il fratello del diavolo, il re di sé stesso. Debordante, sempre ciarliero e blaterante, super-saccente. Appare e scompare, viene e va, ogni volta si maschera e camuffa, si mette in posa, ogni volta ha da dire la sua, teorizza, interpreta. Da uomo che viene da una stirpe imprevedibile, da genti che, più che di industria e ingegno, vivono di gran chiacchiere e di ciarle, lui, Occhi Azzurri, tende a tenere banco da vero istrione; occupa la scena per intero, non lascia spazio. Sorgi, che fai? Mi sibila nelle orecchie, vuole destarmi. Se gli ribatto che sfrondati gli occhi al sonno lo perderei, lui replica che no, ormai è troppo tardi, non se ne parla. Non hai capito, gaggio – insiste –, io sono, sono stato e sempre sarò. E se gli dico che è un fantasma del sogno, lui se la ride. Na, na – scuote la testa –, sono reale, realissimo, amichetto. Mi vedi, sto qui, e qui ci sto benissimo, tranquillo. Poi, a suo dire, la materia del sogno è digestiva. Nessuna magia, nessun trucco. Dipende da che diavolo mangi, da quando vai a letto, da come elabori il bolo in fluido chimo, e nel suo caso, per dire, è leggenda zigana – cioè puro assioma – che a causare i sogni è più che altro il pesce, marinato o cotto alla griglia o lessato, non importa, perché, loro, gli zingari, mangiano carni di pollo o di coniglio, in fricassea, e buoi o maiali spiedati sulle braci, e sono ghiotti di fagioli e patate aglio e cipolle, ma il pesce – che certo non disprezzano – gli è meno consueto, e gli fa effetto, sicché dopo un bel pasto a base di merluzzo o di sardine, il bravo zingarello, fumato il suo tabacco, bevuta la sua grappa, si affida al sonno come un bambino che entra nella casa degli specchi al Luna Park, e nella notte aspetta apparizioni, ombre cinesi, grandi avventure e più grandi meraviglie, paure e gioie e – siamo sempre lì – sublimi estasi e viscidi tormenti, insomma sogni.

Sia come sia è così, siamo alle solite: voltati e guarda, c'è sangue sulla scarpina, c'è un grumo di sangue. Brevi anni di dormiveglia, dentro questa pigra stagione, accadimenti, ozi, esitazioni, sotterfugi, rimedi, scappatoie per non guardare le cose in faccia, o guardarle di sghimbescio, quindi procrastinando, privilegiando occupazioni e trastulli da niente, rassicuranti, e aspettando qualcosa, certamente, ma cosa vallo a sapere. Parlo per me e parlo per tutti noi, i mezzo-desti e mezzo-addormiti, i male andanti, i sonnambuli e distratti nel tempo fermo.

Occhi Azzurri mi assilla, esorta, pungola: è tempo di partire, gaggio, è tempo di andare. Sbattezzati da tutto, fatti zigano. Partire e andare dove? Lui dice soltanto: fidati. Aspetta e fidati.

Quanto ai notiziari veri e propri, niente di che. La missione OMS è in pausa di riflessione e dal canale di Suez, nessuna notizia. La Soft & Green è sempre lì incagliata, la *Spettro* pure. Si tratta in ogni caso di una pace apparente. È una stasi maligna. *Si vis pacem, para bellum*. Nell'oscurità c'è già chi affila i coltelli, prepara la guerra.

VIAGGIO

I pesci

Dove l'acqua del Tevere s'insala, sì, e non solo; dove il fiume s'indarsena nel mare, a Fiumicino e lungo il porto canale ferve la vita curiosa dei pesciaroli e di certe trattorie e di genti in struscio, e prima, naturalmente, molto prima: a meridione, ove si appresta a lasciare la città e smuraglia, o, ancora, tra quelle stesse alte barriere piemontesi che proteggono l'eterna città da piene, bizze, slavate, inondazioni, e naturalmente anche più su, a settentrione, quando scendendo dalla sua valle il Biondo incontra l'Urbe e si incrocia con l'Aniene, il fiume minore, e assieme, passato ponte Salario, si fanno uno ed entrano qui in città, e sono acque torbide che sbrodolano lungo i ponti e strascinano tronchi, copertoni e latte, altri detriti, e verso l'Isola accelerano bruscamente, si fanno rapide, per poi ritrovarsi chete, lerce, impassibili a riflettere le sagome dei gasometri e l'ombra tetra degli ultimi palazzoni, degli ultimi ponti.

Dove il fiume s'insala, allora, sì, e non solo: ovunque pesci morti e ovunque lezzo. Sulle banchine del Tevere, in pieno centro, e anche qui sulle rive di mota dell'Aniene: gelatinose, nauseabonde, pallide carcasse ittiche in cumuli putrescenti, e di bel bello, vale a dire all'improvviso, senza preannuncio e, almeno al momento, così, senza motivo. Variegata, diafana, trasparente e insospettabile vita di fiume che qualcosa – e non si sa bene cosa – ha torto ed estinto: cavedani e pesci siluro, pesci gatto, carpe, barbi, cefali, ghiozzi. Questa è la scena, e questo è il diffuso sentore, nauseabondo. Nel mio orizzonte, dentro lo spazio e il tempo misurabili a occhio, nel presente.

Per una volta l'olfatto e la vista precedono, potrebbero precedere, i bollettini del radiogiornale, i reportage del TG regionale (nel caso: Lazio), le articolesse di cronaca romana di Messagero-Repubblica-CorSera e via dicendo: lungo le banchine del grande e biondo fiume tiberino, ai bordi limacciosi dell'affluente Aniene, sulla ciclabile accanto, ai limiti della ferrovia e tra i camminamenti in terra mal battuta, e alberi ricurvi e orti abusivi, decine, centinaia, migliaia di putrescenti carcasse in abbandono. A segnalarli – almeno qui sulle modeste alture di Montesacro-Città-Giardino – il sorvolo ravvivato e sospetto dei gabbiani bercianti, e delle cornacchie. A imitazione dei nobili rapaci, poiane e gheppi, e simulando i carogneschi e voraci appetiti degli avvoltoi, magoghe e corvi in combutta a volteggiare con insistita frequenza sulle fronde dei pioppi e dei salici, degli ailanti, e quindi giù in picchiata, verso le rive, e in risalita, poi, col "sorcio in bocca".

E sono giorni e giorni che se ne parla, giorni e giorni che l'AMA e l'ARPA e le ASL non san che fare. Mentre l'estate sfuma e le ore di sole scorciano anticipando mesti tramonti e cieli senza stelle e notti d'afa, ci si domanda cosa sia mai successo, e quale sia la causa di tanta strage, e non c'è una risposta, o ce ne sono troppe. L'unica inutile certezza condivisa riguarda il gran diluvio di qualche giorno addietro, *rara avis* in un'estate di carestia e africani afrori, orba di piogge. Acque battenti a tempestare e muovere le correnti fluviali, in mulinello, pioggia impetuosa dalle banchine in pietra o dalle terre argillose delle battige a riversare dentro il letto tormentato e tutto sommato angusto dei due fiumi le dilavate sconcezze della città. Ma la causa del morbo ancora sfugge: colpa degli idrocarburi e dei metalli pesanti scaricati al suolo dalle auto, dai motorini, e ora, liquefatti dall'evento pluviale, traslati dal fiume in letale bomba chimica? Degli scarichi indiretti di ritrovati per l'agricoltura – concimi, solfati di rame, fertilizzanti – a opera delle aziende e grandi fattorie a nord del GRA? C'è altresì chi non esclude il dolo efferato di qualche società priva di scrupoli che abbia sversato tossiche schifezze nei fiumi romani, causando diffusa anossia, e morte in serie.

Eventi che affratellano, da quando non sono più la Storia, l'Arte, la Politica a unirci e a dividerci. Sciagure trasversali, planetarie, che ciascuno declina a modo suo, in salsa locale. Sfogliamo i calendari semplificati di un'era senza Storia, senza passioni: è sempre il "giorno della locusta", è sempre tempo di invasioni di voraci cavallette. Persino qui a Roma, in questo tempo scialbo, senza emozioni. Ciclici, ricorrenti momenti di imbarazzo e comico affanno nell'*eternal city*. Piove e i tombini s'allagano, le strade si fanno marane, l'Urbe va a mollo. Non piove, e lungo le vie, e nelle piazze e negli ampi slarghi e nei vicoli il fetore dolciastro della monnezza appesta l'aria. Ripiove, tira vento dal Nord, fa tramontana, e ovunque pini e platani si abbattono al suolo e crepano, si schiantano su auto in sosta, o in mezzo alla via o sulle panchine dei parchi ove, talvolta, si incontrano gli innamorati, o i pensionati s'attardano, o qualcuno si rolla una canna o semplicemente indugia, aspetta, rifiata.

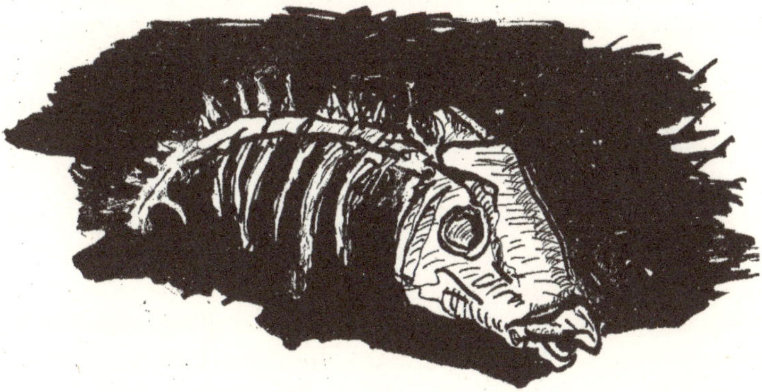

E adesso, i pesci morti; ovunque pesci morti, lungo le rive. E a sera s'alza una strana caligine tentacolare, bave di nebbiaticcio si allungano e slinguano tremolanti tra le vie di Montesacro, si rapprendono tra i villini, lungo le ripide scalette del quartiere, tra le cascate dei glicini senza più infiorescenze ma ancora rigogliosi, ancora frondosi, e sotto ai fanali e ai lampioni dei palazzi la luce si fa densa e rappresa e l'atmosfera è brodosa, l'aria spessa, e nessuno sa bene cosa sia questa nebbia che non è vera nebbia, e ha la consistenza di un'ectoplasmatica coltre, di un biancolatteo velo, di un fluido che incanta e che ottenebra, offusca.

Sono sere da restarsene in casa, da stare al coperto, che fuori le ombre sono mozze, i passi incerti, e ogni rumore s'attufa, gli echi si smorzano e scorgi sagome sinistre e senti voci e già non le senti più, sfumano, svaporano, e dentro la notte potrebbe accadere tutto o niente, e in ogni caso mai niente di buono.

È notte, a Roma, giallosporche le bave di nebbia si puntinano di luci poco votive, di fuochi fatui, e nella bruma, a chiazze, baluginano aloni di chiarore sotto ai lampioni e attorno alle luminarie fioche dei citofoni di palazzi e villini, attorno alle scarse insegne dei pochi locali ancora aperti; nella notte, nel silenzio delle strade, in questa stasi che non assomiglia a una pace, e non dà requie, ombra tra le ombre, una figura si muove calma e furtiva, rasente i muri. Luccicano tra le tenebre l'aureo orecchino e brillano denti d'oro. Incede a passo di pardo, ampie e regolari le falcate, ben cadenzate; ha fretta, sembra, ma non procede di fretta, e dentro al buio segue un tragitto preciso, sa il fatto suo, e mentre è totalmente ignoto il suo da dove viene mai, da dove sbuca, passo dopo passo e metro dopo metro è chiaro, chiarissimo dove vada, chi stia cercando. Fuma, nel buio, e fumo anche io, assorto in pensieri tutti miei, sul terrazzino. E lui è vicino.

Senza annunciarsi, lo zingaro è evaso dalla gabbia dei parti onirici e viene da me, e adesso che il suo cammino si è fatto più prossimo lo sento distintamente, e non è un sogno, stavolta, non soltanto un sogno, e il sonno e la veglia ormai sono solo schemi molto astratti, filistei. Echi e risonanze di passi zigani, in via Brennero 21, a Montesacro. E l'ombra si fa corpo, e il corpo si fa voce, e suona al citofono e parla, mi invita a uscire. Familiare la vocetta sarcastica, riconoscibile. È giunto il momento, gaggio, dobbiamo andare. Prendi due stracci, prendi la tua dannata radiolina e seguimi, stiamo partendo. E se gli ribatto che è una notte cattiva, che il tempo è ostile e pensavo di restarmene a casetta, non è d'accordo. Bisogna ritrovare la nostra vera figura, e perdersi nel nulla, osare l'aperto. Tutto si rafforza – aggiunge – se a una certa ora di notte, dentro le strade infinite, si esce e si va a trovare un amico, giusto per vedere come sta, per salutarlo. Vieni, spicciati, scendi e andiamo alla deriva assieme: ti sto aspettando. E spinto da una forza ulteriore – cioè da un'inerzia – mi spiccio, scendo e accetto l'avventura, la deriva, il rischio delle vie perigliose o sempre uguali, un'altra erranza.

Così due ombre, io e lui, nell'addensato biancore, e dentro al buio, andiamo, taciti e soli. Occhi Azzurri è spiccicato tal quale, non cambia mai, non fosse per i soliti cambio d'abito, niente di che: jeans e sneakers, camicia alla coreana, un gilet afgano che potrebbe essere sardignolo o siciliano, più uno zainetto abbastanza lacero-consunto; non cambia il suo incessante sfumacchiare e blaterare: Sta' tranquillo, gagè, ho pensato a tutto io, non darti pensiero, nessun problema. Il "mezzo" è pronto.

E così andiamo, peripatetici per le vie del quartiere, e, dentro questa nebbia che nebbia non è ma tale sembra, il mio spazio di sempre trasfigura in altre e sconosciute mappe, in forme nuove. C'è un mondo dentro al mondo, nel cuore delle cose, l'anima di un quartiere in certe occasioni ci inghiotte, ci inghiottono strade doppie, strade sosia, fallaci repliche, sorprendenti, spiazzanti trasfigurazioni del Noto, del Sin Troppo Conosciuto, del Sempre Uguale. Andiamo, io e lui, per le vie di Montesacro, lungo la mia via di sempre che corre sull'argine del colle di Montesacro e segna un limine tra l'alto e il basso o tra il sopra e il sotto, e poi giù per le ripide scalette che scendono a viale Tirreno – il tristo desolato stradone, la pigra arteria – ecco che d'improvviso scorgo locali e botteghe mai visti, spazi inviolati. Fate morgane, forse: emanazioni di una dimensione diversa, abbacinante, probabilmente svelata dal velo della nebbia, per paradosso o imbroglio, e in anamorfosi.

Scesa la ripida scala, il viale ci attende e lungo i marciapiedi, sotto le insegne al neon e dentro la bruma, come statue di cera, fuori dall'uscio dei loro spacci-antri i soliti paki e bangla e cinesi immobili, soldatini di guardia alla garitta. Occhietti Azzurri, perfettamente a suo agio come un alto prelato in visita episcopale, saluta, benedice, sciala sorrisi, e quelli, rigidi, alzano una manina, fanno ciao ciao, mentre io sbircio di là dalle serrande e scopro che, oltre alle strade sosia, ci sono anche botteghe sosia, e come in sogno ecco che dietro quelle serrande già calate a metà, dato l'orario tardo, con naturalezza si mostra il meraviglioso, l'inconsueto, l'impercepito. Ove era il tristo frutta & verdura, ove stanziavano il casalinghi cinese o il barbiere bengalese o il bugigattolo pachi con ricambi & accessori per cellulari, si svelano botteghe color cinnamomo in versione montesacrina. È una scenografia da circo, tutto un *old curiosity shop* di stravaganti articoli, merci improbabili. Niente caricatori e batterie e cavetti tarocchi, niente scopini per il cesso e piatti di plastica e articoli per giardinaggio: come nella caverna dei quaranta ladroni la Merce muta in fantasmagoria, e ovunque è un geroglifico abissino, un rebus egizio.

Non c'è bisogno d'entrare, è tutto a vista. Sui banconi, lungo gli scaffali, un bendidio di oggetti e merci desuete, anticaglie e stramberie strappate all'oblio: scatole magiche, bengala, decalcomanie, adesivi, bestie impagliate tipo donnole, volpi, istrici, pappagalli e uova giganti di struzzo, di zebù, album di figurine di ciclisti, calciatori, alpinisti, trapper del Far West, esploratori coloniali e radici di mandragola, vipere e altre serpi e sauri e basilischi conservati sotto alcol, in bottiglia, e ovviamente navi, sempre in bottiglia – velieri, incrociatori, rimorchiatori –, scatole impolverate di giochi tipo Monòpoli, Cluedo, Il piccolo chimico, caschi da pompiere, da minatore, collezioni di francobolli emessi da stati che non esistono più, nazioni estinte, bandiere di questi e altri stati obsoleti e divise militari e insegne di antiche confraternite e società di mutuo soccorso – operaie, cattoliche, anarchiche, comuniste e via dicendo –, grembiulini da massone, da macellaio, juke-box e proiettori d'epoca, vecchie radioline e costumi da Carnevale, costumi assurdi, burattini di pezza, manichini da esposizione e manichini da pittore, bambole di porcellana e pupi siciliani, tamburi di latta.

Insegne al neon galleggiano nella nebbia, e ombre s'affacciano agli usci, occhi ci guardano. Io e lo zingaro procediamo piegando verso l'Aniene, e come non accadeva da secoli, da ere geologiche, ai margini degli aloni di pallida luce che emana dai fanali volteggiano le sagome alate e irrequiete e, diciamolo, finalmente ritrovate, dei pipistrelli. E lo zingaro cammina e mentre cammina zufola e canticchia:

O Fledermaus, o Fledermaus,
Laß endlich jetzt dein Opfer aus.
Der arme Mann, der arme Mann
ist gar zu übel dran!

Io che lo seguo, mi guardo attorno e aspetto, prendo tempo. A mezz'altezza, tra le lingue di bruma giallodensa il volteggiare chirottero porta con sé ricordi d'infanzia e un repertorio di confuse emozioni: ripenso a quelle antiche sere – anni Sessanta, anni Settanta – quando, giù in centro, suonate le ultime campane, scesa la notte, il ruscellare dell'orologio ad acqua del cortile si miscelava con un battito ritmico specialissimo, e in lento cerchio e cieco volo nelle sere estive s'alzavano questi topacci alati radar-guidati, e con le finestre tutte spalancate a inseguire anche l'ultimo refolo di brezza poteva capitare che uno di questi s'intrufolasse nel salone e qui impazzisse, battendo contro gli angoli sbreccati della stanza, sulle travi del tetto, sul lampadario, e rimbalzasse, orbo com'era e chiuso da ogni lato, circondato.

Singolarissimo, questo ritorno dei pipistrelli in volo, qui a Roma, Montesacro, singolarissimo e leggermente inquietante, inaspettato. Strani contrasti; più strane presenze: i pesci morti, a migliaia, spiaggiati sulle rive; e tra i palazzi pipistrelli sbucati dal pozzo del passato, di nuovo in volo. A far capolino anche una striscia celeste di opaca e chiara luce: la Via Lattea! Zingaro – gli faccio –, guarda, è tornata! E lui sorride, alza le spalle, mi prende sottobraccio, e – ovvio – si vanta. Guarda un po' dove t'ho portato, gaggio, guarda che posto... E che gli posso dire? Ha ragione. È vero, siamo qui sotto casa mia, *here is my space*, eppure siamo anche nell'altrove perfetto, in un mondo sosia (e qui – poco da dire – mi ci ha portato lui).

Ma se la Via Lattea ci guarda da lassù, dal suo pulviscolo stellato, tra oscure nebulose e altri frammenti di cascame celeste ammassato a spirale tra le costellazioni di Ofiuco e Scorpione, circonfusa da un tenue alone galattico che sfuma e slabbra nel nero, ben altro è il cammino per noi, ben altro il traguardo. Lo zingaro mi invita ad affrettare il passo, andiamo di fretta. Procediamo verso est e il viale torna silente, le luci si smorzano. Alla nostra destra già si intuisce il gorgheggiante sputacchiare delle acque dell'Aniene, tra le rive infestate dai pesci estinti, dentro una foresta di erbacce e ailanti e canne in mezzo al nulla. Poco lontano, il nitrito di un cavallo nervoso scuote la notte. Zoccoli stizziti tormentano la spianata argillosa, battono il tempo. In effetti siamo nei pressi del già citato maneggio montesacrino ma Occhi Azzurri mi rassicura: tranquillo, mica partiamo a cavallo, mica è un film western.

Semplicemente, ha parcheggiato qui, in luogo appartato e sicuro: non cerca rogne. E quando alla fine ci siamo non trattiene un sorrisetto compiaciuto, appare fierissimo. Iconicamente bombato, il Bully T2 ci aspetta sotto le ampie fronde di un platano, bellissimo, niente da dire. Rosso fuoco con strisce orizzontali in vernice bianco panna, il classico furgoncino Volkswagen degli hippy ma in versione zingaresca, quasi più sobria. Sulle fiancate campeggia la scritta SENZA LOCO NÉ FOCO e l'immagine della solita regina zigana, Margaret Finch, col suo cagnolino pulcioso e i tarocchi. 20 cavalli, 2.0 di cilindrata, quattro rapporti: Perfetto, revisionato. Occhi Azzurri, come al solito didascalico, quasi pedante. Una meraviglia, amichetto, e va da dio.

Scatarra, il motore del Bully, e ansima e vibra, ma nulla scalfisce l'imperturbabilità dello zigano. Lui – professionale – al volante, e io al suo fianco, in fida attesa che l'iconico macinino si riscaldi, la miscela carburante-aria giunga al suo adeguato livello, la camera di combustione sia calda al punto giusto e come d'incanto si inneschi l'esplosione nel pistone, e come è prescritto s'avvii la liturgia dei quattro tempi – aspirazione, compressione, scoppio, espulsione – e l'albero motore s'azioni, principi il viaggio.

Non inopportuna risuona la mia domandina sciocca: Be', dove andiamo? Ineffabile la risposta elusiva di Occhietti Azzurri: L'origine è la meta, altro non dice. Percepibile, nella pace e nel mesto silenzio della notte, il crepitare delle foglie di ailanto e platani in terra sotto le gomme che sterzano e iniziano a scivolare in strada, e ritmico il ticchettare della freccia sinistra a indicare che lo zingaro è autista meticoloso, scrupolosissimo direi, e ogni manovra sua è da scuola guida. Per quanto nessun traffico si segnali e non ci sia alcuno in giro – il viale è deserto – Occhi Azzurri guida da gran cerimoniere, sin dagli inizi. Prudente, inserisce "correttamente" l'indicatore di direzione, ovvero la summenzionata, ticchettante e luminosa freccia sinistra; meticoloso, si guarda attorno sbirciando lo specchietto centrale e il retrovisore laterale: nessuno in vista; cauteloso, ruota il capo a sinistra e poi a destra, e scruta attorno, ben consapevole che tutti gli specchi ingannano, qualsivoglia automezzo ha il suo angolo cieco; spigliato, effettua infine la manovra con sollecita accortezza, speditamente, e come da codice della strada impegna con sobria rapidità la corsia destra della carreggiata. Il viaggio comincia. E nell'emozione, nella gioia, nella sorpresa del partire tutto per me diventa espressivo, ogni cosa conta: il rituale della semplice manovra, la gestualità zigana sobria e composta, il cadenzato oscillare, giusto sotto lo specchio retrovisore, del pupazzetto a forma di pipistrello rigorosamente monocromatico, vale a dire nero-fumo o nero-notte, fate un po' voi.

Appestare l'abitacolo col fumo del mio sigaro toscano, della sua paglia: per noi è del tutto naturale, proprio indiscusso. E dentro questo fumigare lo zingaro dà la stura al suo concionare di sempre, fa da contrappunto al silenzio della notte con favole e ciarle, retropensieri.

E salutato da un ultimo nitrito equino, spaventato – neanche fosse Frau Blücher, l'innominabile –, e abbassato con una certa fatica il finestrino – ovviamente con manovella meccanica, niente pulsanti, niente diavolerie elettroniche sul Bully T2 –, lo zingaro, braccio sinistro sulla purpurea fiancata del furgoncino, destro a giocare d'abilità tra sterzo e cambio, riprende il suo eterno monologo.

Un segno, gaggio, volevamo soltanto darvi un... segno. Siete un po' tardi. Divinazione, necromanzia, chiromanzia, magia bianca e magia nera? Lascia stare, ne sappiamo quanto voi: meno di niente. Vedi, amichetto, il futuro io mica l'indovino, io nel futuro... ti ci porto. Piano piano, con dolcezza e con pazienza: *ti ci porto*. Ma dovete capire, devi capire. E allora, che altro potevamo fare? Mettervi la pulce nell'orecchio, darvi la sveglia. Ovvio: dovevamo allertarvi. Chiamale avvisaglie, premonizioni, indizi, spie.

Comincio a intuire, almeno credo. Retropensieri, appunto. Rivanga il passato, il ciarlatano. D'un tratto mi è chiaro a cosa mira: momenti del tempo, spasmi, crampi, convulsioni della Storia come *umbra futurorum*, figure del domani, anticipazioni. Quell'estate dei roghi, quei giorni di incendi. Le alte, cupe pire, le sirene dei pompieri, gli sfasciacarrozze in fiamme, e sparsi in aria vapori e particolati tossici, gas letali, un minestrone fetido di monossido di carbonio, policlorodibenzo e tetraclorodibenzo, ossido di azoto, benzene e altre robacce, e, nell'estate, nello splendore di giornate interminabili, insondabili stranezze, anomalie.

Un segno, bofonchia Occhi Azzurri, volevamo darvi un segno. E mentre il Bully sta già sputacchiando in direzione nord, verso Mentana, lo zingaro che da anni m'appare in sogno e ora si è degnato persino di concedersi "in presenza", come si dice, fa un vago gesto a indicare qualcosa dietro di noi e intende: i cavalli. Eccerto – sbeffeggia –, ma ti sembrava plausibile? Figurati: cavalli al galoppo nelle strade del tuo quartiere? Dài, gaggio, fammi il santo favore, non essere sciocco. Quei roghi, fratellino, li avevamo appiccati noi; quei ronzini, li avevamo liberati noi...

Un segno di cosa? E piantala, zingaro! È il mio turno e dico la mia: Pessima idea. Obiezione puerile, ribatte a stretto giro lui, irricevibile. E nel traballare del furgoncino sulla malmessa sede stradale della consolare, lui inverte le mani al volante, e – fraterno, sin troppo condiscendente, paternalistico, direi – mi cinge le spalle col suo braccio zigano. Ora parla con voce suadente ma il tono è quello del procuratore aggiunto, o del prevosto. Bocca calda e cuore di fiele, come si dice. Montesacro, la tua via Brenneroventuno, il tuo romitorio urbano, la tua topaia! Ma gaggio, sei tu che devi piantarla, è più che ovvio. Cosa credevi di fare, chi diamine ti credevi di essere, sciagurato? Tappato, sepolto, barricato in casa, coi libri, col pennino, coi dischi jazz folk blues, il gatto, le birre? Ma dài, un anacoreta, un eremita del cazzo, uno stilita? Fammi il piacere. E il *noi* (massonico) e il *voi* (accusatorio) svaniscono nella notte, e siamo solo noi due: un tu, un io, e il tu predica (al vento) e l'io rannuvola.

Anni sospesi, è vero, anni buttati. Blindato in casa, muto, insocievole, abbastanza stufo di tutto, poco convinto e in preda a ubbie e umori malmostosi, ansie, cupezze, furie senza un preciso bersaglio, asti e rimpianti. Indeciso. Perplesso. Di certo malato di inconfessate speranze, di certo in attesa. (Ma di cosa? Questione aperta.) Semplicemente – immagino – ci si ritrova quasi vecchi senza averlo previsto e – oplà – ecco che uno scambia la biografia con la Storia, prende fischi per fiaschi. Che poi uno dice la Storia – il nodo è sempre questo – e davvero ciarla a vuoto, non dice niente. Inutile accampare scusanti: la Storia è lì, la Storia ci soffoca, ottunde, circonda: è un liquido amniotico. Peggio per te se non riesci più a decifrarla, se non ti sintonizzi. Anni inconcludenti, anni buoni soltanto a soffrire, collezionare lutti, prendere tempo. Alla lunga, anche il dolore si fa alibi, scusa per procrastinare, cincischiare. E io – non ha torto Occhietti Azzurri – almeno in questo sono stato un asso: bravissimo a far finta di niente, abilissimo a inventarmi sotterfugi, scovare passatempi.

Tempo sprecato! Alla lunga, anche il più astuto, anche il più brillante, anche il più comodo degli espedienti mostra la corda. Bisogna andare all'essenza delle cose, arrendersi all'evidenza, subire il nulla. Tu sei quello che sei e sei quello che hai fatto e – più che altro – che *non* hai fatto; sei un atto mancato. Lentamente, molto lentamente, si arriva al nocciolo della questione, e tocca accertarlo. È la solita storia. Da ragazzino, da moccioso deficiente, uno edifica la sua "statua interiore", si crea un mito personale. Tutta la vita la passi a cercare di somigliare a questa specie di mostro di fantasia ma ovviamente è impossibile, non ce la puoi fare. E il tempo scorre, l'orizzonte s'accorcia, lentamente, molto lentamente, te ne rendi conto. La strada era un'altra. Non *dovevi* farlo. L'iconoclastica insofferenza dei vecchi, la furia senile. Tardi bagliori di lucidità, verità intuite fuori tempo massimo: quando i nodi vengono al pettine, l'unica è demolire quell'idolo di cartapesta, ma è quasi sempre troppo tardi. Così, alla fine, ogni vita è incompiuta, nessuno è felice.

Rimugino, pondero, mi piango addosso. Lui non ci bada. Il furgoncino sfreccia (si fa per dire) per la notte laziale, tra le montagne. Paesaggi della Sabina, poco bucolici. Alta nel cielo la luna, pallida la Via Lattea, rade le case. Lo zingaro continua a bofonchiare, non ha mai smesso. Guida e straparla, lo zigano, e non sembra avere fretta. Adesso – brontola – tutti a stupirvi per queste storie da niente, quisquilie, sciocchezze. I pesci morti, qualche cinghiale a zonzo per le città, qualche volpe curiosa, qualche cervo smarrito. Cose che capitano, caro il mio falso eremita, cose che arrivano. Il Morbo, l'esodo dalle città, la fuga nei borghi. Ma che volete? Ovvio che il cinghialetto affamato faccia capolino; normale che la volpe o il capriolo o il vecchio topo o la blatta si facciano un giro in città: il mondo langue. È fisiologico. Eggià – e qui, tipico suo, apre un'assurda parentesi, e rincara la dose –, siete monodimensionali, gaggio, monotematici. Ma dammi retta: eravate anche avvisati, v'era stato detto. Fidati: l'ampia, la misteriosa congrega degli zigani ha adepti insospettabili, fedeli segreti. Ometti a-una-dimensione, pupazzi di paglia. Tutto deve essere in ordine, tutto amministrato e regolato, tutto produttivo. Ogni cosa deve essere oliata a puntino, logica, funzionale. Be', lascia che te lo dica: è un sogno meschino. Noi, i rubabambini, siamo qui a smentirvi. Noi che nessuno ci ama, noi che nessuno ci vuole, noi brutti e sporchi e diversi, noi ladri e banditi.

Occhietti Azzurri guida, smoccola, fuma. Esagera, penso, si piange addosso anche lui, e poi – mi chiedo – che diamine sta dicendo, dove vuole arrivare? Ma è ovvio, gaggio – e insiste – nessuno ci vuole e nessuno ci considera, hanno tutti paura. Anche i più illuminati, anche i migliori.

E – a sorpresa – lo zingaro mi cita Gramsci e Mussolini, e sa di cosa parla, non improvvisa. Impreca: quel gobbo saccente e quel pallone gonfiato, l'idiota mascellone, il duce-lux (non usa mezze misure, non è molto gentile). Quindi – in furgoncino tra i Monti Lucretili, in un paesaggio di spogli filari di vite, di ulivi sparuti – breve lezioncina di Storia delle dottrine politiche, in versione zigana. Gramsci e gli zingari: un capitolo aperto, ringhia Occhi Azzurri, una pagina triste. Quando voleva sminuire, quando voleva colpire, quando voleva sbaragliare qualcuno, niente da fare, ci metteva in mezzo. "Attendamenti zingareschi, nomadi della politica", oppure "bande zingaresche, nomadismo politico", "avventurismo da zingari della politica", eccetera eccetera. Era più forte di lui, gli sembrava normale. Quell'altro, invece, eh, te lo raccomando: falso come Giuda, oltre ogni limite. "Siamo una formazione di combattimento... siamo gli zingari della politica italiana": ma ti pare normale? Lui – e intende il Duce, ovviamente – zingaro della politica? Ma per favore. È la Storia, gaggio. Sia come sia, non ci volevano tra le palle, andavamo "epurati". "Zingari, saltimbanchi o simiglianti" andavano cacciati dal tuo bel paese, o meglio, scovati in ogni dove, e... rastrellati. Bisognava "colpire nel suo fulcro l'organismo zingaresco", dovevano annientarci. Altro che "zingaro della politica", quello era un celerino, un assassino.

E nella notte fitta, sulle rampe e sui tornanti scoscesi che portano a Monteflavio, mani salde al volante – così almeno spero –, lo zingaro prosegue a scatarrare la sua inopportuna invettiva, contumeliosa. Ormai ha rotto gli argini. Dite, dite pure, pensate quel che volete: ci fate un baffo! Zingari, saltimbanchi, simiglianti e straccioni, rubabambini! Gente senza loco né foco, ladri, pitocchi. Chissenimporta, gaggio, chissenesbatte!

Lo guardo e fa spavento. Sbatte un pugno sul volante, con fare tragico aggrotta le ciglia e piega la bocca a ghigno, gonfia le gote. Sembra pronto a rompere in un urlo di dolore, ed ecco che torna suadente, come se niente fosse. Lo so – scende di tono con fare più disteso, quasi conciliante –, siamo inutilizzabili, siamo irrecuperabili. Ma tu lo sai, noi siamo l'ombra che vi manca; il vostro fantasma della libertà. E poi, gaggio, noi vi diciamo il futuro, anzi vi ci portiamo!

E il cerchio, ecco, si stringe, la bobina si riavvolge, e l'amichetto delle mie notti e giorni e sogni e veglie torna a quegli anni del passato prossimo-remoto, a quel *C'era una volta*. Dopo l'estate dei roghi, dopo l'autunno degli alberi travolti dal vento in città e schiantati al suolo, ci fu quella assurda primavera, strapiena di *segni*! Una foresta di simboli, e soltanto simboli: d'altronde, lui altro non sa e altro non vede, è il suo solo registro. E infatti è prevedibilissimo, lui, e non gliene importa. Un segno, volevamo soltanto darvi un segno. Che Notre-Dame sia andata in fiamme da sé? Che un carpentiere distratto abbia lasciato la cicca accesa sul tetto, sfidando lo sguardo di quelle schifose gargolle, che tutto sanno? Che un cappellano imbecille o maligno o avvinazzato abbia fatto pasticci con ceri e candele? Na, na, amichetto mio. Noi siamo stati. Noi, gli zingaracci cattivi, i puzzolenti. Spietato il fuoco cammina con noi, brucia e rigenera. Il fuoco che arde ogni cosa ci è compagno! Le alte guglie, e le volte: incenerite! Più chiari di così, più didascalici...

E sempre amante di pause, interludi, chiose, deviazioni, attacca con tutta una digressione sulle magie zigane, o presunte tali, e giura e spergiura che tra i magici poteri attribuiti al suo popolo infingardo uno su tutti è degno di memoria o di menzione (per quanto sia una balla). Gli zingari sono famosi per la loro abilità di spegnere gli incendi, amichetto, non di appiccarli. Nell'antica Roma, quando Nerone suonando la Cetra fece il rogo, di zingari non ce n'era, e s'è ben visto. E così ad Alessandria d'Egitto, guarda caso. E invece, gaggio – per fare un esempio, darti un'idea –, nel secolo sedicesimo, nelle terre di Turingia, l'intera città di Gera andò abbruciata. Soltanto una casa, soltanto una magione si salvò. La buona famiglia che l'abitava era stata anche la sola a non schizzarci, infangarci, tenerci a largo, e – vedi? – quella buona famiglia fu premiata!

E allora – dirai, gaggio – se l'abbruciaste voi la bella Chiesa, perché quel fuoco non l'avete poi estinto, domato, ammutolito? E io qui te lo ripeto, te lo ridico. Un segno! V'abbiamo sopravvalutato, un'altra volta. Ma il segno era netto, palese, evidentissimo. Ma ormai è tardi, niente da fare, non c'è abracadabra che tenga, non c'è magia. La prossima volta il fuoco? No, mio caro. Quella prossima volta *c'è già stata*. La prossima volta, caro mio, il Niente!

Altri più ordinari confini, frattanto, valica, impliciti e inavvertiti, il vecchio Bully T2, l'ultimo carrozzone zigano, la nostra trabiccolante *extrema ratio*. I colli della Sabina, lungo sentieri e asfaltati tratturi, tra la bassa valle del Tevere e la Conca Reatina, dentro una falsa nebbia, nella caligine. Sprofondati nella notte viaggiamo verso nord evitando l'autostrada a pedaggio e la triste consolare SS4. Rare macchine in giro, poche e sparse le case, uniforme il paesaggio. Lo zingaro blatera, fuma, guida; accanto, io ascolto, dubito, veglio (o quantomeno mi illudo di vegliare: altro confine incerto). Ma non v'è dubbio: gli uomini intorno a te dormono, e c'è chi sogna e chi ormai neanche sogna più, si è fatto cattivo. Stesi, rannicchiati, supini o bocconi, da soli o in compagnia, sotto la croce col ramoscello d'ulivo, sotto la stampa con gli angioletti paffuti o con il bacio di Klimt, o sotto mura spoglie, senza simboli o segni, gli uomini dormono e si credono al sicuro, in spazi protetti. Dormono, attorno a te, gli uomini in catalessi. Tu sei di sentinella nella notte, sei un custode. Uno deve vegliare, dicono. Uno deve resistere, dicono. Deve essere presente.

Senza loco né foco

Il viaggio, l'avventura, l'emozione *on the road*, un certo modo di mollare gli ormeggi, filare al largo; e la rivolta, la scelta, il gesto, la posa – a volte – di prendere le distanze da riti e convenzioni sociali, dalle cautele filistee, dal conformismo. Una passione – ambigua – per la libertà e l'indipendenza. Tutto sommato nell'*Hay que ser como los gitanos* dell'innominata guru di Effi Briest o di Occhietti Azzurri non c'è questa gran novità, ma non importa. L'utopia della bohème, una fantasia di fuga, una scommessa infinita di sincerità, di autenticità: li abbiamo sempre invidiati, ne abbiamo sempre anche avuto paura: non li afferriamo.

Gli zingari, per noi, sono sempre in viaggio, con gli occhi ardenti. Sono veri, reali, mezzonudi, mezzoaffamati, mezzoinfreddoliti, mezzointorpiditi, e sono un mito, per noi, o uno specchio magico che invece di riflettere confonde, e confuta. Le loro gioie da salamandra, impareggiabili, la loro vita errabonda, di terra in terra, il loro Egitto di fantasia, e quell'India ancestrale, le balle, i canti. Invece di provare a imitarli, impresa vana, avremmo dovuto usarli come spirito-guida, mantra segreto e vivere con loro, vivere la loro vita più larga della nostra, senza alterigia.

Ovvio: il rischio della parodia è sempre in agguato. Il mondo è pieno di pseudo-zingari, falsi bohémiens. Ma il mondo è pieno lo stesso di falsi, copie di copie: lasciamo stare. In ogni caso, se per noi sono fonte di stupore, di meraviglia, resta anche questa tenace, incoercibile diffidenza, l'oscura fobia per chi è diversamente diverso e sempre ci sfugge. Quel loro essere sempre in viaggio, la vita errante, è qualcosa che – diciamola tutta – ci destabilizza. Li vedevamo arrivare, li vedevamo accamparsi, li vedevamo partire, senza un calendario o un programma precisi, senza preavviso: presenze-assenze fugaci, ombre *in itinere*. La stupidità, meschina, dei borghesi; l'allergia cautelosa e piccina alle fantasie più sfrenate, alla *rêverie*: lo specchio storto zigano ce le rimanda indietro, e siamo spacciati.

Appunto, è questione di timore, malcelata avversione, sacro terrore. Ma timore di cosa? Bella domanda. C'è una lettera di Flaubert a George Sand che parla di questo e va al nocciolo della questione, centra il bersaglio. Flaubert era andato a curiosare in un accampamento di zingari a Rouen, e c'era gente con lui, gente del posto. "Ciò che stupisce è che suscitano l'odio dei borghesi, sebbene siano inoffensivi come pecore... quest'odio deriva da qualcosa di molto profondo, e molto complesso. Lo si ritrova in tutta la gente d'ordine. È l'odio che si porta al beduino, all'eretico, al filosofo, al solitario, al poeta, e c'è della paura in questo odio."

Li vedevamo arrivare, dalle campagne, in carovana lungo gli argini dei fiumi, lungo le alzaie dei canali, costeggiando monotoni filari di pioppi, campi di sorgo, e li sentivamo a distanza, s'avvicinavano. Ai bordi delle città, ai margini estremi dei borghi, sotto gli archi dei ponti, sotto le volte degli acquedotti, li guardavamo accamparsi, accendere fuochi di stoppie, mettere a bollire enormi marmitte sfondate, sfamare le bestie. Piccole bande, sparute congreghe o tribù, strane famiglie. Gli uomini coi loro turbanti o i cappellacci con le piume, i panciotti tempestati di bottoni o il caffettano a righe, i grandi stivali; le donne con gonne ampie e sfrangiate, bandane coloratissime, scialli avvolgenti e bracciali e lunghe collane e mille sonagli e orecchini, ninnoli vari, e, al petto, la schiavina coi bambini fasciati, e spesso le tette al vento, gli occhi bistrati. Cani al seguito, cavalli macilenti, orsi tenuti al guinzaglio, nugoli d'oche. Arrivavano su grandi carrozzoni e carretti col pianale e verdine, su case a forma di grandi botti con le ruote, a volte montavano lerci tendoni da circo, misere arene per i loro animali sapienti, improvvisati palchetti da guitti savi e tristi, da saltimbanchi, leggevano la sorte, cercavano tesori nascosti nelle fondamenta delle nostre case-fortezze, nelle cantine, sostavano accampati ai limiti dei villaggi e dei borghi, delle grandi città, intrecciavano cestelli di paglia e vimini, battevano rame o ferro o zinco, questuavano, facevano la carità senza umiliarsi, chiedevano due soldi di cacio e due soldi di pane, rubacchiavano qualcosa, sgraffignavano, diciamo pure prendevano in prestito qualcosa, senza ritorno, perché quel che è mio e tuo, e il tuo è mio, e in fondo l'amore è sempre anche furto, e il furto è sempre anche amore e da qui non se ne esce...

Sono sempre in viaggio, vengono e vanno. Nei mesi scorsi – da quando nei sogni miei s'era insediato lui, l'oniroimpiastro – ho anche provato a capirci qualcosa, c'ho ragionato. Ma è un rompicapo, e in ultima analisi ha ragione lui: sono troppo diversamente diversi, non possiamo esaurirli. Tocca andare al cuore della faccenda, mettersi in gioco. Nella memoria, le immagini di una personale preistoria romana, incerte, confuse. Mattine di primavera e pomeriggi e sere, anni Settanta. Un ragazzino alla scoperta del suo labirinto urbano, dentro il suo spazio, ai limiti del suo circoscritto mondo di chiese, di marmi e di spettri, Roma-Centro.

Gli zingari non erano il circo per me, niente del genere; li ho conosciuti "in viaggio", come prescritto dal mito eterno della nomade erranza, ma in forma autoferrotranviaria, molto urbana. Li vedevo arrivare e li vedevo partire, a piazza Argentina. Scendevano dai bus – allora verde muschio e verde più chiaro, con la striscia laterale giallorossa, modello Lancia 716 e 718 – donne e ragazze coloratissime, sembravano arcigne principesse di fiaba o fate o streghe, e in fondo le stavi aspettando, senza impazienza. Bellissime quelle madri bambine, spauranti le arcigne matrone, dolci i bambini. La scombinata combriccola delle donne zigane, in missione al centro. Poi le ritrovavi nei tuoi cammini di sempre, peripatetici: sulle scale delle chiese col bimbetto sozzo e paffutello in braccio, tanto carino, ti ci imbattevi nelle piazze popolate più che altro dai piccioni molesti, dai passeracci, o al mercato di San Cosimato, o alla Dataria, a Campo de' Fiori. Presenze speciali e diverse, tra preti e suore. E leggevano la mano, e che dio ti benedica, dicevano, e bambino ha fame, dicevano, e non ti chiedo tanto, una monetina, dicevano, e che dio t'assista, e parlavano bleso e strascicato e dolceuntuoso, come parlava bleso e strascicato e dolceuntuoso la *Gitanilla* di Cervantes, e allattavano in pubblico, ed erano strane.

Donne, comunque, giovani e giovanissime, e vecchie o di mezza età – indecifrabile –, e nelle strade di Roma e nelle vie niente aveva quel fascino lì, anche sgradevole, e nessuno era come loro, e io che allora ero contro tutto, io che anelavo a sconquassi, libertà, sfracelli e albe più o meno magiche di novità e avvenire, palingenesi, o quantomeno a giornate meno scialbe, meno ordinarie, io che certamente mischiavo adolescenza e sesso, libri e politica e – come oggi, d'altronde – sogni e veglia, io in quelle donne mi ci specchiavo e non capivo niente, ma mi stregavano: a conti fatti potevano dirmelo mille volte di stare molto accorto, di fidarmi poco o il giusto, di stare in guardia, tanto in tasca non avevo mai una lira, ero felicemente spiantato, non rischiavo niente e non me ne importava (e lo capivo). Però lo capivo che l'orrore e lo schifo e il disagio profondo dei borghesi per gli zigani in strada, sui marciapiedi, era legato ai soldi, al portafoglio, e, soprattutto, a un'idea di decoro e decenza meschina, noiosissima, e quella roba lì era uno schifo per me, un pianto greco (ma lo è ancora adesso) e allora – mitizzando, lo so – mi schieravo con loro, le zingarelle, e va da sé che era uno schema, volendo anche ideologico, ma nelle piazze e nelle vie di Roma, e nei cortili, questo fantasma di libertà selvaggia e questuante e scamiciata mi rallegrava.

Avevano anche un modo tutto loro di salire sui mezzi, di prendere i bus. Mentre l'ATAC o il Comune o chissà chi completava in quegli anni il grande scempio della rete tranviaria, io, Roma, l'attraversavo in bus, o in bicicletta (attento, appunto, ai binari del tram presenti ovunque, ramificati, contorti, intersecanti come lo scheletro di un grande animale appena estinto), e in certe ore, nell'ambra rosata di tramonti che la memoria mi suggerisce di situare in primavera, o forse in autunno, in ogni caso mai e poi mai in piena estate e neanche in inverno, poteva capitarmi di salire sul 55 barrato o sul 170, avendo certi amici in zona Ostiense, piazzale della Radio, Portuense, e spingermi verso sud con doppia traversata del Tevere, come se i fiumi a Roma fossero due e non uno, o il fiume stesso, per serpeggiante malia, riuscisse a duplicarsi; e quella era anche l'ora in cui a piccoli gruppi salivano ciancianti le zingare sul bus e prendevano posto di solito verso il fondo e s'accrocchiavano lì e come sempre facevano banda a parte; le sempre allattanti allattavano piuttosto tranquille, calme, indifferenti, le sempre bisbiglianti bisbigliavano in una lingua speciale, mielosa, indecifrabile, mentre lo splendore amaranto dei tramonti si specchiava laggiù, nell'estremità terminale dell'automezzo ATAC ormai in movimento, ed era tutto uno scintillare di denti d'oro e tondeggianti orecchini, o bracciali assurdi, e a guardarle da vicino non erano poi così insolite, le mie zingarelle, con quelle gonne e gli scialli e i veli e i foulard, per paradosso vestivano alla moda, niente di inedito, anche allora ragazze degli anni Settanta (le "compagne") si abbigliavano, si esibivano, si nascondevano, dentro ampi maglioni sformati, lunghe sottane, gonne a balze o pantaloni rigorosamente fiorellonati, stracolorati, e fazzolettoni e foulard, ampi cappelli da uomo, orecchini a cerchio e bracciali e collanine e cavigliere di esotica provenienza, indianeggianti, come indianeggiante era l'afrore di patchouli che sprigionavano i loro corpi desiderabili e desiderati e desideranti; il 55 barrato o il 170 diventava dunque un carrozzone zigano, o una tradotta hippy immaginaria e già intrisa di sogno, cioè inaffidabile, e questo alla faccia – e per lo scorno – dei borghesi e delle persone serie, degli adulti in combutta e delle troppe ragazzette e dei troppi ragazzetti perbene, dei benpensanti.

Era nell'aria, d'altronde: un trasalimento gipsy, una frenesia, una bruciante nostalgia di cose mai provate, di cose ancora mai viste, un desiderio inspiegato di altre feste e baldorie, di una diversa – e più libera – socialità, di un'altra esistenza. Era nell'aria, e quell'aria era bella e frizzante, piena di sussurri, di dolci suoni, rumori, armonie, e questo ancora prima della Politica, ancora prima degli Ideali e delle Idee, dei gravi imperativi, dei moniti e dei rimbrotti dei dieci cento mille Super-Io.

"Trasformare il mondo" e, insieme, *changer la vie*: solo quello importava, solo quello contava e risuonava attorno a noi, anche sugli affollati mezzi ATAC.

Poi è scontato. L'immaginazione, il desiderio, la fantasia vivono di immagini distorte, cecità selettive e pretesti, specchi bugiardi. Niente di male, basta saperlo; io lo sapevo, ne ero cosciente. Era la loro routine, quella, la loro oppressione. Tornavano ai campi di lamiere sfondate e bidoni e roulotte, le zingarelle, tornavano nella cenciosa contro-cittadella zigana sotto ponte Marconi, dai mariti ubriaconi, dai padri padroni, dai fratelli gelosi, e tornavano stanche. Ma stavano lì e non stavano lì, ed erano un simbolo. Spiaggiate lungo gli argini del biondo Tevere, erano altrove e ovunque, inafferrabili: dentro e fuori dalla Storia, dentro e fuori dal Tempo, dai calendari e dai lunari, dai diari e dalle agende, estranee al ritmo pigro dei giorni che alita tedio: chi le schifava, chi le spregiava, chi si teneva discosto, chi ne aveva timore, rendeva omaggio a un'ombra di liberazione senza saperlo. L'avrei capito – sarei riuscito a dirlo – solo molto ma molto più tardi, leggendo appunto quel passo di Flaubert, quella frase-mantra: *suscitano l'odio dei borghesi... È l'odio che si porta al beduino, all'eretico, al filosofo, al solitario, al poeta, e c'è della paura in questo odio.*

C'è della paura...

Eretico e beduino, filosofo a modo suo, e solitario a metà, poeta a metà, lo zingaro che m'appare in sogno guida nel buio. Poche parole sul Bully T2 che scatarra nella notte, ormai già in Umbria. Dolci colline segnate dal disegno regolare dei filari di vite, dagli uliveti, e strade che s'infossano tra scabre pareti di roccia, case di pietra qua e là, borghi tufacei. Per una volta stranamente silenzioso fuma guidando, e fumando canticchia, mezzo-romantico. Sinatreggia, Occhi Azzurri, aznavoureggia. Ha anche una voce aggraziata, per quanto roca.

Za Sukar cai
Kunt tre jaka da sonakai
Kunt te keleja o luns de la vardinja
Ta sa le Sinti

Ta sa le Sinti, ai gijavenale,
Sukar Sinta
Basavava tuke kun kun mri gitara...

Un canto d'amore, qui sul Bully T2, tra le fosche montagne, adesso che ci inoltriamo dentro le prime avvisaglie della dorsale appenninica, adesso che il furgoncino – ultimo, sgangherato, orgoglioso erede dei carretti, delle case su ruote, delle verdine, dei carrozzoni zigani, delle roulotte – procede ostinato tra faggete e castagni, e boschi più fitti che sui Monti Amerini, verso il tuderte, smentiscono per breve tratto quel paesaggio d'olivi e campi di sorgo e fave e girasoli e filari di vite tipici delle terre più basse, delle colline. Un canto d'amore risuona per lei, la bella gitana, la *Cinta Sukar*, e io mi chiedo se *lei* sia qualcuno davvero, se Occhi Azzurri abbia da qualche parte un affetto, un amore, una donna, e se abbia un cuore anche lui, se provi emozioni e passioni, cose così, ma sono domande che tengo per me, domande sciocche, in questa regione ormai fuori dal sogno e dentro il sogno, nell'indistinto. E nonostante questo vagare *on the road*, senza una stella polare e senza bussole o meta, almeno che io sappia, dentro di me torna ad accendersi la solita ansia e impazienza o pura curiosità delle vicissitudini del mondo.

Come previsto, com'era lecito aspettarsi, per quanto arcaico il Bully ha la sua bella autoradio, un attrezzo vintage. Sempre fierissimo delle sue mercanzie, Occhi Azzurri si illumina di un ghigno a mille denti quando vede che la sbircio, e ritorna loquace. Eh, gaggio, non ce l'aveva di serie, e io c'ho messo questa, guarda, è perfetta. Di mezzo – dice – c'è sempre quel suo cugino, quello della Mercedes. Sai, lui sta in un giro che compra e vende 'ste robe, è uno in gamba, uno che ci capisce, ti puoi fidare. Se la carezza e se la mangia con gli occhi, la sua auto-radiolina. Autovox anni Sessanta, tra l'altro *Made in Roma*, a Largo Ponchielli. Nel dettaglio: Autoradio Autovox RA Bermuda 163 B, onde medie e onde lunghe. Sia come sia – giura –, fa il suo porco dovere, funziona ancora. Mi invita a provarla: accomodati pure. E in FM, da qualche parte all'interno di uno spettro elettromagnetico tra i 300 e i 3000 chilohertz, crepitando a intervalli determinati da gibbosità, rilievi, alture, asperità che rendono irregolare la linea dell'orizzonte, scompigliano la ionosfera e rallentano la propagazione terreste delle onde radio nel curvilineo piegarsi del pianeta, ma con i favori dell'orario notturno, il Bermuda 163B, gracchiando, inizia a ricapitolare le *news* dal mondo.

Il GR della mezzanotte, una messa cantata. Solito il menu, solita l'impaginazione di rito, ve li risparmio. Dopo dieci minuti buoni di bla bla bla politico-pandemiale, la solita fuffa, dopo gli aggiornamenti sul boom ormai crescente di "ungulati sulle strade" – leggi: cinghiali –, e prima della rubrica Arte-Spettacoli, della – scarna – pagina sportiva, della rubrica Motori, prima del meteo – ecco l'attesa sezione Esteri, l'unica davvero appassionante. Esteri, oggi, per cominciare, nel senso più estremo: lo spazio profondo. La voce del cronista va e viene, tra le montagne (il terzo canale, come sempre, fa a pugni con l'intollerabile Radio Maria e, qui, tra le alture dell'Umbria, con Radio Subasio, con Radio Orte). Sia come sia, il succo della faccenda è presto detto e al centro della notizia c'è una nostra vecchia conoscenza, un vecchio amico (*amico* si fa per dire, naturalmente). Da bravo divulgatore, il giornalista assume il tono suadente di uno che ti racconta la favola della buonanotte, ma non è esattamente una favola questa e la notte è buona a metà, e per metà inquieta.

Vi ricordate di M87? Il primo e unico buco nero di cui abbiamo un'immagine, o meglio, di cui abbiamo un'immagine dell'ombra? Ebbene, ultimamente sta liberando getti di plasma che vanno alla velocità della luce. Questo oggetto che ha 6,5 miliardi la massa del sole si trova nella galassia della Vergine, a cinquantacinque milioni di anni luce da noi. L'autore principale dello studio, Alejandro Cruz-Osorio dell'Istituto di Fisica Teorica dell'Università Goethe di Francoforte, interpellato dal nostro notiziario, si spiega, in esclusiva: "Il buco nero super-massiccio M87 è probabilmente altamente rotante e il plasma è fortemente magnetizzato nel getto, accelerando le particelle fino a scale di migliaia di anni luce".

Di prammatica, al GR, il ricorso all'eufemismo. Tradotto pane al pane e vino al vino, l'M87, il super-massicio *Black Hole* della famigerata inedita Polaroid, l'acclamato divo del sempre avvincente fotoromanzo dei cieli, ecco, l'M87 lassù, nei meandri della Vergine, a cinquantacinque milioni di anni luce da noi, si aggira come un ossesso sputacchiando, vomitando, scorreggiando, alitando plasma, bava spaziale, una luminescente poltiglia di elettroni e ioni in mescola non esattamente allo stato aeriforme, ma neanche liquido o solido, e quindi centrifugato, espulso, lanciato, scaracchiato tutt'attorno in forma ionizzata; eccoci dentro perciò quel misterioso "quarto stato della materia" che, come dicono i fisici, "illumina il cosmo" e ovviamente insieme lo ottenebra per sempre, e sempre l'oscura.

Quindi dall'*Outer Space* si passa al canale, ovvero l'unico e solo di rilievo, quello di Suez. C'eravamo lasciati con un rumore sinistro, da arrotino, dentro uno stallo politico e diplomatico, persino etico, che nascondeva preparativi di attacco, intenzioni cruente. Niente parerebbe cambiato, all'apparenza. Nelle segreterie di stato, nelle cancellerie si continua a trattare e a mediare, segretamente; al Palazzo di Vetro generici proclami e facce di bronzo; l'ultima formula suona arzigogolata, quanto vaga: "rispristinare la legalità internazionale, il diritto dei mari e le prerogative della sovranità senza trascurare basilari criteri umanitari". Così recita la bozza in discussione che, in due parole, offre un'ultima via d'uscita ai rivoltosi: arrendersi, sgomberare la *Spettro* e consegnarsi a uno stato terzo per sottoporsi alla giustizia ordinaria di quel paese con tutte le attenuanti del caso. Fonti ben informate alludono a un imminente ultimatum: quarantotto, massimo settantadue ore, non una di più. Il nostro è un "prendere o lasciare, comunque onorevole" confida un diplomatico sotto anonimato alla CNN.

Sul campo, invece, la novità è diversa, ed è sorprendente. Alarico Zucchini, l'inviato, la illustra in diretta al GR Notte. Nel tardo pomeriggio appena trascorso, sfuggendo ai controlli delle forze egiziane schierate lungo le altane ai bordi del canale, una scialuppa o zattera o barchetta (qui le testimonianze si fanno confuse) ha lasciato le rive alla volta della *Spettro*. A bordo, questo pare assodato, una trentina di ragazze e di donne, e a poppa, garrente al vento, la solita, incongrua bandierina pipistrellesca. Chi siano queste sciamannate – ammette Zucchini – non è chiarissimo: mamme, sorelle, mogli, groupies, o addirittura scaltre professioniste in cerca di sicuri guadagni: vattelapesca. Chiunque esse siano, colpivano le vesti variopinte e gli scialli e i foulard, gli abiti non precisamente alla moda, il look un po' hippy e un po' folk, virante al grunge, come colpivano i canti levati dalla scialuppa-zattera-barchetta giunti sino a riva, mossi dal vento. Alla distanza, si udivano strofe, versi, parole:

Furia barricadera degli amori
il tempo *en rouge et noir* confonde voci
e l'alba con la sera *en bandoulière*...
E tra i tamburi il soffio di mille respiri
canti liberi e stendardi come un cielo
suono dei liberi e amore di corpi vivi
tra i tamburi il soffio di mille respiri

Binocolanti, e ora quasi indiscreti, quasi guardoni, i soliti curiosi riferiscono di un'entusiastica accoglienza da parte dei rivoltosi dei mari alle accorrenti. Grandi applausi dai ponti della *Spettro*, fischi alla pecorara, persino due o tre bengala sparati su nel cielo, per allegrezza. E, in men che non si dica, scale di corda a spiovere dalle fiancate della nave che già fu da crociera, e ora – ribelle – indugia all'ancora sulle acque del canale sempre bloccato dalla disastrosa Soft & Green, e sempre intasato.

È un attimo e le sciamannate son lì, si sistemano a bordo, prendono posto e – si intuisce – quelle mica sono soccorrenti vivandiere, mica infermiere. Niente crocerossine sulla *Spettro*, niente badanti. Se hanno deciso di unire la loro sorte agli ammutinati del Golfo un motivo ci sarà, e non innocente. Sia come sia, ancora una volta – l'ennesima – la comune dei mari si conferma anomalia selvaggia, pietra dello scandalo o forse, semplicemente, pietra d'inciampo. Comunarde e comunardi di traverso ai "piani del capitale", al suo disegno di sempre, normalizzante. E a fugare ogni dubbio, e quasi in tempo reale, il primo proclama delle autonominate erinni dei mari in VHF. Come i loro compari maschietti anche le nuove arrivate adorano le esternazioni su frequenze molto elevate, a onde ultracorte, ovvero tra i 30 e 300 megahertz, tecnicamente. Una portavoce, in un inglese dubbio che tradisce origini latino-americane, probabilmente argentine, forse uruguagie, scandisce il nuovo proclama della comune, ora anche *en rose*: parole di sfida risuonano nell'aria ferma, e ovunque rimbalzano:

> La *Spettro* è bloccata, la *Spettro* è bombardata, o poco ci manca. Cittadine, dove sono i nostri figli e i nostri fratelli e i nostri mariti? Sentite il cannone che romba e la campana a martello che suona il sacro appello?
> Allarmi! La *Spettro* è in pericolo.
> È forse lo straniero che torna a invadere i ponti della comune? Sono le legioni coalizzate dei tiranni del mondo che massacrano i nostri fratelli, sperando di distruggere con la grande nave persino il ricordo delle conquiste immortali che da oltre due secoli noi acquistiamo col nostro sangue e che il mondo chiama libertà, uguaglianza, fraternità?
> No, quei nemici del popolo, quegli assassini del popolo e della libertà sono come noi, sono nascosti tra noi, sono strumenti del potere globale, e forse neppure lo sanno, neanche lo sentono
> Questa lotta fratricida che minaccia la *Spettro*, questa lotta a morte, è l'atto finale dell'eterno antagonismo tra il diritto e la forza, tra il lavoro e lo sfruttamento, tra il popolo e i suoi carnefici! I nostri nemici sono i privilegiati dell'ordine sociale attuale, tutti coloro che hanno sempre vissuto del nostro sudore, che si sono sempre ingrassati della nostra miseria.
> Cittadine della *Spettro*, erinni dei mari, discendenti delle donne della grande rivoluzione, delle suffragette, delle femministe, sorelle che in nome del popolo e della giustizia hanno fatto sacrosanti sfracelli, menato scandalo, adesso tocca a noi: l'ora decisiva è arrivata, bisogna finirla col vecchio mondo!
> Cittadine, tutte risolute, tutte unite, vegliamo sulla sicurezza della nostra causa. Siamo pronte e se gli infami che vogliono fucilare i prigionieri, uccidere i nostri compagni, saranno pronti a mitragliare anche una folla di donne, tanto meglio! Il grido di orrore e di indignazione del mondo otterrà quel che

> noi stiamo tentando, qui sulla *Spettro*. E se le armi e le baionette sono tutte utilizzate dai nostri fratelli, ci resteranno ancora delle pietre per schiacciare i traditori!

Novità anche dal fronte della missione OMS, non inattese. Come preannunciato, chiusa la fase delle ispezioni nei laboratori cinesi e americani, ("esaustive ma purtroppo inconcludenti" ricorda il GR), ecco le "novità rilevanti, forse la svolta". Sotto la spinta dell'ala più "futurista" del cosmopolitico team di esperti e tecnici – i notiziari segnalano l'accresciuto attivismo dei rappresentati di Bielorussia e Mongolia, e dei francesi – la delegazione annuncia la prossima tappa del tour della specialissima caccia al tesoro mondiale (la "causa prima del Morbo", come è ben noto). Ad annunciarlo alla stampa, naturalmente Pablo Fonseca, lo splendido, e il suo compare – *the voice* – Dimitri Slavov. L'onduregno stavolta ha il volto grave, gravissimo, e pure il bulgaro mica scherza: ora si fa sul serio.

"Il tempo sta scadendo" dicono in via proemiale , "non è più il momento di giochi tattici e di veti incrociati, dubbi e distinguo. Il flagello, come è evidente, sta rialzando la testa, bisogna affrettarsi. Unica e sola speranza è ormai appurarne la genesi, l'Alfa e l'Omega." È anche una questione di metodo, ricorda Fonseca. "La causa materiale, la causa formale, la causa efficiente, la causa finale del Morbo permangono ignote. Come giustamente hanno suggerito alcuni colleghi" trasparente l'allusione ai bielorussi e ai mongoli, come pure ai francesi, "se in terra non v'è soluzione, studiamo altri mondi."

Al brusio sbigottito dei giornalisti presenti, il duo Fonseca-Slavov replica senza esitazioni, e invita a stare attenti. "Non fate quella faccia, mica vi stiamo dicendo che vogliamo andare sulla Luna e su Marte, non fraintendete." E l'arcano è spiegato così, in diretta mondiale. Dopo un lungo confronto interno – "aperto e franco" –, la missione ha deciso di verificare la cosiddetta "ipotesi Vorosilov" – dal nome dell'anestesista bielorusso ipovedente alla guida della pattuglia degli extraterrestrologi –, e senza ulteriori indugi e titubanze. L'inutile ricognizione tra gli animali e la vana perlustrazione dei diversi laboratori presi in esame impongono un passo ulteriore, solo apparentemente azzardato. Niente può essere escluso a priori. Il Morbo, secondo questa scuola di pensiero, potrebbe venire da lì, da pianeti distanti, da altre galassie. Non scordiamocelo: gli alieni – sottolinea Fonseca – *sono tra noi*. Nuovo brusio di sbigottimento tra i giornalisti in sala; nuova alzata di spalle dal duo al microfono. È il segreto di Pulcinella, lo sanno tutti. Sì, cari signori: gli alieni sono già sulla terra, su *questa* terra; per quanto surgelati e in obitorio: sono tra noi! Alla fine – spiegano – gli americani si sono fatti convincere, hanno accettato. Per la prima volta nella storia, e in via eccezionale, il governo USA darà accesso ai delegati della missione OMS alle elusive strutture dell'Area 51, la segretissima base sperimentale e militare dell'aeronautica in Nevada.

Colpo di scena, tutti-a-bocca-aperta! Le perplessità degli astanti si mutano in ammirazione, stupore, meraviglia; Fonseca & Slavov si godono il loro momento di trionfo, falso modesti. Sì sì, cari signori: gli alieni sono tra noi, laggiù, in Nevada, nei pressi del Groom Dry Lake, sottoposti a meticolosa procedura di tanatoprassi e conservati a una temperatura tra i -10 e i -40 gradi in celle frigorifere situate in uno dei blocchi dell'Area 51. Vastissima, invisibile ai satelliti, mai fotografata, chiusa dentro uno spazio aereo blindato, la base (*The Box*) risulterebbe suddivisa in sei distinte strutture: *Dreamland, Paradise Ranch, Home Base, Watertown Strip, Groom Lake* e *Homey Airport*). In una di queste – e ormai da una settantina d'anni buoni – riposano le salme di una pattuglia marziana caduta a terra. Per quanto tutte le operazioni condotte nell'Area 51 ufficialmente *"remain classified and cannot be discussed publicly"* (come sottolinea una lettera della segreteria di stato che i due oratori sventolano davanti agli occhi dei giornalisti), questo "lo diamo per certo e possiamo dirlo": grigi e non verdi, gli alieni vittime del famigerato incidente di Roswell (1947) sono crioconservati lì, e, per quanto morti e insepolti, ancora intatti. La missione è stata quindi autorizzata a condurre esami autoptici sulle salme. Grazie ai nostri strumenti di rilevamento, sin troppo collaudati e avanzatissimi, la necroscopia – dettagliano Fonseca e Slavov – consentirà di appurare l'eventuale positività al Morbo dei marziani, o comunque di valutare se quegli sventurati viaggiatori dello spazio profondo siano mai entrati in contatto con lo stesso. Il Virus – concludono – potrebbe venire da lì, dall'*Outer Space*!

E dal mio fianco, dal sedile di guida, viene un grugnito. Prima ancora di dire la sua, lo zingaro fa una smorfia buffa, e brontola-rutta. Sembra divertito, qualcosa di quanto ha testé radiosentito lo solletica a intervenire, lo ha stimolato. Il paesaggio s'è fatto più scabro e il Bully T2 avanza lungo una valle infossata ove l'alta ombra del monte alla nostra destra raddoppia il buio della notte; sulla Regionale non c'è anima viva, e solo per suggestione diresti che dalle nervose cavità del Catria e dai suoi boschi di querce e carpini e faggi e dalle gole nascoste e dalle caverne si alzi, a tratti, il guaito mesto del lupo, o il canto pauroso degli uccelli notturni. Fuochino, questa volta fuochino, sibila il mio dottor Sotutto, aria di degnazione in volto, commiserante. Fuochino, aggiunge, ma subito puntualizza: no, non ci siamo. E, prevedibile, eccolo che torna alla sua vecchia hit, al solito tormentone: un marchio di fabbrica. Mai un ragno dal buco, quelli non caveranno mai un ragno dal buco... niente da fare.

Al mio "che intendi?" ovviamente non replica, faccia di bronzo. Ma no, gaggio – e insiste – mai un ragno dal buco, *quelli*, figurati. Noi, invece... un segno! Volevamo soltanto darvi un segno. E ci risiamo: da quell'orecchio non ci sente, lui, non vuole sentirci. Così ci parliamo senza parlare, due anime in pena. Ci facciamo compagnia, svoltiamo il giorno. Forse non siamo soli. Non del tutto. Da qualche parte, nascosta nella selva e magari proprio qui, sulle asperità del Catria, tra Umbria e Marche, Mab, la regina delle fate, la levatrice dei sogni, ci assiste e vigila. Accudente ci imbroglia, Mab, dea dei folletti. E io lo so come lo sa lui, lo zingaraccio: "mentono i sognatori; mentono mentre sognano cose vere". Shakespeare, nemmeno a dirlo, *Romeo e Giulietta*. Siamo io e lui, Romeo e Mercuzio, due sciagurati. Tutto è già stato detto, tutto è già scritto.

Un po' più tardi, nell'ora sempre incerta tra il cane e il lupo, prima dell'alba, quando ormai non è più notte e ancora non è giorno, pausa colazione per noi, caffè e cornetto. Dai vetri sporchi di un bar lungo la Porrettana, distrattamente guardiamo lo spiazzo antistante illuminato dall'insegna al neon del locale o dai fanali dei primi camion diretti in Emilia o in Toscana che, a intermittenza, si riflettono sull'asfalto bagnato, contro le pareti delle case e i guardrail.

Siamo tra Pavana e il Ponte della Venturina, dentro un confine, poco lontano dai laghi di Suviana, da Granaglione. Men che notte e men che giorno al Bar dei Cacciatori, sala biliardi, nominalmente provincia di Pistoia, anche se il gestore biascica in dialetto emiliano, e – considerate foto e gagliardetti al muro – tifa Bologna (la cameriera biondoslavata non conta, viene da fuori: sarà ucraina o moldava o slovacca, va' tu a sapere). L'ambiente ha anche un suo fascino, va detto. Notevole il bancone zincato, tirato a lucido; notevolissima la caffettiera Faema a due caldaie, con curatissime rifiniture quali manopole in polipropilene (effetto radica), leva del vapore in acciaio cromato, manometri pressione pompa e caldaia in tricromia, immancabili le foto di squadrette di calcio locali barra amatoriali alle pareti, caratteristica l'immagine del suddetto gestore, qualche anno e parecchi chili addietro, in tenuta da ciclista con maglia Molteni, su bici Atala, di prammatica i calendari della polizia, guardia di finanza, guardia forestale, carabinieri.

Eccoci: Romeo e Mercuzio in un bar di provincia, anni Sessanta; Mercuzio e Romeo seduti a tavolino, sotto luci al neon da obitorio, e senza parlare. Ci godiamo il momento, la sosta, l'ora incerta. Lo zingaro sfoglia le pagine sportive del "Carlino", con aria svagata; io apro il portatile, guardo la posta.

Missive d'ordinanza, più che altro réclame, e un impegno mantenuto (per quanto ormai neanche ci sperassi più, mi tocca ammetterlo). Da un suo cyber-qualche-luogo, mi scrive Effi. "Scompiglio" rinnova la sua promessa-minaccia – "ci vediamo presto" – e, ragazza di parola, mi spedisce in omaggio elettronico le tavole del suo fumetto grimmelshauseniano: *Vita dell'arcitruffatrice e vagabonda Coraggio*. Singolare la scelta grafica di Effi, piuttosto ambiziosa. Ogni capitolo racchiuso in una sola tavola, senza vignette separate, quadri rigidi; il tutto in austero Black & White, con qualche sporadico inserto in acrilico, rosso magenta. Ventotto tavole molto fedeli al testo originale ove si racconta di come la suddetta arcitruffatrice e vagabonda Lebushka (in seguito chiamata Coraggio) abbia sposato per primo un capitano di cavalleria, poi un capitano semplice, quindi un tenente, e di come diventi vivandiera, moglie di moschettiere e infine zingara...

Vita "meravigliosa e veramente straordinaria" scriveva il Grimmels nel proemio falso edificante del romanzo che ho letto una vita fa e che probabilmente ho prestato a Effi (e figurati se me l'ha dato indietro), la maledetta. Ora provatevi a rintracciare *Coraggio* in libreria (virtuale o tradizionale): *mission impossible*. Un libro fantastico – al livello di *Moll Flanders*, personalmente direi anche una spanna sopra, ma stiamo lì – che non conosce più nessuno, che non legge più nessuno, che – temo – nessuno potrebbe più neanche apprezzare, gustare appieno: troppo esplicito, troppo pane al pane e vino al vino e, aggiungerebbe Courasche, soprattutto pelo al pelo, e proprio in quel senso lì, tanto che già lo stesso nome *courasche* è una variazione sulla parola *fica*, né più né meno, e il libro intero è scritto "a scorno" dei guerrafondai, dei preti e dei benpensanti, e la morale di Coraggio-Grimmelshausen è sempre quella del Vangelo ma senza la consueta retorica e senza più ipocrisia, falsa-coscienza: nessuno scagli la prima pietra, nessuno giudichi: "tutte le persone dabbene capiranno che, in genere, cavallo e cavalla, puttana e puttaniere appartengono tutt'e due alla stessa razza e che nessuno dei due è per niente migliore dell'altro; chi si assomiglia si piglia, disse il diavolo al carbonaio; peccati e peccatori vengono sempre puniti da peccati e peccatori...".

Scarico gli allegati sul desktop, per ingrandirli, li guardo con attenzione, (lo zingaro si è assentato per pisciare, e in ogni caso perché dovremmo aver fretta? Chi ci sta appresso?). In ventotto tavole, eccola qui tutta la "divertente e istruttiva vita" di questa vecchia carampana tra amori e duelli e raggiri e truffe ed empie e scellerate avventure, e sordidi commerci e traffici e impicci e imbrogli, e sullo sfondo la guerra con suoi mercenari e le sue famose battaglie, le sue razzie, e i trent'anni di orrore e saccheggi e stupri, case e fattorie date alle fiamme, campagne sterili, contadini derubati, donne violate, mandrie e armenti allo sbando e genti in fuga dalla violenza di altre genti in armi e affamate, o in fuga dalle malattie, in fuga dai morbi.

Effi è fedele, fedelissima al testo di Grimmelshausen, non salta niente. Vediamo come "la signorina Lebuschka (in seguito chiamata Coraggio) capita nella guerra", vediamo come "scambia con un risoluto capitano il suo nobile fiorellino", e la ritroviamo "signora e moglie di capitano", e "subito vedova" e di battaglia in battaglia e di marito in marito, Coraggio vive nella guerra, e sfrutta e subisce la guerra, teme e ama la guerra, altro non conosce, altro non sa, e diventa una contessina, e ridiventa puttana, si fa vivandiera, ruba, rubacchia, addestra ancora un altro marito "a ogni sorta di furfanteria" e cambia ancora marito e "si prende un'indegna malattia", frequenta sotto un albero di pere un "vecchio libertino" e "si dà al commercio di tabacco e acquavite", in ogni caso, una ne fa e mille altre ne pensa, e resta indomabile, ingovernabile, impenitente, non ha paura di niente, neppure dalla vecchiaia, neppure della bellezza perduta, nascosta sotto una "pellaccia raggrinzita da vecchia femmina". Ed Effi la disegna così come l'avrebbe voluta Grimmelshausen, semplicemente: pane al pane, vino al vino e pelo al pelo. Coraggio-Lebuschka da giovane: una fregna spaziale. Coraggio incartapecorita: un'orribile strega.

Più che altro Effi disegna la guerra, trent'anni di guerra. In filigrana, a tratto più fine, come uno sfondo obbligato o una carta da parete su cui disegnare le avventure ribalde e puttanesche di Courasche, in miniatura traspaiono assedi e battaglie e spostamenti di truppe, attendamenti, fortificazioni, luoghi di culto e strade di accesso, rilievi montuosi, boschi ove nascondere la cavalleria e i moschettieri, i lancieri e l'artiglieria, corsi fluviali con l'indicazione precisa di guadi o ponti, le sinuosità delle coste, i buoni approdi, i ripari, le insenature, cascine e casolari e fattorie dove la soldataglia potrebbe trovare occasione per foraggiarsi, e come in un plastico, o in una delle grandi incisioni belliche di Jacques Callot, eccelso incisore e giocoforza anche eccelso cartografo, per tutte le pianure attorno, e sulle colline, soldatini schierati in squadre, plotoni, drappelli, battaglioni, col capitano innanzi, a cavallo, coi tamburini, le bandiere di ogni nazione in gioco, e di ogni fazione; a volte, ai margini della scena, figure sfuggenti, sagome incongrue, scene di crudeltà, devastazione.

Sempre alla maniera di Callot – minuziosa e ultra-dettagliata ma a suo modo sarcastica e visionaria, tragico-ironica – Effi introduce nel terrificante quadro l'anomalia: nanerottoli abbigliati come archibugieri o picchieri o moschettieri, mendicanti, veri storpi o falsi storpi, veri ciechi e falsi ciechi, grassatori di strada e soldati di ventura allo sbando, soldati in fuga, disarcionati, spaventati cavalieri dell'armata svedese o dell'imperiale, maschere della commedia dell'arte, schiavi in catene, lunghe fila scomposte di pellegrini, appestati e monatti, processioni devote e cortei di carrette e carrozzoni di guitti in viaggio, di saltimbanchi, ragazze e donne alla fonte o sulle rive di un fiume, tra campi in fiore, e – abbastanza tremendi, crudi – alberi spogli da cui pendono (strani frutti) genti impiccate, e naturalmente incendi e ponti fatti saltare, case e villaggi in macerie, città stremate.

Les Misères et les Malheures de la guerre nella versione di Angelica "Scompiglio", alias Effi Briest, e in primo piano, con tratto a china più grosso e incisivo, le imprese – "immonde, abominevoli, pidocchiose, tignose, impure" – dell'arcitruffatrice, della vagabonda, della puttanesca Courasche e dei suoi compari o rivali, amanti o vittime. Trent'anni di storia d'Europa e trent'anni di guerra, con tutte le sue scaramucce, battaglie, provvisorie, fasi di stanca e carestie, siccità, fame, tanta miseria e il gran freddo. Courasche salta di letto in letto, di truffa in truffa: la storia ufficiale le scorre alle spalle come un paravento o un gioco d'ombre cinesi, di lampada magica. Le celebri battaglie di Breitenfeld, di Gibilterra, di Lützen e di Stralsund, i rinomati assedi di Pitzen e di Norimberga, la spedizione di Cadice, il sacco di Mantova, ridotti a insulso e spaventevole *scenaire*.

Ma il vecchio romanzo barocco riserva ancora una sorpresa (mentre il fumetto ne ha in serbo due). Sul finale, quando sembra aver ormai esaurito tutto l'umano repertorio di depravazioni, bassezze, scaltrezze mariuole e sozzure, furfanterie, Courasche estrae un'ultima carta dal suo mazzo di carte sempre truccate e rovescia il banco. Nell'Europa nascente delle nazioni e dei principi in arme e dei civili arruolati, schedati, disciplinati, sottomessi al gioco del potere in cambio di (dubbia) protezione, vita (teoricamente) sicura, in quel sottoscala della Storia ove intere popolazioni spaurite firmano *obtorto collo* lo sciagurato Contratto Sociale (un assegno in bianco) col biblico grande Leviatano generando incestuosamente lo Stato Moderno, Courasche si siede ancora una volta dalla parte del torto e da picara, e da ladra, e da "puttana sifilitica" che era sceglie l'estrema, incoercibile anomalia, e si fa... zigana.

È la sua fuga più estrema, la sua rivolta. "Siccome mio marito era morto e non avevo nessuno che si curasse di me, cercai rifugio fra gli zingari che si trovavano in coda al grosso dell'*armada* svedese comandata dal generale Konigsmark." Era pronta, a suo dire, era il momento: "presi a cospargermi accuratamente di grasso d'oca, crema di pidocchi e altri unguenti per tingermi i capelli, sicché in breve tempo ebbi un aspetto così infernale da far credere di essere nata in Egitto... In breve tempo imparai a leggere nel futuro da una vecchia egiziana, mentre mentire e rubare sapevo già farlo da tempo... in breve tempo divenni tanto perfetta da passare anche per una generalessa degli zingari".

Come sfondo dell'ultima metamorfosi dell'anziana e impenitente grassatrice, Effi sceglie di ridisegnare in sequenza verticale le quattro incisioni di Callot su *Les Bohémiens*. La profetica tribù dalle pupille ardenti si è messa in viaggio: la vediamo sulla strada di polvere con i cavalli, i carri con le mule, cani e nani al seguito, lattanti al collo; la vediamo fermarsi presso un cascinale, accostarsi ai contadini per leggergli il futuro sulle mani o con le carte (e alleggerirli delle poche monete che hanno in tasca, o di un'oca paffuta, di una gallina); la ritroviamo, stanca, a sera, mentre si accampa all'ombra di nodose querce, di lecci frondosi ed è intenta a squartare capretti, a far sobollire pignatte, a raccontare favole della buonanotte ai bambini, a giocare a scacchi e a dadi, e come sempre, loro, gli zigani, *ces pauvres guex*, sprovvisti di tutto e bisognosi di niente, altro bagaglio non si portano dietro che un'immagine, una fantasia di futuro, o una speranza.

In primo piano – e come sempre disegnata a tratti di china

più netti – c'è lei, Courasche, la mestatrice, la logorroica voce-narrante, l'anima persa: "con questa gente ho vagabondato spesso da allora per quasi tutti i buchi dell'Europa, e ho ideato, preparato e portato a termine tante di quelle furfanterie che ci vorrebbe un'intera risma di carta per raccontarle tutte, anzi non credo che nemmeno sarebbe sufficiente".

Solo nell'ultima tavola Effi si discosta dal testo, e in modo totale. Grigie su fondo nero, le sagome di Courasche e dei suoi zigani si radunano presso una radura nel buio pesto di una notte illune. Senza neanche accendere i fuochi o sistemare i carretti o piantare le tende, la tribù egizia si dispone in cerchio, come in attesa. Dal cielo – fuor di metafora: dal margine in alto a destro della tavola – si palesa una massa incombente. Ovoidale, a forma di panciuto frigorifero bombato, sagomata da un alone tenue di luminescenza, sormontata da un ricurvo uncino che sembra un pezzo del Meccano o un grande artiglio, l'improbabile nave spaziale si prende la scena. La *newborn* zingara Coraggio e tutti gli zigani sono tranquilli. Vibrazioni, sonorità, rumore di boccaporti metallici che scorrono su invisibili binari, cigolii: dal ventre enfio della *Vagabonda dello spazio* si apre una porticina, scende una scala. Coraggio e tutta la sua tribù salgono a bordo. Quindi, Coraggio, e tutta la sua tribù, si alzano in volo.

Le falene

Picchiettano sul vetro della finestra, come in estate, e sono decine, centinaia, sbattono e rimbalzano contro l'inganno della trasparenza nel rettangolo sagomato dalle sbarre di ferro in cerca di uno spiraglio, di una feritoia, di un passaggio che non c'è, che non esiste, e si accalcano attratte dai 40 watt di questa lampadina a incandescenza fuori norma con tanto di piattino paralume in ceramica bianca che illumina a malapena il tavolo in legno di castagno (qui è tutto di castagno), davanti al camino. Di mutevoli dimensioni e forme e manti, farfalline, processionarie e altri lepidotteri notturni, sagome isteriche: falene giganti, falene a testa di morto, falene bianche, falene vampiro, falene dalla testa di serpente, falene cobra.

Anche in autunno, la coreografia idiota e ossessiva delle falene ritma la notte. Vivono nella dimensione dell'abbaglio, sono irretite. L'antichissima, la preistorica comunità delle falene, l'alata popolazione della notte. Da molto prima di noi, da duecento milioni di anni, su questa terra. Ne abbiamo dirottato il volo, le stiamo ingannando. Bestie suicide. Uno si chiede perché cerchino la luce, ottusamente, perché vadano a farsi ammazzare così, bruciandosi nel fuoco di una candela, nel calore di una resistenza elettrica, di una lampadina. Il loro volo a orientamento trasversale, la fototassi, i loro giri a spirale dentro spettri ingannatori di luce infrarossa. Teoricamente si regolano sul chiarore della luna, di stelle fisse. Bande di Mach: accanto alla luce più intensa è più denso il buio. Da milioni di anni volano così, frodando le tenebre: dipende dai lori bulbi oculari, da come *vedono*. Il chiarore della luna, almeno nelle notti di luna, o anche la luce delle stelle: si riflette sui loro occhi catarifrangenti, e guida le rotte. Sono vittime di una truffa percettiva, di un raggiro. Ancora non si sono abituate alle nostre candele in sego, in cera, ormai, più comunemente, in paraffina, ancora non hanno risolto il mistero beffardo delle lampadine. Il fantasma dell'elettricità urla, si scaglia contro le loro antenne, e sono fritte.

Anche in autunno, quindi, per tutto l'anno. E naturalmente anche qui, tra i castagni e i cornioli dell'Appennino, dove m'ha portato lo zingaro, sul Bully. Falene, ragnatele, e polvere sulla finestra di questo semplice essiccatoio di castagne riattato alla bell'e meglio in abitazione qualche generazione fa, a fine Ottocento. Fuori la pigrizia di una notte come tante, un tempo inerte. Il picchiettare ostinato dei lepidotteri sul vetro; il fuoco che scoppietta, dalla foresta, a intermittenza, il richiamo della civetta, il verso insistente dell'assiolo o quello, più melodioso, dell'allocco: non c'è altro. Un esaedro di pietra a due piani, immerso nella boscaglia, presso la strada che scende verso un'antica pieve e fattorie e casolari, le "case sparse". Accanto alla porta un glicine che si arrampica sino al tetto; nello spiazzo antistante: un fico che non dà fichi, rovi, il fantasma di un roseto in malora e, come è naturale, castagne, e querce.

È un luogo *e* non è un luogo, questa baracca. Niente di strano. C'è un mondo sotto al mondo, accanto al mondo: vive (o non vive più) nell'altrove del dimenticato, nella dimensione parallela dell'obsolescenza, magari non programmata, dell'oblio. *Ghost Town* e archeologia industriale per palombari nel pozzo del passato. Sono cose che piacciono, che affascinano. Ovunque in rete si trovano questi siti che elencano le *abandoned houses* nascoste un po' in tutto il mondo, anche in Italia: manieri, magioni, ville, vecchi ospedali psichiatrici, parchi a tema deserti e miniere dismesse, colonie estive. Hanno una speciale malia, questi luoghi, sono magnetici (e naturalmente chi li esplora ci ricama su con leggende e dicerie, ciance allusive).

Poi c'è l'altra contro-Italia segreta, un arcano rurale. Il mondo dei contadini, l'angusto, asfittico universo dei vinti, dei *superati*. Niente di troppo remoto, di medievale. Soltanto sino agli anni Cinquanta del secolo scorso l'Italia era più che altro un paese di contadini, di gente che campava di terra, mezzadri e braccianti, servi pastori. Le tracce di questo *C'era una volta*: trascuratissime. Ma ovunque persistono e un po' ovunque ci inciampiamo, qui sull'Appennino. Media montagna e noia grama e infinita. La sola ricchezza erano le castagne: qui anche il pane e i ravioli e i dolci e la polenta si facevano con la farina di castagne, dieta obbligata.

Bisognerebbe disegnarla la mappa di tutti questi antichi *metati*, di questi essiccatoi sparsi, lasciati andare in malora o risistemati, sulla dorsale che sale dall'Eugubino, dal Casentino, dal Pistoiese, e seguita verso il Bolognese e il Modenese e il Parmense e si spinge verso la Garfagnana, l'alta Versilia e la prima Liguria, e raggiunge le montagne del Ponente Ligure, il Piemonte. Costruzioni elementari, semplicissime. Cubi di pietra a due piani, divisi da una gratella di listelli in legno, senza finestre. Sotto, un fuoco, morto, di braci e fumo. Sopra, sulla griglia di legno, le castagne a seccare, col loro guscio.

L'Italia clandestina degli essiccatoi, nell'Appennino. Niente a che vedere col glamour già turistico dei trulli o dei masi, delle case grotta di Ponza, dei casali in pietra toscani o marchigiani o umbri, dei dammusi siciliani, delle baite alpine. Due ambienti essenziali, col solaio in legno, la porticina, il tetto spiovente come quello delle casette che disegnano i bambini e, quando sono stati risistemati come questo, una scaletta che si inerpica troppo ripida, un camino, il cucinotto ricavato in un angolo-cubicolo, un paio di finestre, il cesso, la stufa a legna. Al piano di sopra, un armadio, il letto sempre troppo alto, una cassapanca. Sotto, un tavolo proprio davanti al fuoco, la credenza, uno sgabuzzino nel sottoscala, e fuori, accanto alla porta, una panchina. Le mura in pietra sono intonacate in calce. Il tetto è in coppi di cotto, rosso-mattone.

Naturalmente, anche questa baracca è piena di cose, di troppe cose. Oggetti, attrezzi, suppellettili e vasellame, utensili, cianfrusaglie: cose che sono state accumulate, immagazzinate, ammonticchiate, messe da parte. Il ciarpame di tre o quattro generazioni conservato con cura, messo al riparo dal tempo o dalla critica roditrice dei topi e delle tarme. Le lenzuola, le federe sono state ripiegate con cura, protette da preistorici sacchetti di lavanda, palline antitarlo. Ci sono piatti da servizio buono e altri piatti in terraglia, zuppiere, ciotole. Scatole di bottoni. Collezioni di vecchi giornali, vecchie riviste. Su una mensola accanto alle scale bottiglie di liquore, bottiglie di vino di almeno cinquant'anni fa, temo imbevibili. Sotto il lavello, pentolini di latta con lo smalto crepato, posate per almeno quattro famiglie, confezioni di Scottex del Pleistocene, zollette di zucchero ancora nella loro scatolina Eridania, anni Sessanta. D'altronde le cose durano più di noi, ci sopravvivono. L'assurda durevolezza degli oggetti di consumo, la loro persistenza: impressionante. Ci consumiamo prima noi, gli *homines fabri*. Quindi: *fuori* la natura, il mondo delle piante, degli animali; *dentro*: un universo di cose, cose che abbiamo costruito o comprato e logorato ma che ci sopravvivono, che restano. Cose che ci seppelliscono. Non me, in ogni caso, non ancora. E, in ogni caso, anche qui resto uno che c'entra e non c'entra niente, sono abusivo. La casa era *sua*. Tutti questi ammennicoli, tutte queste carabattole, gli oggetti utili, gli oggetti di dubbia utilità, le semplici cianfrusaglie, erano *suoi*. Il padre, il nonno, il bisnonno – tutti gli antenati che questa baracca l'avevano usata come *buen retiro* (più che altro, da magazzino) – erano *i suoi* (antenati e discendenti, a esser precisi: tecnicamente la casa è di "Scompiglio", aka Effi Briest, unica e sola erede di mamma sua).

Ne ho già parlato: la mia Sarapha, la donna con le ali che si era illusa di volare, e non ce l'ha fatta (anche le falene s'ammazzano, e sanno volare: bestie suicide). Lo zingaro, stavolta, non può fare finta di niente, non può cavarsela col solito: "Ah scusa, scusa, cazzo, gaggio, proprio non c'avevo pensavo, scusami tanto...". Se ha scelto di condurmi qui, l'ha fatto apposta. Un luogo, d'altronde, dove sono stato molto felice; a modo mio, lo sono ancora.

Mezzo felice e mezzo triste, naturalmente. Siamo sempre

lì: *in tristitia hilaris, in hilaritate tristis.* Un luogo di verità, ma non di pace. Un luogo dove ritrovarsi anche se a volte non è precisamente un affare, ritrovarsi, e il grumo, il bolo, il non elaborato, il non digerito tornano a galla o in gola, come un rutto, un singhiozzo, un rigurgito amaro, che sa di fiele. Un luogo, appunto, che non è solo un luogo, è più di un luogo e ha a che fare con certe coordinate della tua vita che il tempo, la storia, quella cosa che retoricamente, pomposamente, chiamiamo "destino" ma che è solo un intreccio assurdo di caso e necessità e di atti mancati, di passi falsi, hanno semplicemente abolito, cancellato.

Suvvia, non importa, ne ho già parlato. D'altra parte, l'avevo intuito da un bel pezzo, ancora sul Bully T2, quella mattina dopo la colazione al bar dei cacciatori sala biliardi, sulla Porrettana. Un'alba ancora di brume e umidi e bassi vapori, un'alba decisamente autunnale col sole ancora ben nascosto tra le montagne. Quando lo zingaro aveva imboccato i tornanti che dalla Valle del Reno si inerpicano in collina: avevo capito. Dove mi stava portando, che diamine aveva in mente, a cosa puntava. L'origine è la meta: ma che deficiente! E c'eravamo guardati, e in pratica ce l'eravamo detti senza dircelo. Inutile stare a discutere, inutile rivangare, tempo sprecato. Sguardi arrabbiati tra noi, ma anche d'intesa. L'avrei strozzato, ma me lo sarei anche abbracciato, lo zingaraccio. *Mixed feelings* e ambivalenze del cuore: la solita zuppa. Il disagio – e la gioia – di finire proprio *qui*, tra le montagne; quest'assurda sensazione di tornare a casa. L'erba alta tutt'attorno alla baracca, il fico immenso che allunga i rami a tentacolo sul prato, e foglie ingiallite e ricci di castagne e ghiande in terra, e – dentro casa – la solita giungla di ragnatele, formiche e polvere. C'era solo da rimboccarsi le maniche, c'era da fare.

E poi ci siamo ritrovati sotto le fronde della quercia, a chiacchierare. Parole su parole e ancora altre parole, sotto l'apparenza di un dialogo il solito monologo zinganesco. I suoi – incontenibili – sproloqui, i miei non-detti. Il suo inevitabile, dilagante, onnicomprensivo e rabbioso "noi", il mio reticente "io", che non intende mostrarsi, che non si svela (tanto lui lo conosce a menadito, mi sa benissimo). E aveva attaccato a sproloquiare, a rivangare il passato con tanto di prove a carico e di circostanziate pezze d'appoggio, di documenti. Una filippica che s'era preparato per bene, niente di casuale, di improvvisato. Calzoni da lavoro con mille tasche e cerniere, zip, fascette in velcro, un maglione con le renne di Natale che proprio non so da dove l'avesse tirato fuori, il basco sghembo in testa. Non crederti, gaggio, non è facile neanche per me, non è uno scherzo. Bofonchia, fuma, si fruga tra le troppe tasche e cerniere, come al solito, in cerca di qualcosa che, come al solito, fatica a trovare.

Il consueto *eureka*, questa volta poco trionfale, quasi solo pensato, sussurrato, giunge quando da uno dei funzionali comparti dei calzoni sbuca fuori una cartina dell'Italia in bianco e nero decisamente logora sulle piegature, abbastanza consumata, comunque leggibile. Regno d'Italia, anno XXI, EF. Diverse le località, diversi i toponimi cerchiati in rosso. Bolzano, Visco e Palmanova (dalle parti di Udine), Agnone in Molise, Vinchiaturo in Abruzzo, remotissimo Perdasdefogu tra i monti dell'Ogliastra, Montopoli in Sabina, Collefiorito, e poi l'isola di Arbe, Gonars a nord, Ferramonti a sud. Piccole macchie di rosso disseminate qua e là lungo la penisola, ben distanziate. Rosso che s'addensa e infittisce giustappunto attorno al quadrante di Bologna, sotto la linea del Po, verso il Nord-Est.

Lo zingaro, o chi per lui, qui ha usato una matita dal tratto più marcato, il segno è più spesso. La nostra Italia col morbillo, farfuglia, l'Italia a pois. Macchiette, cerchietti di rosso che adesso si ravvicinano mentre le distanze si accorciano e lo spazio si contrae. Fossoli, Berra a due passi da Ferrara, e Prignano sulla Secchia, a due passi da Modena... e da *qui* (qui dove ci siamo venuti a nascondere o a rifugiare, va' tu a saperlo, qui dove m'ha portato lui, sull'Appennino). Voltati e guarda: c'è sangue sulla scarpina, anche per lui. Gaggio, non è facile neanche per me – insiste –, siamo vicini, troppo vicini. E spiega e lamenta e impreca, digrigna i denti. La preistoria del suo *C'era una volta* specialissimo e terminale, l'antefatto in Black & White, cerchiato in rosso. Campi di Concentramento & Transito: bell'eufemismo! Campi di detenzione, internamento, smistamento. Tappe – penultime – di una persecuzione, di un confino (la tappa ultima – precisa – tu la conosci già, te n'ho parlato: il nostro amato piccolo chimico, faccia da gatto; lo stramaledetto *Zigeunerlager*, l'*Anus mundi*, l'arcifottuto buco nero del lercio nero culo del mondo, la fine, l'abisso, il divoramento...).

Adesso impreca Occhi Azzurri, mastica amaro. Ci chiamavano "girovaghi", ci chiamavano "ginnasti", ci chiamavano "gironzoli perdigiorno", "vagabondi". Be', fattene una ragione: zingari eravamo, zingari siamo. E altre carte, e altri documenti saltano fuori dai suoi calzoni multitasca da Eta Beta zigano o da teatrante. Circolari prefettizie, cronache di giornali, verbali poliziotteschi, decreti ministeriali: cose così. Occhi Azzurri non recrimina: informa, comprova, come proverbieggiando sentenzia: "Carta canta".

Il bel paese che un bel giorno si risveglia idrofobo, con l'itterizia! Ci rastrellavano, gaggio, ci venivano a cercare, ci gattabuiavano, e poi ci mandavano lì, in pasto ai nazisti. Carta canta, davvero, stavolta, e mica è un bel canto. Senti che storia gagè, senti che roba. Circolari, ordinanze, telegrammi e posta pneumatica: isteria pura. Il prefetto vattelapesca, il ministro vattelapesca, il questore e il podestà, il maresciallo dei carabinieri, il commissario di polizia, e il parroco, il farmacista, il finanziere: tutti con le visioni, tutti allucinati di botto, ossessionati. Parlano di "carovane di zingari" in arrivo, parlano di un'invasione improvvisa, di una "calata". Manco fossimo stati gli Unni di Attila, i barbari di Odorico, i lanzichenecchi. Senti che roba, gaggio, senti che storia! Carta canta e Occhietti Azzurri recita, declama! Da mattatore, imposta la voce sul modello dei radiogiornali EIAR o dei cinegiornali dell'Istituto Luce o della Settimana Incom (tanto è lo stesso):

al podestà
al comando di polizia,
a Sua Eccellenza il prefetto
ai comuni,
al comando dei carabinieri,
al comando della 52esima legione
al segretario federale

Viene segnalato a questo ufficio che, in questi ultimi giorni, delle carovane di zingari più o meno numerose transitano indisturbate nel Polesine, malgrado le disposizioni da tempo impartite, e da ultimo con circolare 12/8/1943-XX n. 08355, circa il loro rastrellamento, l'assegnazione ai campi di concentramento e la sospensione dei sussidi.
Occorre subito e nella maniera più diretta che sia ripresa l'attività di tutti gli organi di polizia e della Provincia, diretti a combattere tale fenomeno!
Come è noto gli zingari sono sempre stati pericolosi alla sicurezza pubblica, perché autori di reati comuni, ed alla pubblica sanità quali apportatori di malattie contagiose, ma nell'attuale momento in cui la nostra nazione è impegnata in un conflitto di vita o di morte, occorre considerare il fenomeno anche esplicitamente dal punto di vista politico.
Già la Terza internazionale comunista, tra i nuovi sistemi escogitati per intensificare l'attività comunista nei paesi dove il comunismo vive ed opera in modo clandestino, provvide ad affidare a carovane di zingari speciali incarichi per la propaganda di partito.
La vita nomade degli zingari e la facilità di spostamenti da un centro all'altro consentono, se vengono tollerati tali spostamenti, contatti con gli ambienti operai e dei contadini, e permettono di assolvere gli incarichi sovvertitori di cui sopra.
Pertanto si rivolge viva raccomandazione agli Uffici e ai comandi di indirizzo, perché provvedano senza indugi al fermo di tali zingari, alla loro identificazione, al loro interrogatorio.
Il commissario prefettizio
Il questore

Da manuale, gaggio, da manuale! Ma l'hai sentito? Tutto il repertorio, tutto il campionario del bravo acchiappa-zingari, e in poche righe. Occhietti Azzurri getta in aria il cartaceo documento prefettizio (una fotocopia), si fa una bella boccata di fumo, prende fiato e comincia a girare la mano dinnanzi a sé, a mulinello. Gesto da ambulante dei Quartieri Spagnoli, gesto – beffardo – da venditore di piazza, da magliaro. Non ci si crede – rincara la dose con l'aria di uno che davvero non sa se sia il caso di mettersi a piangere o mettersi a ridere: Tutto il campionario, tutta la mercanzia, tutto un *Madamina il catalogo è questo*, e bla bla bla. Carovane di zingari alle porte, carovane... Attenti bambini: arriva l'uomo nero, arriva il bau bau; in campana che arriva lo spauracchio cencioso, lo straccione. Ruba, e mentre ruba contamina, contagia, infesta, infetta: t'attacca il morbo, il pidocchio, la piattola, la tigna, la petecchia o la peste, l'epidemia... Super-attenti, poi: è pure al soldo dei biechi comunisti, trama nel buio! Carovane di zingari agli ordini di Mosca, del comunismo! Ma per favore! Ma ce li vedi? Ma... mi ci vedi? In carovana – con i soliti stracci e cani e canti e regazzini al collo, e questo e quello – in carovana come emissari di Stalin e compagnia, del Politburo! Zingari in viaggio tra un centro e l'altro, tra una fabbrica e l'altra – o dai contadini – a consegnare messaggi di sedizione e rivolta. Rivoluzione! Zingari spia al soldo del Sol dell'Avvenire, sovvertitori! Ridicolo, anzi no: ridicolissimo. Sia come sia, gaggio: il finale era scritto, era scontato. Arriva l'uomo nero, e l'uomo nero va preso a calci in culo, va rastrellato! Campi di concentramento, campi di transito (verso quel che tu sai, il gran buco nero!): Fossoli, Berra, Prignano sulla Secchia: e siamo *qui*, gaggio, siamo a due passi da qui, dal monte ameno! E anche se il sole – pallido – brilla alto nel cielo d'autunno, rabbrividisce Occhi Azzurri e mi dice che ha freddo: meglio rientrare.

Adesso, nell'unica stanzina della casa, seduto davanti alla finestrina-gabbia che affaccia sul bosco, lo zingaro tace e fuma, e pare di pietra. La luce spenta che ne scolpisce il profilo è pulviscolare. Lo guardo e per la prima volta mi chiedo quanti anni ha e chi è davvero fuori dalla mitociarla del sogno, oltre la parte che si è assegnato in commedia o, diciamo, in burletta. In ogni caso, resta in silenzio. Sguardo assente a frugare tra le fronde dei cornioli spelacchiati, smorfia mesta sul volto, medita quasi assorto, rimugina, rimesta nel pestello l'acqua – immagino torbida – di ricordi tutti suoi; pensa e *non* parla.

Zingaro, zingarello: a cosa pensi mai, cosa ti turba? Ognuno ha il suo dolore, ciascuno ha le sue gatte da pelare, le sue magagne. E se mi ha portato quassù, non l'ha fatto soltanto per me, o contro di me; c'entra in qualche modo anche lui, c'è anche la sua vita, *qui*. Prignano sulla Secchia: è a due valli di distanza, tra le montagne. Me l'ha fatto intuire, ma figurati se ha voglia di spiegarsi, entrare nel dettaglio. La scena del delitto, la scena del crimine. Lì è accaduto qualcosa: poco ma vero. Qualcosa che c'entra davvero con lui, che lo coinvolge. Un'ombra, un ricordo che incrocia la sua biografia, la sua esistenza. Il mio dolore e il suo, i nostri speculari non detti: che reticenza. Ci limitiamo a intuire: sottoparliamo, tra noi, sottotaciamo. Attimi – lunghissimi – di sospensione, di attesa, tempo sospeso. Gli dico: Magari ci facciamo un caffè. Mi dice: Ottima idea, e torna in silenzio.

Nel gelo di mattini più tersi, rimugino. Giornate lente e relativamente operose, qui nell'Appennino. Il prato che ormai si è fatto selva, da sistemare. La legna da spaccare. Il fiasco con i fagioli bianchi che cuociono accanto al fuoco di braci, dentro il camino. Un blocco per i disegni, libri da leggere e – naturalmente – la radio: musica e audionotizie dal mondo: i radiogiornali. Nel cielo il pigolio di una solitaria poiana, anima in pena. Traccia orbite in alta quota, circolari, la vedi e non la vedi, e spesso si nasconde oltre il profilo della montagna che incombe davanti casa e oscura il sole troppo presto, e schianta la poesia dei tramonti, genera buio. A volte scendo sino alla Pieve, ma aveva ragione Rimbaud, niente da fare: *Vraiment, c'est bête, ces églises des villages*... Lo zingaro va e viene pure lui, ha certe cose da fare, e in ogni caso è tutt'altro che invadente, dorme sul Bully. Quanto al nostro star qui, se n'è chiamato fuori, tipico suo. Lui dice che si è limitato a leggere dentro il confusionario garbuglio dei sogni miei, diciamo con spirito di servizio, zelo sospetto. Se mi lamento, fa spallucce e gran mostra di stupore: non sono contento? Ma gaggio, è qui che volevi venire, è qui che volevi nasconderti, non essere sciocco.

Neanche ci discuto più, e poi forse ha pure ragione, almeno in parte. Se sono finito qui, in mezzo al niente o ai boschi, è anche una scelta mia, come è naturale, ma se Occhi Azzurri crede che sia tanto ingenuo da illudermi di aver davvero tagliato i ponti con la società, i doveri, gli obblighi, i rituali e la chiacchiera sociale, lo *Zeitgeist* pandemico-demenziale in voga adesso, si sbaglia di grosso, mi sottovaluta. Per me un posto vale l'altro, io vivo appartato. E poi, nascondermi? No, che non voglio nascondermi, e da chi? E, soprattutto, dove, in che maniera?

Tra i libri che ho infilato dentro la mia bella sacca, alla partenza, non poteva non esserci il "mio" Thoreau, e infatti è qui! *Walden and the Duty of Civil Disobedience* (persino in versione illustrata, un bel Black & White). Fatemelo dire: Thoreau è inutile leggerlo come un manuale di sopravvivenza new age, di vita selvaggia. Tutte le idiozie, tutti i pensierini edificanti, tutte le sciocchezze proferite, recitate, sussurrate in nome suo da un po' di tempo a questa parte fanno anche un po' ridere. Il Grande Scorbutico Americano mica era scemo. Lui lo sapeva benissimo – purtroppo – che non ci si può mai nascondere davvero, fuggire, anzi *sfuggire* alla società, alle regole e ai riti, al clima basso del tempo, financo all'effetto Morbo, allo *Zeitgeist*. "La società prepara sempre vendetta contro gli irregolari... un uomo, dovunque vada, sarà sempre inseguito dagli altri uomini che lo acchiapperanno con le loro sporche istituzioni e, se possono, lo costringeranno ad appartenere alla loro disperata massoneria."

Tombale, definitivo, amaro, e – ahimè – *verissimo*! Dovunque ti vai a cacciare ti acciufferanno: nella giungla della città o in un buco di campagna: non cambia un bel niente. Poi, intendiamoci, mica mi stupisco, io lo so benissimo: si vive di illusioni e di autoinganno (e di stupide réclame e ricatti, slogan ammiccanti). Da mesi la sentiamo cantare questa canzoncina qui, ormai è scontata: stucchevoli caricature di disobbedienza civile e patetiche parodie di vita selvaggia nei boschi sono moneta più che corrente, oggi, direi *inflazionata*. Non vuoi pagare le tasse, oppure, non vuoi la punturina, non ti va la suppostina, la mascherina? Bene, bravo, applauso, bis: ti metti lì ingrugnato e strilli come una cutrettola isterica, o una gallina: *Disobbedienza civile, disobbedienza!* Modi per prendersi troppo sul serio, modi per credersela; modi, più che altro, per prendersi per il naso da soli, pigliarsi in giro. O quegli altri con la loro fuga dalla città, la *new life* in campagna, con tanto di smart working? "L'Italia è piena di borghi abbandonati, da salvare. Abbiamo un'occasione unica per farlo... Nei boschi, nei campi, l'uomo è solo una presenza tra tante, non c'è rischio di movida, il distanziamento è un dato di fatto..." Quante ne abbiamo sentite e lette di baggianate così, ameno-ispirate: il pandemico, l'omninsinuante, il serpeggiante Morbo come grande occasione di teorizzazione e santificazione del sogno (signorile) del "voglio vivere in campagna" (con buona pace dei vecchi Marx e Engels e dei loro – sacrosanti – sberleffi sull'idiotismo della "vita rurale"). Via dalla pazza folla, è giunto il momento! Pressato dal lockdown, dagli affanni di carriere e attività più o meno immateriali e smart, preso da *ennui* per il rito trito e ritrito dell'aperitivo rinforzato o dell'apericena, il topino di città vuol farsi topino (e signorotto) di campagna, con vista su colli e valli e ulivi e cangianti filari di vigna, e camino scoppiettante e, naturalmente, pannelli solari e cappotto termico da ecobonus, cose così.

Lasciatelo perdere, Thoreau, anime belle! Altro che *buen retiro* in campagna, nel casaletto. A Walden, lui s'era costruito una *cabin* con quattro assi in croce, tra i boschi di pini, e alla resa dei conti la sua non era certo una fuga, piuttosto una sfida. Mandava al diavolo tutti e tutto, altro che storie. Senza mezzi termini aveva scelto di appartarsi nel "grande mare della solitudine dove si svuotano i fiumi della società" per dichiararsi nemico giurato di un'intera struttura sociale, di uno stile di vita, di tutti i modelli. "La maggior parte di ciò che i miei concittadini stimano buono io credo con tutta l'anima che sia invece cattivo; se c'è qualcosa di cui mi pento, nove volte su dieci è della mia buona condotta." Mi ha sempre colpito un'altra frase di Thoreau, abbastanza misteriosa. Siamo tutti figli della nebbia, diceva, siamo confusi, dovremmo spezzare gli ormeggi e andare a ovest. Alludeva – immagino – a un West piuttosto metafisico, e abissale: "L'Ovest di cui parlo non è che un altro nome con cui chiamare la Natura selvaggia. I nostri antenati erano selvaggi. La storia di Romolo e Remo allattati da una lupa non è una favola priva di senso".

Sto divagando. In ogni caso, nessuna fuga *qui* per me. E nessuna fantasia, niente scampoli di Utopia o sogni bislacchi (a parte i soliti sogni miei, ziganocentrici). Città o campagna, questa baracca è solo un posto come un altro dove svernare; probabilmente è la tappa intermedia di un qualche viaggio che non so dove porta. Tanto vale ammetterlo e punto, voltiamo pagina. Sono un figlio della nebbia anche io, sono confuso.

Lo zingaro ne conviene solo a metà, lui resta scettico. La sera ci sediamo sulla panchina sotto al glicine spoglio con un bicchiere di rosso, facciamo due chiacchiere. Le mie giornate e le sue, i miei progetti e poi i suoi, e il tempo infame e certe nuove dal mondo, l'attualità: amenità in insalata mista, alla rinfusa. Ultimamente Occhi Azzurri si sta appassionando di certi tutorial su YouTube dove curiosi personaggi – tagiki, uzbeki, afgani, pastori erranti per l'Asia centrale o coatti-sciamani– illustrano le meraviglie della "cucina estrema": lo fanno impazzire. Interi montoni cotti alla brace dentro fosse scavate nella terra, con testa e zampe e zoccoli e pelo; salmoni di tre o quattro chili o interi buoi allo spiedo, su un letto di braci, frittatone di almeno trenta uova, o con uova di struzzo; peculiarissime zuppe di code di pipistrello o di occhi di ramarro, in panna acida. Sempre in un inglese un po' comico, o in lingua madre sottotitolata alla bell'e meglio, l'uzbeko, l'afgano, il tagiko di turno o il pastore vagabondo o lo sciamano coatto magnificano l'arte culinaria dei loro padri e dei padri dei loro padri e dei padri dei loro nonni e bisnonni ripercorrendo *à rebours* secoli di Storia almeno sino a Gengis Khan e a Subotai come a significare che non è cambiato niente, e niente può cambiare, e come a dire che il vero uzbeko, il vero afgano o tagiko o pastore-sciamano errante in Asia dovrebbero mangiare e cucinare così, in modo selvaggio ed estremissimo, ancestrale. Lo zingaro se la ride sotto i baffi: lo fanno scompisciare. Sono fantastici gaggio, sono straordinari. Altro che i tuoi amici "mollo-tutto-e-me-ne-vo-in-campagna", altro che storie. D'accordo, sono d'accordo con lui, ci mancherebbe. D'altronde è uomo di gusti semplici e di scarse pretese: mangia solo per mangiare, e beve per bere.

Per non smentirsi, in ogni caso pontifica, sentenzia. Le ombre dolorose evocate pocanzi le ha liquidate come sa fare lui – una scrollata di spalle e via, pensiamo ad altro – e adesso torna a farmi la morale, bonariamente. È tutto un liscebusso, lui, tutto un "io-te-l'avevo-detto", un "non-ci-siamo-capiti".

Dal suo punto di vista, tanto per dire, questa diatriba tra la città e il contado non ha senso. *Vraiment, c'est bête, ces maisons*... rimbaudeggia Occhi Azzurri, e mi fa il verso. Che siano sontuose ville, sobri appartamenti o lugubri abituri, o proprio tuguri queste case che, tutti voi, sempre trasformate in rifugi-fortezza o tane o labirinti... ve ne curate troppo, ci pensate e ci spendete troppo, ne... dipendete. È un'ossessione assurda: dei poveri e dei ricchi, dei proletari e dei borghesi dabbene, dei signori! L'abitazione, la magione, il maniero, la villa, lo *château*, l'eburnea torre o la trista capanna, la catapecchia: senza una casa, gaggi, siete smarriti e sperduti, altro che "nebbia": è proprio buio fitto, è proprio notte.

Lui non capisce e ancora meno approva, stima, apprezza. Poi ne pagate il fio – incalza – e siete ridicoli. Se va sul personale è per spiegarsi meglio, essere più chiaro. La tua perenne paura, amico mio, dello sfratto improvviso, della cacciata, questa tua ansia assurda di perdere il tetto sulla testa, di andar vagando: è una cosa patetica, anzi è una cosa drammatica, fattelo dire. Lui, il senza loco né foco, semplicemente non se ne fa una ragione. La casa – dice – uno se la trascina con sé. Chi si porta dietro la casa, può andar per tutto – proverbieggia –, e non gli serve affitto o proprietà, niente gli serve. Più che rabbia mi fate proprio pena, e me ne dispiace. Vi inchiodate a logori quartieri, a spazi angusti; protetti da quattro mura più o meno ammobiliate, più o meno splendide, vi credete al sicuro e invece ne morite, ci marcite. Dentro casa vi murate vivi (se questa è vita), vi nascondete dentro il recinto di schemi obbligati. Chi più chi meno tutti, senza eccezione. Qualcuno a volte trasloca, cambia luna e quartiere e muta l'orizzonte, varia il paesaggio. Ma cosa cambia? Traslocate, prendete su bagagli e burattini e... vi reinsediate. Culi di pietra e anime insicure, di pasta frolla.

Da mille anni, lui e i suoi ci osservano e stupiscono di questo. Da mille anni e più questa nostra smania di "star di casa" al calduccio gli sembra delirante, priva di senso. Anche esteticamente, aggiunge, per non parlare di considerazioni etologiche spicce, banali, ovvie, elementarissime. Sul fronte estetico,

Occhietti Azzurri in versione filosofo della Storia stile Hegel adora – in queste lente giornate qui in Appenino – illustrarmi tutta una sua teoria sull'evoluzione del carrozzone zigano nei secoli, diciamo dagli improvvisati birocci che attorno all'anno mille – secolo più, secolo meno – menarono la sua stirpe fuori dall'India profonda, o dall'Egitto (a lui, ovviamente, il detto "la meta è l'origine" poco s'addice, essendo perfettamente ignota proprio quest'ultima), sino alle riverniciate e lucenti lamiere del Bully, o alla prestigiosa Mercedes di suo cugino.

"Chi si porta dietro la casa, può andar per tutto" reitera lo zingaro, che non volendo mostrarsi apodittico giusto dal Bully tira fuori tutta una serie di libri illustrati e di fotografie atti a mostrarmi le meraviglie del parco macchine zigano. Guarda che bello, gaggio, guarda che incanto! E da disegni e incisioni e stampe e fotografie in Black & White o in technicolor salta fuori un po' di tutto, e l'iconografia dei trasporti zingareschi meglio si precisa, si definisce. Carri, carrozze, calessi, dimore su ruote a forma di botte o di vagone, birocci e biroccini e furgoncini, camion e tir e pullman attrezzati con tanto di saletta riunioni, di cesso chimico, camper in versione hippy stile Bully, quasi spartani, camper super-moderni, accessoriatissimi e ovviamente smart, iperconnessi. Da ultimo, e di nuovo su carta da lucido millimetrata, tratteggiata a china, appare la forma ormai familiare di una sorta di frigo-astronave, più bombata che affusolata, e dotata di braccio meccanico, di grande uncino. E questa – glielo chiedo –, questa che c'entra, zingaro? Ma lui, niente, non risponde, alza le spalle, sorride, e come suo solito svicola, scantona, cavandosela con vaghe promesse del tipo: un giorno te lo spiego, un giorno...

In ogni caso le immagini sono lì, e aprono un mondo. Occhi Azzurri c'ha dietro le foto (celebri) di Koudelka e Berengo Gardin, di Tano D'Amico, e anche quelle (praticamente ignote) di Janine Wiedel sui *tinkers* irlandesi (che – ammette – proprio zingari non sono, ma non fa niente). Mezzi di trasporto barocchi, caleidoscopici interni di case-non-case zigane, bestie, bambini, spettrali geometrie di campi recintati da filo spinato e cavalli di frisia, muretti in cemento. Uno zingaro suona il suo violino davanti a uno specchio poggiato su una rete metallica, all'aperto, e accanto una ragazzina guarda, ascolta e guarda. Un altro se ne sta accucciato al suolo, come in preghiera davanti a un cavallo bianco che china il muso verso di lui e vuole carezze. Immagini di interni con zingare e zingari in posa accanto alla stufa economica, alla teiera che sobbolle, al samovar, spesso involtolati in coperte a scacchi, qualcuno con una fisarmonica in mano, qualcuno col violino, con la chitarra, e sullo sfondo, appese a fili di corda o incorniciati al muro santini, immaginette sacro-profane, lari e numi di un variegato cosmo teologicamente spurio, sincretistico, dove madonne circondate da serpenti o pipistrelli si affiancano a ignoti santi barbuti o glabri, a santi con la maglia del Barcellona, del Milan, del Real Madrid, a sante in estasi trafitte da pugnali, spade, acuminate lance o raggi di luce accecanti, a eroi-guerrieri o, diciamo, politici come Jean de la Fleur, come il capitano de' zingani Scamuccia, come il controverso "re" dei rom Florin Cioaba o come l'immancabile, immarcescibile Margaret Finch col suo immancabile bastardello, e coi tarocchi.

Etologicamente, ancora meno capisce – e soprattutto perdona – lo zingaraccio. La stanzialità è sospetta nel mondo animale, statuisce Occhi Azzurri evocando migrazioni e transumanze e spostamenti di volatili e quadrupedi, bipedi, anfibi, pesci, striscianti serpenti, bestie in mandrie o greggi, rondini e rondoni, la garzetta e il biancone, l'upupa africana, la cicogna, in primavera come in estate il merlo e la cincia, il verdone e il cardellino, e la capinera, prendono il volo e vengono (per esempio qui da noi), o se ne vanno. E ugualmente migrano in vaste schiere le locuste e le farfalle, le tartarughe, come irrequieti si mostrano gli alci e i caribù, la renna, il bisonte, le megattere e i vasti banchi di piccole aguglie e di alici o di merluzzi, i salmoni e lo squalo, il pinguino, la tartaruga.

Grandi, silenziose, immani migrazioni, esodi di intere, bisbiglianti popolazioni, pelopennute, incessanti viaggi nel mondo, in moto perpetuo. Migrano per accoppiarsi, insiste Occhi Azzurri; anche il rospo comune e il bufo bufo, l'ululone, la rana smeraldina e la ranocchia simplex, la raganella. Quanto alla chiocciola, che sia di mare o di terra, lei prende e va, e ovunque va la casa lei se la porta con sé, con lei fa tutt'uno. Gusci, carapaci, corazze: le case ambulanti delle bestie, i loro camper o carrozzoni, sempre a portata di mano, sempre appresso a loro, e senza patemi. Voi no, gaggio, voi no, voi: troppo furbi. Culi di pietra e anime di pastafrolla – insiste –, voi ve ne state al fondo di appartamenti-musei, case-gallerie, dimore-salotto, barricati dentro teorie infinite, fughe infinite di stanze su stanze o di discreti boudoir o di ampi saloni dove accumulate, ammassate, impilate, esibite, ostentate, esponete, mettete in mostra – con tanto di candelabri e/o faretti direzionali, giochi di luce – anni su anni, decenni su decenni, persino secoli su secoli, volendo, di vite riparate al calduccio, ben accudite, vite stanziali da *flâneur* in vestaglia e pantofole e babbucce, anche quando indossate il casco coloniale dell'esploratore, la sahariana del cacciatore che affronta la savana e l'afrore ferino dei leoni e spara all'elefante o alla giraffa, ma sempre a casa torna, e il leone, l'elefante, la giraffa tornano lì con lui, decapitati o impagliati per intero o solamente scuoiati, conciati in pelle, ridotti ormai a ninnolo, trofeo da appendere in salotto tra i fucili e le spade e i gagliardetti, o da stendere in guisa di tappeto sul pavimento, davanti al fuoco che arde nel camino o al calorifero. Poi mica conta che la casa sia bella o brutta e splendida o fetente: casa resta. Voi – chiusi dentro – che scrutate di fuori, allarmati, irritati, preoccupatissimi: sempre vi angustiano il profugo, il nomade e il girovago, il migrante. Sempre vi scoccia questo andar su e giù per il mondo, e sempre vi turba. Gaggio, prendi la chiocciola, prendi la tartaruga o – falla breve – prendi noi, gli zingari, gli erranti: noi, te l'ho detto, la casa ce la tiriamo sempre appresso, non ci badiamo. Voi no e giammai, nemmanco per idea, nemmanco per sogno... Come fate non so, per me resta un mistero. La vostra, gaggio, è una ben triste Congrega di Stupidi Lumaconi Senza Guscio (CSLSG) e da questa CSLSG mai che usciate una volta, per carità. Limacce, siete viscide, striscianti limacce e lumaconi bavosi, siete molluschi!

Ma ci sono anche animali che bussano all'uscio e cercano il chiuso. La sera, lo zingaro si ritira sul Bully, io resto in casa. Accendo il fuoco, mi piazzo davanti al camino, mi fumo un sigaro, sfoglio un libro o il giornale, ascolto la radio. Ostinata la danza delle falene alla finestra contrappunta la monotonia di queste ore tranquille al limite del noioso, qui sull'Appennino. Altrove, diverse monotonie più cariche di elettrica tensione e rabbia e spavento riverberano nella notte, via onde radio.

A quattromila chilometri di distanza da qui la stasi è feroce e l'attesa logora i nervi: è tempo d'assedio. Paesaggi e scenari di battaglia imminente nel canale di Suez. La *Spettro dei mari* è ormai completamente circondata dalle truppe d'assalto di un'eterogenea alleanza transnazionale, l'ultimatum sta per scadere e i margini di trattativa – ribadiscono le consuete fonti diplomatiche – paiono ormai ridotti al lumicino, per non dire proprio nulli, vicini allo zero. Nessun segno di ravvedimento dai rivoltosi dei mari e dalle loro compagne, le tragiche erinni, affermano – e non sono sconsolati – diversi delegati al Palazzo di Vetro. Con lo sgombero di parte delle imbarcazioni incagliate dietro la Soft & Green il quadro della situazione si precisa meglio e il futuro immediato non promette niente di buono: buriana in arrivo. Esercizi militari congiunti sulle acque ferme di Suez, e giorni e notti d'attesa, stasi maligna. Le truppe d'assalto egiziane, gli specialisti del genio francese, i turchi, gli israeliani e i britannici, un reparto di uomini delle *Special Forces USA* e anche un manipolo di mercenari della Wagner sono proverbialmente armati sino ai denti, e due navi da guerra indonesiane hanno già imboccato il canale da sud, mentre gli egiziani e gli alleati scendono in manovra a tenaglia da nord, su motoscafi. E "sino ai denti" vuol dire armati con tutto l'arsenale possibile: tradizionale, tipo fucili, cannoni, mitraglie; futuristico, con droni killer e altri robot o autonomi capaci di spiare, uccidere, e colpire, a piacer loro. Con che armi possano difendersi i rivoltosi dei mari invece non è chiaro, e se ne discute. Data la sua storia di grande nave da crociera sulle più esotiche rotte mondiali, la santabarbara della *Spettro* potrebbe anche offrire qualche sgradita sorpresa, temono alcuni. Senza entrare in dettaglio, il solito esperto – ovviamente un generale in pensione – spiega la faccenda al GR, con voce pacata. La rinnovata minaccia al traffico navale da parte delle bande dei pirati della Somalia ha spinto negli anni recenti gli armatori navali e le compagnie di bandiera a prendere "certe precauzioni speciali".

Clamorose anche le cosiddette novità dalla missione OMS in Nevada. *Cosiddette* nel senso che ancora una volta i delegati e gli esperti e i tecnici del composito e ben equilibrato organismo itinerante in cerca della "causa prima" del Morbo, a denti stretti devono ammettere l'ennesimo buco nell'acqua. *Clamorose*, nel senso che l'autopsia degli extraterrestri è stata condotta davvero, e in trasparenza. E nel senso che per la prima volta nella storia, dei civili (in parte stranieri) sono riusciti a varcare l'oscura soglia dell'Area 51, e hanno potuto mostrarlo al mondo, apertamente (non senza qualche strascico polemico). Di tracce del Morbo o di qualche suo antecedente o variante o *similaria* nessuna, dice l'esame necroscopico condotto sulle grigiastre carcasse aliene crioconservate in un bunker-morgue a prova di assalto atomico mondiale. Nessuna prova, quindi, di una origine extraterrestre del male, a scorno del partito degli "extraterrestrologi" e di un davvero accigliato Vorosilov; dunque, "tutto da rifare" – sibila a denti stretti il fascinoso Pablo Fonseca in conferenza –, "siamo daccapo".

Quanto agli strascichi, alla coda polemica dell'episodio, sono da segnalare alcuni "comportamenti inappropriati" e una querelle di stampo scientifico abbastanza sgradevole. Il dipartimento di stato USA lamenta in una nota l'atteggiamento "irresponsabile" di certi delegati e chiede spiegazioni e sanzioni, *right and now*. Trasparente l'allusione alla bravata di una vecchia conoscenza, l'infettivologa lesbica hawaiana Lana Keikani, che sui suoi profili Instagram & Twitter ha avuto la pessima idea di postare un selfie in cui si mostra tutta allegra e sorridente in compagnia di un'aliena carcassa testé sventrata.

Quanto alla polemica scientifica o parascientifica, all'OMS si registrano con fastidio le pubbliche dichiarazioni del celebre divulgatore americano che irride – e per l'ennesima volta – "i tentennamenti, le approssimazioni, la vaghezza, e, diciamolo pure, la cialtroneria" dei delegati della missione e di tutto il progetto "caccia al Morbo". Parlando alla BBC, e subito rilanciato da tutti i media mondiali, lo studioso ripete con fare sprezzante il suo refrain, lo stesso peraltro già bello stampato sulla quarta di copertina del suo best-seller sullo *spillover*: "Non vengono da un altro pianeta e non nascono dal nulla. I responsabili della prossima pandemia sono già tra noi, sono virus che oggi colpiscono gli animali ma che potrebbero da un momento all'altro fare un salto di specie – uno *spillover*, in gergo tecnico – e colpire anche gli esseri umani ...".

Lo squalo

Le acque profonde in cui nuota da oltre quattrocento anni sono quelle gelide del Mare di Barents, della baia di Baffin, dell'Atlantico del Nord, del Mare Artico, ma ne hanno avvistati esemplari anche altrove, su rotte diverse, per quanto molto di rado, e con esasperante lentezza, abbandoni certi tracciati che conosce solo lui, rasente i fondali lungo le ampie dorsali parallele che scorrono al largo della Groenlandia, della Siberia, presso le coste scandinave, l'Islanda, e salga in superficie, all'aria aperta, dove soffiano le gelide brezze del Nord, i venti dell'Artico. Si nutre di anguille, merluzzi e passeri di mare, sculpin, aringhe; non disdegna i crostacei, le foche e gli uccelli marini, le marce carogne. Nelle leggende Inuit, a volte lo squalo della Groenlandia attacca le piroghe e i kayak, minaccia l'uomo. Gli esquimesi lo ripagano cacciandolo, e, anche se le sue carni sono tossiche per via dell'ossido di trimetilammina, lo mangiano dopo averne lasciato fermentare le carni per vari mesi. Può essere lungo sette metri e pesare oltre i mille chili, non è agilissimo, raggiunge la maturità sessuale a centocinquanta anni come minimo e raramente supera i tre chilometri all'ora, si muove con estrema calma, si muove lento. Può vivere sino a quattrocento anni ma dicono che ve ne siano alcuni che ne hanno vissuti anche cinquecento.

In groenlandese il suo nome è "Eqalussuaq". Tecnicamente si chiamerebbe *Somniosus Microcephalus*, lo squalo sonnolento (beninteso, lui non dorme mai, anche la sua vita lunghissima presumibilmente è tutta un'attesa, poi non si sa bene di cosa, è uno sbadiglio). Giù nelle profondità degli abissi, nel buio pesto, immagino non sappia niente di albe e tramonti e aurore boreali, tempeste di sole. D'altra parte, per uno che è nato diciamo attorno al 1600 sarebbe anche futile cadenzare il flusso ripetitivo del sempre uguale col ritmo dei calendari, col metronomo – umano, troppo umano – degli annuari. Resta il fatto che lui c'è oggi e c'era anche ieri e l'altro ieri, sempre presente.

È abbastanza singolare, è sorprendente. Siamo contemporanei di uno scampolo di storia, di fasi della luna, di spicchi del tempo. Lui, Eqalussuaq il sonnolento, vive da quando c'è la Modernità, da un evo intero. Con la sua peculiare prospettiva sempre da sotto in su, e da bradipo degli abissi, ne ha viste di cose Eqalussuaq, l'indifferente. Viaggi di celebri navigatori e arrembaggi di corsari e di pirati, battaglie navali e tsunami e maremoti, spedizioni di caccia alla balena, iceberg vaganti. Eqalussuaq ha visto l'Invencible Armada salpare da Lisbona diretta al disastro; ha visto i velieri da guerra di Gustavo Adolfo solcare le acque dello Jutland e invadere la Germania. Davanti ai suoi occhi si è combattuta la battaglia di Texel e, secoli dopo, ecco gli scontri di Abukir, di Trafalgar. Equalussuaq ha scorto gli U-boot della Kriegsmarine del Führer attaccare i convogli americani e britannici e ha visto la battaglia dell'Atlantico e le due battaglie di Narvik e l'operazione Dynamo, vale a dire Dunkerque, e lo sbarco in Normandia, lo sbarco di Anzio. Storie dell'altro ieri, e anche storie di ieri e di oggi sotto lo sguardo di Eqalussuaq, il sonnolento. Nelle acque gelide e profonde del Mare di Barents soltanto vent'anni fa ci fu un'esplosione a bordo di un sommergibile russo della Flotta del Nord, il K-141 Kursk. Il Kursk non poteva riportarsi in superficie, molti marinai erano morti al momento dello scoppio e il resto dell'equipaggio lottava per sopravvivere ma le riserve idriche, le scorte di cibo, l'ossigeno scarseggiavano e le navi di soccorso russe non potevano nulla, erano impotenti. Dopo oltre dieci giorni un batiscafo inglese pilotato da una speciale imbarcazione norvegese riuscì a individuare il relitto del Kursk: nessun superstite. Le cronache di quei giorni riferiscono un dettaglio curioso, tecnicamente estraneo alla dinamica dei fatti, irrilevante. Attorno allo scavo sventrato del sottomarino nuotava lentamente un grande squalo della Groenlandia, c'era Eqalussuaq.

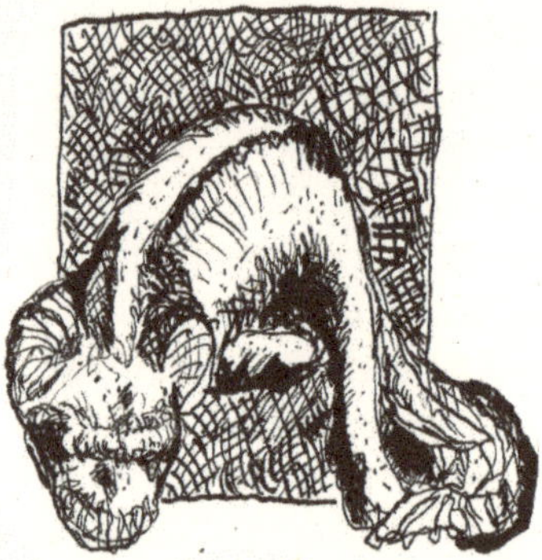

Strani pensieri si incrociano senza costrutto nella casetta appenninica. Lo zingaro va e viene e s'allontana e ritorna, ha molti impegni, mi dice, svariate incombenze. Io indugio, faccio le solite cose, inganno il tempo. Mescolo cronaca e metafisica, l'attualità dei radiogiornali e certe mie antiche fisime, ne vien fuori un pastrocchio. Penso, per esempio: vivere quattrocento, vivere cinquecento anni, come lo squalo Eqalussuaq, campare per secoli. Potrebbe essere un privilegio, o forse una maledizione, a pensarci meglio. Una vita così incredibilmente lunga, una vita capace di riassumere nel suo arco centinaia e centinaia di anni: non fa per noi. Non fa per tutti, almeno; cioè, non a tutti converrebbe, meglio: non tutti vi troverebbero conforto. Lasciamo stare gli impicci e gli acciacchi e i malanni della vecchiaia, quello è un altro paio di maniche, è tutt'altra faccenda (d'altra parte il longevo elefante, la più longeva tartaruga, l'esageratamente longevo squalo della Groenlandia tecnicamente non invecchiano affatto: vivono e muoiono). No, il privilegio-dannazione per un uomo che campasse cento e altri cento anni, temo, sarebbe un altro. Penso, ovviamente, a chi crea, a chi genera *inizi*, penso a chi intraprende un'azione nel tempo per cambiare il mondo, modificare le condizioni date e apparentemente obbligate (della società, degli usi e costumi, eccetera eccetera); penso a chi vuole ribaltare il comune modo di vedere, il modo di sentire. L'arte, la religione, la politica sono, o dovrebbero essere, un *inizio*, un gesto inaugurale e visionario che si proietta oltre il tempo medio di una vita umana, che vuole durare.

È normale: uno lancia il suo sassolino nel grande stagno della Storia e poi resta a guardare: lentamente, in modo più o meno costante, si formano onde sferiche o sinusoidali, increspature sulle acque, storture e rughe e, ovviamente, tutto dipende dalla viscosità della superficie, da intoppi o resistenze come vortici o mulinelli, o rovesci di pioggia, folate di vento. Come la spinta longitudinale innescata dal sasso, la tua azione, che mirava al suo sogno-obiettivo, a un ideale o utopia, può generare curiose asimmetrie, o proprio effetti contrari, non andare a buon fine. Però chi ha scagliato quel sassolino, chi ha iniziato quella catena di onde e di azioni e reazioni, quasi sempre *non* sa e non potrà mai sapere come va a finire. L'arte, l'azione, la religione, la politica danno il via a qualcosa che poi seguita nel vortice della Storia e vive di vita propria, diventa indipendente. In fondo è come andare al cinema per guardare un film o aprire un libro e cominciare un romanzo sapendo che in ogni caso non sarai lì fino alla fine – agognato *The End* – per gustarti il finale. Fa rabbia, ma è il nostro fottuto karma, cioè questa è proprio *The Human Condition*, poco da fare. Ma poi, potendo... Siamo sicuri che uno sarebbe davvero fiero e contento di sé, appagato, felice? Vivere tanto a lungo da poter cogliere l'ultima onda generata dal sasso: il rischio di una cocente delusione, dello smacco, dell'imbarazzo, del puro e semplice dolore è altamente probabile, quasi inevitabile.

Esercizi di teoria controfattuale, qui nel sopore appenninico, tra querce e castagni. Tipo: immaginare un Cristo-Eqalussuaq, immaginare un Lenin-Eqalussuaq, o un Mao-Eqalussuaq, un Confucio-Eqalussuaq. Ipotizzare un Robespierre-Eqalussuaq, un Guevara-Eqalussuaq, un Savonarola-Eqalussuaq, un Napoleone-Eqalussuaq, eccetera eccetera. Cosa vedrebbero, cosa penserebbero di ciò che hanno avviato-creato-innescato? Cosa proverebbero? Sconcerto, stizza, rabbia, delusione? Disappunto per la pusillanimità barra inadeguatezza barra ottusità o crudeltà di eredi e successori, continuatori? Disgusto per la miopia della gente, per l'ignoranza, l'egoismo meschino, la pavidità; per l'incapacità congenita nel popolo bue come nelle aristocrazie, e nelle avanguardie, di pensare in grande e proiettarsi nel futuro, prendere il volo? Vergona, banale vergogna per tutte le cose, gli effetti, le conseguenze che non hai né calcolato né intuito e invece erano proprio lì davanti a te, belle e squadernate e pronte, leggibilissime?

Probabilmente un bel minestrone di tutte queste ambivalenti sensazioni e passioni, un gran miscuglio, e alla fine capiresti che vivere così a lungo, come Eqalussuaq, sarebbe semplicemente troppo, cioè *insopportabile:* la luce spietata e accecante e limpida del senno di poi ci smaschererebbe, ci perderebbe. Nessuna scusa più, nessuna plausibile autogiustificazione, nessun autoinganno. Un destino terribile perché impastato di ferrea verità, di autocoscienza. Un buco nero da cui – forse – si salvano solo rarissimi geni visionari e inarrivabili "maestri", grandi artisti. Per consolarsi, allora, immaginare un Bach-Eqalussuaq, un Rembrandt-Eqalussuaq, un Palestrina o un Vivaldi-Eqalussuaq, un Van Gogh-Eqalussuaq. E qui già uno si conforta un po', ma non abbastanza. Sono musici e pittori, fateci caso. Nessuno che abbia avuto a che fare con le *parole,* con la scrittura, perché la parola ci inchioda a quello che siamo, la parola ci sbugiarda e alla lunga mostra la corda, ci compromette, e forse solo la musica o l'arte grafica sono capaci di durare davvero, di essere per sempre...

Strani pensieri o, più che altro, pensieri che si mescolano alla rinfusa, pensieri oziosi che rimbalzano tra cronaca e metafisica, che zibaldoneggiano. Non che qui io abbia molto altro da fare, va pure detto. Con il solstizio d'inverno le giornate dovrebbero riprendere ad allungarsi, almeno teoricamente, ma qui il sole s'imbosca sempre troppo presto dietro il profilo sghembo della montagna che incombe dinnanzi a casa, e fa buio molto presto, la notte cala ben prima che sia notte davvero, e mentre dal bosco salgono i primi richiami degli uccelli notturni, mentre gli scoiattoli strepitano sui rami curvi degli alberi nel piazzale e dalla montagna proviene spesso il rumore di pietre che rotolano nel sottobosco, franano a valle, a me non resta che attizzare il fuoco nel camino, scarabocchiare qualcosa sul block-notes, o sintonizzarmi col vasto cosmo di fuori (be', uno spicchio di cosmo): immancabili e imperiture, sempre molto attese e agognate, ecco le mie radio-notizie, le novelle dal mondo.

Cronaca e Metafisica, appunto, giochi di specchi. Si parla proprio di vecchiaia e di vecchi al radiogiornale oggi e, beninteso, si parla di umane, sin troppo umane vecchiaie, mica dello squalo Equalussuaq, il sonnolento. La premessa come al solito è pandemico-generale, riguarda il Morbo. Curve dei contagi nuovamente in rialzo un po' ovunque e preoccupazioni e ansie che creano incertezza e paura, impongono scelte. *Age of Pandemics*: siamo entrati in una nuova fase della Storia Universale, tocca farci i conti. Ma oggi il radiogiornale segnala un evento stranissimo, anzi proprio inaudito. A chi avesse la memoria corta – e ce l'hanno in parecchi – il GR ricorda le origini del pasticcio pandemico, quei primi momenti di orrore, di puro sconcerto. Il grande massacro delle RSA, i decessi a catena nelle case di riposo, l'angelo della morte sotto forma di virus a spasso indisturbato negli ospizi per anziani, la commare secca.

La Storia non sarà una gran maestra di vita ma qualcosa insegna. Ed ecco allora che qualcosa succede, e invero è stranissimo. Dalle varie sedi regionali si segnalano un po' in tutta Italia clamorosi episodi di diserzione in massa dalle RSA, vere e proprie fughe di gruppo, spesso in sedia a rotelle. File indiane, manipoli, scalcagnati reggimenti di vecchiette e vecchietti avrebbero preso a svignarsela dalle case-ospizio dove se ne stavano a marcire senza dare preavviso, e chi s'è visto s'è visto. Incolonnate sulle provinciali, su alcune statali, su certe strade bianche, le fila di questo stralunato esercito di vegliardi allo sbando sono state segnalate qua e la, ma restano inafferrabili. Non si sa come facciano: in Pianura Padana svaniscono nella nebbia, in Abruzzo o in Sardegna si nascondono nelle grotte, dentro anfratti e caverne. Ovviamente le autorità sono state allertate, e si stanno cautelando. La cittadinanza è invitata a collaborare, a segnalare qualsiasi anomalia (apertamente non si parla di "taglie" o "ricompensa", ma un po' è sottinteso).

La domanda che si pongono in molti è: come diamine han fatto? *Chi* li sta aiutando? Che vi siano complici o manovratori occulti o, magari, un "grande vecchio" nell'ombra, sembra evidente. E allora: *chi* gli dà rifugio? *Chi* li sta coordinando? Si fanno i nomi dei "soliti noti", ma non è che serva a molto, sono illazioni. Sotto accusa vengono messe, nell'ordine: le trame (provocatorie) di anarco-insurrezionalisti che sfruttano la causa (persa) della Terza Età; le smanie (velleitarie) di vecchi sessantottini riemersi all'improvviso da decenni di letargo; le manovre capziose e seduttive di congregazioni mariane in cerca di adepti e volontari per un viaggio a Lourdes oppure a Medjugorje o a Collevalenza; le trappole indegne di truffatori interessati non tanto alla salute dei poveri vecchietti quanto ai loro risparmi e alle loro pensioni, eccetera eccetera. E tra voci e *j'accuse*, tra sospetti e illazioni, prende corpo anche un'ipotesi "estrema, e piuttosto preoccupante" (è un esperto che parla, non ho afferrato chi sia, e in fondo non importa). In due o tre casi, dice questi al GR, sono stati segnalati casi sospetti di vecchietti in fuga accolti nei campi rom da bande zigane. Per di più si riscontrano anche movimenti sospetti tra gli stessi zigani: carovane si sono messe in moto, dove sono dirette? Chi portano con sé? Che diamine hanno in mente? C'è un rapporto tra questi viaggi zingareschi e quella che ormai sui giornali è nota come La Grande Fuga dalle Case di Riposo, la GFDCDR? Le forze dell'ordine in ogni caso stanno verificando, dice il radiogiornale, "presto sarà tutto chiaro".

Interpellato, Occhi Azzurri fa decisamente lo gnorri, il finto tonto. Non stare a dar retta, gaggio, non abboccare! Coincidenze, casi – ammesso che siano autentici –, combinazioni. Vecchietti che cercano riparo nei campi rom: ma chi se la beve? E poi ce li vedi? Zingare e zingari a cambiare pannoloni e dentiere, zigani-badanti? Na, na – mi fa e scrolla le spalle –, impossibile, assolutamente impossibile, proprio assurdo. Quanto ai movimenti sospetti delle carovane zigane, resta sul vago. Può essere – concede –, ma in ogni caso non mi risulta, non ne so niente. D'altra parte, sono mesi che insiste a ripetermi che è giunto il momento di andare, fare i bagagli e filare via, levar le tende, e almeno su questo aspetto della questione è giocoforza molto meno tranchant, meno apodittico. Abbiamo le nostre abitudini e doveri, le nostre usanze e – un po' scontato – mi cita circostanze come matrimoni di lontani parenti qua e là, o funerali, o feste tipo nozze d'oro e compleanni, incoronazioni di re e regine (che non sono re e regine, naturalmente), e pellegrinaggi più o meno annuali a Saintes-Maries-de-la-Mer, lassù in Camargue, o semplicemente il richiamo della strada, la voce e la malia del vento, quella frenesia, quell'impazienza, quell'irrefrenabile smania che a volte ci spinge a lasciarci tutto alle spalle, sbaraccare, prendere su e partire cercando un altro orizzonte, un altro paesaggio, perché la vita è così e noi siamo fatti così, siamo erranza... Ma poi, gaggio, pensaci bene, su, pensaci bene: 'sta frottola sui giornali e alla radio e in tivvù: non è bellissima? Zingari che rapiscono vecchietti? Zingari ruba-vegliardi... Siamo al paradosso, amico mio, non ci si crede! Ma come? È tutta una vita che ci accusate di rapire i bambini e adesso ci saremmo ridotti a sequestrare i vostri adorabili vecchietti, a circuirli? E decidetevi, gaggio, risolvetevi una buona volta per tutte, dateci un taglio!

E nella notte appenninica, tra le montagne, mentre dal fittume del bosco e nella nebbia si alzano i richiami dell'assiolo, della civetta, Occhi Azzurri ritorna favoliere, e incantatore. Lui mescola cronaca e leggende, altro che storie; lui, dove noi ci scontriamo coi fatti, incontra il Mito. Lo vedo che assume uno sguardo assente, lo sento cambiare tono, variare registro. Prende fiato, Occhi Azzurri, e adesso che ha rifiatato inizia a narrare.

Eccolo, il suo *pifferaio di Hamelin* in versione zigana, la sua contro-fiaba della non-buonanotte. Che inizia come inizia ogni fiaba: *Es war einmal: C'era una volta!*

C'era una volta un povero zingaro con la sua chitarrina manouche (e solo tre dita). Quando pizzicava le corde della sua chitarra era un portento. Quando ci cantava su, era anche meglio. E un giorno lo zingaro chitarrista giunse qui da noi e insieme in ogni città del mondo, in ogni paesello. Ubiquo era il musico-zigano, e pan-presente! E ogni città del mondo, ogni paesello erano infestati dal topo e dal pipistrello, e dallo zibetto. E lui si presentò ai re e ai primi ministri, ai banchieri e ai capivillaggio, e in cambio di mille e altre mille monete d'oro promise di sgominare il topo, il pipistrello, lo zibetto; i re, i primi ministri, i banchieri e i capivillaggio gli dissero che sì, erano d'accordo, più che d'accordo, e allora lo zingaro attaccò a suonare e a cantare, vagando per strade e vicoli, piazze e angiporti, sotto le arcate dei portici, dentro le corti. E topi, a frotte – e di ogni genere, dalla chiavica di fogna o pantegana al tenero sorcino di campagna, al rattone –, pipistrelli – anch'essi in variegato assortimento come certe golose scatole di bonbon o di caramelle – e zibetti e pangolini eccetera (insomma tutto quel genere di bestiacce che sappiamo: le ospiti-serbatoio, le morborecanti) dirizzate le orecchie, ammaliate dagli arpeggi di chitarra, sirenizzate dalla musica manouche, vinte dal canto, presero ad andare dietro al nostro buon Tre Dita in serpeggianti colonne, tutte in fila per sei col resto di due.

Immaginatelo un po' come uno di quei collage che fanno i bambini o i Matisse o i Max Ernst e compagnia bella. Carta nera ritagliata su cartoncino bianco, qualche macchia di rosso. Chiudi gli occhi e vedrai: era incredibile: una silhouette di zingaro con la chitarra a tracolla che simula il passo dell'oca e marcia spedito, e alle sue spalle, una lunga fila serpeggiante di topi, ranocchie, gobbute creature strisciulente e, a mezz'aria, lo sciame fitto e irrequieto dei chirotteri. Pallide, sullo sfondo, sagome di palazzi e grattacieli, templi indù e minareti, gasometri e fumanti opifici, chiese barocche.

Giunse al mare, lo zingaro, ma era un mare *sui generis*, abitato dal mostro. Come un Cristo-Chitarrista iniziò a camminare sulle acque. Le bestiacce gli venivano dietro, nuotando a cagnolino o sbattendo le ali sul pelo del mare. E dal mare balzò fuori Eqalussuaq, lo squalo centenario in versione extralarge. Eqalussuaq spalancò le sue fauci, ed erano fauci immense e – bellamente ignorato Tre Dita – inghiottì tutto il resto: il topo e il pangolino e lo zibetto, come il pipistrello e il vampiro e la falena. *Gnam, gnam*... fece il vecchio pesce e poi *burp*, e poi basta: era proprio affamato. Tre Dita, sempre con la chitarra, fece allora dietrofront e tornò sui suoi passi. Doveva andare dal re e dal primo ministro, dal banchiere e dal capivillaggio a incassare il dovuto. Solo che: mai fidarsi dei

Ricchi & Potenti, doveva saperlo. Quelli – pur liberati dalle bestie morbose – facevano gli gnorri. E dài zingaro, in fondo cosa vuoi? Ti sei pure divertito! Hai preso la chitarra e suonato, è stato carino. Una mancetta, forse una mancetta sì, ma di più non possiamo. Dài, su, è stata una cosa da niente, il tempo di una canzone.

Tre Dita se li guardò torvo senza stare a far storie: non era tipo da piatire, piagnucolare. Non mi pagate? Ve ne pentirete, disse. Uscì dal palazzo del re, dall'ufficio del primo ministro, dalla sala riunioni del banchiere, dal capanno del capovillaggio proprio incazzato nero. E che fece? In fondo niente di che, quel che faceva sempre. Prese su la chitarra manouche, e si mise a cantare andando verso il bosco. A quel suono, e alla voce di quel canto, le città insonnolite cominciarono a destarsi. Per primi furono i vecchietti, gli acciaccati prigionieri delle RSA. Chi col nodoso bastone, chi col girello deambulante, chi con la carrozzina, i vegliardi – drizzate le orecchie – iniziarono a seguirlo. Poi lo stesso richiamo raggiunse i soldati in caserma, i postini in ufficio, gli operai in miniera. Ai soldati, ai postini, ai rudi minatori si unirono gli impiegati degli uffici, le infermiere e le commesse, gli informatici, le parrucchiere. Quando il canto ammaliatore dello zingaro raggiunse i conventi fu abbastanza evidente che il pastrocchio era fatto e non c'era più rimedio. Suore e preti e monaci e frati si unirono in processione alle fila scomposte degli incartapecoriti. Tutti in fila andavano dietro allo zingaro con la chitarra e questo era chiaro. Meno chiaro era dove andasse *lui*, che vendetta cercasse. Dopo giorni e giorni di cammino e schitarrate, lo zingaro con soltanto tre dita e le orde rapite giunsero al limite di una vasta pianura che affacciava sul bordo di un abisso: oltre non c'era nulla, solo cielo grigio bluastro e un vorticare di frattaglie spaziali, di pattume cosmico; e dal grigio bluastro a un certo punto ecco palesarsi un ammasso-cavità nero, grave e densissimo; come fosse la bocca di uno squalo dello spazio, quell'ammasso si spalanca e inghiotte i vecchietti e le parrucchiere, gli informatici e i soldati, i preti e le suore.

I premier, i re, i banchieri e i capivillaggio che giunsero sul luogo dopo qualche tempo trovarono soltanto pochi indizi di quanto era successo: il collarino bianco di un sacerdote, un paio di ciglia finte, un rossetto. Dei vecchietti, dei soldati, dei preti, delle parrucchiere, eccetera non c'era più traccia e nessuno seppe mai cosa ne era stato di loro.

L'unica soluzione per eliminare erbacce, stoppie, rami da potature fuori stagione, sterpi e vecchie seggiole o mensole inservibili, assi tarlate: carta, diavolina e zolfanelli; un bel fuoco e non ci si pensa più, il prato è sgombro. Che poi è anche un modo per partecipare al paesaggio rurale, per animarlo. L'incanto (dubbio) della campagna sta anche in queste pire o foghere o falò di fumo bianco che si alzano sottili verso il cielo e segnano l'orizzonte tra banchi di foschia e alture boscose segnate dai colori dell'autunno, colline arate da poco, casali sparsi. Per lo zingaro, anche un divertimento in sé, proprio uno spasso. Qualcosa impiccia, avanza, ingombra, intralcia? Abbruciala, dice lui, abbruciala subito.

Sta di fatto che stasera siamo qui, davanti al fuoco, e l'aria è abbastanza mite, si sta bene. Giorni a rasare il prato, raddrizzare alberi storti, sfrondare arbusti: di roba da abbruciare – come dice lui – un sacco e una sporta. Detto fatto. Abbiamo acceso un bel rogo e ora ce ne stiamo qui a chiacchierare davanti alle braci: sigaro, sigaretta e una bottiglia di rosso per scaldarsi: niente di meglio. È ancora in vena di storie e leggende e miti e saghe zigane, il mio compare, e il vino gli scioglie la lingua (anche se non ce ne sarebbe bisogno, lo zingaro che mi appare in sogno – ma ormai lo sapete anche voi – è ultra-loquace).

Stasera il tema sono streghe e fate e vampiri, mostri e demoni. Il nostro mediocre sottobosco appenninico si popola di strane e sinistre presenze, di ombre insinuanti. Lo zingaro mi parla delle Urmen e delle Keshali, che lui chiama "fate del destino", e gli fan paura, evoca le buone Nivashi e le Ursitory, ciancia di lupi mannari e muli incantati. Cita come strega più tremenda di tutte una certa Holypi, "colei che s'adira, colei che s'infuria". La Holypi ha arti magiche che usa soltanto nel male e per angariare gli zingari, dargli il pilotto. Nella favoletta uno zingaro fugge da un villaggio di gaggi con una ragazza; lui ama lei e lei ama lui; la Holypi non ci sta, li maledice, e li insegue col suo gomitolo di lana da vecchia babbiona che sferruzza; il gomitolo è stregato e diventa un cappio, un laccio o un serpente che strisciando perseguita i due innamorati, li raggiunge scavallando monti e valli e una volta che li ha raggiunti s'attorciglia alle caviglie di lei, la fa cadere, e poi la strascina nel fiume, dove l'annega. E il suo volto si scava e raggrinzisce, mentre racconta; il dente grigio-fumo si fa ancora più nero-carboncino e il suo occhio blu-di-metilene luccica come l'occhio di uno che ha la febbre o brividi di freddo o vampe di caldo. Storie d'amore infelice tra i lecci e i castagni qua attorno: le fosche, commiserevoli, mitologiche *pene d'amor perdute* di Occhietti Azzurri. E torno a chiedermi: Mi parlerà mai di sé, di chi gli è caro? Lui mi dice che siamo e restiamo lontani, che sempre qualcosa ci divide, che non ci capiamo. Insiste col suo vecchio mantra: *nec sine te, nec tecum*, gaggio, *vivere possum*. Noi siamo – dice – il vostro rimpianto e fantasma, siamo lo specchio che vi riflette e sbugiarda; noi siamo la vostra nostalgia più profonda, il vostro sogno più vero, l'unico degno di nota, il solo autentico.

E dopo le favole, mi recita versi suggestivi, strofe dolenti. Senti che roba. Puškin, precisa, gli zingari di Puškin:

> Sulle rive boscose,
> Nell'ora del silenzio serale,
> Rumori e canti sotto le tende,
> E fuochi sparsi.
>
> Ti saluto, felice tribù!
> Conosco i tuoi falò;
> Io stesso in un altro tempo
> Avrei accompagnato queste tende.
>
> Domani con i primi raggi
> Scomparirà la vostra libera traccia,
> Ve ne andrete, – ma dietro a voi
> non verrà ormai il vostro poeta.

Egli i bivacchi notturni
E gli scompigli dei tempi di una volta
Li ha dimenticati, per la dolcezza della campagna
E per la pace domestica.

E grazie a dio, non mi fa la morale, la sottotace. D'altronde, siamo alla terza bottiglia di rosso, si è fatta notte, incredibilmente la Via Lattea è limpida e tersa in cielo, come una volta, e l'ambiguità grezza di ogni momento con lui, il mio oniroimpiastro, è raddoppiata e resa, se possibile, ancora più stramba e viscosa dal Sangiovese. Lui recita e basta: non chiosa, non salta alle conclusioni, neppure giudica. Ci arrivo da me, ci vuole poco. Da un lato la felice tribù che spegne i falò e che smonta le tende, dall'altro tu – il poeta – che non andrai con loro, e te ne resterai a casetta, comodo comodo, beato nella dolcezza della campagna, blindato nella pace domestica: pigro, vigliacco! Scompare una "libera traccia" e fugge via l'Utopia: è una rinuncia. No, Occhi Azzurri questa volta non rampogna: si limita a declamare, anche se con la voce un po' impastata (che diamine, ha bevuto pure lui, e come una spugna).

Sia come sia, e come sempre non so se in sogno o in veglia, dato anche il vino, dal bosco di faggi e castagni insoliti rumori riverberano nella notte, e giungono sino a noi, davanti al fuoco. Presenze si manifestano, qualcosa o qualcuno s'avvicina, il bosco s'azzitta. Tace l'allocco e tace la civetta, nel sottobosco. Non senti le pietre che franano e rotolano giù dal monte e non senti gli scoiattoli e neppure il cinghiale grufolare, o il cervo o il daino. Cembali invece; il suono di cembali e nacchere tamburelli e un cigolio di ruote sbilenche da oliare, assi che cigolano. E – ancora più straniante e bizzarro – al posto della civetta e degli scoiattoli, della ghiandaia, echeggia dal groviglio delle frasche il raglio di un asino e subito gli fanno da controcanto un ruggito leonesco-panteresco, un barrito elefantino, un landito di giraffa, uno stridere pipistrellesco e poi altri ragli e, forse più spaurente di tutti, il ruglio cavernoso e profondo di un orso bruno. Voci, voci umane le rimbrottano e le bestie si chetano, e la boscaglia si anima e il suono di cembali e nacchere e tamburi si fa sempre più vicino e in mezzo all'intreccio degli alberi e dei rovi appare come un chiarore di lucerne, lampade ad olio. Occhi Azzurri drizza le antenne e sogghigna sotto i baffi e subito stappa un'altra bottiglia – e siamo alla quarta – e mi fa uno di quei sorrisi tutti suoi – indecifrabili –, e intanto bisbiglia tra sé: ce l'hanno fatta; cazzo, era ora. E si aprono gli ultimi cespugli che delimitano la radura, e – flessuosa – una tigre balza in campo, biancostriata. *Tyger, Tyger, Burning Bright, in the Forest of the Night...* Poi, difformi, altre sagome si affacciano oltre il limitare del bosco, qui sul piazzale. Non immenso ma imponente l'elefante indiano troneggia sulla combriccola. Al suo fianco il ghepardo e l'orso bruno, e l'asino nano e una zebra e una coppia di leoni (spelacchiatissimi), e la giraffa.

E sono loro, ovvero, semplicemente è LUI, soltanto lui. *La Meraviglia ambulante delle Tredici lune* in tutto il suo splendore decadente e malmesso o, diciamolo meglio, délabré. Il circo clandestino, l'irreperibile compagnia itinerante di bestie in fuga – o, volendo, rapite, come i vecchietti – che dal sabbion del Sinai ha misteriosamente vagato per mare e per terra, a più riprese scorto-avvistato nei luoghi più distanti e diversi – a oriente o a occidente, a nord e a sud –, braccato, pedinato senza successo, eccolo presentarsi a noi ora nel medio Appennino, proprio qui, nell'angusto spiazzetto, davanti al fuoco.

Stupore, silenzio, incredulità (da parte mia, almeno; lo zingaro è niente stupito). Poi, mentre come un fesso contemplo l'elefante e la zebra, la giraffa, l'orso e il ghepardo, l'asino e i leoni, dal fogliame sbuca un carrozzone bove-trainato. A cassetta un paio di bei ceffi orecchinati con tanto di gilet nero e piratesca bandana, calzoni in pelle: uno regge le redini del candido bovino, l'altro ha la frusta; uno bestemmia in una lingua strana e l'altro pure. Fanno manovra, i due gaglioffi, girano il carro di lato, dietro le bestie, e parcheggiano a fianco del Bully T2; Occhi Azzurri gli fa ok col pollice, e quelli alzano il loro di pollice a replicare: eccoci qua, ce l'abbiamo fatta, siamo arrivati!

Lo zingaro mi dà di gomito con l'arietta assai fiera, pare contento. Sono – mi dice – certi cugini miei, è gente fidata. Ma – accidenti – la sorpresa mica è finita qui, anzi, tutt'altro. Quando s'alza il tendone del carro, ecco altri quattro soggetti che scendono dalla sbilenca, traballante scaletta e ci vengono incontro. Apre le danze una ragazza conciata da folletto, o da elfo, con tanto di calze a righe bianche e rosse, maglia verde bottiglia, berretto a sognali. L'elfo è minuto e bassino, ha l'occhio vispo, e più che camminare salta, lievita, si muove sulle punte, caprioleggia. Segue una specie di spilungone in *total black* con tuba in testa e mantellina alla Baron Samedi, o alla Nosferatu, un tale che a prima vista farebbe anche paura ma a un'occhiata più attenta appare invero tranquillo, inoffensivo. Baron Samedi ha anche una gabbietta in mano e dentro la gabbietta, addormentati a testa in giù, due pipistrelli. Subito dietro a lui un magrolino con il capello lungo liscio, gli occhi un po' a palla, macchina fotografica al collo e un naso, come si dice, "importante", insomma più che grosso, esagerato. Infine con gonnellone a fiori e cappellaccio nero in feltro, molti anelli alle dita e – novità – occhialetti sul naso, eccoti qui – e che mi prenda un colpo – la *mia* "Scompiglio". Angelica Effi Briest, scenografa e fumettara, teatrante abusiva, graffitara e scappata-di-casa, tipa errabonda, insomma – e in sole due parole – figlia mia! E che t'avevo detto? Ci vediamo presto, ci vediamo! Promessa mantenuta, eccomi qua!

E abbiamo avuto un paio di giorni belli, tutti per noi, un padre, una figlia, due che non si vedono mai ma si pensano sempre, due così simili e diversi e così uguali, per metà felici e per metà tristi, uniti da passioni e gusti e scherzi e modi di fare e – dicono – tratti del viso, e anche da quel dolore-ombra che ormai sono anni che viaggia sempre con noi, che ci sta addosso, e che esorcizziamo con sguardi, sorrisi, non-detti e understatement e silenziosi abbracci, baci, carezze, e in particolare con un ostinato *amor mundi*, o gioia di vivere, perché vivere tocca, e vivere è bello e doveroso, impegnativo, e non è vero – definitivamente non è vero – che l'unico problema serio al mondo sia il suicidio, e pure lo fosse allora uno ha il diritto di non essere troppo serio e d'occuparsi d'altro, di non pensarci, anche se niente cancella il dolore, la mancanza e, a distanza di anni, l'incredulità, l'inspiegabilità, l'incapacità di capire, di entrare in contatto con la malattia, col rigore autolesionista, con l'estremismo inutile e involontariamente cattivo di una che sceglie di dire ciao ciao, lanciarsi nel vuoto, volare senza avere le ali, cose così... E, anche giustamente, adesso ci tocca di farlo *qui*, sull'Appennino, in quello che era lo spazio di lei, il luogo da dove veniva suo padre e il padre di suo padre e il padre del padre di suo padre, e questo lo diamo per scontato, e non ne parliamo, perché qui siamo stati felici e siamo sempre felici, e poi c'è tant'altro da fare, da raccontarsi, e insomma i giorni vanno così: strani, nel tempo. Ci prendiamo i nostri momenti, ci raccontiamo progetti (lei, io ormai non ne ho più), cose fatte e cose da fare, amori (suoi), rabbie e insofferenze (di entrambi), libri e film, fumetti e teatro, cose buffe in cui sei incappato, cose snervanti. A volte andiamo a camminare, noi due, nel sottobosco: vialetti coperti di foglie morte, giallo-brunite, sentieri tappezzati da ricci di castagna, da ghiande di quercia; casolari abbandonati da visitare, forre e calanchi e, a volte, l'apparizione fugace di un daino sulla collina di fronte, di un capriolo.

La sera ci ritroviamo tutti assieme: noi due, i teatranti, lo zingaro coi cugini e – chete e mansuete – le bestie da circo. Devozioni domestiche e pratiche conviviali, sull'Appennino. Raccogliamo la legna, accendiamo un fuoco tra le pietre, sistemiamo un tavolaccio all'aperto e tra chiacchiere e ciance e battute e frizzi e lazzi, prendiamo posto davanti a una zuppa di fagioli o a salsicce alla brace, vino e biscotti. Dove stiano andando, cosa stiano cercando gli zingari e i teatranti, la stessa Scompiglio, nessuno lo dice e forse non lo sanno neppure loro, e manco importa. Da cosa stiano fuggendo, lo biascica Occhi Azzurri a mezza bocca, anche un po' alticcio: La cosa che schianta e uccide – farfuglia –, la cosa che schianta e uccide... il conformismo. Poi non ce la fa a essere serio manco lui, o forse fa solo finta e celia, recita la sua parte, incarna un personaggio, indossa una maschera. Da qualche parte ha ritrovato persino i suoi famosi volantini réclame, e prova a spacciarli. Non vorresti pure tu un bel costumino da gnomo, dice a mia figlia? Guarda, per meno di venti euro te lo procuro io, so come fare. E le porge il solito foglietto spiegazzato e però tutto sommato ancora leggibile. Saldi di una notte di mezzo inverno, alla zingaresca:

Costume elfo donna sexy
Special price 15,99 €
Questo bellissimo e originalissimo costume di Natale da elfo di Santa Claus è composto da vestito, cintura, cappello, maniche. Le calze non sono incluse, ma sono acquistabili separatamente. Il travestimento natalizio da elfo è dotato di colletto con campanelli e bordo sfrangiato. Il colore del vestito da elfo di Babbo Natale da donna è verde e rosso ed è dotato di decori stile elfico in perfetto stile santo Natale e ha un taglio accattivante e originale. Si tratta di un elegantissimo travestimento da elfo aiutante di Babbo Natale in tessuto morbidissimo e confortevole stile panno. Il travestimento di Natale da donna è perfetto come costume di aiutante di Babbo Natale Santa Claus per festeggiare una festa a tema Christmas party.

Naturalmente, i ragazzi devono anche recuperare (leggi: dormire), gli zingari hanno mille cose da dirsi, e quando è notte, l'elfo, mia figlia, naso grosso e il Baron Samedi si rintanano a ronfare sul carro, dormono a lungo, mentre Occhi Azzurri e i suoi cosiddetti cugini si rintanano sul Bully, a chiacchierare o a giocare a scacchi, a briscola o a scala quaranta, e a me non resta che chiudermi dentro casa, farmi un ultimo goccetto e – inevitabile – accendere la radiolina, sintonizzarmi col primo o col terzo canale, auscultare il mondo.

Ormai la radio la uso come stetoscopio – o fonendoscopio, se preferite: pulsante, mi si manifesta il vasto cuore del mondo, con i suoi battiti e le sue aritmie e le sistole e diastole, i suoi soffi a intermittenza, le sue insufficienze mitraliche, i suoi scompensi. Pandemia a parte, gravi notizie dal Golfo stanotte, venti di guerra. *Alea iacta est*, sentenziano dal Palazzo di Vetro: il tempo è scaduto. Le ultime resistenze, le ultime cautele sono state superate – confidano le consuete fonti diplomatiche – e una decisione è stata presa, "per quanto grave". Quando stasera (primo pomeriggio a New York) un portavoce del segretario generale è apparso in diretta tivvù in mondovisione tutti hanno capito che i margini di trattativa erano ormai saltati per sempre, e lui non è stato né reticente né vago, anzi: *Les jeux sont faites*, ha detto con volto tra il tragico e il solenne, solo un filo imbarazzato, solo un po' pallido.

In poche parole, le potenze hanno annunciato il loro "appello finale" ai rivoltosi. Gli ammutinati della *Spettro* devono fare una scelta chiara, e farla subito. L'appello, come si capisce benissimo, non è esattamente un appello: è un ultimatum. I "pirati del golfo" – questo è il *wording* diplomatico esatto – hanno tempo sino al Primo Minuto e Ventiduesimo Secondo del Primo Giorno dell'Anno Ventiduesimo del Secolo Ventunesimo Era Cristiana per abbandonare la nave da crociera abusivamente sequestrata nel canale di Suez e consegnarsi. In caso contrario il ricorso alla forza non solo non è escluso – ha sussurrato il portavoce – ma sarà inevitabile, stracerto. La resa, ha aggiunto, non sarà in ogni caso considerata un "disonore" e le potenze hanno concordato che i "pirati" saranno trattati con equità. Qui, ha aggiunto, "nessuno cerca vendetta, per noi contano soltanto la Legge e l'Ordine e il Decoro, conta il Diritto". Chi entrerà in azione, con che mezzi e con che armi, che tipo di "forze" verranno messe in campo? Al fuoco di fila di domande dei giornalisti, una sola risposta obbligata: *No comment*. E se invece s'arrendono? Ancora: *No comment*.

Un giorno, dunque, una notte intera, e ancora – solo – un altro giorno: tempo scaduto. Ma se nel Palazzo di Vetro, dopo le minacce, si registrano solo silenzio e riserbo, bocche cucite, dalla *Spettro* invece commentano eccome: la sfida è raccolta. A stretto giro di posta – ovvero sempre via onde elettromagnetiche e sempre in mondovisione, ci mancherebbe – e senza neppure far cenno al preannunciato ultimatum, un portavoce scozzese dei ribelli dei mari accompagnato da un'erinni tutta riccioli afro alla Angela Davis sono apparsi al cospetto del mondo dalla sala ricreativa sita sul settimo ponte della *Spettro* per annunciare lo spettacolo teatrale in programma questa sera sull'ex nave da crociera e ora ammiraglia corsara, spiaggiata nel Golfo. La compagnia "Il teatrino politico dei vagabondi efficaci" annuncia, a grande richiesta, la pièce *Il mutilato dei mari* (commedia in tre atti). Alla pseudo-Angela

Davis il compito di leggere, a mo' di proemio, brevi estratti dal Manifesto della compagnia e poi si leverà il purpureo sipario e via alle danze.

Compagni e compagne!

Oggi vedrete *Il mutilato dei mari*.

La guerra dei capitalisti, con i quali i proletari collaboravano e collaborano ancora oggi sul terreno del lavoro, ha schiacciato milioni di individui, ha gettato altri milioni sul lastrico come mendicanti. Chi viene loro in aiuto? Forse i borghesi, che nei loro diversi tipi, incoscienti, volgari, trasudanti di ipocrita spirito benefico, passano davanti al mutilato, tentano di stordire la propria coscienza ingiuriando gli "oziosi vagabondi", e protestano contro lo Stato che dovrebbe spazzare via dalla strada un simile scandalo pubblico? No. Solo voi, solo tu, compagna e compagno, potete comprendere il furore che ha nel cuore il mutilato!

Anche tu sei un mutilato. Tu, operaio, che domani potresti essere buttato sulla strada con un calcio dal tuo padrone. Tu disoccupato, che sei già stato cacciato in nome dei profitti che scendono o del costo del lavoro che sale, eccetera eccetera.

Tu, lavoratore: solidarietà coi compagni disoccupati.

Tu, disoccupato: organizzazione rivoluzionaria dei disoccupati. Eleggete tutti i consigli politici di occupati e inoccupati. E prendere d'assalto le navi e gli uffici e le sedi delle *big corporations*, delle radio e delle tivvù. Date tutti e subito l'assalto al cielo: non c'è più tempo e non c'è altra alternativa, siamo alle strette.

Solo da voi e solo con noi vi potete salvare. Non c'è altra scelta: o socialismo o morte nella barbarie! Compagne, compagni: o solidarietà attiva con la *Spettro dei mari*, oppure il capitalismo mondiale, il capitalismo globale, internazionale, riuscirà a distruggere questo vascello, unica speranza, e unico garante delle rivoluzioni mondiali. O socialismo o morte nella barbarie.

Quanto all'altro thriller globalissimo del momento – quello della caccia all'origine prima e più vera e definitiva delle cagioni del Morbo che ha dilagato nel mondo e ancora impazza – le notizie riferiscono di malumori e imbarazzo in seno alla missione OMS, e gran delusione. Lo smacco del tentativo "alieno" ancora brucia e a questo punto, dopo mesi e mesi, si torna al punto di partenza con poco o niente in saccoccia, e dubbi su dubbi. Gli "animalisti" tornano ad accusare il topo e il pangolino, il pipistrello; i "politici" puntano il dito contro intrugli e pasticci di laboratorio: esperimenti malefici, o semplicemente sbagliati, nei covi segreti dell'esercito cinese o americano o russo (ma ormai i buoi sono scappati dalla stalla e il *blame game* riguarda a questo punto un po' tutti, nessuno escluso; c'è chi accusa Israele, chi l'Iran, chi tira in ballo la Corea del Nord, chi il Giappone, l'Armenia, il Pakistan e così via all'infinito, come in un risiko). Gli "epidemio-materialisti-dialettici", dal canto loro, ce l'hanno su con Big Pharma, e con la finanza; gli "empirio-complottisti" (ce ne sono anche tra i delegati della missione, per quanto incredibile) invece tornano a negare l'evidenza, bellamente: ma che Morbo e Morbo – affermano –, qui non c'è alcun Morbo, è tutto un inganno, un abbaglio, un trucco e un barbatrucco, è tutta scena.

Sia come sia, a fare le spese di questa gran confusione e dell'insuccesso della stessa missione cui tanto si contava nel Palazzo di Vetro (dato che un segnale di svolta comunque bisognava darlo, o almeno provarci) sono i due portavoce, accusati di "gravi errori di comunicazione": il telegenico, per quanto sordo e muto, Pablo Fonseca, e la sua anima-nera, il doppiatore bulgaro Dimitri Slavov. Al loro posto in conferenza stampa si presenta un gay del Lesotho, Paseka Mokete. E Mokete dice soltanto una cosa, una soltanto: "La causa del Morbo è... recondita: questo è appurato". Non entra in dettagli ulteriori (e come potrebbe?) e – messo sulla graticola da giornali e tivvù – il buon Mokete (che ha studiato dai salesiani, a quanto si apprende) si rifugia in corner come può, filosofando: "Per recondita intendo proprio la cagione prima di questa catena di eventi ormai nota a livello mediatico come Pandemia. Abbiamo appurato che al momento c'è ignota la possibile origine dei fatti, l'Alfa, il principio. E quando dico *causa*, badate non voglio essere vago e neanche generico. Ignoriamo la causa prima, la causa finale, la causa occasionale, la causa movente, la causa effettrice, la causa sovrana, eccetera di questo gran macello e patatràc. Ma una cosa posso dirla, e definitiva: le ipotesi esplorate sinora dalla missione vanno escluse e basta, sono *kaputt*: nessun ripensamento, nessun retropensiero. Non abbiamo sbagliato nulla, banalmente non abbiamo ancora trovato quel che cercavamo: la causa era e resta recondita, signori miei". All'ironia unanime dei media mondiali, che apertamente parlano di "smacco", "fumo negli occhi", "cialtroneria allo stato puro", "vaneggiamenti patetici e misticheggianti", fa da controcanto un unico apprezzamento, un'unica voce, se non proprio benevola, possibilista. Lo zingaro non è scontento. "La causa è recondita? Eh, dài: fuochino, gaggio, fuochino, fuocherello."

E all'alba, il circo se ne va, leva le tende. Alle prime ore dell'Ultimo giorno dell'Anno Ventunesimo del Secolo Ventunesimo Era Cristiana, Effi Briest e i suoi amici e i due zingari-cugini e l'asino nano e la zebra e l'elefante indiano e il leone e la leonessa e l'orso e il ghepardo e la giraffa e i pipistrelli devono andare. *Exit La meraviglia ambulante delle Tredici lune*, resta il silenzio. Niente più rumori e canti sotto le tende, né fuochi sparsi. Niente più passeggiate nel bosco, o salsicciate. Vorrei, ma so che non posso andare con loro, so che, come il poeta di Puškin, mi tocca trattenermi qui da solo, be' *quasi* da solo. Tanto ci rivediamo presto, pa', dice "Scompiglio"; certo ci rivedremo, presto o tardi chissà, staremo a vedere. Di sicuro già ne sento la mancanza, già mi manca. Ma Occhi Azzurri è qui con me, almeno questo. Lo so, lo capisco – dice –, ma hai fatto bene gaggio, non starci a pensare. Hai ancora una cosa da fare qui, vedrai. Poi si corregge. *Abbiamo* ancora una cosa da fare. Adesso parla al plurale. Dice: "Abbiamo".

Freaks

Le cose accadono, semplicemente accadono, e già ne facciamo un simbolo, oppure un sintomo. Il circo se ne va, il carrozzone si allontana tra i castagni dell'Appennino, scende giù a valle, e per me è subito un déjà-vu, o un messaggio in codice. Niente di strano. Per uno che è diventato adulto (o almeno, anagraficamente adulto) nel mezzo degli anni Settanta è anche normale. La sensazione è che in quel giro del tempo la Storia abbia vissuto non proprio una svolta diciamo, ma un crampo e un arresto, sì: evidenti e acuti quasi sino a far male, intollerabili. E in qualche modo c'entravano proprio il circo, i baracconi, una "visione del mondo come meraviglia" destinata a venire normalizzata, disciplinata, espulsa dall'orizzonte, accantonata.

Gli anni Settanta. Controvoglia, uno finisce per tornare sempre lì, dentro un'impasse. Cose che mi riguardano, tra l'altro. È il periodo in cui Leslie Fiedler scrive il suo libro sui *Freaks* (ve n'ho parlato; pochi anni prima Chaplin sogna Sarapha, la donna-uccello); Dylan comincia la sua *Rolling Thunder Revue* con una maschera di biacca sul volto, conciato da guitto di strada o proprio da fenomeno da circo, musico errante. Stramba combriccola. Fiedler, Dylan e compagnia bella (hippy, studenti, scrittori più ironici che arrabbiati, splendidi fumettari tipo Robert Crumb o Guido Buzzelli, Alberto Breccia o José Muñoz) descrivono il mondo dopo la fine del mondo... in quanto stupore e meraviglia, in quanto circo.

Se cerco una *mia* verità (cioè una verità su di me, per quel che conta) probabilmente sta dentro quel giro di anni lì, e dentro una faglia. E allora torno lì, a quando s'è rotta la Storia, s'è rotto il tempo; torno a quell'ultima, sventata, allegra, dissacrante esplosione di fantasia prima della noia suprema degli anni Ottanta, prima delle meschinità borghesi del globalizzato presente, dei suoi ricatti, prima – soprattutto – di quel monito imperativo che, a fine decennio, ci veniva vomitato addosso da tutti i megafoni del potere, dagli altoparlanti dell'obbedienza furbetta e del buon senso: *Disoccupate le strade dai sogni!*

Simboli, sintomi, coincidenze ovviamente, sincronismi. *Tout se tient*. Cose che mi riguardano, dicevo. Il mio fantomatico libro su Dylan, per fare un esempio. Sono anni che il mio editore mi chiede di lavorarci su (chissà perché) e sono anni che ci giro attorno a vuoto, indugio, cincischio. Niente che abbia a che fare con la musica in senso stretto, naturale. Piuttosto un tentativo di autobiografia allo specchio, e gli specchi è sempre meglio evitarli, diciamola tutta. *Per speculum et in aenigmate*, scriveva Paolo ai suoi comparucci Corinzi: azzeccatissimo. Tornando a Dylan, siamo sempre lì: un rompicapo. Buio a mezzogiorno e ombre nel cucchiaio d'argento. Appari e poi scompari, ti perdi e ti ritrovi, continuamente, e in questo gioco c'è lui, ci siamo noi. Ma è inevitabile: quando uno scrive o parla di Dylan fa sempre autobiografia; Dylan resta lo specchio dei nostri tempi, ma *contro* il tempo. Il fatto è che ci sfugge sempre, è inafferrabile. È sempre lui, ma chi sia *lui* non si sa, o non si può dire (*I Contain Multitudes*: lo dice lui stesso). Come in una sua antica canzone di non-amore, Dylan *speaks like silence* e ognuno la prenda come vuole, è indifferente. Il copione si ripete, ma è una vita che lui ha sviluppato gli anticorpi, e sa sottrarsi. Dopo tutta una carriera a seminare indizi che nessuno raccoglie, me l'immagino sereno, e – ovvio – beffardo. A metà degli anni Sessanta l'avevano incensato ma per crocifiggerlo, e lui aveva risposto con una capriola, dileguandosi. *I'm Not There* rimane la sua bandiera, e persino adesso che potrebbe essere un vecchio miliardario in pensione se ne va in giro a latrare le sue canzoni, e a reinventarsi. Se non l'hanno infilzato sulla punta di uno spillo in quella stagione entusiasmante, figuratevi adesso, siamo seri.

Trovare un baricentro, scovare la dominante nel fluire del

tempo, nel divenire. Capire in che termini siamo sempre uguali e sempre diversi. Decifrare lui per decifrare me stesso, semplicemente. Dicevo: coincidenze, concomitanze. Lasciamo perdere il libro – non si fa scrivere –, ma a furia di scervellarmi forse mi sto avvicinando al cuore della faccenda, al nucleo segreto di tutta questa vicenda di burle e maschere e tradimenti e giravolte e abiure e goffi, approssimativi, passi falsi che è la vita (la sua in quanto specchio della mia, sia chiaro: parlo per me e solo per me). È vero, Dylan *contains multitudes* (per citare uno che l'ha studiato, Kinky Friedman, "Bob è stato ebreo ortodosso, cristiano, buddista, ateo carismatico, poeta, chitarrista da plettro, pellegrino, motociclista, pugile, maestro di rodeo e maestro di balle, giocatore di scacchi, eremita, guardiano del faro, apicoltore, torero, collezionista di farfalle"), ma da qualche parte c'è – deve esserci – anche per lui un fuoco costante che non si estingue, un punto fermo. Da qualche parte c'è – deve esserci – un episodio, un evento, un semplice inciampo del destino che possa fare da simbolo, da chiave di volta, da psico-abracadabra, da formula magica.

E allora rieccoli qui – in tutta la loro splendida, disperata, allegrissima cialtroneria – gli anni Settanta. Nel '75, nella torrida estate del '75, mentre Leslie Fiedler fantastica su donne barbute, ermafroditi e gemelli siamesi, giganti e nani, e a New York si sventrano, si spianano, si sbancano i vicoli del Lower Manhattan (le casette in arenaria di Radio Row, di Cortlandt Street) per fare spazio alle odiose torri gemelle, alte e arroganti, Dylan a sorpresa riappare in città. L'icona sfuggente, l'eremita che s'era rintanato a Woodstock dopo il famigerato incidente in moto, il montanaro che ormai scendeva a valle di rado, e solo per poco, il "portavoce di una generazione" che non si sentiva portavoce di niente, e manco per niente, torna e si ferma a New York, staziona al Village. Ha appena inciso un disco bellissimo e cupo – *Blood on the Tracks* – e ha "un cavatappi nel cuore", si sente irrequieto. In ogni caso è tornato: ha intuito una giravolta nell'aria e *cerca* qualcosa. Probabilmente un modo per sfuggire a quella strozzatura dei tempi che era in agguato, alla Tirannia del Normale dietro la porta. Sicuramente, amici e compagni di strada, alleati, complici.

Sono i giorni in cui si inventa la *Rolling Thunder Revue*, un circo ambulante. Quando, in autunno, lo ritroviamo *on the road*, lui e i suoi compari sono mascherati da attori da commedia dell'arte o da vaudeville: hanno volti mascherati di biacca, calzano ampi cappellacci di feltro incoronati di fiori, simboli hippy, indossano gilet sdruciti, sgargianti bandane, e viaggiano in carovana per tutti gli States, suscitando scandalo. Non è un gruppo di musicisti, è una banda. Con Dylan ci sono – per la prima volta – una violinista, Scarlet Rivera, un'amica ritrovata, Joan Baez, Allen Ginsberg e Sam Shepard, Bob Neuwirth, Roger McGuinn e Ramblin' Jack Elliott; fanno una comparsata anche Joni Mitchell e Patti Smith (al seguito anche Sharon Stone, che al tempo non era proprio nessuno). C'era anche un certo Larry Sloman, giornalista, colui che ha raccontato tutta la storia. "Il *Rolling Thunder Revue* era una carovana di zingari, vagabondi, trapezisti, chitarristi solitari e berretti verdi dello spirito che arrivavano in città per le vostre figlie e se ne andavano con le vostre teste."

Una carovana di zingari, di vagabondi. È l'indizio che stavo cercando, la chiave di volta. Per collegare i puntini però tocca fare ancora un passo indietro, riavvolgere il nastro sino alla primavera, alla smarrita, vibrante primavera del '75. Col suo cavatappi nel cuore, triste, ferito, Dylan se n'era andato in Camargue per il compleanno e, come sempre, il suo viaggio sfuma nella diceria o nel mito, sa di mistero. Nel film che gli ha dedicato Scorsese, Bob ci ricama su, alimenta voci. Con un amico pittore era stato a Saintes-Maries-de-la-Mer, al pellegrinaggio degli zigani, una festa selvaggia. Come ogni anno, immense, scaciate carovane di zigani convergono lì da tutta Europa, a venerare la loro Madonna Nera, Sara la Serva, e lui, l'icona, era tra loro e con loro, ad ascoltarli. Dice di aver passato tutta la notte in una taverna a sentire suonare Manitas de Plata, e va presa come pura verità, oro colato, anche se probabilmente è soltanto una leggenda. L'amico pittore dice che Bob in quei giorni era depresso. "Siamo andati a letto con le donne, abbiamo bevuto e mangiato. Fu una cosa patetica e splendida al tempo stesso." La versione di Dylan è più reticente e allusiva, più romanzesca. Racconta di aver incontrato il re degli zingari, e il re degli zingari era un vecchio terribile, e aveva decine di mogli, e stava morendo, e tutti i suoi figli e tutte le figlie stavano tornando giù tra le paludi e i canali della Camargue per salutarlo.

È il vecchio di cui parla in *One More Cup of Coffee*? Molto probabile.

Your daddy, he's an outlaw
And a wanderer by trade
He'll teach you how to pick and choose
And how to throw the blade

Storia o leggenda che sia, di quel viaggio nel Sud della Francia ci resta questa canzone a metà strada tra le ballad di cowboy e il canto flamenco (mesi dopo, quando la suonerà con la sua band scombinata, sarà il violino di Scarlet a farla da padrone, e lei suona da zingara). Al momento di tornare a casa – racconta – il vecchio gli offre un caffè prima che vada nella *Valley Below*, cioè dentro la sua vita normale, lontano dal sogno. Nella canzone c'è questa ragazza gitana, o la sua ombra, la sua fantasia:

Your sister sees the future
Like your mama and yourself
You've never learned to read or write
There's no books upon your shelf
And your pleasure knows no limits
Your voice is like a meadowlark
But your heart is like an ocean
Mysterious and dark

Più o meno è tutto. Quando ritorna, è per ripartire subito a fare concerti con quella sua carovana di zingari e vagabondi, di trapezisti, e da allora non si è mai più fermato, sempre in giro – o sempre in fuga – e il suo *Never Ending Tour* dura ancora oggi che immagino sia dannatamente più vecchio del suo (apocrifo?) re degli zingari con le mogli e i figli e le figlie, e le spacconate e le sue lezioni da *outlaw* sui coltelli da lanciare e tutto il resto. *Hay ser como los gitanos*: il motto della guru di Effi Briest gli calza a pennello. Non bisogna mai adeguarsi, non bisogna mai conformarsi, abituarsi. Tutt'attorno a lui – nella *Valley Below*, in quel *C'era una volta* – gli altoparlanti gracchiavano la tetra morale del giorno, il Nuovo Avvento, ma a quel *Disoccupate le strade dai sogni!* lui rispondeva: *No, neanche per sogno!* E ancora adesso continua, ancora oggi.

Ci pensavo giusto l'altro giorno che me ne stavo sul Bully a guardare certi video di YouTube, con Occhi Azzurri. A un certo punto era apparsa questa ghenga di musici-pistoleri, con tanto di sombreri messicani e stivali neri coi ricami tutti d'oro, panciotti di pelle. Bob se ne stava al centro della scena con un cappellaccio di sghembo, assurdi baffetti. Al suo fianco una band nuova di zecca, ma sempre bislacca. Strumenti insoliti: oltre alla sua chitarra e al suo piano, mandolini e fisarmoniche, un banjo, una tromba. E io pensavo: Accidenti, ancora se ne va in giro come un vagabondo o uno zingaro scapestrato, ancora sfugge. Tra parentesi, quella canzone era tutt'altro che consolante, rassicurante.

Well, I'm movin' after midnight
Down boulevards of broken cars
Don't know what I'd do without it
Without this love that we call ours
Beyond here lies nothin'
Nothin' but the moon and stars
[...]
Beyond here lies nothin'
But the mountains of the past
[...]
Beyond here lies nothin'
Nothin' done and nothin' said

Versi definitivi; tremendi. Oltre questo posto qui, tesoro, be', non c'è niente, ma proprio un accidenti di niente, *nada de nada*. A parte le montagne del passato, a parte la luna e le stelle. Oltre questo posto qui, cocca, non c'è più niente di fatto o di detto.

Che menagramo, aveva commentato Occhi Azzurri, ma fatemelo dire: era contento.

Le cose accadono. Noi ne facciamo un simbolo, o magari un sintomo, e cerchiamo di capirci qualcosa, di dargli un senso. Poveri illusi: mentre la Storia si ingolfa, o finisce in stradine secondarie e vicoli ciechi, noi ci ostiniamo a ritrovare il filo d'Arianna che abbiamo smarrito da qualche parte, un filo che forse non c'è mai stato davvero, forse era immaginario, perché la Storia comunque non ha libretto né copione, è priva di logica, e insomma uno si dà da fare per scovare una trama, uno straccio di disegno, ma è tutto uno sforzo inutile, e alla fine può essere che abbia ragione 'sto zingaro sentenziante, con gli Occhi Azzurri: mai un ragno dal buco, non ne caviamo mai un ragno dal buco...

Che devo dirvi? Si fa quel che si può e accade quel che accade, come sempre. Carovane in viaggio. Da Radionotizie continuano ad aggiornarci, i saputelli, ma non ci capiscono niente neppure loro, è proprio un rebus. Manipoli di vecchietti in fuga dalle case di riposo, come s'è detto, e uffici, scuole, fabbriche che si svuotano con impiegati, ragazzini e operai sempre più spesso come si dice in DAD o in smart working o banalmente in home working, tappati in casa, e ovunque queste strade deserte, spettrali come in quadro di De Chirico, sempre meno affollate e vocianti, meno contaminate, meno vissute. La causa stavolta non è per niente vaga, recondita. Le varie ondate del Morbo, i corsi e ricorsi oscillatori, il gioco di sistole e diastole del megamoto pandemico, uno strazio. E i soloni – i politici e gli esperti – tutti in fila a ripeterci che la luce in fondo al tunnel è più vicina, certo, anzi, già si intravede, già balugina, ma questo non deve illuderci, perché è solo l'inizio, l'antipasto, e quella che viviamo, che vivremo, sarà un'*Age of Pandemics*, poco da fare, o una nuova Guerra dei trent'anni contro virus e bacilli e pestilenziali e pandemizzanti morbi, impiastri del genere, e allora tanto vale adeguarsi, conformarsi, abituarsi...

Cose che ormai so per sentito dire, naturalmente. Qui, sull'Appennino, non succede mai uno straccio di niente, mai che si affacci qualcuno, che bussi all'uscio qualcuno: siamo isolati. Neanche un'anima in giro, da qualche tempo. Nella valletta di sotto – anche io ho la mia *Valley Below*, a quanto pare – sino a un paio d'anni fa c'era una fattoria con una decina di mucche (e un merlo parlante), e tutte le sere scendeva il camioncino del latte per la stradina che passa accanto alla casa essiccatoio, e mezz'ora dopo tornava indietro facendo un rumore d'inferno con quei bidoni d'acciaio inox cromato che sbatacchiavano tra loro, e in fondo quel rumore scandiva le giornate, serviva per regolarsi. Lungo la strada che invece corre più in alto, oltre il primo filare degli alberi e sotto il monte, a mezzogiorno in punto passava la corriera, e anche la corriera era un modo per regolarsi, scandiva le giornate, il tempo, ma oggi non la prende più nessuno, e l'hanno abolita.

Poi, sì, d'accordo, abbiamo avuto la visita a sorpresa della *Meraviglia ambulante delle Tredici lune*, è stato bello, insolito. E poi c'era Effi, ed Effi io sono sempre strafelice di vederla: ma valle a mettere il sale sulla coda, a quella. Altro che l'appari e poi scompari di Dylan: lei più che altro svanisce, un veloce ciao-ciao, un'ultima tazza di caffè, e si fa nebbia. Poi dove diamine stiano andando: vallo a sapere. A occhio e croce non credo nella nuova-normalità della *Valley Below* pandemizzata (o almeno me lo auguro, lo spero). Data anche la presenza dei cuginetti di Occhi Azzurri, me li immagino in viaggio per la Camargue, tra i fenicotteri, o persino qui vicino nelle paludi di Comacchio, terra di anguille ma anche di zingari, una volta, e in fondo Comacchio è la nostra Camargue, e il Delta del Po non ha troppo da invidiare alle foci del Rodano, se vogliamo, ma in ogni caso sono pensieri oziosi, trastulli inutili.

Lo zingaro mi consola, mi accudisce, a modo suo. Dice che quasi ci siamo, che i tempi sono maturi, è giunto il momento. Mi chiedo di che diavolo stia parlando, e glielo chiedo, ma lui è già pronto a rovesciare la frittata, preme sul freno. Gaggio, mi fa, ho detto *quasi*, quasi ci siamo. Quasi, tesoruccio, vuol dire proprio quasi, mica adesso. Non è ancora il momento, porta pazienza.

E invece: ha torto. Al Primo Minuto e Ventiduesimo Secondo del Primo Giorno dell'Anno Ventiduesimo del Secolo Ventunesimo Era Cristiana l'ultimatum dei Grandi della Terra ai rivoltosi del mare giunge a scadenza e stasera, io, irrequieto, un filo angosciato, allarmatissimo, con quell'inquietudine – già sperimentata altre volte, già provata – per eventi che incombono teoricamente lontano da noi, e tecnicamente non ci coinvolgono né ci toccano granché, e nemmeno ci riguardano, nel senso che non minacciano la nostra pace, le nostre case, l'esistenza così come la conduciamo, o subiamo, la vita insomma con tutte le sue abitudini e i riti e i miti eccetera, ecco, stasera io voglio restare in piedi a guardare, voglio sapere (uno deve vegliare, dicono, uno deve resistere, esser presente...). E quando dico vedere, intendo: *vedere*. La radio stasera non mi basta: voglio *immagini*: riprese in simultanea e simulazioni grafiche, schemi, diagrammi, cartine, mappe, materiali d'archivio e interviste live, scene d'azione e manovre, strategie in atto, insomma icone, figure, ombre, ombre di ombre, è uguale, non me ne importa: la guerra – se guerra sarà – in diretta, tutto dal vivo. Stasera – e non so perché – la *voce* non mi basta: voglio *guardare*! E posso farlo: sul Bully, mi dice Occhi Azzurri, dovrebbe esserci una vecchia tivvù, di quelle a tasti – niente telecomando e altre diavolerie –, ma funzionante, naturalmente vintage, ci mancherebbe, tipo – mi fa – Mivar 14 BN4 rosso fiammante o Voxon T 523 – non si ricorda –, in ogni caso perfettamente in grado di captare i segnali giusti e mostrarci tutto, ammesso e non concesso che qualcosa venga mostrato, vatti a fidare.

Questa attesa, questa ansia: come un allarme sempre presente sottotraccia, sempre latente ma predisposto a riattivarsi in date circostanze, istanti in cui Madame la Storia torna a rivendicare le sue prerogative specifiche e sbatacchia alla porta come il destino di Ludwig van Beethoven, in do minore, e *dam dadadam*, ecco l'allegretto con brio di una mattanza o guerra o rivoluzione che sia o *coup d'état*, e subito prima, subito un attimo prima del preannunciato sconquasso e/o cataclisma ecco quest'ansia cieca che si ridesta e riaccende, dentro di noi, e in men che non si dica siamo presi, avvinti, coinvolti, risucchiati nel gorgo, trascinati giù nelle gore del maelstrom, e anche se tutto accade a distanza ci incolliamo alla tivvù e restiamo in ascolto, zitti e muti, tutt'al più capaci di stupidi scongiuri, di preghierine, tipo: No, non possono farlo, non lo faranno, sarebbe troppo, non ci si può spingere sino a questo punto... eccetera eccetera. E invece no: lo fanno, ah, se lo fanno.

Poi ovviamente dipende anche da chi sei, da dove vieni. Tanto per dire, io della crisi dei missili a Cuba o della Cecoslovacchia non mi ricordo niente, ero prima un bebè poi un ragazzino, e in generale per dieci anni e più sono cresciuto dentro la stasi monotona e glaciale ma se vogliamo anche rassicurante della *Cold War*, negli anni Sessanta: tutto era fermo, tutto era terribilmente statico, tutto era pigro. Poi, evidentemente, il vento ha fatto un giro, tutto è cambiato ed ecco che da allora sono iniziate queste veglie d'armi, queste impazienze: i carri armati di Pinochet attorno alla Moneda, i bollettini delle BR e l'attesa per la sorte di Aldo Moro, il surreale crescendo della faccenda delle Falkland, delle Malvine, a un certo punto, la guerra in casa, o alle porte, con l'esplosione in mille pezzi della Jugoslavia e tutto il resto, sino alle ultime notti di disagio, sconcerto, rabbia, indignazione: la prima guerra del Golfo, nel '91, gli attacchi Nato su Belgrado, qualche anno dopo, e la guerra in Afghanistan, ai pastori di capre, ai beduini, e la seconda guerra del Golfo, e... siamo ad oggi e siamo di nuovo tra cammelli e beduini, datteri e palme, e siamo a Suez, al canale ormai sgombero dall'ingorgo ma ancora formalmente chiuso, vietato al traffico, a queste lande desertiche, monotone, dove, come dal nulla, e per illusione ottica, dietro le dune sfilano di norma assurde sagome di grandi navi da crociera, petroliere e container, rimorchiatori, e adesso invece intravedi le torri e i radar di fregate e corvette, torpediniere e s'affaccia persino il profilo possente di una portaerei della US Navy, mentre nel cielo c'è tutto un andirivieni di elicotteri, droni e piccoli Cessna: brutti, sgradevoli, assillanti mosconi del malaugurio.

E così, io e lui, io lo scettico, il ramingo ma stanziale, il disilluso, e lui, lo zingaro che ha gli occhi di un insolito cilestrino e m'appare in sogno, ci siamo seduti sul divanetto nel Bully: vino e fumo a portata, ci mancherebbe, pronti a sorbirci questa seconda serata tivvù in mondovisione. E il Voxon T 523 (l'abbiamo appurato: questo è il modello), per quanto antiquato e a tasti, è portentoso, prende tutti i canali, spazia nell'etere, capta ogni remoto segnale, ogni stazione. Inedita situazione, privilegio raro: per un miracolo della tecnica, o per gioco di prestigio zingaresco, facciamo zapping senza telecomando e niente ci sfugge: BBC e CNN, *Sky* e *Fox* e *ABC News*, e le RAI un-due-tre, e La7 e La8, e compagnia cantando, di ramo in ramo: l'osannato, celebrato, famigerato, proverbiale "circo mediatico" alla prova del nove! E siamo qui: predisposti alla "guerra in diretta" – se sarà guerra –, o all'accordo in extremis, al colpo di scena.

Ma è ancora attesa. Anche se manca poco allo scoccare del temuto cucù dallo schermo promanano solo chiacchiere oziose, divagazioni, congetture di giornalisti, esperti, generali e diplomatici in pensione o fuori ruolo, tutta una scenografia – interessante volendo, pittoresca – di studi televisivi più o meno futuristici, più o meno spartani o di gran lusso, e fanno bella mostra di sé le acconciature talvolta glamour di presentatrici e giornaliste in ghingheri, comunque truccate, o le sobrie *mise* casual o grisaglie di conduttori ripresi in piedi o, come da tradizione, di mezzobusto. Faretti al led, tavoli che si illuminano dal basso per irradiare fasci di luminescenza verde bottiglia, cinabro, turchese o rosa shocking, cartine animate in digitale che calano dal soffitto dello studio o sbucano da strane botole stile golfo mistico dell'infotainment, siglette in elettronica sparate a raffica e, ovviamente, réclame di sponsor vari che spaziano dai rinomati cubetti di pancetta già predisposti per ricette sglutinate, com'è oggi d'uso, sino agli invisibili ritrovati per sordi e sordastri – pardon, ipoudenti –, per non parlare dell'immancabile, soffice, eco-compatibile carta igienica Soft & Green (cosa che, ovvio, suscita qualche stupore e non poco imbarazzo considerato il ruolo della sunnominata *toilet paper* nella stessa crisi di Suez, adesso al culmine).

La cosa assurda, la cosa irritante, o meglio frustrante, è che allo scadere dell'ora ormai famosa... non cambia niente. Stessi volti, stesse scenografie cangianti, stesse chiacchiere: nulla dalla linea del fronte, né immagini palesi, né novelle. CNN e BBC concordano (e tutte le tre RAI e compagnia bella gli van di presso) nel dire che dal quartier generale della Santa Alleanza Internazionale il diktat è chiaro: zitti e mosca, sgombrare, circolare, qui non c'è niente da guardare, non disturbare. Immagini mancanti, montaggio impossibile. Accanto a me, lo zingaro fa la faccia schifata, è esasperato (ma in ogni caso, mi invita a brindare, a rallegrarmi, perché, diamine, dice, è pur sempre Capodanno, gaggio: festeggiamo!). Accanto a lui io rimugino sul passato, sugli anni andati... sulla strafottuta esperienza, in due parole. Dopo trent'anni eccoci ancora qui, come imbecilli, a guardare una guerra invisibile... in diretta.

Il tempo si avvita, il nastro si riavvolge a rocchetto, inesorabile. Trent'anni fa le notti dell'operazione *Desert Storm*: Baghdad era una pura ipotesi o un dubbio, un'apprensione. Sugli schermi della prima guerra seguita *live* e *all time* – mattina e sera – solo le immagini verdastre, schematiche, definitivamente astratte e da videogioco dei radar dei Thunderbolt e degli Stealth F117 messe a disposizione dal quartier generale dei bombardatori. Di cosa accadesse sotto, di cosa ne fosse della grande, profonda città con le sue mura e palazzi e vicoli e bazar e fontane e leoni di pietra e alti palazzi e tetre catapecchie, neanche un indizio. I bollettini di guerra nella loro burocratica, prolissa laconicità, non aiutavano. Tot voli, tot bombe sganciate, tot obbiettivi raggiunti, e buonanotte. La prima guerra nell'era dell'immagine spettacolare si consumava senza un'immagine vera, piena, decente, e da allora – fateci caso – sempre è stato così, forse sempre sarà, vallo a sapere. Viviamo questa schizofrenia con una rassegnazione estrema ma incomprensibile, e ci sembra normale, quasi obbligato. L'immagine deve occuparci la mente, deve invaderci il cuore e la coscienza, il fegato e la milza, il Male, l'incidente increscioso, l'orrore che spaura, la ferita. Solo l'orrore e l'imprevisto possono essere sintetizzati in icona e figura, immagini-simbolo: suppongo per commuoverci e indignarci, per spaventarci o renderci stupidamente tronfi, o per consolarci. I mattoncini del muro di Berlino che vengono picconati in strada con tutto un mondo che gli crolla appresso fanno da controcanto alle alte Torri di New York assurdamente in fumo, nello sconcerto, o anche alle guglie di Notre-Dame in fiamme, o all'alto ponte sul Polcevera a Genova che casca giù nel vuoto, cose del genere.

L'album di figurine della Storia recente è tutto un campionario di imprevisti, eventi estremi e casi eccezionali, contrattempi. Mancano, invece, restano assenti, permangono insondabili le immagini del programmato, del calcolato, del preventivato. Queste il potere le mantiene nell'ombra, *arcana imperii*: Baghdad sotto le bombe, una, due volte, la cattura e l'uccisione, la sepoltura (teoricamente in mare, ma va' a fidarti) dello sceicco Bin Laden, le *rendition* di terroristi e trafficanti e mariuoli di ogni genere e risma, in gran segreto, gli orrori sadici di Abu Ghraib e Guantanamo, le operazioni di CIA e Mossad e KGB, o come diavolo si chiama adesso, i graficati in grado di spiegare transazioni e scambi finanziari, in telematica, le stesse immagini di sorveglianza di quei laboratori civili o militari dove si intrugliano virus, batteri, tisane chimiche e pozioni e filtri, dove, magari, s'è generato – per disegno maligno o per errore – financo il pandemico Morbo, che ora c'aduggia. Immagini mancanti, rimosse, immagini mai concesse in visione, censurate: ieri come oggi.

L'effetto è sempre quello: grandi sbadigli, e un cupo, sgradevolissimo senso di totale inganno, di presa in giro. Anche per me, anche per Occhi Azzurri, almeno stanotte. Ore da fessi davanti a questo strambo schermo vintage ma ultra-efficiente, sul vecchio Bully; ore e altre ore in cui io e lo zingaro stiamo qui a rimestare il niente, il *nada de nada*. Cosa ne è della *Spettro*, cosa stia accadendo nelle acque stagne o su nei cieli stellati del canale, se ci sia strage o battaglia o trattativa o resa, non si può dire. Solito scialo di esperti e sapientoni negli studi, soliti collegamenti del tutto insulsi con il Palazzo di Vetro o altri palazzi: indiscrezioni poche, e inaffidabili. Notizie vere, e immagini concrete: meno di zero.

Solo all'alba, le prime immagini dal canale e chiaramente in leggera differita, sotto controllo. Le stesse, le stesse identiche per ogni emittente o canale che sia, con evidenza concesse, razionate, centellinate da una regia superiore degli Alleati e oscenamente esplicite e insieme reticenti, trucemente didascaliche, nonché, va detto, anche un po' scioccamente glamour, sulle prime. E dopo una notte di insulso bla bla bla, ora silenzio. Nessuna voce a commento del cinegiornale bellico alleato, né esperti né narratori o cronisti sul campo o fuoricampo: soltanto immagini. Che si aprono sulle rive del canale, tra canne e giunchi, in un paesaggio che complica il piattume del deserto, e mentre il sole s'alza a oriente vedo stagliarsi all'orizzonte le sagome nere di torri d'avvistamento, e anche le prime dune sono incorniciate dal filo spinato dei cavalli di frisia e da pali della luce che corrono in parallelo verso il niente. Aurora ha le dite rosate; fenicotteri e ibis sacri e striminziti aironi si alzano in volo. Nelle acque saline del canale nuotano viscide e diafane meduse, pesci coniglio (nome scientifico: *Siganus luridus*) pascolano tra le alghe e sembrano capre. Ci fosse una barchetta tra i canneti – e la barchetta non c'è o non è inquadrata – saremmo dalle parti del noto affresco antico egizio *Scene di caccia nella palude*, l'iconica pittura ove Nebamon, alto notabile del regno di Amenofi III, solca le acque e fa incetta di aironi e garze e altri uccellacci e uccellini col suo arco e le frecce, mira infallibile. Ma Nebamon non c'è, o è dato per sottinteso, e la regia ci concede solo queste austere scene di vita fluviale e, diciamola tutta, la tira in lungo.

Stacco, un accenno di musichetta subito abortito, e atto secondo: probabilmente siamo sul ponte di una portaerei, comunque su una nave da guerra, e adesso il silenzio è intervallato dal frusciare ritmico di non inquadrate bandiere, sferzate dal vento. La telecamera tergiversa sul pavimento – in evidenza incrostazioni saline, chiazze di vernice, macchie di umido – e quando s'alza più che inquadrare inciampa in una semplice, geometrica sequenza di casse da morto. I rivoltosi dei mari sono lì, dentro le bare. E sono una decina, maschi e femmine. Gli altri si immagina siano soltanto fuoricampo ma tutti ugualmente morti stecchiti. Cinque feretri e poi altri cinque, in doppia fila: grezze assi di legno assemblate alla meno peggio, niente coperchi, niente fiori o bandiere, ci mancherebbe. Terrei ma ancora cotti dal sole, i volti dei comunardi di Suez giacciono composti a braccia conserte sul petto, o distese lungo i fianchi, dentro questi tetri catafalchi in legno d'acero. Cinque marinai barbuti e cinque erinni: *pars pro toto* (oltre che discutibile, grottesco omaggio alla parità di genere). All'alba e solo all'alba vediamo, constatiamo: lo strazio, il grande scempio, la mattanza.

E l'alba si fa giorno, e il giorno pena. Spenta la tivvù – negli studi ripartiva il bla bla bla, e chissenfrega, c'era bastato quello schifo mascherato da docu del "National Geographic", e di sentire il solito esimio esperto-professore che spacca il capello in quattro girando attorno all'unica e sola morale della faccenda, la consueta, trita-ritrita, stucchevole litania del "colpirne-uno-per-educarne-cento", non ce ne importava affatto, meno di zero – ecco, spenta la tivvù siamo scesi dal Bully a sgranchirci le gambe sul prato e a prendere aria. Le prime ore dell'Anno Ventiduesimo del Secolo Ventunesimo Era Cristiana: tutto in regola, tutto come da prassi, qui sull'Appennino. Il sole già dietro la prima linea dei faggi, dietro casa, la poiana solitaria che lancia i suoi richiami dal monte, i pestiferi scoiattolini che biasciano sui rami dei castagni: niente di strano. Laggiù, invece: il grande scempio e lo strazio, la mattanza. Neanche riusciamo a parlarne, siamo basiti. È vero: lo zingaro, singolarmente laconico, prova a intonare uno dei suoi "io te l'avevo detto, io lo sapevo", ma lo brucio con un'occhiataccia delle mie, e lui, capita l'antifona, prende e si tace. Mai che rinunci all'ultima parola però, neanche per sogno. Perfetta faccia di tolla, si accende l'ennesima paglia, aspira soddisfatto, accenna un sorriso. Vabbè, mi fa, vabbè gaggio, buon anno, auguri, auguri.

È invece al crepuscolo che l'ultimo atto va in scena, e su altro fronte. Lo zingaro, peraltro, come gli capita spesso, è sparito, preso da questi suoi famosi impegni-impicci, misteriosissimi, e io, dopo una giornata fastidiosamente inconcludente, proprio tutta sbagliata, mi sono rintanato nella casetta-essicatoio, davanti al fuoco, coi soliti libri e quaderni da disegno, e con la mia radio, aspettando il vespro serotino delle radio-notizie, come ogni giorno, ma oggi con la certezza e il disgusto di uno che ne sa già abbastanza e altro non vuole sapere, tutto sommato. Certezza fallace. Il GR, ovvio, inizia dai fatti di Suez, ma ha ben poco da aggiungere – di fatto, nel Palazzo di Vetro e altrove è tutto un fuoco di fila di *no comment* – e in primo piano c'è sempre la stessa minestra riscaldata: l'evoluzione del Morbo, i bollettini di contagiati, guariti, ricoverati, il perdurante giallo dei vecchi in fuga dalle case di riposo, eccetera eccetera. Quando già siamo delle parti del *Magnificat*, cioè a fine messa cantata o, più prosaicamente, alle nuove di sport, al campionato, ecco: il colpo di scena di una clamorosa *breaking news*, e cambia un po' tutto. Trafelato, il conduttore interrompe il collega per annunciare una conferenza stampa straordinaria della missione OMS: da dove, di preciso, non ho capito, ma naturalmente in mondovisione.

E già il tono (esitante, serio, corrucciato) del nuovo portavoce OMS, Paseka Mokete, lascia intuire la gravità del momento: siamo a una svolta. Il successore del sempre telegenico Pablo Fonseca e del suo doppiatore bulgaro Dimitri Slavov, il ragazzo del Lesotho che si è formato dai salesiani e già in tenera età ha messo le carte in tavola, facendo *coming out*, non sembra capacitarsi neppure lui di quanto considera "doveroso, per quanto molto difficile da annunziare al mondo".

E quanto annunzia è invero sconcertante: l'autopsia condotta per tutt'altri motivi sulle terrene spoglie di una delle vittime del rogo fatale di Notre-Dame ha appurato la presenza del Morbo, il *nostro* Morbo. Il noto virus, quel che credevamo manifestatosi due anni fa o poco più, e dapprima in Cina, poi pandemicamente ovunque, in ogni dove, era già presente e come tale ammorbante in quei giorni speciali, irripetibili, quando l'umanità intera, sbigottita, contemplava la prima immagine di un buco nero; ebbene, negli stessi giorni in cui la celebrata basilica parigina prendeva fuoco su in alto, tra le sue guglie, ecco che lo stradannato Morbo era già circolante, desto, attivo!

E in effetti la clamorosa retrodatazione dell'apparire del male è sconcertante. Prenderne atto – sibila Mokete con un filo di voce – è tanto triste quanto direi doveroso, inderogabile. Tutto il lavoro svolto dalla missione è stato vano ed è giusto, inevitabile, che sia cestinato. Tutto sbagliato, tutto da rifare, ma – precisa Mokete – *non* da noi. Noi – sentenzia con fare un poco untuoso, da salesiano – non siamo stati all'altezza del compito, va detto. Ci facciamo da parte, e non cerchiamo scusanti: abbiamo fallito. L'origine del Morbo – conclude, ma recita a soggetto, è un disco rotto – resta *recondita*.

L'orizzonte degli eventi

La foresta è nuovamente incantata, quinta di fiaba o smaccata, posticcia, scenografia da baraccone farlocco: non saprei dire. Senza accorgermene – siamo alle solite – devo aver passato un qualche confine invisibile, varcato una soglia. Fitto di ombre e simboli e apparizioni sfuggenti ma oscuramente intuite, presentite, e rumori e scricchioli e sussurri indecifrabili, e numinose, celate, presenze che aleggiano tutt'attorno, evanescenti, il bosco appenninico si è tramutato in selva o proprio in intricata foresta, *luogo di fuora*. Niente è quello che sembra, tutto inquieta. Lo strambo, il paradossale, il grottesco, il perturbante: magari siamo solo nelle lande imbroglione del sogno; solita broda.

Lo zingaro mi ha invitato a raggiungerlo quassù, sulla montagna, e io – ancora una volta non sapendo perché – gli do retta. Un fogliettino in bella vista sulla macchina del caffè, pronta in cucina. Sto qui, t'aspetto (e un disegnino-mappa abbastanza elementare, raffazzonato, ma con le coordinate essenziali – latitudine 44°, 28 nord; longitudine 11°03 est –, cioè quanto basta). Mi ha anche lasciato il Bully. Un'idea di come raggiungerlo e dove lasciare il furgone e quale sentiero seguire, e come salire lassù, ce l'avrei pure.

Posti che conosco bene, luoghi arcinoti. Oltre la Bocca dei Ravari, e poco dopo le rovine di Torre Jussi, a Serra Sarzana, parcheggiare nello slargo dove c'è la casa del *re degli hippy* (lo faccio spesso). Di lì sale il sentiero che si inerpica nel bosco, e quello devo seguire, anche se è ripido. (Il re degli hippy – sia detto a margine – è solo un vecchio strambo con i capelli a coda, la lunga barba bianca, i calzoni militari, la canottiera, che vive lì da sempre, e da sempre se ne sta attaccato alla sua bombola d'ossigeno, fermo sull'uscio, a guardare la gente che passa, anche se lì non passa nessuno, al massimo qualche macchina che sfreccia sempre troppo veloce, o qualche ciclista...). Luoghi che conosco a menadito; piste battute. "Altri fiumi, altri laghi, altre campagne"; "altri piani, altre valli, altre montagne..."

Oggi il bosco si è fatto foresta, e la foresta, si sa, è sempre incantata. Più che una soglia magica è un bivio, anzi un crocevia: abissale e tramato di oscurità, senza ritorno. La concretezza, la *mimesis*, il secolare lavoro del realismo occidentale: cose di ieri, o fondamentalmente abbagli, presunzioni. Non che la realtà sia scadente: è complicata. È tutto reale, anche l'immaginazione più sfrenata, la fantasia, anche l'allucinazione e il sogno, naturalmente. Il fantastico non esiste, tutto è reale. C'ho messo una vita a capirlo, anzi: ad accettarlo. Vecchio albero non si trapianta, dice Occhi Azzurri, e si riferisce a me, l'incorreggibile, l'incoercibilmente sempre uguale a sé stesso, l'ineducabile, ma per diamine, sbaglia! E di grosso. Definitivamente sbaglia anche lui, almeno stavolta. Magari soltanto per forza d'inerzia, senza alcun merito, ho imparato a lasciarmi andare un po' di più, ad abbandonarmi all'incerto, all'umbratile, allo scombiccherato, al grottesco, al francamente improbabile, ai balli di ombre cinesi, alle chimere, a perdermi – diciamolo: contento –, a smarrirmi dentro alle gallerie e ai cunicoli profondi e ai passaggi segreti che si aprono dall'*altra parte* nelle strade e vicoli e piazze della città infestata del sogno-mago-potente. Voi dite: Bravo, bene, bis, e sai che sforzo! Giusto, giustissimo. La realtà stessa s'è fatta irreale, è ultra-evidente. Se solo ce l'avessero detto due o tre anni fa, ieri, diciamo o, insomma, l'altro ieri: l'intero mondo degli uomini, il pianeta terra, la stessa Storia Umana, l'*Universelle Geschichte*, il nostro vanto e merito, costretti ad assoggettarsi alle bizzarrie di un virus, di un Morbo, di un bacillo, di un esserino spugnosetto, invisibile, subdolo, pandemico e omniespanso, lui sì, universale, e senza alcun vanto... "Unico e comune è il mondo per coloro che sono desti...": povero Eraclito, e poveri tutti noi, i sonno-veglianti, o – per quel che conta – i desto-dormienti... E quindi: sì, avete ragione anche voi, più che ragione. Non ci voleva granché, e, magari, ci sono arrivato per ultimo: e va pure bene. Ma adesso è così e indietro mica si torna, e poi uno fa quel che può, capisce quel che può: coi tempi suoi!

Quanto all'incanto specifico di questa foresta qui, be', non è esattamente quello dei *Contes et légendes des chevaliers de la Table ronde*. Il castello nella selva intricata, la bella donzella, il castellano chiuso nel suo misterioso silenzio, il fauno e la sorgente incantata e i sette anni di questo e i sette di quello... Niente del genere (e in ogni caso non sono un cavalier cortese, ci mancherebbe). Infangato, decisamente ripido, sconnesso, il sentiero si inerpica nel sottobosco e già dalla prima curva sono immerso nel groviglio degli alberi, non vedo più niente: la strada sotto è svanita, e il cielo posso soltanto intuirlo, ma è chiuso dalle cime degli alberi, tappato. Mi sono lasciato alle spalle i consueti castagni e ora cammino tra cavi tronchi di roveri e carpini e querce.

Buio a mezzogiorno e ombre più corte che mai: il bosco-foresta ti accerchia, e sei dentro a una scena: non c'è alcuna prospettiva, manca profondità di campo, lo spazio è compresso. Sali e ti scordi il paesaggio: qui è tutto concentrato, ogni cosa s'intreccia, avviluppa, sovrappone: i rami, i sassi e le radici scoperte, le cacche dei caprioli piene di piccole bacche rossastre, il muschio che in teoria indica il Nord, felci e ciuffi di brugo, rare ginestre. Tra poco inizieranno anche i faggi, e non cambierà niente. Uno cammina e cammina soltanto, tutt'al più ascende in verticale, guadagna quota. Non c'è neppure da stare in ascolto: a parte il vento che muove i rami e le cime su in alto, prevale un tedioso silenzio, ogni bestia si tace. Stupidi animaletti del bosco: mai che si facciano vivi o anche solo sentire. Il capriolo ha cacato, e questo è quanto, per il resto, be', niente, o, insomma, quasi niente. Il succiacapre se ne starà immobile finto-imbalsamato sui rami più elevati, e così gli altri compari suoi, gli uccelli del cielo. L'unico segno di vita viene, e solo a tratti, dal picchio scemo che tormenta qualche sfortunata corteccia o da un gracchiare roco di ghiandaie. La foresta è incantata ma il suo incanto è un imbroglio bello e buono, e comincio a intuirlo: l'aperto e il chiuso qui sono la stessa cosa, non c'è differenza. Un affarone: claustrofobia anche nella *wilderness* e ansia e insofferenza crescente; senso di oppressione, soffocamento.

Na, na, e me lo dico da me: Non starci a pensare. Meglio mettersi in ascolto delle presenze attorno, che avverto senza vedere, inafferrabili. E improvvisamente mi sintonizzo su un'altra frequenza e scopro la semplice verità: *non sono solo*. Più salgo nel bosco e più cammino tra i fantasmi, semplicemente. Ma non credete: niente lenzuoli bianchi, catene, fanciulle prigioniere, lupo ululà e castello ululì, niente del genere. Non sono da solo perché l'incanto – qui – forse sta in un arresto del tempo, o meglio nel suo trionfo finale, definitivo. Cammino, salgo nel bosco, mi inerpico alla ricerca di quel cialtrone di zingaro, il cacciaballe, e indubbiamente sono, vivo, esperisco, percepisco nel dato giorno del dato mese del dato anno del dato secolo e – contemporaneamente – sono (e vivo, esperisco, percepisco) in tutti i giorni e i mesi e gli anni e i secoli della Storia che questi boschi hanno visto-vissuto-lasciato-correre. La numinosità delle selve e foreste è solo questa: la Storia si evolve, articola, ramifica, progredisce, fa un passo avanti e due indietro, la Storia scorre più o meno veloce, lieta, grandiosa, e certi luoghi restano sempre uguali-identici a sé stessi, non cambia niente, e un bosco, a differenza di una città o di un villaggio o piana coltivata, di un campo arato, è ancora e sempre lui, una scena inerte, una trappola o un ambiente, un microclima che vede succedersi e avvicendarsi e amarsi e combattersi generazioni e generazioni di genti, sempre diverse, diversamente attrezzate, abbigliate, organizzate, e agli occhi del bosco questi uomini sono sempre e per sempre tutti qui, e i vivi e i morti restano in perfetta compresenza, e all'ombra del cavo tronco di quercia, nei pressi del masso muschioso, dentro le forre dove scendono i torrenti a primavera il tutto-e-sempre dei giorni e degli anni e dei secoli e dei trascorsi millenni si contrae barra rattrappisce, annulla, addensa e la Storia è ingoiata nell'imbuto perfetto di un *continuum*.

Voci ora odo, e strepiti, e imprecazioni, e comandi impartiti bruscamente, e rumori di seghe che segano tronchi, pialle che piallano, pale che spalano buche nella boscaglia. Vedo e non vedo ombre di soldati tedeschi, nel frascame. Segano e scavano e piallano i fantaccini della Wehrmacht in ritirata, e la montagna diventa un assurdo cantiere in lento movimento: costruiscono osservatori interrati tra i faggi; scavano gallerie e cunicoli e fonde trincee, camminamenti; preparano alloggiamenti per i cannoni leggeri o per la mitraglia. Giù dalla valle – che da qui non si vede, topograficamente è data per scontata, presupposta – in controcanto salgono altri echi sonori, annunciatori di scontro imminente, di battaglia. Blindati, carri armati Sherman in manovra, cingolati che mordono la terra su campi mal arati, truppe in marcia. D'altra parte, qui sul Monte della Madonnina (come lo chiamano i locali, impropriamente) persino i segnali bianco-rossi del CAI cedono il posto a un'altra segnaletica speciale, questa in targhette metalliche laccate in giallo: la GOTENSTELLUNG, la Linea Gotica insomma o, per meglio dire, la *Grüne Linie II*, quella più arretrata che dalle paludi di Comacchio e dalla Romagna taglia l'Appenino passando per la Garfagnana sino a Massa.

E i giorni si sovrappongono e la freccia del tempo si annulla, qui in montagna. È il dato giorno del Primo Mese dell'Anno Ventiduesimo del Secolo Ventunesimo Era Cristiana, e sono anche gli ultimi giorni di quella guerra totale, mondiale, quasi-pandemica, e il mio oggi è anche l'aprile del '45, un *C'era una volta* che mica sa di fiaba, o della fiaba ha soltanto l'essenza spaventevole, il volto più scuro. Preparativi di battaglia per l'*Obiettivo Queen*, tra valle e cima: la 29esima divisione *Panzergrenadier* tedesca si acquartiera sul monte, tenta il blocco; i *mountaineers* dell'85esimo dell'*American Division* preparano l'assalto e provano ad aprire il cammino per la Valle del Po, oltre la "linea". E anche quei giorni d'aprile frullano in aria come coriandoli matti e si confondono: le trincee, le casematte, i punti di osservazione scavati nella pietra passano di mano una e due e tre volte, le parti si scambiano. Dal basso, dove è la valle, scatarra la mitraglia, tuona il cannone (immobili, dietro la collina, le rovine del paese, raso al suolo dai bombardamenti alleati, ormai da un anno).

E poi il vento fa ancora un altro giro, e torna il silenzio. E col silenzio s'alza un caliginare bavoso, giallostriato, e dita di nebbia – che ancora una volta nebbia proprio non è ma ci assomiglia – si allungano nel sottobosco. Ma è come in sogno: la visione offuscata è l'unica vera che scrosta via le apparenze, e trasfigurando coglie, afferra, discerne, valuta, vede. La scena è data: funghi e fogliame che marcisce ai piedi dei roveri cavi, degli alti faggi; limacce dal lucido dorso ghepardato e millepiedi pelosi e scarabei in processione che scivolano sul terreno; i raggi del sole – già filtrati da mille rami e fronde – scomposti dal prisma delle ragnatele di nebbia esplodono aureolando ogni forma attorno di luce irreale. È giorno-notte, quassù nel sottobosco, e sonno-veglia, e forse è vero che sono tornato nel presente-presente, dentro la vita, nell'*hic et nunc* del giorno tot del mese tot eccetera eccetera, ma è anche un controtempo assoluto e sono sospeso, e dato che è giorno e notte assieme è anche normale che più in alto, lassù, tra rami e tralci, siano tornati a volteggiare o a dondolarsi appesi a testa in giù i pipistrelli. L'eco dei fantasmi soldati, l'ombra dell'oplita romano e del barbaro marcomanno, del grassatore di strada, del prete in fuga, tutti gli assurdi ectoplasmi della Storia antica-moderna-contemporanea sono svaniti, ma come prima non sono solo, e mi sento accerchiato, avverto presenze. Immobili, questa volta, inanimate. Levo gli occhi verso l'alto – cammina cammina, praticamente sono arrivato, sono quasi in cima – e tra un tronco e l'altro e tra un masso e l'altro appaiono le prime trincee tedesche, cunicolari e, sparse qua e la, le *foxhole* americane, fonde buchette capaci di alloggiare un solo soldato e soltanto uno (metodo a stelle strisce, tipico loro: arrivavi su in cima, ti scavavi la tua tana da combattimento, prendevi posto).

Reperti, quindi, tracce di quel *C'era una volta* di guerra, qui sull'Appennino, stratigrafie del ricordo, impronte umane, prove provate di quanto in fondo l'uomo è tenace, ingegnoso, adattabile anche in certi momenti estremi, di vita e di morte. Ma la cosa straordinaria appare dietro un'ultima svolta del sentiero, quando la cima – la controversa, battagliata "quota 993" del '45 – è, diciamo, a un tiro di schioppo, per restare in tema: quelle trincee, quei camminamenti, quelle tane di volpe sono *abitate*.

Figure, sagome mi aspettano disposte in irregolare schiera, una prima e l'altra dopo, cattive e immobili. E sono fantocci, pupazzi, burattini, bambole, pupi. O forse, semplicemente, grotteschi spaventapasseri, spauracchi (con tanto di cartoncino-didascalia, esplicativo). Lo zingaro me n'ha combinata un'altra delle sue, sta' tu a vedere. Il sottobosco, in ogni caso, è ridotto a delirante parco a tema, *tableau vivant*. Quel disgraziato deve aver dato fondo al suo Postalmarket di maschere e costumi e ora la foresta è il foyer di un teatro dell'assurdo in salsa gipsy. Ecco cosa aveva tanto da fare, il carognone. È allucinante. Mille anni, i loro mille anni di Storia in un album delle figurine, scombinato, e personaggi e comparse che si succedono come in un baraccone d'altri tempi, e tutti con vesti di foggia diseguale, abiti e divise, e ceti e ranghi, e ruoli diversi, tutti complici assieme, tutti tramanti le stesse persecuzioni, angherie, vessazioni, gli stessi soprusi che portano, secondo l'*historia rerum gestarum* occhiazzurresca, al grande divoramento finale, alla devastazione, allo sterminio, all'inghiottimento totale, o insomma al *Porrajmos*, o al *Samudaripen*.

Cotonatissimo, parruccatissimo come da iconografia vinciana, apre le danze Ludovico il Moro, con le sue archeo-grida anti-zigane quattrocentesche. Di presso, gli sono vicini quel bigotto maledetto, Nicolaus de Podiobonito, o meglio, Niccolò da Poggibonsi, frate minore, e i cattolicissimi sovrani Isabella e Ferdinando, e Carlo, diversi sacerdoti e pontefici (spicca Pio V), generali, guardie, aguzzini, boia, mercanti poliziotti e notabili di varia estrazione tra cui spicca il perfido Zenón de Somodevilla y Bengoechea, marchese de la Ensenada (1702-1781), primo ministro, già ministro della Guerra, delle Finanze, della Marina militare, di tutte le Indie. Non mancano spaventapasseri Lombroso, Gobineau, Chamberlain, Mussolini, Vittorio Emanuele III, gerarchi vari e spauracchi-comparsa con lenzuoloni fantasmeschi alla Ku Klux Klan. Poi, dove gli alberi iniziano a diradare, e nel bagliore dei primi raggi di sole che filtrano più consistenti tra le fronde e rimbalzano su un tappeto giallo-cinabro di foglie morte, ecco, in divisa militare delle SS, gli spaventapasseri Himmler, Goebbels, Eichmann e compagnia bella e, un passo dietro a loro, l'ultimo burattino: alto e magro e in candido camice, un uomo-pupazzo dal volto cattivo, stempiato, capelli castano scuri, occhi smorti e ugualmente castani, e scure sopracciglia, a forma di accento circonflesso, a dargli l'aspetto di un gatto: *Herr Doktor* Mengele.

Paparino! – declama una vocetta chioccia, sbeffeggiante, e insiste –, tal io son come lui mi volle, tale e quale. Distesa d'erba inaridita che forma un monticello al centro della scena. Il pendio digrada velocemente verso la ribalta. Il fondale è un *trompe-l'oeil* molto *pompier*: alberi cavi, scatoloni da cui sporgono calze, cappelli, giarrettiere e mantelli, stivaloni, elmi tedeschi, americani, fiale di Zyklon-B, boccette di metiltioninio cloruro, pipistrelli in gomma. Interrato fin sopra alla vita, esattamente al centro del monticello, e con indosso una tuta forse in fibra di vetro, piena di tubi, tasche, impicci, prese d'aria e con in capo un casco da astronauta (o da palombaro) ecco lo zingaro dei miei sogni: Occhietti Azzurri.

Un altro giorno divino – bofonchia –, un altro giorno felice, gaggio, e quindi: salve sacra luce, salve amichetto mio, ci siamo. E mi fa cenno di accostarmi a lui, venirgli dappresso. Gli occhi – blumetilinizzati – li vedo e non li vedo, dietro al vetro, ma in qualche modo avverto che bruciano, splendono. Imperturbabile mi fa cenno col dito – dài, su, accostati – e poi, di botto, inizia a frugare negli scatoloni, a un passo da lui. Ravana, rovista – stile "venite donne, venite, smucinate" – e riattacca col tono da imbonitore provetto, che ben gli conosco.

Vieni amichetto, è tutto a quattro soldi, tutto in svendita: le vesti e il collare di Cervantes, la tavolozza di Otto Mueller, i pennelli di Rembrandt, di Van Gogh, la gonnellona di Margaret Finch, il suo cagnolino, la spada di Scamuccia – una replica, ovvio –, il moschetto con cui sparava Jean de la Fleur, il nostro capitano, l'elmo di Rolando a Roncisvalle, le ali di Icaro, i baffi di Charlot, quelli di Hitler. Tutto in saldo, tutto in liquidazione, tutto praticamente regalato, tutto a niente.

Quel che non spetta al tempo, né alla scienza, riconoscere, le voci ricostruite, il fraterno destarsi di tutte le energie corali e orchestrali... Svendesi i corpi senza prezzo, di là da ogni razza, ogni mondo, ogni sesso, ogni discendenza! Svendesi i diamanti che nessuno controlla, l'anarchia per le masse, la morte atroce per i fedeli e per gli amanti... Svendesi abitazioni e migrazioni e comfort e fantasmagorie perfette e suoni e movimenti. Svendesi le applicazioni del calcolo e i salti d'armonia inauditi. Svendesi corpi e voci, l'immensa inoppugnabile violenza, quel "non sarà venduto mai". Svendesi la Storia intera con tutte le sue trovate e battaglie e paci e trattati e riforme, reazioni, rivoluzioni. Svendesi i giorni sulla terra, ormai in scadenza. Svendesi, altresì, ogni viaggio spaziale nelle galassie, i viaggi a premi per le lune di Plutone, dentro gli anelli di Saturno o su Marte, dove ti pare. Svendesi l'intero parco macchine mondiale, le fabbriche e le officine, tutte le fattorie. Svendesi la scienza e la tecnica, e la fisica quantistica, la medicina. Svendesi lo zoo assoluto di ogni bestia che striscia o cammina o saltella sulla terra o vola in cielo o si incantuccia in tane, grotte, stazzi, gabbie, covi, nidi. Tutto in saldo, gaggio, siamo alla fine!

Urla quasi Occhi Azzurri, e quasi delira. Ma la sua voce non resta senza eco, nel sottobosco. Crepitii di foglie calpestate, di rami spezzati. Poi accordi di chitarra, di fisarmonica, un banjo che strimpella, acuta una tromba. E la scena appenninica nuovamente si popola e rianima, cosa incredibile. A passo calmo, e dall'altro versante della collina, proprio alle spalle di Occhi Azzurri, semisepolto nella sua *foxhole,* sagome appaiono di musici e orchestrali, schierati uno di fianco all'altro stile "band-che-entra-in-scena-pathos-video-rock". Ma io questi li ho già visti; li riconosco. Lillipuziani, figurine minute: alcuni forse bambini, altri nani. Il similpuffo in costume d'Arlecchino cammina a quattro zampe e una suora lo tiene al guinzaglio, e lo strattona. Altri, mascherati da sbirri papalini, procedono a piramide umana e quello in vetta sventola la tetra bandiera con la scritta rinnovata: TRAUMARBEIT MACHT FREI. I SOGNI LIBERANO! Indi la vecchia megera, orecchini giganti, fazzolettone in testa, gonnella a fiori; il suonatore di tuba, grasso, baffuto; un trombettista in abiti da narcos messicano; tre ragazze con cembalo e violino, tamburello. L'orchestra si dispone attorno a Occhi Azzurri, attende un cenno. Lui – vecchio crooner zigano – si schiarisce la voce, alza il dito stile direttore d'orchestra con la bacchetta e, dato il La ai musici d'attorno, prende a cantare:

Beyond here lies nothin'
Nothin' we can call our own
[...]
Beyond here lies nothin'
Nothin' but the moon and stars
[...]
Beyond here lies nothin'
But the mountains of the past
[...]
Beyond here lies nothin',
Nothin' done and nothin' said

All'ultimo ritornello, la capriola. Con un guizzo Occhi Azzurri salta fuori dalla sua tana di volpe, ed è agilissimo, e me lo ritrovo a uno sputo, siam faccia a faccia. Atterra a gambe larghe, trova equilibrio e si pianta davanti a me e lì sta con aria solenne, poi solenne si sfila il casco da viaggiatore spaziale, divarica le gambe saldamente infilate in strampalati Moon Boot multicolori e con uno solo schiocco di dita fa mutare la scenografia, il contesto. L'orchestrina nanesco-zigana si dissolve, sul bosco cala un tenebrare improvviso – buio in sala – e alle spalle di lui, l'onironauta, ecco che scende uno schermo gigante e siamo di nuovo lì, all'Alfa e all'Omega, avvinti nel Sogno & Cinembola. Lui resta in primo piano così, tragico e buffo; immagini, scene, foto e disegni e filmati scorrono alle sue spalle, senza costrutto. Titoli di testa e via col lungometraggio, o quel che sarà:

ANUS COSMI
(WELCOME IN THE AGE OF PANDEMICS)
BY: GYPSY CINE VISIONI TRADEMARK
WWW.GCV.COM

E qui fa capolino un pipistrello incastonato in una corona di mascherine e siringhe e sfilacciate comete e altri corpi astrali che vagano o oziano in cielo, e il pipistrello squittisce tipo leoncino della Metro-Goldwyn-Mayer... roba da chiodi.

Immagini che s'affastellano, intrecciano, sovrappongono, collidono. Le albe sporche di Auschwitz e carrozzoni zigani in marcia, treni fantasma, un mega juke-box e colonne di vecchietti in cammino tra le colline, dentro la nebbia, le salme dei marinai trucidati sulla *Spettro* e figurini abbigliati da Cervantes o da zingarella o da pifferaio magico, ma con la chitarra, e la mega-baldracca Courasche che guerreggia, duella, fornica, impreca, e medici e infermiere, mascherinati, e nani vestiti da guerriero, o da Pulcinella, e Pulcinella no-questo e no-quello che intonano la solita canzoncina – *no alla punturina, mammina, no alla bua* – e si spacciano per epici guerrieri, veri ribelli (e son pagliacci), e un'astronave a forma di frigorifero bombato che solca le sfere celesti, con su un uncino, e pipistrelli che svolazzano, e spore spugnose che nevicano sulla terra, pandemizzanti, e gruppi sparsi di gente in processione nella notte che salmodiano *In girum imus nocte et consumimur igni!*, e cavalli al galoppo per le strade di Montesacro, per viale Tirreno, e fuochi dagli sfasciacarrozze sull'Aniene, lungo la tangenziale, a Pietralata, e un rogo, unico e solo e altissimo, che avvolge le guglie di Notre-Dame e oscura il cielo...

E mentre tutto questo caleidoscopio scoppietta, esplode, deflagra, saetta, sfuma, impiastra, si scompone e ricompone sullo schermo, lui – il tragico-buffo-impensabile-inavvisato-inevitabile *Traum-Zigeuner* –, il fuligginoso fratello del diavolo oggi in candida *mise* spaziale da qualche-nauta, intona uno dei suoi "stai-mo-a-sentire-gaggio-che-storia" che prelude al chiarimento finale, al gran spiegone. E la voce oggi è roca, sgraziata, ma non priva di sonorità suadenti, forse capziosamente magnetica, ipnotizzante.

Ah, gaggio: il Morbo, il virus, il bacillo, la pandemia, questa Umana Storia che tanto ti sta a cuore, gira a vuoto, stagna nell'esitazione pigra, nella fanghiglia... Non credere: te l'hanno data a bere, ma – sia chiaro – senza cattiveria alcuna, senza intenzione, senza progetto. L'allucinazione è totale, riguarda tutti; tutti se la son bevuta, nessuno escluso: il Morbo, il pasticciaccio brutto, il mega-impiccio mica viene da un altro pianeta, mica è un alieno... i virus, i bacilli, la pestilenza, signori, sono già tra noi e son qui – nei laboratori magari, e prima ancora nelle solite bestiole, il pipistrellaccio, il pangolinaccio, lo zibettaccio – pronti alla piroetta, al salto di specie, al contagio, allo *spillover*; e quei vostri santi-cavalieri-del-Graal-missione-OMS, quei mai-un-ragno-dal-buco tutti a cercarne l'origine, la causa prima, materiale, la causa formale, la causa efficiente, la causa finale dell'*archè kakòn* pandemico, del maga-impiccio e, niente, MAI-UN-RAGNO-DAL-BUCO, sempre, e per sempre, e invece la verità è palese, conclamata, e sono mesi e mesi e giorni e giorni e sono sogni e sogni che te la dico.

Guarda – e indica alle sue spalle lo schermo pirotecnico, il mega-gypsy-show, l'ultimo valzer –, guarda, è tutto lì, gaggio, è tutto lì: e io guardo e vedo e non capisco, o vedo e non vedo: Notre-Dame in fiamme, l'astronave in rotta di collisione – la stessa *Vagabonda dello spazio* già rilevata dagli esperimenti polisonnografici della missione in quarantena –, il grande uncino telescopico infine che esce dal suo alloggiamento e si distende nell'etereo spugnoso Nulla dell'*Outer Space* in cerca qualcosa, e poi – eccolo – l'orizzonte degli eventi, il Buco Nero, la densa, magmatica fine e inizio di tutto, l'ultra-materia, l'antimateria, la prova provata che il mondo non è opera di un demiurgo, spirito o iddio, ma figlio bastardo dell'anti-demiurgo assoluto. L'uncino prende a frugare, rovistare, grattare, raschiare, ravanare, trivellare nel nero, nerissimo *Black Hole* e dal buco nero-nerissimo esce ogni cosa, ogni cosa che sia mai stata nel tempo e mai sarà, e ogni storia futura ipotizzabile, e regni, imperi, invasioni, politica e rivoluzioni, riforme, trattati e conquiste della scienza e della tecnica, opere d'arte, astronauti già finiti oltre quella linea invalicabile e navi spaziali in fiamme, e sogni e vomiti e mucillaginosi impiastri e spazzatura spaziale, rumenta cosmica, e forme di vita che mai hanno vissuto e mai son morte, e – ovvio – virus, bacilli, batteri, vibrioni, spore, funghi, e mille altre cose come pentolame, macchine fotografiche, microscopi, stetoscopi, fonendoscopi per immortalare barra registrare il mai-visto-mai, vissuto-mai-ipotizzato, e preghiere esaudite, preghiere inascoltate, preghiere apotropaiche, preghiere sceme, e – gaggio concentrati, ascolta, arrenditi, accetta – era già tutto lì, il divorabile e il già-divorato, e noi un segno volevamo darvi e un segno vi abbiamo dato, perché, lo sai, *nec sine te, nec tecum vivere possum*, tu, uomo come noi e diverso da noi, tu, nostro mezzo-fratello e nostro carnefice, questo abbiamo fatto e questo vedi, constati, contempli, devi accettare: lì abbiamo cercato e lì abbiamo trovato.

E mi chiedi: Perché? Ma che v'è preso? Sciocco, sventato! Scavare nel pozzo senza fondo di un Buco Nero? È il nostro mestiere, gaggio, la nostra missione senza alcun senso spendibile, il nostro karma: il Buco Nero come *Anus mundi*, ma, no, no, che sto dicendo? *Anus cosmi!* E noi a rovistarci dentro, a scavarci dentro, come *Herr Doktor* scavava dentro gli occhi nostri e frugava e pastrugnava, e ci azzurreggiava, ci blu-metilinizzava, e allora eccovelo, il Buco Nero, il definitivo, fetido, schifoso, inebriante, totale, insuperabile *Anus cosmi* di ogni cosa e situazione, evento e azione, perché la Storia è già tutta stata e finita, è già tutta da-sempre-anticipata-sempre pensata, e da chi se non dal Grande Nulla, dal Grande *Bah!*? Superflua, obsoleta, irrilevante, ecco cos'è, ma come facevamo a dirvelo, come potevamo spiegarvelo, ficcarvelo bene in testa, illuminarvi, come potevamo soltanto provarci se questa verità che non dice niente contraddice e annulla tutto ciò che siete, siete stati e sempre sarete? Quei giorni felici di aprile, irritantissimi: voi così fiero-abbacinati, così fiero-compiaciuti, così incantati, e tutti occhietti in su a scrutare tra le nebulose di una fottuta galassia a cinquantacinque milioni di anni luce dal miserabile pianeta terra la polaroid di questo miserabile e avido M87 che ogni cosa inghiotte, ha inghiottito e inghiottirà, e sì, certo, vi abbiamo dato un segno, con Notre-Dame, ma è ovvio, pazzi e folli anche noi a provarci. Voi, gaggio, mai-un-ragno-dal-buco, niente da fare... Perché – e qui rallenta Occhi Azzurri, e si fa serio – perché, gaggetto caro, l'uomo... è imbecille! L'uomo è una forma di suicidio, e tu ne sai qualcosa, tu mi puoi persino capire, amico mio! Il genere umano lentamente si toglie di mezzo. Produce detriti corporali, mentali, industriali, atomici; avvelena la terra, il mare e l'aria, lo spazio; distrugge la natura e senza natura non è niente, non è un bel cazzo di niente, poco ma vero. Secoli e secoli di Storia e *Kultur* e *Zivilization* per arrivare a 'sto bel risultato! Che meraviglia siete! Nessuna bestia sarebbe così imbecille, proprio imbecille!

E parla, parla e straparla lo zingaro, e gli scende una lacrima sul viso, e parla e piange. Addio, gaggio, *bye bye*, siamo alla fine. Molti di noi sono già in viaggio oltre le spirali di Andromeda, sono erranti senza loco né foco, già nello spazio interstellare da sempre. Vagabondi dello spazio, zingari delle stelle, nomadi cosmici! Vado, ora devo andare anche io: mi mancherai. Abbracciami, gaggio, e chiudiamola qui: è soltanto un sogno. Io però devo andare, mi stan chiamando. E calza nuovamente il suo casco-spaziale, il mio Occhi-Azzurri. Ma niente da fare: vuole l'ultima parola, tipico suo: Mi spiace tanto lasciarti solo. Ma ecco, sorgo impavido a solcare con le ali l'immensità dello spazio, senza che il pregiudizio mi faccia arrestare contro le sfere celesti, e mentre mi sollevo da questo mondo e percorro da ogni parte l'etereo spazio, lascio dietro le spalle, lontano, lo stupore degli attoniti...

Ciao, gaggio, *bye bye*... Ti voglio bene...

Indice

Mondadori Libri S.p.A.

Questo volume è stato stampato
presso ELCOGRAF S.p.A.
Stabilimento - Cles (TN)

Stampato in Italia - Printed in Italy